吐緣

연 1

초판 1쇄 찍은 날 § 2008년 5월 16일
초판 1쇄 펴낸 날 § 2008년 5월 26일

지은이 § 김인숙
펴낸이 § 서경석

편집장 § 문혜영
편집책임 § 이종민
편집 § 한지윤

펴낸곳 § 도서출판 청어람
등록번호 § 제1081-1-89호
등록일자 § 1999. 5. 31
어람번호 § 제5-0195호

주소 § 경기도 부천시 원미구 심곡1동 350-1 남성B/D 3F (우) 420-011
전화 § 032-656-4452 팩스 § 032-656-4453
http://www.chungeoram.com
E-mail § eoram99@chollian.net

ⓒ 김인숙, 2008

ISBN 978-89-251-1318-0 04810
ISBN 978-89-251-1317-3 (SET)

※ 파본은 구입하신 서점에서 교환하여 드립니다.
※ 저자와 협의하여 인지를 붙이지 않습니다.
※ 이 책은 도서출판 청어람과 저작자의 계약에 의해 출판된 것이므로,
   무단 전재 및 유포 · 공유를 금합니다.

김인숙 지음

1부

서장(序章)_7
一. 꽃잎처럼 사랑이 지고_22
二. 연 향에 사그라진 마음_31
三. 붉은 빛깔의 모래_43
四. 권력의 소용돌이_78
五. 운명_99
六. 장난은 용서되니 진심은 죄가 되는 사랑_141
七. 반란_295
八. 왕이 되소서_362

서장序章

거친 산맥을 따라 대륙의 남쪽 끝으로 내려가면 기름진 평야와 넓은 강, 완만한 산세, 그리고 너른 바다를 끼고 다섯 부족이 모여 조그마한 나라를 이루고 살고 있었는데 그 이름을 기란국(機瀾國)이라 불렀다.

다섯 부족은 각각 아사금(牙祀金), 별금(鱉金), 해사랑금(海沙浪金), 부연금(釜淵金), 한금(翰金)이라는 성을 가지고 있었고, 각 부족마다 고유의 풍속과 영역, 권한을 가지고 있어서 왕권은 미약한 편이었다.

기란국(機瀾國)의 5부족은 남녀 각 십오 세가 되면 자유연애를 허락하였고, 이혼과 재혼이 자유로웠다. 그리고 깨끗한 혈통을 유지하기 위해 5부족 내에서만 결혼을 허락하는 철저한 신분 사회이기도 했다.

기란국(機瀾國)의 북쪽으로는 단국(檀國)과 야로국(野路國)이 국경을 맞대고 있었고, 아래로는 바다 건너 화조국(花朝國)이 있었다. 단국과 야로국은 아직은 국가의 형태가 갖추어지지 않은 부족 형태의 나라였는데 거친 산세와 척박한 땅으로 인해 기란국(機瀾國)의 국경을 침범해 백성들을 괴롭히고 약탈하는 일이 잦아 북쪽의 국경지대는 늘 불안한 전장터 같았지만 기란국은 단 한 번도 이웃나라를 이유없이 침범한 일이 없을 정도로 온화한 나라였다. 일찌감치 화조국(花朝國)을 드나들며 바다를 통한 무역으로 상업이 발달하였고, 기름진 땅과 넓은 강을 가진 덕분에 농업 또한 발달하여 백성들의 삶은 윤택하고 너그러운 심성을 지녔다.

기란국(機瀾國) 15대 능혜왕 3년, 달이 해를 가리는 요사가 두 번이나 벌어졌으니 이는 나라에 큰 변괴가 일어날 징조라 봄부터 온 나라에 가뭄이 들고 흉흉한 소문이 떠돌았다.

그해 유월, 왕비인 연화부인이 아이를 낳으니 먼저 산방을 차지한 것은 여자아이였는데 울음소리가 우렁차고 맑아 그 소리가 음률을 타는 듯했다. 이어 가녀린 울음소리를 내며 또 한 아이가 태어났으니 그 아이는 기란국(機瀾國)의 16대 왕이 될 태무(太武)였다.

연화부인 몰래 산실에 붙여두었던 시비가 공주의 탄생을 알리는 전갈을 채 마치기도 전에 다시 다급하게 왕자의 탄생을 알리는 전갈이 태평전(太平殿)에 당도했다. 순간 능혜왕의 얼굴이 노랗게 변했다.

예부터 기란국(機瀾國)은 쌍생아의 탄생을 불길하게 여겨왔다. 기란국(機瀾國)에서 해와 달이 함께 태어나 살아남은 경우는 경화 공주가 처음이자 마지막이었다. 하지만 그녀는 기란국 제9대 왕인 영무왕이 서쪽의 영운궁에 머물 때 그곳 촌부의 아낙을 강제로 취해서 낳은 쌍둥이 서녀였다. 그때 왕은 왕자만 데리고 차루벌로 돌아왔다. 결국 경화 공주는 버림을 받음으로써 목숨을 건질 수 있었던 것이다.

기란국(機瀾國)이 이토록 쌍생아에 대해 민감한 반응을 보이는 것은 장문왕 때부티었다.

왕자와 공주가 함께 태어나던 날, 태평전에 벼락이 떨어져 전각 일부가 훼손되었다. 별을 관찰하고 나라의 앞날을 예측하던 일관은 달이 해를 가린 탓이라고 했다. 그리고 언젠가는 그 달이 나라에 재앙을 불러올 것이라는 경고를 하다가 갓 태어난 공주를 음해한 죄로 목숨을 잃었다.

그리고 이십여 년 후, 혼인을 앞둔 왕자가 공주에게 살해를 당했다. 쌍둥이 오라비를 사모한 것이 원인이었다. 남에게 빼앗기느니 차라리 제 손으로 죽이자 했던 것이다.

공주는 기란국(機瀾國)의 모든 살인 죄인들이 그러하듯 저자로 끌려 나갔다. 그리고 백성들의 단죄를 받아 날아드는 돌멩이에 맞아 죽었다. 그 후 나이 많은 왕비가 다시 왕자와 공주를 함께 낳자 장문왕은 스스로 칼을 뽑아 탯줄도 끊지 않은 공주를 그 자리에서 베어버렸다. 무너진 왕실의 기강을 바로잡고자 함이었다.

그 일 이후, 기란국(機瀾國)에서는 쌍둥이의 탄생을 재앙으로 여겼다. 왕실은 물론 사가에서도 쌍둥이가 태어나면 쉬쉬하며 숨겼고 일부에서는 버리기도 했다. 유난히 쌍생아의 탄생이 잦았던 왕실에서는 그 후로도 여러 번 피비린내 나는 살육이 있었다. 왕이 하지 못하면 5부 귀족이 나서서 아이의 목숨을 빼앗았다.

계집아이가 먼저 태어나고 사내아이가 태어났으니 이는 곧 달이 해를 가린 격이라, 하늘이 이미 이 요사를 두 번이나 보여준 것은 미리 손을 써 재앙을 막으라는 뜻이리라.

일찍이 장문왕께서는 당신의 손으로 갓 태어난 자식을 베어 그 피로써 하늘에 재를 올려 나라의 기틀을 다지셨다. 능혜는 이제 자신이 그 일을 해야 할 차례라는 것을 알았다.

"명아."

나직한 부름에 어둠 속에서 한 사내가 나타났다.

"예, 전하."

"따르라."

소리 없이 나직하고 재빠른 왕의 걸음을 따라 산실로 향하는 사내의 걸음도 낮고 재빠르다.

"마마, 너무나도 어여쁘신 공주님입니다. 한번 안아보소서."
"치워라! 저 아이를 다오."
버들내가 막 핏물을 씻어 강보에 싼 아기를 건네자 연화는 매몰차게 밀쳐 내었다. 그리고 아직 피투성이인 사내아이에게로 손을 뻗었다.

기란국(機瀾國)을 이끌 대들보가 되어야 할 아이다. 그러나 강보에 싸인 사내아기는 겨우 목숨이 붙은 듯 가녀린 숨을 쉬고 있었다. 그녀는 아이를 조심스럽게 품었다. 삼 년을 기다린 왕자의 탄생이건만 웃음이 아니라 눈물이 먼저 흘러내렸다. 품에 안은 아이가 아니라 저만치 밀려 비스듬히 내쳐진 강보에 싸인 아이로 인해 흘러내리는 쓰리린 피눈물이었다.

어찌하여 왕자의 앞을 가로막았느냐, 어찌하여 네 울음소리가 더 큰 것이냐, 잠깐 보았던 이 빛이 네가 세상에 태어나 본 전부가 되고 말 것을 왜 태어났더냐?

그녀의 소리 없는 오열이 강보를 적셨다. 곧 시퍼런 날을 세운 칼을 가슴에 품은 왕이 달려올 것이다.

나의 능혜(能慧)…… 당신한테 그런 고통을 줄 순 없어요!

심박동이 거칠어지며 쿵, 쿵 아기를 향해 달려오는 왕의 걸음이 느껴졌다. 그녀는 늙은 시비에게 사내아기를 건네고 다급하게 버들내를 불렀다.

"버들내야!"

"예, 마마."

"아기를 잘 보아두어라. 구석구석 솜털 하나까지 다 네 눈에 넣어라. 손을 더듬어 익혀라."

연화의 명령에 따라 버들내는 강보를 펼치고 배내옷까지 벗겨내어 아기를 구석구석 만지며 살폈다.

"다 보았느냐?"

"예. 예, 마마."

"전하께서 오고 계신다. 너는 아기를 안고 병풍 뒤에 숨어 있어라. 절대 소리를 내어서는 아니 된다."

버들내는 다시 강보를 여며 아기를 안고 병풍 뒤로 몸을 숨겼다. 그와 동시에 서늘한 바람을 일으키며 왕이 들어섰다. 그는 번득이는 눈으로 어둑한 산실을 살폈다.

"연화! 부인, 괜찮소?"

시비들 손보다 더 보드라운 능혜의 손이 다가오자 연화는 울컥한 눈물을 삼키며 왕을 맞았다.

"전하, 어찌 오셨나이까? 아직 아기의 태(胎)도 자르지 않았으니 잠시 나가 계시옵소서."

그러나 왕은 번득이는 눈으로 산실 안을 살폈다. 넓은 방 안에는 연화만이 누워 있었다.

"어디 있는가? 내 뒤를 이어 기란국(機讕國)을 이끌 우리 왕자 말이오."

발이 거두어지며 늙은 시비가 막 핏물을 씻은 아기를 강보에 감싸 안고 들어왔다. 아기는 한눈에 보아도 겨우 숨이 붙어 있는 듯 허약해 보였다. 그러나 왕은 눈앞에 들어온 고물거리는 아기를 마냥 신기한 눈으로 내려다보았다. 삼 년을 기다린 자식이다. 그는 감격에 겨운 듯 떨리는 손으로 아기를 받아 안았다.

"아이의 이름을 태무(太武)라 지었소. 크고 굳세다는 뜻이오. 마음에 드오?"

가늘게 고개를 끄덕이는 연화의 불안한 눈을 보며 왕은 다시 산실 안을 살폈다. 분명 아이는 둘이라 했는데 한 아이가 보이지 않았다.

"산실이 어찌 이리 어두운가? 불을 밝혀라."

"아니 되옵니다!"

다급한 연화의 외침을 무시하며 다시 불을 밝히라는 영을 내리자 이번에는 늙은 시비가 머리를 조아렸다.

"전하, 아기마마께는 아직 밝은 빛이 좋지 않사와 불을 밝히지 않은 것이옵니다."

그러나 능혜는 이미 모든 것을 짐작한 듯 병풍을 꿰뚫듯이 노려보고 있었다.

산실을 진동하는 이 비릿한 냄새는 저 병풍 뒤에서 번져 나오는 것이리라. 이 진한 생명의 느낌, 살아 펄떡이는 이 냄새…… 기란국(機瀾國)을 이끌 태무(太武)의 앞을 가로막을 요사스러운 물건이 저 병풍 뒤에 숨어 있으리라.

"병풍을 치워라! 명아, 명아!"

명은 바람보다 빠르게 들어와 연화마저 무시한 채 거칠 것 없는 손길로 병풍을 거두었다. 짐작대로 시비 버들내가 강보에 싸인 아이를 안은 채 혼이 빠져 버린 눈으로 바르르 떨며 앉아 있었다. 병풍을 거두는 거친 소리에 놀란 듯 강보에 안겨 있던 아이가 우렁찬 목소리로 울기 시작했다. 맑고 청아한 울음소리가 방 안에 울려 퍼졌다. 그것이 제 죽음을 재촉하는지도 알지 못한 채 울음소리는 맑은 소리로 가슴을 울렸다. 능혜는 저도 모르게 아이에게로 손을 뻗었다.

"이리…… 데려오라."

그러나 연화가 먼저 그의 앞을 막았다.

"보시지 마십시오!"

그녀는 간절한 눈으로 고개를 흔들며 능혜의 옷자락을 잡았다.

"보시지 마십시오, 전하. 마음이 아프실 것입니다."

그녀는 이미 알고 있다. 왕이 저 아이를 죽이라는 것을, 그로 인해 이 마음 여린 남자가 씻지 못할 상처를 입고 말 것이라는 것을. 그의 상처를 볼 자신이 없다. 연화에게 아기의 죽음보다 더 두려운 것은 그것이다.

저 아이는 태어나도 태어나지 않은 듯, 존재하지 않았던 바람처럼 그들 곁을 떠나기를 바란다. 아무도 몰래 비밀스런 산실을 차리고 아이를 낳은 것도 그 때문이었다. 이미 자신의 뱃속에 자리한 생명이 둘이란 걸 짐작하였기에 둘 다 해이든지, 둘 다 달이든지 그러기를 바랐을 뿐이었다.

왕은 옷자락에 매달린 연화의 손을 떼어내고 허리춤에서 칼을 빼어 들었다.

단칼에 보내리라. 어느 누구도 아닌 이 아비의 칼로 너를 베리라. 그리하여 너의 피로 흔들리는 왕권을 다지려 한다. 그것이 네가 세상의 빛을 본 이유다!

연화는 붉게 상기된 얼굴로 다가서는 왕의 다리를 부여잡고 매달렸다.

"살려주십시오, 전하! 아무것도 모르는 핏덩이이옵니다. 제발 살려주십시오!"

"그럴 순 없소. 부인도 알잖소? 우리 기란국(機瀾國) 왕실에서 해를 가린 달이 살아남은 적은 없었소. 부나왕의 누이가 그러했고, 내 누이 또한 그런 이유로 태어나자마자 5부족에 의해 목숨이 거두어졌소. 나는 장문왕의 뒤를 이어 내 손으로 저 아이를 밸 것이오. 그래서 무너진 왕실의 기강을 바로 세우려 하오."

"아이를 버리소서! 바다에 버리든, 저자에 버리든 상관 않겠나이다. 목숨만 살려주십시오! 소인을 보아…… 이 연화를 보아서라도 전하 손으로 거두지만 마옵소서."

"비키시오!"

"전하! 능혜……."

어린 날 불러주던 그 이름이 연화의 입에서 나오자 왕의 눈동자가 심하게 떨렸다. 가득 고였던 눈물이 흘러내렸다. 그녀는 어린아이를 달래듯 왕의 얼굴을 쓰다듬었다.

"전하와 저의 아이입니다. 우리 아이입니다, 전하……."

부드러운 연화의 손이 볼에 닿자 살기를 띤 붉은 눈이 고통스럽게 일그러졌다. 5부족이 이 사실을 안다면 저 아이를 살려두지 않을 것이다. 남의 칼에 아이를 보내고 만다면 무능한 자신을 견딜 수 없을 것이다. 그러나 제 손으로 자식을 베고 온전히 살아갈 자신도 없다.

자식을 죽여 연화의 가슴에 못을 박고 살아갈 수 있을까? 그때에도 이 손은 여전히 따듯할까? 여전히 나를 사랑해 줄까?

아무 자신이 없다. 능혜는 칼을 떨어뜨리며 연화의 가슴으로 무너졌다. 그녀는 가슴에 기대어오는 왕을 품어 안아주었다. 갓 태어난 자식을 죽이고자 칼을 품고 달려온 절박한 그의 심정을 충분히 이해한다. 날마다 왕의 자리를 압박해 오는 5부족의 등쌀에 그는 지칠 대로 지쳐 있을 것이다. 공주와 왕자가 동시에 태어난 것을 알면 저들의 칼이 가만있지 않을 것이다. 그전에 능혜는 스스로 자식을 베어 위엄을 찾으려는 것이다. 그러나 그렇게 찾은 위엄이 얼마나 갈 것인가. 연화는 안타까운 마음으로 떨고 있는 왕을 꼭 끌어안았다.

능혜, 당신은 그런 일을 저지르고 온전히 살아갈 만큼 모진 사람이 못 됩니다. 걱정하지 마십시오. 두려워하지도 마십시오. 소인이 지켜 드리겠습니다.

다섯 살 어린 사촌동생 아사금 능혜(牙祀金 能慧).

아리산에서 5부족 청년들의 꽃놀이가 있던 날, 스무 살의 나이에 열다섯의 능혜를 처음 만났다. 생전 처음 궁 밖으로 나온 왕자는 신기한 눈으로 세상을 살피고 있었다. 능글능글한 5부족의 청년들이 늘 마음에 차지 않던 연화에게는 때 묻지 않은 그 모습이 더욱 신기해 보였다. 사촌이라고는 하나 단 한 번도 얼굴을 대면하지 못했던 사이였다.

능혜는 아리산 자락을 가득 덮은 꽃보다 자신을 신기하게 살피는 살아 있는 꽃, 사촌누이 연화에게 넋을 놓아버렸었다. 처음 아련했던 그 마음은 세월이 흐르며 운명 같은 사랑으로 변했다.

순수 혈통을 지키기 위해 5부속의 귀족 안에서만 혼인이 이루어지고 있는 기란국(機瀾國)에서도 사촌간의 혼인은 극히 드문 일이라 왕실의 심한 반대가 있었지만 그들은 결국 혼인을 했다. 부족과 부족이 엮이어 왕실의 힘의 균형을 유지해 가는 작은 나라 기란국(機瀾國)에 난생처음 아사금(牙祀金) 집안만의 왕실이 구축되는 순간이었다.

그때부터 아사금(牙祀金) 집안을 제외한 4부족의 무서운 알력과 경계가 시작되었다. 나이가 다섯 살이나 많은 사촌누이 연화를 선택하며 스스로 이 외로운 싸움의 길로 들어선 능혜였다. 지난 삼 년을 거뜬히 이겨온 것은 오로지 두 사람의 식을 줄 모르는 사랑의 힘이 있었기 때문이다. 이 힘으로 그들은 다시 남은 긴 세월을 이겨 나갈 것이다.

연화는 아이처럼 안겨 있는 능혜의 등을 다독이며 명을 가까이 불렀다.

"전하께 공주의 탄생을 알린 자가 누구냐?"

"태평전의 시비입니다."

"그것의 목을 거두어라."

곁에 선 명의 귀에조차 들릴 듯 말 듯한 낮고 차가운 음성이었다.

"그리고……."

연화의 시선이 머리를 조아리고 있는 늙은 시비에게로 향했다. 머리가 희끗한 늙은 시비가 고개를 숙인 채 떨고 있었다. 궁에 들어오며 사가에서 데려온 그녀는 핏덩이 때부터 연화를 돌보아온 시비다. 그 정을 어찌 어미보다 못하다 할 것인가? 그러나 공주의 탄생을 아는 한, 그녀 또한 살려둘 수 없다. 만약 이 사실이 5부족의 귀에 들어가기라도 하는 날에는 아기는 물론, 능혜도 자신도 무사치 못하리라.

연화는 흐려지는 눈을 깜박이며 떨리는 음성으로 다시 말을 이었다.

"저 늙은 것의 목도 거두어라."

잠깐 놀라는 기색이던 명이 보일 듯 말 듯 고개를 끄덕였다.

"버들내야."

병풍이 거두어진 자리에서 여전히 아기를 안은 채 발발 떨고 있던 버들내가 머리를 조아렸다.

"예, 마마."

"보석함을 열어 반월 목걸이를 아이의 목에 걸어주어라."

"마마, 그건!"

"뭘 꾸물거리느냐! 어서 서둘러라!"

연화는 왕의 목을 꼭 껴안은 채 다그쳤다. 그의 마음이 바뀌기 전에 아기를 피신시켜야 한다.

버들내는 보석함을 열어 가장 깊은 곳에 넣어둔 반월 목걸이를 잠이 든 아이의 목에 걸었다. 그것은 연화의 할머니의 할머니로부터 전해 내려오는 아사금 집안의 왕녀라는 표식이었다.

"그 아이를 물이 들지 않는 바구니에 넣어 서란강에 띄워라. 누구의 눈에 띄어서도 아니 된다. 알겠느냐?"

"예, 마마."

버들내는 눈물을 훔치며 아기를 안고 도망치듯 산실을 빠져나왔다. 왕이 어느 순간 마음이 바뀌어 칼을 들고 달려나올지도 모르는 일이었다.

마마…… 불쌍하신 연화 아씨!

갓 태어난 자식을 얼굴 한 번 들여다보지 않고 떠나보내는 그 모진 마음에 버들내는 소름이 오소소 돋을 것 같았다. 눈으로 보아버리면 떠나보내지 못할 것이기에 그리한 것이겠지만 참으로 무서운 분이시다. 사저에서 모실 때만 하더라도 개미 한 마리조차 당신 손으로 밀쳐 내지 못하시던 분이었는데 궁이란 곳은 사람을 모질고 무섭게 만드는 곳이 분명했다.

사흘을 걸어 도착한 서란강가에서 버들내는 커다란 바구니에 아이를 넣어 띄웠다. 부디 좋은 사람, 배곯지 않을 만큼의 재물을 가진 사람의 눈에 띄기만을 빌 뿐이다.

"부디 좋은 곳으로 가십시오, 공주마마. 흑흑…… 원망하시려거든 이년을 원망하시고 우리 연화마마 원망일랑 하지 마소서. 어디서든 무럭무럭 자라 무서운 궁일랑은 다시는 인연 맺지 마시고 그저 일개 촌부의 아낙으로 사소서. 에구, 에구."

치맛자락으로 눈물 콧물을 찍어내며 일어서던 그녀의 눈앞으로 아귀 같은 손이 다가와 목을 움켜잡았다. 매의 눈동자를 닮은 사내의 눈이 불쑥 다가왔다.

"사, 사, 살려주십시오. 살려주십시오!"

그러나 공포에 질린 버들내를 내려다보는 사내의 눈에는 어떤 자비도 없다.

아무것도 알아서는 안 된다. 기억해서도 안 된다. 살아 있는 그 누구도! 그러니 네 눈을 지우고, 마음을 지우고, 머리 속도 지워라.

사내의 눈은 그렇게 말을 하고 있었다. 죽음의 공포가 버들내를 덮쳤다. 갈쿠리 같은 손이 다가오자 그녀의 머리 속은 까마득한 나락으로 곤두박질쳤다.

"나를 원망하지 마라."

"살려주십시오! 아악…… 아아악……!"

푸른 안개가 피어오르는 새벽녘, 기란국(機攔國)의 동서를 가로지르는 서란강가에 하늘을 찢을 듯한 여인의 절규 소리가 울려 퍼졌다.

둥실둥실…….

아기를 담은 저 바구니는 어디로 흘러가는 것일까?

태어나고도 태어난 흔적이 없고, 기억하는 이 또한 없으니 한껏 지워진 운명일랑 이 강물에 다 씻기우고 그저 한줄기 바람으로 살아가기를…….

一. 꽃잎처럼 사랑이 지고

태평전을 오르내리는 시비들의 발걸음이 허둥대었다. 시시각각 다가오는 왕의 죽음을 한 호흡, 한 호흡 가파르게 전달하는 발걸음들이었다.

 태평전에는 왕의 최측근 신료들과 아사금(牙祀金) 집안의 왕실 어른들, 그리고 십여 명의 무사들이 어린 소년을 둘러싸고 있었다. 왕의 유일한 핏줄인 왕자 태무(太武)였다. 곧 십칠 세가 된다고는 하나 그 기골이 겨우 십사오 세의 어린아이에 불과할 만큼 조그만 소년에게서 보이는 것은 겁이 잔뜩 든 커다란 눈망울뿐이었다.

 "놓아라! 나도 아바마마께 가련다. 아바마마께서 날 찾으실 거다. 이 태무(太武)를 찾으실 거야! 아바마마! 으흐흑."

건장한 무사들 사이에서 허우적대는 소년의 모습은 어미 잃은 어린 짐승처럼 혼이 빠져 있었다. 그러나 능혜왕이 눈을 감는 순간 태평전의 주인이 되어야 할 그이기에 잠시도 이곳을 벗어날 수 없었다. 이곳은 기란국(機瀾國)에서도 가장 위험한 곳, 사방에 시퍼런 칼날이 번득이는 곳이지만 그는 이곳 아니면 어느 곳에서도 목숨을 부지할 수 없는 운명을 타고난 소년이다.

"놓아라, 날 좀 놔주어! 아바마마께 갈 테다! 아바마마! 으흐흑……."

소년의 외조부이자 종조부인 아사금 유장(牙祀金 流張)은 눈물 콧물을 쏟으며 정신없이 울부짖는 태무(太武)의 모습을 난감하게 바라보았다.

이를 이쩌랴, 서 어린 것을 어찌하랴…….

5부족의 칼날 위를 걸어야 할 왕의 자리를 태무(太武)가 과연 지켜낼 수 있을까, 믿음이 생기지 않는다. 태무가 무너지면 기란국(機瀾國)은 대혼란에 빠져 버릴 것이다.

커질 대로 커져 버린 5부족의 힘은 이미 왕권을 위협하고 있다. 그들의 사병이 나라의 군사력을 능가하니 어느 부족이든 팽팽한 균형을 깨고자 나선다면 피바람이 일 것은 불을 보듯 뻔하다. 이 가녀린 소년의 어깨 위에 놓인 기란국(機瀾國)의 운명은 바람 앞의 등불 같았다.

연화전 앞마당은 밤안개가 자욱이 끼어 축축한 죽음의 그림자가 스멀스멀 기어다니고 있었다. 시립한 신료들과 전의들, 그리고 시비들 사이에 왕의 그림자인 무사들이 날카로운 눈을 하고 드문드문 끼어 있어 금방이라도 무슨 일이 터질 듯 긴장감이 흘렀다.

왕의 숨결은 이틀째 이승과 저승을 오가고 있는 중이다. 불규칙한 숨소리, 점점 경직되어 가는 몸, 한 번씩 부르르 떨릴 때마다 왕비 연화의 손이 다가가 그 몸을 달래듯 쓰다듬고 나면 이내 가라앉곤 했다.

명은 그 모습을 고통스럽게 바라보고 있었다. 목숨을 바쳐 지켜내어야 할 분을 지키지 못했다. 그 자책감에 그는 머리를 찧어 죽고 싶은 심정이었다.

"전하는 쉽게 낙마하실 분이 아니다."

연화의 음성이 어둠 속에서 나직이 떨렸다. 말을 타고 비호처럼 날아다니던 능혜다. 달리는 말 위에서 날아가는 꿩의 눈을 쏘아 맞추는 능혜다. 그런 그가 노루를 쫓다 낙마를 했다는 말은 믿을 수가 없다.

"함께 있었던 자가 누구냐?"

"별금(鱉金) 집안의 유신(柳信)님입니다."

별금 유신(鱉金 柳信)……!

연화는 고개를 가만 흔들었다.

그는 아니다, 절대로! 그렇다면 누굴까? 어느 쪽일까?

"전날에…… 무영(武瑛)님께서 말안장을 보내오셨습니다."

명의 조심스런 말에 연화의 몸이 움찔했다.

오라버니께서 말안장을……?

아버지인 아사금 유장(牙祀金 流張)을 제치고 아사금(牙祀金) 집안의 실질적인 수장이 된 무영(武瑛).

그는 기골이 장대하고 무예 또한 뛰어나 기란국(機瀾國) 최고의 장수라 해도 틀린 말이 아니다. 이 나라의 병권을 한 손에 쥐고 있는 자, 그러나 연화는 다시 고개를 저었다.

그는 왕의 사촌이자 그녀의 오라비다. 능혜가 지금껏 지켜온 이 자리도 모두 그의 힘 덕이었다. 지금 이 순간 가장 필요한 것은 바로 그의 힘이다. 자신과 태무를 지켜줄 사람은 오직 오라비인 무영뿐이다. 의심하지 말자. 지금은 아사금 집안의 힘을 모아야 할 때다.

"끄르륵……."

다시 왕의 숨결이 잦아드는 소리가 들렸다. 연화는 왕의 숨결이 이미 막바지에 다다라 있다는 것을 직감했다.

"모두 나가거라."

연화는 나직한 음성으로 전의와 시비들을 내보냈다. 그리고 머뭇거리고 있는 명에게도 나가라는 눈짓을 했다. 혼자서 보내고 싶었다. 고통스러울 그의 마지막을 아무에게도 보이고 싶지 않았다.

불을 밝히지 않은 방 안은 칠흑같이 어둡고 고요했다. 능혜의 불규칙한 숨소리만이 어둠 속을 떠다녔다. 연화는 떨리는 손으로 왕의 몸을 하나하나 짚어 내려갔다.

목이 부러졌다고 했다, 그래서 숨골이 막힌 거라고…….

마치 자신들의 죄인 양 머리를 조아리며 전의들이 전한 말이었다.

왕위에 오른 지 이십 년, 단 하루도 편한 잠을 자지 못했다. 이중 삼중 겹겹이 무사들을 세워두고, 궁에서도 가장 깊은 구중심처 이 연화전으로 와서야 겨우 그녀의 가슴에 기대어 선잠을 자던 능혜다.

무엇이 그를 이렇게 만들었는가! 누가 그의 삶을 이렇게 만들었는가!

그것은 다름 아닌 자신, 아사금 연화(牙祀金 姸花)다.

깨끗한 혈통을 유지하기 위해 혈족간의 혼인이 빈번한 기란국(機瀾國)이지만 능혜는 입장이 달랐다. 능혜는 자신의 혈족 아사금(牙祀金) 집안 이외에 나머지 4부족도 함께 끌어안아야 할 왕자였다. 왕권을 안정시키고 유지하기 위해 별금(鱉金)이나 해사랑금(海沙浪金)의 여인을 아내로 맞아야 했다. 그러나 능혜는 막무가내로 사촌누이 연화만을 고집하였다.

"으…… 으으…….”

또다시 왕에게서 신음 소리가 새어나왔다.

"전하! 전하! 눈을 뜨십시오, 전하!"

"끄르륵…….”

숨결이 조금씩 가라앉는 소리가 들렸다.

안 돼!

연화는 다급하게 왕의 볼을 비볐다.

"전하, 눈을 떠보십시오. 연화입니다. 연화가 여기 있습니다. 전하……!"

"연화……."

말라 터진 입술이 달막거렸다.

"연화 누이…… 나는…… 이곳이 싫다네. 이 궁이…… 참으로 싫었어."

그것은 능혜가 열여덟 맑은 눈으로 그녀에게 하던 얘기였다. 그들은 그날 함께 궁을 빠져나와 서란강가로 말을 달려 풀밭에서 첫 밤을 지냈다. 축축한 이슬 위에 몸을 누이며 얼마나 속 깊이 떨렸는지…… 온몸을 삼키던 능혜의 입술은 얼마나 뜨거웠는지…….

"나는 사냥을 하고 누이는 나물을 캐고, 우리 그리 살아. 누이와 함께할 수만 있다면 가진 것 다 잃어도 나는 아무렇지도 않아. 이대로 도망치자, 누이."

이슬이 자욱이 내리던 여름날의 새벽, 서란강가의 풀밭에서 그는 그렇게 매달렸었다. 그러나 연화는 아이처럼 매달리던 능혜를 달래어 다시 궁으로 돌아왔다. 그것이 그를 위한 길이라고 생각했기 때문이다. 그가 왕이 된다면 이 기란국(機瀾國)을 강성한 나라로 만들 수 있을 것이라고 생각했다.

 누구보다 총명하고 훌륭한 인품을 지녔으니 성군이 될 수 있으리라. 내 손으로 당신을 자손만대에 칭송 받는 성군으로 만들어 드리리라.

 그러나 궁에서의 그들의 삶은 한순간도 죽음으로부터 자유롭지 못했다.

 "으으…… 달이…… 저 달이……."

 연화는 허우적대는 왕의 손을 꼭 잡았다.

 "전하, 달은 없습니다. 오늘은 그믐밤입니다."

 "저 달이 어찌 저리 밝은가? 으으…… 저 달을 좀 가려주어. 끄르륵……."

 연화는 그 아이를 생각했다. 십육 년 전, 청명한 울음소리를 내며 태어났던 해를 가린 달. 태어났으나 태어난 흔적이 없고 기억하는 이 또한 없으니 살아 있어도 산 것이 아닌 그들의 아이. 능혜는 지금 그 아이를 떠올리고 있는 것이 분명했다. 단 한 번도 내색하지 않았지만 그도 자신도 깊은 죄책감에 시달리며 살았었다.

 그때 서란강에서 전하의 말씀대로 도망을 칠 걸 그랬습니다. 깊은 산골로 숨어들어 전하는 사냥을 하고, 소인은 나물을 뜯으며 살았더라면 그 아이를 잃진 않았겠지요. 우린 좀 더 행복했을까요?

 연화는 굳어가는 왕의 몸을 꼭 끌어안고 오열을 했다. 자신을 버리고 별금(鱉金)이나 해사랑금(海沙浪金)의 여인을 취했더라면 능혜는 평탄한 왕의 길을 걸었을 것이다. 이렇게 어이없이 목숨을 잃을 일도 없었을 것이다. 그러나 그것이 능혜에게 조금도 행복을 주지는 못했을 것이라는 걸 안다.

"누이가 없으면 나는 살아도 사는 것이 아니라네."

싱긋 웃으며 다가와 귓가에 속삭이던 그 말은 또한 자신의 마음이기도 했다. 그녀는 식어가는 그의 몸을 끌어안은 채 귓가에 속삭였다.
"흑, 전하…… 전하가 아니 계시면 소인 또한 살아도 산 것이 아니옵니다. 그 외로운 길, 혼자 보내지 않겠습니다. 소인이…… 이 연화가……."
순간 왕의 숨결이 거칠어졌다.
"허…… 억!"
내뿜어지는 거친 숨결은 그의 소리 없는 절규 같았다. 순식간에 올라온 왕의 손이 그녀의 옷자락을 움켜잡았다. 시체 같던 몸 어디에 그런 힘이 남아 있었던 것일까?
"전하, 전하!"
다급하게 얼굴을 비벼보았지만 의식이 돌아온 것은 아니었다. 상태를 자세히 살피기 위해 불을 밝히려 했지만 왕의 손이 옷자락을 너무나 꽉 움켜쥐고 있었기 때문에 움직일 수조차 없었다. 어둠 속에서 그의 입이 달싹이는 것이 느껴졌다.

"전하! 말씀하소서, 말씀해 보소서, 전하!"

그녀는 양손으로 얼굴을 비비다 다시 귀를 가까이 가져갔다. 거친 숨소리만 뿜어대던 왕의 입에서 무슨 소린가 들렸다.

"태무(太武)를……."

옷자락을 움켜쥔 손에서 서서히 힘이 빠져나가고 있었다. 이어 손이 바닥으로 툭 떨어지며 숨결이 잦아들었다. 오싹하고 서늘한 기운이 순식간에 방 안을 잠식했다.

그가 떠나고 있다. 이십 년, 단 한순간도 마음에서 놓지 않았던 내 사랑, 아사금 능혜(牙祀金 能慧). 그가…… 떠나고 있다.

"안 돼……."

후두둑 떨어진 연화의 눈물이 이미 혼령이 떠나 버린 능혜의 얼굴을 적셨다.

기란국(機瀾國) 15대왕 아사금 능혜(牙祀金 能慧)

왕위에 오른 지 이십 년 만인 그해 유월, 사냥을 나갔다가 어이없는 낙마로 세상을 떠나니 그의 나이 삼십팔 세였다. 마지막 죽을힘을 다해 능혜가 하고 싶었던 말은 태무(太武)를 지키라는 말이었을 것이다.

二 연향에 사그라진 마음

새 왕이 들어선 지 반년이 지났다. 그러나 왕은 여전히 그 어미의 품을 벗어나지 못한 어린아이에 불과했다. 왕은 거처인 태평전을 두고 연화궁으로 와서 지내는 시간이 더 많았고 그러다 보니 자연히 나라의 대소사엔 연화의 입김이 스며들 수밖에 없었다. 능혜왕이 살아 있을 때에는 나랏일이 어떻게 돌아가는지 캄캄했던 그녀였지만 반년 남짓 사이에 그녀는 날카로운 감각으로 정세를 익혀갔다.

애초에 해사랑금 건승(海沙浪金 健陞)의 나이 많은 여식을 태무에게 짝 지어준 것은 해사랑금(海沙浪金) 집안의 부를 빌려 태무의 자리를 공고히 하기 위함이었다. 그러나 막상 능혜가 세상을 떠나고 나니 나라의 힘은 오라버니인 아사금 무영(牙祀金 武瑛)과 해사랑금 건승(海沙浪金 健陞)이 양분한 꼴이 되고 말았다. 무영도, 건승도 믿음이 가지 않았다.

오라버니인 무영은 야심이 많은 사람이다. 그의 꿈을 펼치기에 조카인 태무는 너무 작은 마당이다. 그는 분명 만족하지 못할 것이다. 좀 더 강인한 군주를 세우든지, 아니면 스스로 강인한 군주가 되든지……. 태무가 만족스럽지 못한 이상, 그는 늘 그것을 꿈꿀 것이다.

오래전부터 바다를 통한 무역으로 상권을 장악한 해사랑금(海沙浪金) 집안은 기란국(機瀾國) 내에서 최고의 부를 축적하고 있는 집안이었다. 그러나 그들에겐 상인 출신이라는 약점이 있었다. 그 때문에 그들은 기란국을 뒤흔들 부를 지니고 있으면서도 늘 아사금이나 별금 집안에 눌려 살 수밖에 없었다. 건승은 배포는 크지만 경박하고 거만한 사람이다. 어느 순간에든 부로써 왕권을 넘보고도 남을 자다. 그들을 경계할 만한 힘이 필요했다.

그래서 연화가 떠올린 사람은 별금 유신(鱉金 柳信)이었다. 결코 이런 식으로 그에게 손을 벌리고 싶지 않았지만 어쩔 수가 없었다. 지금 기란국(機瀾國)에서 그녀가 가장 믿을 수 있는 사람은 그 사람이므로.

별금 유신(鱉金 柳信).

그는 형님인 별금 유현(鱉金 柳賢)이 죽은 후, 별금 집안을 이끌고 있는 인물이다. 5부의 귀족들 사이에서도 가장 신임이 두

터웠고 자신의 혈족을 넘어 5부족을 아우르는 힘이 있었다. 그러나 평소 말이 없고 표정이 없는 사람이라 그의 진정한 속내가 어떤지 아는 사람은 별로 없었다.

그런 유신이 지금 연화의 부름을 받고 궁으로 향하고 있었다. 능혜왕의 장례가 치러진 지 여섯 달이 지난 지금, 광풍이라도 휘몰아칠 것 같던 기란국(機瀾國)은 의외로 조용하다. 장례와 함께 어린 왕 태무(太武)의 책봉식이 빠르게 치러졌고 궁의 분위기도 차츰 안정을 찾아가는 것 같았다.

어린 왕의 좌우는 병권을 쥔 왕의 외숙부 아사금 무영(牙祀金武瑛)과 나라의 살림을 관장하며 기란국(機瀾國)의 상권을 한 손에 쥔 왕의 장인, 해사랑금 건승(海沙浪金 健陞)이 장악하고 있었다. 그것은 얼핏 보기에는 어린 왕이 실로 기란국(機瀾國)의 양 날개를 단 격이라고 할 수 있겠지만 또 달리 보면 시퍼런 칼날 두 개를 턱밑에 둔 격이나 마찬가지였다.

책봉식 날, 커다란 눈망울에 겁을 한가득 담은 채 어색한 웃음을 짓고 있던 어린 왕이 떠올라 유신은 자신도 모르게 한숨을 내쉬었다. 날카로운 칼날 위에 여린 풀잎을 올려놓은 듯 마음이 저릿하다. 이십여 년 전, 능혜왕의 책봉식이 있던 그날도 그는 한 여인을 이런 마음으로 바라보았다. 처음부터 그 여인의 마음이 왕자인 능혜에게 가 있음을 알면서도 결코 놓아지지 않던 마음……

그는 생각을 떨치듯 채찍을 휘둘렀다.

"핫!"

연화궁의 아름다운 연못에는 하얀 연꽃들이 무리지어 피어 있었다. 이곳은 능혜왕이 그의 비인 연화를 위해 만든 궁이다. 처음엔 정궁인 휘경궁과 담을 사이에 두고 따로이 지어 연화궁이라 불리던 것을 나중에 다리를 놓아 하나의 궁으로 합쳐 연화전이라 불리게 되었다. 그러나 능혜왕이 죽고 태무가 왕이 되면서 연화전은 다시 연화궁으로 불리게 되고, 그 모후인 연화부인을 높여 연화궁 마마로 부르게 했다.

무사의 안내를 받아 궁 안으로 들어서던 유신은 건너편 연못가에서 시비들을 거느리고 느릿느릿 걷고 있는 어린 왕 태무를 발견했다. 잠깐 서서 그 모습을 바라보고 있으려니 안내하던 무사가 재촉을 했다.

"서두르시지요, 유신님."

그리고 경계의 눈빛으로 주위를 슬쩍 놀아보았다. 많은 눈과 귀가 이 연화궁에 박혀 있을 것이 뻔할 텐데 어째서 이런 시기에 자신을 부른 것인지 유신은 연화의 마음을 짐작하기가 어려웠다.

"마마, 유신님입니다."

생각에 잠겨 있던 연화가 고개를 번쩍 들었다. 세월이 비껴간 듯 화사한 연화의 얼굴에 유신은 잠깐 움찔했다. 스물다섯, 피 끓던 나이에 생살을 저미는 아픔으로 놓아야 했던 여인이다. 그리고 이십 년이 흘렀다. 그동안 궁을 드나들며 간간이 대하기는 했지만 이토록 가까운 거리에서 마주하기는 젊은 날 이후 처음이다.

"오랜만에 뵙습니다, 유신님."

그녀의 입가에 설핏 지어지는 미소가 저만치 멀어져 있는 느낌에 유신은 그제야 정신이 든 듯 머리를 조아렸다. 아리산 자락에서 자신의 사랑은 살아서도 죽어서도 능혜뿐이라며 매몰차게 돌아서던 그때보다는 훨씬 부드러운 목소리였다.

"예, 마마."

그는 예전의 모습 그대로 묵직하다. 각진 얼굴과 꽉 다문 입술이 믿음이 갔다.

젊은 시절 기란국(機攔國) 최고의 청년이었던 유신.

격섬 대회에서도 마장에서도 그를 따를 자가 없었으니 기란국(機攔國) 5부의 여인들 중 한때 그를 사모하지 않았던 여인은 없었다. 연화도 한때는 그로 인해 가슴이 두근거린 적이 있었을 만큼.

어린 날을 떠올리며 연화는 설핏 미소를 지었다.

"세월이 참 많이 흘렀습니다."

세월이 비켜간 얼굴로 흐른 세월을 얘기하는 연화의 모습이 유신에게는 낯선 풍경처럼 보였다. 어느새 들어왔는지 나이 지긋한 시비가 봉우리진 작은 연꽃 하나를 따끈한 물 위에 동동 띄우더니 꽃잎을 묶은 실을 살짝 풀었다. 그러자 연꽃잎이 그릇

속에서 요술처럼 하나하나 펼쳐지기 시작했다. 우묵한 그릇 속에 순식간에 연꽃이 활짝 피었다.

"어스름이 져 꽃이 입을 다물 때 차를 넣어두었지요. 그리고 새벽이슬이 내릴 때 따온 것이니 연 향이 충분히 배었을 겁니다."

그 말을 증명이라도 하듯 따뜻한 물이 끼얹어지자 은은한 연향이 방 안 가득 피어올랐다. 코끝을 스치는 그 향은 은은하고 맑았다. 이것이 그 유명한 연화궁의 연꽃 차인 모양이었다.

조심스럽게 한입 머금자 신선하고 시원한 차 맛이 순식간에 지나간다. 연한 단맛이 겨우 혀끝에 점처럼 느껴지더니 사라졌다. 감히 가질 수 없는, 욕심낼 수 없는 그녀처럼 차 맛 또한 그렇다.

유신은 씁쓸한 미소를 지으며 천천히 차를 마셨다. 차를 우리던 시비가 나가고 소리없이 차만 마시던 연화가 유신의 얼굴을 살피며 먼저 입을 열었다.

"유신님께서는 신왕의 주변을 어찌 보십니까?"

너무나 단도직입적이고 노골적인 질문에 유신은 당황했다. 연화의 얼굴에 표정 변화가 전혀 없었기 때문에 이런 질문을 하는 그녀의 의도를 알 수 없었다. 난감한 기색의 유신을 살피며 연화는 다시 입을 열었다.

"이곳엔 제 눈과 귀밖에 없습니다."

그녀의 목소리에서 절박함이 느껴졌다. 그제야 유신은 고개를 들어 연화의 얼굴을 유심히 바라보았다. 그녀의 얼굴에서는 풀잎처럼 여린 아들을 새파란 칼날 위에 세워놓은 어미의 심정이 고스란히 느껴졌다. 그녀의 처지가 얼마나 고난한지, 외롭고 두려울지 짐작이 갔다. 유신은 울컥한 마음으로 입을 열었다.

"무영은……."

그러나 묵직한 그의 목소리는 이내 멈추어 버렸다.

"말씀하십시오."

유신은 자신이 어떤 처신을 해야 할지 잠시 망설였다. 별금 집안은 기란국(機瀾國)에서도 문무를 겸비한 최고의 집안이다. 부연금이나 한금 집안은 워낙 작은 집안이라 아사금과 별금에 빌붙어 명맥을 유지했지만 해사랑금은 상업으로 축적한 부를 바탕으로 아사금, 별금과 함께 기란국(機瀾國)을 이끄는 실질적인 3부족 중 하나가 되었다. 그러나 별금 집안 내에서는 알게 모르게 해사랑금 집안을 은근히 멸시하는 분위기가 있었다. 언젠가 아사금과 함께 이 기란국(機瀾國)을 이끌 실질적 주인은 자신들, 별금 집안이 될 것이라고 생각하고 있었기 때문이다. 그러니 자신의 말 한 마디 한 마디가 집안에 어떤 영향을 끼칠까 조심스러워지는 것이다. 그러나 그는 자신이 별금 집안의 사람이기 이전에 기란국(機瀾國) 사람임을 먼저 인식했다. 그리고 연화의 절박한 얼굴이 결국 입을 열게 만들었다. 그의 음성은 묵직하고 진지했다.

"무영은 야심이 큰 사람입니다."
"저도 그리 생각합니다."
"그의 뜻을 펼치기에 전하는 아직…… 너무 작은 마당입니다. 만족스럽지 못할 테지요."

무영은 무인이다. 무인만이 제 길이라고 생각하며 평생을 살아갈 우직한 사람이다. 그러니 스스로 왕이 되기보다 자신의 야망을 펼칠 수 있는 좀 더 큰 마당을 원할 것이다. 언제든 새 왕을 세울 수 있는 힘이 그에겐 있었다.

연화의 얼굴이 이내 어두워졌다. 자신도 이미 느끼고 있었던 문제를 유신의 입으로 듣고 보니 더욱 뚜렷하고 거대한 산이 앞에 놓인 느낌이 들었다. 연화는 나직한 한숨을 내쉬며 다시 물었다.

"해사랑금 건승은 어찌 보십니까?"
"건승은 장사치이지 나라를 건사할 만한 인물이 못 됩니다. 욕심이 과하고 경박합니다."

과연 유신은 그들의 면면을 정확하게 꼬집었다. 어린 왕이 얼마나 위험한 상황에 놓여 있는가를 두 사람은 똑같이 인식하고 있는 듯했다.

"그래서 얘긴데……."
연화의 입에서 나오는 말은 힘겨웠다.
"유신님께서 절 좀 도와주셔야겠습니다."
연화의 얼굴에는 수만 가지의 감정이 교차했다. 유신은 그 감정을 고스란히 읽었다. 이런 말을 자신 앞에서 하는 것이 그녀로서는 미안하고 자존심이 상할 것이다.

"아직도 절 원망하십니까?"

연화는 진지한 눈으로 그렇게 물었다.

젊은 날 외면받았던 원망은 이미 마음에서 사라진 지 오래다. 한때는 잊어보려고 발버둥을 쳤었다. 그래서 혼인도 했고, 먼 이국땅을 떠돌기도 했었다. 이십 년이 흐른 지금도 그녀는 여전히 유신의 가슴속에서 지지 않는 꽃처럼 남아 있다. 그러나 이제 그 마음은 젊은 날의 열망 같은 것만은 아닌 것 같다. 사그라진 열망 위에 어느샌가 꽃이 활짝 피었다. 애틋한 마음과 따듯한 마음, 그리고 아주 간간이 목이 마를 뿐 아무것도 아니다. 찻잔에서 피어오르는 이 연 향처럼 그녀를 생각하는 자신의 마음은 은은하고 맑다고 유신은 생각했다. 그래서 대답했다.

"그것은 이미 오래전에 사그라진 마음입니다."

그 말에 연화의 입가에 보일 듯 말 듯 미소가 지어졌다. 미안한 마음과 함께 그에게 이런 부탁을 해야 하는 자신의 처지가 슬펐다.

"지난해 격검 대회에 나섰던 자제 분이 해율(海聿)이라고 했던가요?"

일 년에 한 번씩 벌어지는 기란국(機灡國)의 격검 대회는 이웃 나라의 청년들까지 참가할 정도로 그 이름이 높고 참가자들의 격검술도 뛰어나 우승하기가 힘들기로 유명했다. 그 대회에서 스무 살의 어린 청년이 승승장구로 올라와 결국은 우승을 했는데 그가 바로 유신의 아들 해율이라고 했다.

그녀도 그 대회를 구경했었다. 바람을 가르며 날렵한 몸으로 검을 휘두르던 아름다운 청년은 한눈에 보아도 유신의 아들임을 직감할 수 있을 만큼 그를 빼어 닮았었다.

"예, 불민한 소인의 자식입니다."

"그 아이를 신왕의 곁에 두게 해주십시오."

"마마, 그건……."

"왕의 곁이 너무 없습니다. 외로움은 두려움을 키우지요. 그러니 해율이 신왕의 벗이 되어주었으면 합니다."

연화는 의외의 부탁을 했다. 유신으로 하여금 왕의 힘이 되어달라고 하는 것이 아니라 어린 해율을 원했다. 유신에게 직접적으로 지켜달라는 말은 차마 꺼낼 수가 없는 것이다.

"마마, 어미 없이 자란 아이라 부족함이 많습니다. 전하의 벗이 되기엔 턱없이 모자란……."

"모자란 부분은 유신님이 이미 채워주셨지 않습니까? 기란국(機瀾國) 어디를 둘러보아도 해율만한 청년은 없습니다. 그는 젊은 날의 유신님을 닮았습니다."

연화의 입가에 설핏 지어지는 미소에 유신은 몸 둘 바를 모르고 있었다. 젊은 날 5부족 여인들의 눈길을 한 몸에 받았으면서도 그는 단 한 번도 자신을 잘난 사내라 생각해 보지 못했었다.

그것은 오직 연화의 외면 때문이었다. 그녀 앞에만 서면 자신은 언제나 모자라고 못난 사내로 여겨질 뿐이었다.

"능혜왕 전하께서 유신님을 곁에 두고 얼마나 든든해하셨는지 제가 잘 압니다."

능혜는 유신이 그녀를 사모하였다는 것도 알고, 그로 인해 마음을 앓아 몇 년 동안 이국땅을 떠돌았다는 것도 알고 있었다. 그럼에도 유신을 대하는 능혜의 마음에는 사심이 없었다.

십여 년 만에 다시 돌아왔을 때, 책망보다는 오히려 상처 입은 자신의 마음을 다독여 주던 능혜의 그 속 깊은 마음을 어찌 잊겠는가. 연화가 사랑하는 여인이었다면 능혜는 그가 사모했던 군주였다. 자신의 힘으로 그녀를 지켜줄 수 있다면 그만큼 행복한 일은 없을 것이다.

"그 아이는 지금 이곳에 없습니다. 남쪽 지방을 주유 중이니 돌아올 때까지 제가 잠시 전하의 곁에 머물겠습니다."

"정말…… 그리해 주시겠습니까?"

연화의 눈에 안도의 빛이 돌았다. 유신은 그 모습을 애틋하고 따듯한 마음으로 바라보았다. 얼마나 두렵고 힘이 들었으면 위험을 무릅쓰고 자신을 불러 이런 어려운 부탁을 했을까 싶어서 마음이 아팠다.

"신하가 주군의 곁에 머무는 것은 당연한 일입니다. 소인이 그 소임을 맡을 수 있다면 더없는 영광일 것입니다."

"유신님……."

캄캄하던 눈앞이 탁 트이는 것 같았다. 그녀에게서 안도의 작은 숨소리가 건너오자 유신은 설핏 미소를 지어주었다. 무한한 믿음을 주는 미소였다.

三 붉은 빛깔의 모래

기란국(機蘭國)을 가로질러 남쪽으로 길게 뻗어 내려온 서란강 줄기를 따라 조우관을 쓴 두 젊은이가 비호처럼 말을 달리고 있었다. 여름 한낮의 뜨거움도 잊은 채 채찍을 가하는 그들의 눈빛은 빛나고 다부졌다. 그들은 지친 말이 하얀 거품을 물 때쯤에야 고삐를 잡아 말을 세웠다.

"워, 워."

말에서 훌쩍 뛰어내리는 남자는 이제 막 턱밑이 거뭇해지기 시작하는 청년이다. 그를 따라 내리는 또 한 남자는 나이가 조금 더 들어 보이는 사내로 청년이 거느린 사람으로 보였다. 그들은 지친 말을 강가로 몰고 가 물을 먹이고 자신들도 세수를 하며 손 바가지로 물을 한 움큼씩 들이켰다.

"어, 시원하다. 역시 어딜 가서 마셔도 우리 서란강 물맛만한 건 없습니다."

손 바가지로 물을 벌컥벌컥 들이키던 사내가 그렇게 말하자 청년도 동의한다는 듯 싱긋 웃었다.

"조금만 더 가면 바다가 있는 걸로 땅이다."

"걸로라면 우리 기란국(機瀾國)에서도 여인네들의 기가 가장 세다는 곳 아닙니까?"

"바다에서 생계를 유지하는 곳이니 배를 타고 먼 바다로 나가는 사내들이 많을 테고 풍랑을 만나 돌아오지 못하는 경우도 있을 것이다. 그러다 보니 여인네들이 살림을 떠맡게 되는 경우가 많아. 그래서 예부터 바다가 인접한 곳에 사는 여인네들이 드세어지는 거야."

말을 마친 청년은 멀리 들판의 끝자락에 아른아른 보이는 바다를 바라보았다. 기란국(機瀾國)을 자세히 돌아보리라 마음먹고 주유(周遊)를 떠난 지 백일이 다 되어간다. 백일 동안 나라 안 구석구석을 돌며 보고 느낀 것이 많다. 그는 아버지 별금 유신이 왜 자신에게 이런 일을 권유했는지 알 것 같았다. 어릴 적, 먼 이국을 떠돌아다닐 때도 아버지는 늘 기란국(機瀾國) 얘기를 들려주었었다.

"그곳은 물이 맑고 평야가 많아 사람들이 살기 좋은 곳이란

다. 그러니 자연 그곳에 사는 사람들의 마음도 악함이 없이 아름답다. 척박한 땅에 사는 주변국 사람들과는 다르지. 넌 어디를 가든 기란국(機瀾國) 사내임을 잊어서는 아니 된다. 기란국(機瀾國) 사내란 불의 앞에서 두려워하지 않고 사람을 측은히 여길 줄 아는 자를 말한다. 어디에서든 중요한 것은 사람이다. 그 아낌에 있어 귀천을 두어서도 안 된다. 사람을 잃어버리면 천만금도 다 소용이 없느니라. 금전은 잃어도 사람은 잃지 않는 진정한 기란국(機瀾國)의 사내가 되거라."

언제나 무뚝뚝하고 말이 없지만 아버지는 이렇듯 따듯한 사람이었다.
"다겸아, 내 꿈이 무언지 아느냐?"
"소인 같은 천한 섯이 도련님의 꿈을 어찌 헤아리겠습니까?"
그는 다겸을 돌아보며 싱긋 웃더니 다시 먼 바다 쪽으로 눈을 돌렸다.
"나는 앞으로 기란국(機瀾國) 최고의 장수가 될 작정이다. 그래서 단국과 야로국을 복속시키고 더 나아가 매호국을 넘어 저 북쪽의 너른 땅까지 복속시켜 기란국(機瀾國)을 이 땅에서 가장 강대한 나라로 만들 거야. 내가 어릴 적에 아버님의 등에 업혀 떠돌아다닌 이국땅은 넓고도 넓었다. 그러나 이번에 돌아본 기란국(機瀾國)은 너무나 좁구나. 한 줌 모래 같은 백성들뿐이구나. 가슴에 다 차지가 않아."

붉은 빛깔의 모래

해율은 먼 바다를 삼킬 듯 바라보았다. 이 좁은 기란국(機瀾國)에서는 저 망망대해만이 그의 가슴을 온전히 채워줄 수 있으리라.

바다는 금빛 가루를 흩뿌려 놓은 듯 눈부시게 반짝였다. 햇살이 자잘자잘 부서지는 바다를 바라보며 해율은 깊은 숨을 들이켰다. 답답하던 가슴이 탁 트이는 느낌이다. 서란강 줄기를 따라 내려온 끝자락에서 맞닥뜨린 바다는 그 속으로 뛰어들면 뼛속까지 푸른 물이 들어버릴 듯 짙푸르고 맑았다.

가파른 절벽의 끝에서 말을 타고 망망대해를 내려다보며 해율은 아버지 유신을 생각했다. 자신이 가장 존경하고 닮고 싶은 사람은 바로 별금 유신이다. 어머니인 아사금 한비는 해율을 낳다가 돌아가셨다고 했다. 유신은 핏덩이 때부터 손수 해율을 키웠다. 한비기 죽자 집안에서는 유신에게 해율을 부모님께 맡기고 재혼을 하라고 권유하였다고 한다. 아버지는 그 소리를 듣자마자 어린 해율을 안고 이국땅으로 떠나 버렸다고 했다. 그리고 내내 이국땅을 떠돌며 해율은 아버지의 등에서 자랐다. 아버지의 등에 업혀 세상을 보았고, 글을 깨치고, 포부를 키웠다.

처음에는 아버지의 사랑이 어머니인 한비인 줄 알았다. 그러나 나이가 차면서 아버지를 그토록 오랜 기간 기란국(機瀾國) 밖으로 떠돌게 만들었던 여인이 왕비인 연화부인이었다는 것을 알게 되었다. 그것을 알게 된 순간 느꼈던 배신감은 이제 안타까움으로 변했다. 어느덧 그는 아버지를 충분히 이해할 나이가 된 것이다.

이국을 떠돌아다닐 때 아버지는 아주 가끔 노을이 지는 벌판에서 먹먹한 얼굴로 먼 남쪽 끝자락을 응시하곤 했었다. 그것이 당신의 조국인 기란국(機瀾國)을 그리워했던 것이 아니라 기란국(機瀾國)에서 숨 쉬고 있을 당신의 사랑 때문이었다는 것을 이제야 깨닫는다. 누군가를 그토록 가슴 깊이 사랑한다는 것은 행복한 일일 것이다. 순간 해율은 얼굴이 화끈 달아올랐다. 지난 가을에 있었던 격검 대회가 떠오른 것이다.

마지막 상대였던 아사금 집안의 무사를 쓰러뜨리고 돌아섰을 때 5부족의 아리따운 처자들의 눈초리가 순식간에 화살처럼 꽂혀왔다. 붉어진 얼굴로 눈을 어디에 두어야 할지 몰라 허둥대고 있을 때 슬며시 다가와 따듯한 눈으로 바라보던 왕비 연화부인의 얼굴이 얼마나 빛이 나던지, 그때만 생각하면 지금도 가슴이 떨린다.

가엾으신 분……

홀로 된 연화궁 마마를 떠올리며 해율은 잠시 마음이 짠해졌다.

다시 바다로 눈을 돌리던 해율은 까마득한 절벽 아래에서 반짝 빛나는 무언가를 발견했다. 파도 자락을 타고 살랑살랑 움직이는 그것은 말로만 듣던 잠녀(해녀)였다. 물수건을 머리에 바짝 동여맨 채 파도를 타며 살랑살랑 흔들리던 여자가 몸을 뒤집어 자맥질을 하더니 순식간에 새파란 물속으로 사라졌다.

"앗!"

자신도 모르게 움찔하던 해율의 발이 말의 배를 걷어차 버렸다. 푸르륵 튀어 오르는 말을 진정시키려 고삐를 힘껏 움켜잡았지만 소용없었다. 두어 번 튀어 오르던 말이 몸을 돌리는 순간 해율은 까마득한 절벽 아래로 곤두박질쳤다.

물 밖으로 나와 숨을 서너 번 깊이 들이킨 사비(沙緋)는 다시 몸을 뒤집어 바다 깊숙이 헤엄쳐 들어갔다. 그녀에게 바다는 생명의 보고이고 쌀독 같은 곳이다. 바다에만 나오면 언제나 먹고 살 길이 보인다.

눈을 반짝이며 주위를 살피던 사비는 바위 틈 사이에 민머리를 내보이며 들어앉은 문어를 향해 갈쿠리를 찍었다. 큼직한 문어 한 마리가 흐느적거리는 다리를 쭉 뻗으며 올라왔다. 그것을 재빠르게 망사리에 쑤셔 넣고는 위로 솟구쳐 올라갔다. 숨이 차오르고 있었다.

단숨에 물 밖으로 솟구쳐 올라와 가쁜 숨을 내쉬는데 맞은편에서 첨벙대는 무언가가 눈에 띄었다. 부서지는 햇살 때문에 형체를 잘 알아볼 수 없었다. 그래서 처음에는 사람을 잡아먹는 그 사나운 물고기라도 나타난 줄 알았다. 그것들은 아주 가끔 나타나 사람을 물어뜯고 사라지곤 했다. 물 밖으로 나가기 위해 재빠르게 망사리를 챙기던 그녀는 첨벙대던 그것이 물속으로 가라앉고 나서야 사람인 것을 깨달았다. 그녀는 두 번 생각도 않고 바로 자맥질을 해서 물속으로 헤엄쳐 들어갔다. 방금 전 문어를 잡았던 바위 근처에서 그 사람의 옷자락을 잡은 그녀는 한 손으로 목을 감고 다른 한 손으로 힘겹게 헤엄을 쳐 물 밖으로 솟구쳐 올랐다.

"하아! 하아!"

모래밭으로 끌어올려 놓고 보니 몹시도 건장한 체구의 사내다. 재빠른 손길로 사내의 몸을 주무르며 가슴팍과 배를 힘껏 눌렀다. 사내의 얼굴은 점점 새파랗게 질려가고 있었다. 어서 숨통을 트이게 해야 했다. 다급해진 그녀는 사내의 입을 벌리고 제 숨을 한껏 불어 넣었다. 그리고 다시 가슴팍과 배를 누르다가 또 숨을 불어 넣기를 반복하였다. 어느 순간 사내의 몸이 울컥하더니 입으로 바닷물을 좌르르 쏟아내었다.

"보십시오! 정신 차리십시오!"

몸을 흔들어보았지만 남자는 여전히 의식이 없었다. 코밑에 손을 대어보니 가느다란 숨결이 느껴졌다. 죽지는 않은 모양이다. 다시 입을 벌리고 숨을 불어 넣으려던 사비는 그제야 눈에 가득 들어오는 사내의 모습에 멈칫했다. 입고 있는 행색으로 보아 걸로의 사내는 아니다. 바다 바람에 그을어 거무튀튀한 이곳의 사내들과는 다른 하얀 피부가 신기했다.

하긴, 걸로의 사내라면 바다에서 그렇게 맥을 못 출 리가 없지.

생각을 털어내고 다시 사내를 흔들어보던 그녀는 용기를 내어 그의 코와 턱을 잡았다. 그리고 사내의 입을 벌리고 제 숨을 힘껏 불어 넣었다. 코끝으로 사내 냄새가 물씬 풍겨왔다. 얼굴이 화끈 달아오르고 가슴이 콩닥거렸다. 사내를 이렇게 가까이서 대하는 것도 처음이고, 몸을 만지는 것은 더더구나 처음이다.

입을 떼고 여전히 기척이 없는 사내를 난감하게 내려다보던 사비는 다시 한 번 용기를 내어 사내의 입을 벌리고 숨을 불어 넣었다.

"으음……."

그에게서 후끈한 입김이 뱉어지는 것을 느끼며 사비는 화들짝 놀라 엉덩이를 뒤로 뺐다. 드디어 살아난 모양이다.

"으음……."

혼몽한 정신을 가다듬으며 해율은 눈을 떴다. 붉다 못해 하얗게 바랜 하늘이 눈앞에 펼쳐졌다.

어디지?

부신 햇살 탓에 눈앞이 아찔했다. 머리가 아득해짐을 느끼며 다시 눈을 스르르 감으려는 순간 다급한 목소리가 들렸다.

"정신이 드십니까?"

그림자 하나가 부신 해를 가리며 내려다보았다. 가무잡잡한 얼굴에 눈이 보석처럼 빛나는 아이다. 해율은 겨우 입을 달싹여 물었다.

"넌…… 누구냐?"

그제야 아이의 입가에 해사한 웃음이 번졌다.

"다행입니다. 못 깨어나실까 걱정했습니다."

음성이 다소 가늘다 생각하며 그제야 아이의 행색을 살폈다. 머리를 감싼 수건과 물에 젖어 착 달라붙은 옷자락, 그리고 볕에 반쯤 드러나 있는 어깨……! 사내아이인 줄 알았더니 벼랑 아래 바다에서 반짝 빛을 내며 자맥질을 하던 잠녀였다.

"어떻게……? 아!"

자신이 왜 이곳에 누워 있는지 물으려던 해율은 그제야 바다로 떨어져 허우적거렸던 것을 떠올렸다. 바다라고는 들어가 본 적도 없고 자맥질은 더더욱 할 줄 모르는 자신이 바다에 빠졌으니 그 다음엔 무슨 일이 일어났을지 짐작이 갔다. 아마도 허우적대다가 물을 잔뜩 먹어 정신을 잃고 가라앉은 걸 이 잠녀가 구해준 모양이다. 그러고 보니 생명의 은인이다.

해율은 힘겹게 몸을 일으켰다. 물먹은 솜처럼 몸이 무거웠지만 특별히 다친 곳은 없는 듯했다.

"네가 날 구해준 것이냐?"

가무잡잡한 얼굴의 잠녀는 호기심 어린 눈을 반짝이며 고개를 끄덕였다. 스물 남짓 되어 보이는 그녀는 지금껏 해율이 보아왔던 여자들과는 사뭇 다른 모습이었다. 여인이라 하기에는 의심스러울 만큼 가무잡잡한 피부에 물에 젖어 착 달라붙은 옷과 어깨를 훤히 드러내고도 그다지 부끄러워하는 기색이 없다.

붉은 빛깔의 모래 51

"자맥질을 못하는 것을 보니 이곳 걸로 사람은 아닌 듯한데 어쩌다가 바다에 빠지셨습니까?"

목소리 또한 나긋함과는 거리가 먼 활기가 느껴졌다. 해율은 눈짓으로 까마득한 벼랑을 가리켰다. 그 아래는 바닷물에 잠겨 보이지 않을 뿐, 온통 울퉁불퉁한 바위투성이의 벼랑이었다. 한 뼘이라도 잘못 떨어지는 날에는 그대로 바위에 머리를 부딪쳐 즉사를 하고 말 곳이다.

"세상에! 저기에서 떨어지셨단 말입니까?"

놀라 동그래지는 눈이 가무잡잡한 얼굴과 어우러져 한껏 귀엽게 보였다. 여인을 보고 아름답다고 생각하며 가슴이 두근거렸던 것은 연화궁 마마를 뵈었을 때가 처음이었다. 그런데 이 잠녀는 그런 아름다움과는 다른, 그러나 그 느낌과 비견할 수 없는 야릇한 감정이 일었다. 그녀는 어린 날 이국을 떠돌며 만난 힌 번쯤 말을 걸어보고 싶었던 신비스런 소녀 같기도 하고, 늘 마음에 품고 기다렸던 낯모를 여인의 형상 같기도 하다. 쏟아지는 햇살만큼이나 강렬한 인상으로 다가오는 그 얼굴을 해율은 뚫어질 듯 바라보았고, 그녀와 눈과 마주치자 저도 모르게 미소를 지었다.

"내 눈이 무엇에 놀라서 말을 놀라게 만들었다."

자신의 눈을 놀라게 했던 것이 바로 바다 속에서 반짝 빛을 내던 이 잠녀였다. 서글한 눈으로 그 말을 목 안으로 삼키며 해율은 싱긋 웃었다.

하얗게 드러나는 이가 햇살에 반짝였다. 사비는 저도 모르게 몸을 움찔했다. 사내가 저렇게 웃다니…… 이곳 걸로에서는 손가락질 받을 일이다. 이곳 사내들은 저 사나운 바다보다 더 사나운 얼굴로 대해도 여인들이 굽힐까 말까 하니 여인 앞에서는 험악한 표정들만 지었다.

"잠녀를 보기는 생전 처음이다."

해율의 호기심 어린 눈이 그녀의 모습을 훑어 내렸다. 가무잡잡한 얼굴과 수건으로 머리칼을 감싼 때문에 사내아이로 보였던 모양이다. 해율의 눈이 반쯤 드러난 제 어깨를 스치는데도 사비는 동그란 눈으로 그를 빤히 바라보았다. 철도 들기 전에 바다로 뛰어들어 내내 잠녀로 살았으니 그녀에겐 이 모습이 부끄러울 리가 없었다.

"내 목숨을 구해주었으니 보답을 해야겠다. 이름이 뭐냐?"

"보답 같은 건 필요없습니다. 어디에서 오신 분인지는 모르겠지만 다음부터는 조심하십시오. 바다는 생각보다 무서운 곳이랍니다."

그녀는 다시 한 번 그 귀여운 웃음을 보여주고는 돌아섰다. 잠깐 멍해 있는 사이 저만치 걸어가던 그녀가 갑자기 옆구리에 차고 있는 망사리에서 다급하게 무언가를 찾더니 바다로 풍덩 뛰어드는 모습이 보였다. 해율은 그제야 정신이 들어 자리에서 벌떡 일어났다. 그녀를 이대로 보내서는 안 될 것 같은 생각이 들었다.

"잠깐! 거기 서봐!"

그러나 그녀는 재빠르게 헤엄을 쳐서 가파른 벼랑 뒤편으로 사라져 버렸다. 저녁 햇살이 바다 위에서 붉은빛을 띠며 자잘하게 부서지고 있었다. 마치 꿈이라도 꾼 것 같았다.

그 사내를 구하느라 옆구리에 찬 망사리에 잡아 넣었던 문어가 사라진 줄도 몰랐다. 다급하게 바다로 뛰어든 사비는 박새기에 달린 커다란 망사리 속을 살펴보았다. 조가비 몇 개밖에 보이지 않는다. 이걸 가지고 집으로 돌아갈 수는 없다. 아침에 집을 나설 때 쌀독이 텅 빈 것을 보고 나온 터였다.

며칠 후면 대 선주인 차불한님의 생신이라 그 댁의 집사가 문어를 잡아오라고 신신부탁을 하던 것이 생각나자 사비는 너무나 속이 상해서 눈물이 왈칵 쏟아질 것 같았다. 아직 해가 남아 있으니 어떡하든 문어를 한 마리 잡아 올려야겠다고 생각하며 그녀는 바위 선너편으로 헤엄을 쳐 갔다. 모래빝에서 그 남지기 부르는 소리가 들렸지만 돌아볼 여유가 없었다.

바다 속이 캄캄해질 때까지 헤맸지만 결국 문어를 건져 내지 못했다. 바위틈에 벗어놓은 옷을 찾아 주섬주섬 걸쳐 입고 집으로 돌아가던 사비는 다시 걸음을 돌려 차불한의 집으로 향했다.

대문간에 서서 한참을 기다린 후에야 집사를 만날 수 있었다.

"아저씨, 문어는 내일 잡아다 드릴 테니 쌀 한 됫박만 빌려주십시오."

"알았다. 잠깐 기다려라."

사람 좋은 집사 부연이 한 됫박은 훨씬 넘어 보이는 쌀을 자루에 넣어 들고 나왔다.

"오늘은 어째 그놈들이 네 눈에 띄지 않았더냐? 다른 사람들 눈은 다 피해도 네 눈은 못 피하는 법인데 말이야?"

사비는 부연이 인자한 얼굴로 건네는 자루를 얼른 받아 들고 환한 얼굴로 고개를 꾸벅했다.

"고맙습니다, 아저씨. 내일은 아주 큰 놈으로 잡아올게요."

금방이라도 눈물을 왈칵 쏟을 것 같던 얼굴에 생글생글 웃음이 도는 것을 보며 부연은 짠한 마음으로 혀를 찼다.

"네 어미와 가희 년은 오늘도 방 안에서 빈둥대었던 모양이구나? 쯧쯧, 그것들은 평생 네 살과 피를 갉아먹을 것들이다. 그러니 너도 모진 마음먹고 네 살 궁리를 해!"

"그런 말씀 마십시오. 어머니는 오랜 물질에 병이 들어 물질을 못하시고, 가희는 물질이 서툴러서 나와봐야 조가비나 줍고 마는걸요."

"걸로 땅의 여자가 물질이 서툴다는 것이 말이 되느냐! 그것이 다 어릴 적부터 너를 믿고 뱅뱅 돌며 제 몸만 챙기던 버릇이 들어 그런 거지!"

부연은 몹시 화가 난다는 듯 소리를 빽 질렀다. 사비는 그 소리를 귀에 넣는지 마는지 쌀자루를 안고 생글거리다가 인사를 꾸벅하고 돌아섰다.

부연은 해거름에 멀어지는 사비의 모습을 안타깝게 바라보았

붉은 빛깔의 모래

다. 친구인 달검이 배를 타고 나갔다가 죽은 후 사비는 집안의 생계를 떠맡고 있다. 그것이 벌써 십 년이 다 되어간다. 열 살도 안 된 어린 것이 고사리 같은 손으로 잡아오는 문어며, 조가비를 쌀로 바꿔주며 저것이 어쩌다가 저런 운명을 타고 났을까 싶어 마음이 짠할 때가 한두 번이 아니었다.

쌀자루를 안고 골목을 탁탁탁 달려 집으로 들어서자 문짝이 떨어질 듯이 열리며 울불의 거친 말이 마당 가득 울려 퍼졌다.

"아니, 이년이 어미를 굶겨 죽일 작정이냐!"

울불의 눈에서 새파란 불똥이 튀었다. 그 뒤에서 가희의 쟁쟁거리는 소리도 들렸다.

"무슨 짓을 하느라고 이렇게 늦었어? 어머니 속 터지게 하려고 일부러 게으름을 피운 거 아냐?"

"미안해, 배고프지? 얼른 밥 지어 올릴 테니까 잠깐만 기다리셔요, 어머니."

사비는 쌀자루를 들어 보이며 생긋 웃었다. 이틀 내내 멀건 파래죽만 끓여주었으니 배가 몹시들 고플 것이다.

쌀을 안치고 아궁이에 불을 지폈다. 따듯한 불 앞에 앉아 있자니 몸이 나른하게 녹아내리는 것 같았다. 종일 물속에 있느라 퉁퉁 부었던 살들이 이제야 제 모습으로 오그라드는 모양이다.

이렇게 또 하루가 가는구나.

사비는 무릎에 턱을 고이고 이글이글 타오르는 불꽃을 물끄러미 바라보았다. 그 불꽃 속에서 하얀 이를 드러내며 환하게 웃던 낯선 남자의 얼굴이 아른거렸다. 난생처음 본 외지의 남자였다. 하얀 얼굴과 하얀 이와 이곳 사내들에게는 손가락질이나 받을 따듯한 미소를 떠올리던 사비는 밥이 부글부글 끓어 넘치는 소리에 화들짝 놀라 부지깽이로 불꽃을 어질러 버렸다. 불꽃이 타닥 튀어 오르며 그 남자의 얼굴이 순식간에 사라졌다.

잠깐 소피를 보고 돌아와 보니 말만 있고 사람이 보이지 않았다. 다겸은 정신없이 해율을 찾아 헤매다가 모래밭에서 넋을 놓고 서 있는 그를 발견했다.
"도련님! 어찌 된 일입니까?"
축축이 젖은 그의 모습에 놀라 다가가 물었지만 그는 대답 대신 바다를 바라보며 알아듣지 못할 말을 했다.
"여인이 희고 아름다워야만 눈이 가고 마음이 가는 것이 아니구나."
해율은 황홀경에 빠진 눈으로 바다로 떨어지는 저녁노을을 바라보고 있었다.

다음날 아침, 떠날 채비를 하고 방을 들여다보았더니 해율이 보이지 않았다. 그는 또다시 어제의 그곳으로 나와 넋을 놓은 듯 바다만 바라보고 있었다. 걸로 땅에 도착해 바다를 잠깐 보고 곧장 차루벌로 돌아갈 것이라 생각했었는데 해율은 해가 중천에 떠올랐는데도 돌아갈 생각을 않고 있었다.
"도련님, 그만 돌아가시지요. 서둘러 가도 이레 밤낮은 달려야 차루벌에 닿을 것입니다."

이곳 걸로에서 왕이 계신 차루벌까지는 말을 타고 쉬지 않고 달려도 꼬박 이레가 걸리는 먼 곳이다. 약조한 날을 이미 여러 날 넘겼으니 유신이 몹시도 기다리실 것이다.

"겸아, 나는 이곳에서 할 일이 한 가지 더 있으니 너 먼저 돌아가야겠다."

이 낯선 걸로 땅에서 그가 남아 할 일이란 게 뭔지 궁금했지만 다겸은 묻지 않았다. 해율은 언제나 높고 깊은 뜻을 지닌 사람이라 자신같이 천한 무지렁이가 그 뜻을 다 알 수 없는 노릇이다.

"그럼 소인도 있다가 함께 가겠습니다."

"아니다. 아버님께서 몹시 기다리실 거야. 네가 먼저 가서 나의 무사함을 알리고 곧 돌아가겠다고 말씀드려라."

그의 말에서 서먹할 수 없는 난오함이 느껴졌다. 다겸은 어쩔 수 없이 먼저 길을 나설 수밖에 없었다. 그렇게 다겸을 보내고 해율은 모래밭을 서성거렸다. 그러나 해가 중천에 떴는데도 어제 보았던 그 잠녀는 보이지 않았다.

바위들을 풀쩍풀쩍 뛰어넘어 걷고 있는데 건너편 바다 쪽에서 무언가 반짝이는 것이 보였다. 그는 다짜고짜 바위를 뛰어넘으며 벼랑을 돌아 달렸다. 숨을 헐떡이며 도착한 그곳에는 하얀 박새기만이 바다 위에 둥둥 떠 있었다.

해율은 바위 위에 서서 잠녀가 떠오르기를 기다렸다. 바다 위에서는 여전히 햇살이 눈부시게 부서지고 있었다. 오랫동안 바다가 고요하였기 때문에 해율은 겁이 났다. 바다는 생각보다 무서운 곳이라던 그녀의 말이 떠올랐다. 마음이 불안하게 동동거릴 즈음 푸, 숨을 내뱉으며 잠녀가 솟구쳐 올랐다.

"하아, 하아."

그녀는 가쁜 숨을 몰아쉬며 잡아온 것들을 망사리 속으로 집어넣었다.

여름 내내 바다가 가물다. 아침부터 잡아 올린 것들이 문어 두 마리와 조가비 몇 개가 고작이니……. 그래도 어제 집사에게 약속한 문어를 잡은 것이 다행이다. 큰 숨을 들이키며 다시 바다로 잠기려는 순간 아주 가까운 곳에서 사내의 음성이 들렸다.

"무얼 잡았느냐?"

하얀 얼굴과 따듯하던 미소가 신기해 보였던 그 사내가 바위 위에 서 있었다. 사비는 저도 모를 반가움에 사내 곁으로 헤엄쳐갔다.

"아직 떠나지 않으셨습니까?"

가무잡잡한 피부 위에 물방울들이 돋아 있는 것이 싱그러워 보였다.

"네게 보답을 못했으니 갈 수가 없다."

"그런 것은 필요없다고……."

"그것은 네 생각이고. 생명의 은인에게 보답을 하지 않고 떠나 버리는 것은 사람의 도리가 아니다."

사람의 도리라니? 하루하루 먹고 사는 것이 삶의 전부인 사비에게 그것은 너무 어려운 의미다.
 "잠깐 올라오지 않겠느냐?"
 바위 위에 앉아 옆을 툭툭 두드리며 그가 말했다. 그는 말하는 내내 싱글거리는 미소를 입가에 달고 있었다. 바위 가까이로 다가온 사비에게 그가 손을 뻗었다. 순간 그녀는 장난스럽게 물을 탁 튀기며 다시 바다 속으로 잠겨 버렸다. 얼굴에 튀어 오른 물방울들을 털어내며 해율은 피식 웃었다. 자신이 헤엄을 치지 못한다는 것을 놀리려는 모양이었다.
 해율은 바위에 엎드려 일렁이는 바닷물을 내려다보았다. 한참 후, 깊은 바다에서부터 검은 물결이 일렁일렁 움직이더니 순식간에 잠녀가 눈앞으로 솟구쳐 올랐다. 화들짝 놀라 물러나는 그를 보며 그녀는 햇살처럼 웃음을 터뜨렸다.
 바위에 손을 짚고 힘찬 물고기처럼 훌쩍 올라온 그녀가 옆에 앉자 싱그러운 바다 내음이 물씬 풍겨왔다. 그녀는 치마인지 바지인지 구분이 안 되는 옷을 허벅지 즈음에 질끈 동여매고 맨다리를 바위 위에 가지런히 놓았다. 무릎 위 허벅지 살은 어깨 위의 드러난 살과는 확연히 구분되는 뽀얀 살결이다. 마치 다른 사람의 몸처럼 그녀의 위와 아래는 확연히 다른 색깔이었다.
 "날마다 이렇게 바다에서 일을 하느냐?"
 신기한 눈으로 묻는 그에게 사비는 고개를 까딱까딱했다.
 "바다가 제 쌀독입니다."

멀리서 들었던 소문대로 그녀도 다른 걸로의 여인들처럼 집안 살림을 책임지고 있는 모양이었다.

"이름이 무어야?"

"사비."

"사비?"

"모래가 붉은빛을 띠었다는 뜻이랍니다. 제가 태어나던 그해에 이 걸로의 바다가 붉은빛을 띠며 가물이 들어 가까운 바다에서는 고기잡이가 되지 않았더랍니다. 그래서 많은 사내들이 먼 바다로 나갔는데 모두 돌아오지 않았어요. 걸로 땅에 사내의 씨가 마르기 시작한 것이 그때부터입니다. 그것이 다 가물이 들어 바다가 붉어지고 모래밭이 붉어진 탓입니다."

설핏 웃는 사비의 얼굴이 슬퍼 보였다. 걸로 여인의 운명이 마치 자신의 존재 탓인 듯 얘기하는 그녀의 말에 해율은 의아한 생각이 들었다.

"그래서 네 이름이 그렇게 지어졌단 말이냐?"

"예."

"어째서 너냐? 그해에 태어난 아이가 너뿐이더냐?"

그해에 태어난 아이들은 많다. 가까이에는 쌍둥이로 태어난 가희까지 있다. 그런데도 어머니는 모든 화살을 사비에게만 돌렸다.

어릴 적 아버지가 지어준 그녀의 이름은 꽃아지였다. 어리고 귀여운 꽃, 꽃아지. 그러나 아버지가 돌아가시자 어머니는 어느

날 마을로 흘러들어 온 무녀를 찾아가 그녀의 이름을 사비라고 지어왔다.

"그 무녀가 그러더라. 마을이 이리 된 것도, 네 아비가 저리 비명횡사를 한 것도 다 네년 탓이라고. 네년의 관상을 보니 팔자가 사나워서 사내들이 살아 버티지를 못한다더구나! 저 바다가 몇 년째 가문 것도 다 네년 탓이다!"

어릴 적부터 귀에 딱지가 앉도록 들은 말이다. 사내를 잡아먹을 사나운 운명, 그것은 이미 온 걸로 사람들에게도 진실처럼 박혀 버린 말이다. 그래서 사내는 물론 아녀자들까지 사비에게 접근해 오는 법이 없었다. 이 걸로 땅에서 그녀를 따듯이 대해 주는 사람은 오직 부연뿐이다. 사비는 이 모든 것이 정말 제 운명 탓이라 생각하며 자랐다. 그녀에게 삶은 언제나 뼈에 사무치는 외로움 같은 것이었다. 때문에 낯선 사내가 자신에게 이렇게 말을 걸어오는 것이 신기할 지경이다.
"제 운명이 사나운 탓입니다."
"그것은 네 탓이 아니다. 저 들판이 가물이 들고 장마도 들듯이 바다도 매한가지가 아니겠느냐?"
그의 따듯한 시선이 사비의 슬픈 눈동자에 머물렀다. 사비는 난생처음 누군가가 자신을 위로해 주고 있다는 것을 느꼈다. 그 따듯한 시선에 가슴이 뭉클해졌다. 갑자기 부끄럼이 밀려왔다.

사내 앞에서 훤히 드러난 어깨와 다리를 어떻게 해야 할지 몰라 허둥대다가 벌떡 일어났다.

"그만…… 가봐야겠습니다."

붙잡을 새도 없이 그녀는 바다 속으로 풍덩 뛰어들었다. 그리고 박새기와 망사리를 챙겨 건너편 바위 쪽으로 다급하게 헤엄을 쳤다.

"이봐, 사비야! 난 아직 네게 보답을 못했다!"

그녀가 왜 갑자기 일어나 가버렸는지 해율은 알 수 없었다. 그는 입가에 손을 모으고 다시 소리를 쳤다.

"보답을 않고 떠나 버리는 것은 사람의 도리가 아니라고 했잖아! 내일 여기서 기다리마!"

그러나 그녀는 어느새 바위를 돌아 사라져 버렸다. 어제도 그랬고, 오늘도 꼭 꿈을 꾸는 듯 그녀는 사라져 버렸다.

"사비…… 붉은 빛깔의 모래……?"

해율은 그 이름을 나직이 중얼거려 보았다. 붉디붉은 꽃 한 송이가 가슴에 들어찼다.

"어휴! 더워서 잠을 잘 수가 없구나."

자다 일어난 울불이 양손을 파들파들 흔들며 손부채를 흔들어댔다. 돌아누울 곳도 없는 좁은 방에 세 여자가 누웠으니 이 무더운 여름밤을 견디기가 힘이 들었다. 사비는 잠든 척 숨소리를 죽이고 누워 바닥에 깔린 거적을 만지작거리며 하늘에 총총히 박힌 별을 바라보고 있었다.

양쪽으로 열어놓은 문으로 밤바람이 휘휘 드나들어 땀을 씻어주었다. 촤르르 밀려왔다 밀려가는 파도 소리가 유난히 가까이 들리는 밤이다. 종일 자맥질을 하느라 피곤을 이기지 못하고 누우면 곯아떨어져 버리곤 했었는데 오늘 밤은 어찌 이리도 잠이 오지 않는지 알 수가 없다.

"그것은 네 탓이 아니다. 저 들판이 가물이 들고 장마도 들듯이 바다도 매한가지가 아니겠느냐?"

사내의 따듯하던 말이 떠오르자 저도 모르게 입가에 배시시 웃음이 지어졌다. 난생처음 그런 위로의 말을 듣고 나니 가슴에 꽉 들어차 있던 서러움이 한 꺼풀 벗겨지는 것 같았다. 모든 것을 사나운 운명을 타고난 제 탓이라 생각하며 살았던지라 누구 앞에서도 서러움을 표현할 수 없었다. 그저 햇살처럼 웃고만 살았다.

눈물이 차 오를 때면 바다로 가면 되었다. 짭짤한 바닷물에 그 바닷물처럼 짭짤한 제 눈물쯤 아무리 보태어진들 누가 알랴. 그런데 오늘 그 사내 앞에서 눈물을 쏟을 뻔했다. 바라보는 눈빛이 너무 따듯해서…… 훤하게 드러난 제 몸뚱어리가 부끄러워서…….

사내는 종일 볕이 따갑게 내리쬐는 바위 위에 앉아 먼 바다를 바라보고 있었다. 무슨 생각이 그리도 깊은지 그는 고개조차 돌리지 않고 바다만 응시하고 있었다.

 사비는 가파른 벼랑 끝 바위 뒤에 숨어 그 모습을 지켜보았다. 평소의 그녀라면 단숨에 헤엄쳐 가서 '보답이 뭔지 얼른 하고 가십시오'라고 했을 테지만 웬일인지 사내에게 다가갈 수가 없다.

 바다에 노을이 지고 있었다. 아궁이에서 이글대는 불꽃처럼 발간 해가 먼먼 바다 끝으로 잠기고 있었다. 그제야 사내는 자리를 털고 일어났다. 사내의 모습이 멀어지자 사비는 맥이 탁 풀린 듯 그 자리에 주저앉고 말았다. 그리고 텅 빈 망사리를 바라보며 한숨을 지었다. 사내를 숨어 보느라 종일 바다에 들어가지 못했다. 이대로 집으로 가면 어머니 울불에게 온갖 모진 소리를 들을 것이다. 그녀는 바위틈에 쪼그리고 앉았다.

 "야단치라면 치라지? 하루쯤 굶는 게 뭐 대수라고······."

 사나운 운명을 타고난 게 뭐 내 죈가? 나도 가희처럼 뽀얀 살결도 가지고 싶고, 어머니께 응석도 부려보고 싶단 말이야!

 십 년을 혼자서 세 식구 생계를 책임져 왔다. 비가 오나 눈이 오나 먹고 살기 위해서는 바다로 뛰어들 수밖에 없었다. 그러고도 단 한 번도 고운 소리, 따듯한 눈빛 한 번 받아보지 못했다. 억울하고 서러운 마음에 눈물이 찔끔 난다.

 다음날도 사내는 어제의 그 자리에 앉아 바다를 응시하고 있었다. 그늘을 찾아 들지 않는 것을 보니 고집이 아주 세거나 앞뒤가 꽉 막힌 샌님이 분명했다. 사비는 어제처럼 바위 뒤에 숨어 잠깐 사내를 훔쳐보다가 핏, 웃음을 흘리며 바다로 풍덩 뛰어들었다.

바보 같은 짓은 어제 하루면 됐다. 하루 바보짓 하는 바람에 세 식구 쫄쫄 굶고, 어머니께 '죽일 년 살릴 년' 모진 소리를 바가지로 듣고, 밤새 눈이 말똥말똥해서 잠조차 자지 못했다. 몸 축나고, 마음 축나는 이런 바보짓은 왜 할까 싶었다. 그래서 더 이상 숨어 보지 않기로 했다. 툭 털어버리기로 했다.

며칠 저러다 가겠지, 그리고 다시는 나타나지 않을 거야. 떠나고 나면 걸로가 어디인지 기억도 못할 텐데 뭐.

바다 속 바위틈에 숨은 문어를 갈고리로 꽉 내리찍으며 사비는 그렇게 생각했다.

오늘은 어쩐 일인지 망사리 속이 풍성했다. 소라, 멍게, 해삼, 전복, 그리고 문어까지 잡아 올렸으니 이 정도면 사나흘 양식은 거뜬히 해결하고도 남을 것이다. 그러고 보니 어제 바보짓을 했던 것이 억울할 지경이다.

쉴 새 없이 자맥질을 하며 바다를 들락거리던 사비는 잠시 쉬기 위해 바위에 걸터앉았다. 잠시 앉아 있는데도 몸이 타버릴 듯 따가운 볕이다. 잠깐 앉아 있던 사비는 살금살금 기어가 바위에 찰싹 붙었다. 딱 한 번만 더 보고 다시는 안 볼 것이다. 그런데 사내가 보이지 않는다.

가버렸나?

힘없이 떨구어지던 사비의 고개가 다시 번쩍 들렸다. 사내는 바위 위에 누워 있었다. 축 늘어진 몸이 꼼짝도 하지 않는다.

바다에 풍덩 뛰어든 사비는 정신없이 건너편 바위 쪽으로 헤엄을 쳐갔다. 잠시 앉아 있는데도 몸이 타버릴 것 같은 볕 아래에 이틀을 꼬박 앉아 있었으니 무슨 일이 벌어져도 단단히 벌어진 것이라고 생각했다. 순식간에 사내가 누워 있는 바위까지 도착한 사비는 바위 위로 훌쩍 올라갔다.

"보십시오! 정신 차리십시오!"

물 묻은 손바닥에 닿은 사내의 몸이 뜨거웠다.

"보십시오! 보십시오!"

옷자락을 마구 흔들던 사비는 정신없이 두 손으로 사내의 얼굴을 비볐다. 이대로 영영 눈을 뜨지 않는 건 아닐까 두려워 눈물이 핑그르르 돌 것 같았다. 전날처럼 제 숨이라도 불어 넣을 생각으로 입술을 가져가는데 사내의 눈이 번쩍 떠졌다. 입술과 입술이, 눈과 코가 맞닿아 있었다. 사비의 입에서 헛바람 같은 신음 소리가 새어나오며 떨어져 나오려는 순간 사내가 잽싸게 손목을 움켜잡았다.

"왜 이제야 온 것이냐? 몹시 기다렸다."

반가움이 물씬 묻어나는 목소리였지만 조금 노한 듯한 표정이다.

"괘, 괜찮으십니까?"

"괜찮지 않다. 널 기다리느라 목이 석 자나 빠졌어."

유들유들한 목소리와 입가에 웃음기까지 번지는 것을 보니 정말 말짱한 모양이었다. 그것도 모르고 혼이 빠진 듯 흔들어대고 눈물까지 쏟을 뻔했다. 사비는 은근히 부아가 나서 잡힌 손목을 떨쳐 내었다.

"종일 그렇게 볕에 앉아 계시다가는 큰 병을 얻을 것입니다."

"널 만나자면 어쩔 수 없지 않느냐?"

"그렇다고 무작정 볕에 앉아 계시면……!"

힐끗 돌아보는 사비의 눈에 원망이 서려 있었다. 그제야 해율은 진지한 눈으로 그녀를 바라보았다. 그리고 정신없이 흔드는 통에 눈을 떴을 때 맞닿아 있던 그녀의 입술의 뜻을 그제야 헤아렸다.

"내가 어찌 되었을까 봐 겁이 났던 거냐?"

"부녀는 세 사나운 팔자 때문에 사내들이 죽어난다고 했습니다."

사비의 막막하고 슬픈 눈이 잠깐 해율의 얼굴을 스치다 이내 거두어졌다. 볕에 그은 까만 피부가 햇살에 반짝였다. 먼 바다로 향한 그녀의 눈은 제 운명을 탓하듯 서러운 얼굴이었다. 그 모습을 물끄러미 바라보던 해율이 옆에 두었던 칼을 챙겨 일어섰다.

"그 무녀가 어디에 살고 있느냐?"

그만 가려나 보다 생각했는데 난데없는 질문에 사비는 의아한 눈으로 그를 올려다보았다.

"그런 요망한 말을 함부로 지껄이다니, 내 칼로 당장 베어버리려고 그런다."

그는 정말 무녀가 앞에 있다면 당장이라도 칼을 휘둘러 버릴 태세였다. 부아가 잔뜩 난 듯한 그의 얼굴을 올려다보던 사비의 입에서 풋, 웃음이 새나왔다. 목까지 차 오른 설움이 파도에 쓸려가듯 순식간에 사라져 버린 탓이다.

"그 무녀는 이미 오래전에 죽었습니다."

흠, 헛기침을 하며 다시 자리에 앉은 해율은 가무잡잡한 사비의 얼굴을 살폈다. 밤새 잠을 설친 탓인지 나른하게 잠이 쏟아졌다.

"어제는 왜 오지 않은 거냐?"

"힘이 들어…… 쉴 때도 있습니다."

바위 뒤에 숨어 훔쳐보았다고는 말하고 싶지 않았다. 이틀 사이 사내의 얼굴은 볕에 달아 발갛게 익어 있었다.

"나이가 몇이지?"

"열일곱."

해율은 약간 놀란 눈으로 그녀의 얼굴을 바라보았다. 쭉쭉 뻗은 몸매도 그렇고, 얼굴에서 느껴지는 나이도 열아홉이나 스물쯤으로 보였었다.

"식구들은 어찌 되느냐. 네가 집안 살림을 책임지고 있는 것이냐?"

꼬치꼬치 캐묻는 말에 사비는 그만 입을 다물어 버렸다. 잠깐 스쳐 가는 외지 사내에게 제 고단한 삶을 다 말하고 싶지 않았다. 마을의 어디쯤에 사는지, 누구랑 어떻게 살고 있는지 모든 것이 궁금했지만 사비는 어떤 물음에도 입을 꼭 다문 채 대답이 없었다. 해율은 어쩔 수 없이 자신의 얘기를 먼저 꺼내었다.

"내 이름은 해율이다. 별금 집안의 유신님이 내 아버님이야."

그의 얼굴에 자랑스러움이 비쳤다. '별금'이란 성을 가진 걸 보니 해사랑금만큼이나 무섭고 힘이 있는 집안의 자제인가 보다.

걸로 땅은 오래전부터 바다를 통해 무역을 하고 기란국의 상권을 장악한 해사랑금 집안의 땅이었다. 사실 걸로 땅이 이렇게 살기 어려워진 것은 해사랑금 집안이 기란국(機瀾國)의 수도인 차루벌로 본거지를 옮겨 버린 이유가 컸다. 해사랑금 집안은 본거지를 그곳으로 옮기고도 해마다 많은 해산물과 세금을 수탈해 갔고, 무역선을 타고 먼 바다를 다닐 수 있는 건장한 사내들을 끌고 갔다. 이렇듯 성을 가졌다는 것은 자신같이 성도 없는 무지렁이들을 마음대로 부릴 수도 있고, 감히 쳐다볼 수도 없는 까마득한 사람들이란 뜻이다.

별금이란 성씨들도 해사랑금 사람들처럼 어느 곳에선가 무지렁이 백성들을 못살게 굴까?

문득 돌아본 사내는 그러나 너무나 선량하고 따뜻해 보인다. 그는 먼 바다를 보며 눈을 반짝였다.

"앞으로 내가 무엇을 하며 살아야 할지를 생각하며 세상을 주유하던 중이었다. 이곳으로 와서야 뭘 해야 할지, 어찌 살아야 할지를 어렴풋이 떠올렸는데 그 순간에 바다에 빠졌던 것이다."

해율은 빙긋 웃으며 사비를 내려다보았다.

"내 꿈이 무언지 아느냐? 내 꿈은 이 나라 최고의 무장이 되어 기란국(機瀾國)을 이 땅에서 가장 강성한 나라로 만드는 것이다. 언젠가는 단국도, 야로국도, 그리고 그 북쪽의 매호국까지 모두 내 힘으로 우리 기란국(機瀾國)에 복속시킬 것이다."

해율의 눈은 이미 이국의 벌판으로 말을 달리는 듯 흥분해 있었다. 꿈이라느니, 희망이라느니, 그런 것들은 그녀와는 상관없는 단어들이었다. 그런 말을 감히 입 밖으로 낼 수조차 없는 막막한 삶을 살고 있는 사비에게 그는 너무나 거대한 남자처럼 느껴졌다. 자신으로서는 감히 바라볼 수도 없는 까마득한 곳에 눈을 두고 있는 남자다.

"네가 구해주지 않았다면 내 원대한 꿈이 저 물거품처럼 되어 버렸을지도 모르지. 죽을 뻔한 나를 살려주었으니 어찌 보답을 하면 좋겠느냐?"

바라보는 그의 눈빛은 따듯하고 서글하다. 사비는 그런 눈빛이 성가시고 싫었다. 한 번도 접해보지 못한 눈빛이다. 저런 따듯한 눈빛은 사람의 마음을 자꾸 나약하게 만든다.

"정말이지 보답 같은 건 필요없습니다."

해율은 그녀의 말을 무시한 채 품속에서 노랗고 조그만 돌덩이 하나를 꺼내었다.

"금붙이다. 그거면 이 따가운 볕에서 몸을 태워가며 자맥질을 하지 않아도 반년은 살 수 있을 거야. 더 주고 싶지만 지금 내가 가진 것이 그것뿐이라 어쩔 수가 없구나."

손바닥 위에 놓인 엄지손가락만한 금붙이를 보며 사비의 눈이 동그래졌다. 말로만 듣던 금덩이를 실제로 보고 있자니 정신이 하나도 없었다. 나라님이나 가질 수 있다는 이런 귀한 보물을 불쑥 건네주는 이 사람은 도대체 누굴까? 금덩이를 손 안에 넣고 꼭 쥐어보던 사비는 이내 그것을 해율의 눈앞으로 내밀었다.

"싫습니다."

"어째서 싫다는 거냐?"

해율은 놀란 눈으로 물었다.

"이런 것 없이도 지금껏 잘살았습니다 앞으로도 그럴 것입니다."

오기와 고집이 잔뜩 묻어나는 목소리였다. 해율은 속이 상했다. 따가운 볕에 이틀을 앉아 있어보니 내장까지 녹아내리는 것 같았다. 이런 볕에서 날마다 물속을 드나들어야 하는 그녀가 안타까웠다. 무릎 위로 드러난 하얀 허벅지 살과 어깨 위로 드러난 까만 살결이 너무도 다른 것이 마음 아팠다. 그저 스쳐 지나고 말 인연인 천하디천한 잠녀에게 왜 이런 마음이 드는지 알 수가 없다. 무언가 표현하고 싶은 것이 있는데 그게 무언지 모르겠다.

해율은 불쑥 내밀어진 사비의 손을 퉁명스럽게 밀어냈다.

"난 내일 아침 일찍 이곳을 떠날 거야. 그때까지 마음이 바뀌지 않으면 그때 돌려주어도 되지 않느냐?"

제법 거친 말투를 남기고 해율은 자리에서 일어났다. 사비는 그가 사라진 언덕을 한동안 노려보다가 무릎에 얼굴을 묻어버렸다. 저 남자가 자꾸만 가슴에 무늬를 그린다. 그 환한 웃음이 눈 속에 번져 찰싹찰싹 파도를 친다. 그래서 받고 싶지 않은 거다.

오랜만에 하얀 쌀밥과 조갯국에 고기 반찬이 상 위에 차려지자 가희가 동그란 눈으로 사비를 쳐다보았다. 살을 다 태우는 따가운 볕이 죽어도 싫어서 방 안에서 빈둥대는 것이 조금 미안했다.

"오늘은 뭘 많이 잡았나 봐?"

"응, 매일 오늘만 같으면 살 만하겠는데 말이야."

상이 그득하니 서로를 바라보는 얼굴에도 오랜만에 웃음이 번졌다.

"오늘 잡히는 것들이 내일이라고 안 잡힐 리가 있느냐? 네년이 게으름을 피워 그런 거지."

고기를 한 점 올린 밥을 입이 터지도록 쑤셔 넣으며 울불이 퉁명스런 말을 내뱉었다. '단 한 가지도 마음에 드는 구석이 없

붉은 빛깔의 모래

는 년' 힐끔 쳐다보는 눈매가 그렇게 말하는 것 같았다.

"아유, 어머니도 참. 사비더러 게으름을 피운다면 난 뭐유? 게으름뱅이 할미유?"

가희는 제가 내뱉고도 제 말이 우스운지 밥을 쑤셔 넣으며 키들 웃었다.

"이것아, 넌 나가봐야 겨우 조가비나 줍는 것이 전부니 안 나가느니만 못하지. 그러니 뭐 하러 뙤약볕에 나가 살을 태울 거냐? 계집이란 그저 살결이 뽀얘야 사내한테 사랑받는 법이다."

커다란 고기 한 점을 집어 밥그릇에 놓아주며 가희에게 하는 울불의 말들이 살뜰하다. 사비는 그 모습을 물끄러미 바라보며 말없이 밥을 먹었다. 이런 차별은 아버지가 돌아가신 후 매일같이 있어왔던 풍경이라 특별날 것도 없다. 울불에게 가희는 자식이고 사비는 남편을 잡아먹은 원수일 뿐이니까.

빔새 빚신 사내의 따뜻하고 서늘한 눈빛이 어둠 속을 떠다녔다. 내일 아침 일찍 이곳을 떠나겠다던 그의 말이 떠올랐다.

떠나고 나면 다시는 볼 수 없겠지?

파도 소리가 사그락거리며 가슴을 파고드는 길고 긴 밤이었다.

사비는 새벽같이 일어나 상을 차려놓고 장구들을 챙겨 바다로 향했다. 해율이 떠나기 전에 만나 금붙이를 돌려줄 생각이었다. 해가 막 산자락으로 떠오르고 있었다. 걸음을 바쁘게 옮기던 사비는 급기야 달리기 시작했다. 그러나 막상 도착해 보니 바위 위에는 그의 모습이 보이지 않았다.

　벌써 떠나 버린 것일까?

　가슴이 덜컥했다. 꼭 움켜쥔 금붙이에 땀이 배었다. 잠시 서성이는 사이 마음이 혼란스러워졌다. 자신이 정작 새벽같이 바다로 나온 이유가 무엇인지 알 수 없었다. 비단 금붙이를 돌려주겠다는 마음만은 아니었던 것 같다. 어쩌면 서글서글 웃는 그 따듯한 눈을 한 번 더 보고 싶었던 건지도 모른다.

　생각에 빠져 넋을 놓은 채 먼 바다 끝을 바라보고 서 있던 사비는 인기척에 몸을 돌렸다. 말끔한 옷차림에 조우관을 쓴 해율이 늠름한 모습으로 서 있었다. 그의 눈은 방금 보았던 아침바다만큼이나 싱그럽고 빛났다. 성큼 다가온 그는 약간 상기된 음성으로 말했다.

　"네가 나오지 않으면 어쩌나 걱정되어 밤새 잠을 이루지 못했다."

　순간 사비는 자신이 밤새 잠을 이루지 못했던 이유가 이 아침에 그를 보지 못하면 어쩌나 하는 이유 때문이었다는 것을 깨달았다. 이 아침에 보지 못하면 다시는 그를 볼 수 없으리란 생각에 잠을 설쳤던 것이다.

　아침 햇살이 바다로 쏟아져 내리고 있었다. 해율의 눈동자도 그 햇살처럼 사비의 얼굴로 쏟아졌다. 이 여자를 볼 때마다 왜 그 형체보다 빛이 먼저 났었는지 알 수가 없다. 가슴이 뻐근하고 목이 마른 이 감정도 다 알 수가 없다. 다만 두고 떠나는 마음이 천근처럼 무겁다는 것, 아프다는 것, 그것만이 느껴졌다.

"차루벌은 이곳에서 아주 먼 곳이라……."

두 번 다시 이곳에 올 일은 없을 것이고, 그래서 다시는 못 볼 것이며, 어쩌면 영영 기억에조차 남지 않을지도 모를 사람이다. 순간 사비의 눈동자에 무언가가 반짝였다. 해율은 반짝이는 그것이 눈물이 고여서라는 것을 한눈에 알아보았다. 그는 자신도 모르게 손을 뻗어 사비의 볼을 쓰다듬었다. 볕에 그은 검은 살결이 하얀 그의 손등과 대비되었다. 그것이 왠지 마음을 아프게 했다.

"울지 마라. 내 꼭 다시 오마."

단정하고 맑은 눈이 사비의 눈동자를 바라보며 그렇게 말했다.

난생처음 자신에게 따듯한 말을 건네주었던 남자다. 그것만으로도 충분히 그가 떠나는 것이 슬펐다. 볼을 스치는 그의 따듯한 손바닥이 스륵 떨어져 나가자 사비는 저도 모르게 해율의 옷자락을 붙들었다. 그리고 금붙이를 꼭 쥔 주먹을 내 보였다.

"이건 다시 오시면 그때 드리겠습니다."

"그럴 필요 없다. 네가 힘들 때 언제든 그것이 보탬이 되었으면 좋겠다."

아침 햇살이 바다로 쏟아져 내려 눈이 부셨다. 해율은 빛을 피해 눈을 찡그리며 돌아섰다. 그리고 성큼 걸어 말에 훌쩍 올라탔다. 고삐를 잡고 제자리를 한 바퀴 빙글 돌던 그는 사비를 잠깐 건너다보다가 말의 배를 힘껏 찼다.

"핫!"

그리고 순식간에 언덕을 넘어 사라져 버렸다. 그렇게 열일곱의 여름에 한 사내가 뚜렷한 자취를 남긴 채 사비의 마음을 스쳐 갔다. 이 천한 여자가 언젠가는 자신의 몸도 마음도, 그리고 영혼까지 앗아가 버릴 줄을 모른 채 해율은 뜨거운 가슴을 안고 차루벌로 말을 달렸다.

四 권력의 소용돌이

어린 왕 태무의 걸음은 숨결처럼 고요하고 느리다. 유신은 왕의 걸음에 맞추기 위해 숨을 고르듯 아주 천천히 설음을 옮겨야 했다.

"공과 함께 있으니 마치 아바마마를 뵈온 듯 마음이 푸근합니다."

설핏 웃는 입가에 하늘 같았던 아버지를 잃은 어린 소년의 슬픔이 배어난다.

"마음을 강건히 가지십시오."

마음을 강건히 가져야 한다는 걸 왜 모를까? 그러나 두렵다. 외숙도 장인도 날마다 두려울 뿐이다. 바람이 불자 왕은 다시 가느란 기침을 쏟아내었다. 뒤따르던 전의가 해초물과 도라지 물을 번갈아 올리자 왕은 짜증을 내며 그릇을 밀쳐 내었다.

"쓰고 비릿한 물은 이제 싫다!"

무사들이 급히 방으로 모시고 나서야 기침은 잦아들었다.

큰일이다. 저 몸으로 얼마나 버텨줄까?

유신은 연화를 떠올렸다. 그녀는 지금 어린 왕을 동아줄처럼 잡고 있다. 그것을 생각할 때마다 견딜 수 없이 마음이 쓰라린다. 일찌감치 손을 떼고 이국으로 도망을 쳐버리는 것이 스스로가 살길일 것이다. 그러나 이젠 그럴 수가 없다. 그녀의 곁에는 더 이상 그녀를 지켜줄 능혜가 없다. 깨문 입술에서 비릿한 핏물이 배어나왔다.

순식간에 사라지던 연 향처럼 아주 오래전에 사그라진 미음이라고.

그녀를 향한 자신의 마음은 그렇게 은은하고 맑다고 생각하지만 유신에게 있어 연화는 여전히 다가설 수 없어서 더욱 아릿할 수밖에 없는 꽃이다. 마른 풀밭에 다시 물이 드니 새록새록 돋아나는 새순처럼 삐져 나오려는 마음이 여전히 고통스럽다.

마흔을 넘긴 나이에도 여전히 이십대의 아름다움을 유지하고 있는 연화궁 마마의 모습은 뵐 때마다 해율의 마음을 설레게 했다. 그것은 기란국(機襴國)의 모든 젊은이들의 한결같은 마음일 것이다.

걸로에서 막 돌아온 해율을 불러 차를 마시고 오랜 시간 그를 뜯어보듯 살피던 연화의 입에서 나온 말은 딱 한 마디뿐이었다.
"신왕의 좋은 벗이 되어다오."
왕의 벗이라……?

해율은 마음속으로 그 뜻을 헤아려 보았다. 어린 왕은 지금 칼날 위를 걷고 있다. 궁 밖에서는 해사랑금 건승의 위세가 날로 하늘을 찔러대니 머잖아 그가 왕위에 오를 거라는 소문까지 떠돌고 있는 지경이다. 그리고 왕이 두려워하는 또 한 사람 무영 대장군, 그는 지금 군력을 정비하는데 혈안이 되어 있는 것 같다. 그것을 지켜보는 것만으로도 태무왕으로서는 견딜 수 없는 두려움일 것이다. 벗이 되어주라는 말은 그들의 틈바구니에서 왕이 스스로 일어설 수 있을 때까지 곁을 지키라는 뜻이리라.

해율은 너무나 크고 무거운 짐이 자신의 어깨에 올려졌다는 것을 깨달았다. 말을 타고 칼을 휘두르며 전장터를 누비는 것이 성미에 맞는 일이지만 당분간은 왕의 곁을 지키는 수밖에 없을 것 같다. 어차피 무장의 길을 걸을 것이니 궁궐 무사 자리를 거치는 것도 나쁘진 않으리라.

기란국(機瀾國) 수도 차루벌 북문 근처의 황매산 자락을 온통 차지하고 있는 집들은 해사랑금 집안들이다. 웬만한 집들은 그 칸수가 궁에 버금가고 그 화려함은 이미 궁을 능가하니 그네들의 거만함은 말로 다 표현할 수가 없었다.

나라의 상권을 한 손에 쥐고 있으니 아무리 왕의 혈족인 아사금 집안이라 해도 해사랑금 앞에서는 머리를 조아릴 수밖에 없다. 더군다나 걸로 땅을 소유하고 있어 장사치들 사이에서는 바다를 통한 무역은 왕이 아니라 건승의 허락을 받는 것을 당연한 것으로 여겨졌다. 그렇다 보니 그의 집에는 온갖 진귀한 선물을 들고 찾아오는 상인들의 발길이 끊이지 않아 실로 왕의 권위를 능가한다고 해도 과언이 아니었다.

"연화궁 마마께서 유신을 끌어들이더니 이젠 그 자식까지 왕에게 붙여놓았어?"

왕궁에 심어놓은 심복 무사 단우연이 전하는 말을 되뇌며 건승은 얼굴을 일그러뜨렸다.

유신의 존재만으로도 찜찜한데 그 아들이라니……

지난해 격검 대회에서의 해율의 모습은 5부족의 뇌리에 깊이 박혔을 만큼 인상적이었다. 그는 모든 사람들이 장차 이 기란국(機瀾國)을 이끌 젊은이 중에 첫 손가락에 꼽는 걸 주저하지 않는 자다.

"아로에게서는 아직 소식이 없느냐?"

"저, 그게……"

단우연을 따라온 시비가 머리를 조아리며 말을 얼버무렸다. 험악한 건승의 얼굴에 대고 '하늘을 봐야 별을 따지'라는 말이 입 밖에 나오지 않는 것이다.

권력의 소용돌이 81

스물다섯 살의 아로는 겨우 열일곱인 왕이 감당하기엔 벅찬 여자다. 사내가 무엇인지 경험조차 하지 못한 시비의 눈에도 아로의 온몸에 흐르는 여인의 짙은 향내는 사내를 여럿 후리고도 남을 지경으로 보이니. 그래서인지 혼인 후 서너 번 왕비를 찾아왔던 왕은 다음날 아침 샛노란 얼굴로 돌아간 후 석 달째 왕비 전에 발길을 끊고 있었다.

"아직 소식이 없습니다."

왕자든 공주든 어서 생산을 해야 확실히 왕권을 틀어쥘 텐데 혼인한 지 일 년이 다 되어가는데도 아무런 소식이 없으니 속이 탈 지경이다. 왕에게 후사가 없는 지금 가장 껄끄러운 사람은 무영이다. 그는 왕권 서열 일인자이자 기란국의 병권을 한 손에 쥐고 있는 사람, 언제든 마음만 먹으면 태무를 밀어내고 그 자리를 차지할 수 있는 자다. 군력 증강에 혈안이 되어 있는 것만 보아도 그 숨은 속내를 알 수 있지 않은가. 그가 더 힘을 기르기 전에 아로가 왕자를 낳아 그 아이로 차대왕의 지위만 공고히 다질 수 있다면 더 바랄 것이 없겠다. 지금 왕은 살아봐야 오 년을 버틸 것 같지 않으니. 그런데 무영만으로도 상대하기가 벅찬데 유신까지 끌어들이다니 연화궁 마마의 수완도 보통이 아니다 싶다.

흥, 그래 봐야 여자다. 여전히 새파란 젊음을 뽐내는 그 얼굴에 눈독을 들이는 자가 한둘이겠는가. 제 아무리 왕의 모후라 하나 꺾어버릴 꽃인 건 매한가지, 유신을 불러들인 게 그녀에게는 어쩌면 독이 될지도 모른다. 유신의 마음이야 예나 지금이나 일편단심 연화궁 마마께 닿아 있을 테니 슬쩍 부추겨 보는 것도 방법이리라.

험악하던 건승의 얼굴에 회심의 미소가 지어졌다. 그는 궁으로 돌아가는 시비의 손에 멀리 바다 건너 화조국에서 들여온 약재들을 한 보따리 들려 보냈다.

아로에게 여직 소식이 없는 것은 아무래도 허약한 왕의 몸이 문제여서일 것이다. 바람이 불면 날아갈 듯한 그런 몸으로 아로 같은 여자를 어찌 상대하겠는가.

건승은 저도 모르게 픽, 웃음을 흘렸다. 아로도 나름대로 못 견딜 일일 것이다. 아로의 욕정이야 처녀 적부터 제 어미가 걱정할 정도였으니…….

"전하는 연화궁에서 뭘 하고 계시는가?"

매의 눈매를 가진 무영이 손가락으로 탁자를 툭툭 두드리며 물었다.

"해율과 담소를 나누고 계십니다."

오늘도 어제와 같은 말을 전하며 무영의 측근 무사 반유는 난감한 표정을 지었다. 어떡하든 왕이 태평전에 머물도록 하라는 영을 받았지만 눈만 뜨면 연화궁으로 향하는 왕을 말리기에 자신의 힘으로는 역부족이었다.

무영은 수염을 매만지던 손으로 탁자를 소리 나게 내려쳤다.

태무가 외숙인 자신을 지나치게 두려워하고 있다. 이렇게 피하기만 한다면 태무를 통해 자신의 야망을 이루어보고자 했던 생각이 물거품이 되고 말 것이다.

유약해 빠진 녀석…… 끙!

그는 끓어오르는 열을 이기지 못한 채 신음처럼 한숨을 토해 내었다. 능혜왕이 돌아가신 후 연화도 태무도 그를 피하고만 있다. 그들이 무얼 두려워하는지 다 안다. 무영은 능혜왕의 사촌이자 연화의 하나밖에 없는 피붙이, 혜랑왕의 유일한 직계 손자다. 그러므로 태무에게서 후사가 없을 경우, 왕위계승 서열 1위에 있는 사람은 무영이다. 또한 그가 언제든 마음만 먹으면 빼앗아 버릴 수 있는 자리가 왕위이기도 했다. 그러나 무영의 야망은 그것에 있지 않았다. 그의 꿈은 날마다 북녘의 너른 벌판을 달리고 있었다.

기란국(機瀾國)이 언제까지나 남쪽의 이 조그만 땅에만 안주해 있을 수는 없는 일이다. 집안이든 나라든 작고 힘이 없으면 잡아먹히고 마는 게 세상 이치가 아니던가. 기란국(機瀾國)은 비옥한 땅과 바다를 낀 무역으로 주변의 어떤 나라보다 안정적인 상태이지만 강대국은 결코 아니다. 하루가 다르게 변화하는 정세 속에서 이대로는 길게 살아남을 수 없다는 것이 그의 판단이었다.

'정복전쟁.'

그것만이 기란국(機瀾國)이 길이길이 살아남을 길이다. 태무를 통해 이룰 수 없다면 다른 군주를 찾아야 한다. 결단은 **빠를**수록 좋다. 그렇다고 가엾은 누이와 조카를 벼랑으로 몰 생각은 없다. 가장 우선은 그들을 지키는 것, 그 다음은 태무를 이을 차대왕 자리를 공고히 다지는 것이다. 건승이 먼저 손을 쓰기 전에.

우선은 건승을 제거해야겠다. 그자를 제거할 빌미를 만들어야겠는데……?

그는 번뜩이는 눈으로 입술을 깨물었다.

"그래서 어찌 되었느냐?"

"저는 두려워서 눈을 꼭 감고 있었습니다. 혹여 떨어질까 봐 아버님의 목을 틀어 안고 말입니다."

태무는 요즘 해율이 들려주는 신기한 이국의 얘기들에 잔뜩 흥미를 붙이고 있었다. 오늘은 단국의 북쪽에 있는 매호국을 지날 때 만난 도적 떼 얘기를 듣고 있는 중이었다.

"아버님께서 저를 풀밭에 내리시기에 눈을 떠보았더니 이미 싸움은 끝나 있었습니다. 주위에는 도적 떼의 시체가 나뒹굴고 있었고 아버님의 옷도 온통 피범벅이었습니다. 어깨에 깊은 상처를 입으셨던 겁니다."

마치 눈앞에 그림을 펼쳐 보이듯 들려주는 해율의 얘기에 태무는 완전 매료되었다. 태어나서 지금까지 이 궁을 나가본 적이 없는 그에게 해율이 들려주는 이야기들은 신천지를 만난 듯한 흥분이었다.

"아이를 업고도 스물이나 되는 도적 떼를 상대하다니 유신 공의 무예가 그토록 뛰어나단 말이냐?"

태무는 곁에 서 있는 명에게 물었다.

"젊은 시절의 유신님은 기란국(機瀾國) 최고의 무사셨습니다. 격검 대회를 삼 년이나 휩쓰신 적도 있었습니다."

"그래?"

태무는 놀라운 눈으로 해율을 바라보다가 다시 나직한 음성으로 명에게 물었다.

"그럼 외숙과 대적을 하면 누가 이기겠느냐?"

"저, 전하!"

명은 낮게 소리치며 얼른 주위를 살폈다. 온 궁에 퍼져 있는 무영의 귀들이 듣는다면 무슨 사단이 날지 모르는 말이다. 명의 눈치를 살피며 해율은 얼른 말을 돌렸다.

"단국과 매호국 사람들은 성정들이 거칠고 포악합니다. 어디를 다녀보아도 우리 기란국(機瀾國)의 백성만큼 부드럽고 넉넉한 성품을 지닌 백성들은 드뭅니다. 이것이 다 전하와 왕실의 넉넉한 다스림 덕입니다."

"선왕들은 다 훌륭하였다."

태무의 얼굴이 금세 어두워졌다. 못난 자신 때문에 왕실이 위태로운 것도, 어머니 연화궁 마마의 근심이 끊이지 않는 것도 마음 아팠다.

"전하도 잘하실 수 있습니다."

해율의 단호한 목소리가 생각에 잠긴 태무를 깨웠다. 태무를 바라보는 해율의 눈은 섬광처럼 빛이 났고 의기에 차 있었다. 해율의 눈동자는 언제나 높은 산자락에서 내려다보는 바람 같다. 그 바람으로 어느 순간 세상을 한 손에 움켜쥐고 말 힘이 느껴졌다. 태무는 고개를 끄덕였다.

"그래."

해율과 함께라면 잘할 수 있을지도 모르겠다. 해율이 곁에 머물고부터 태무는 두려움이 많이 줄었다. 목소리도 힘차졌고, 낯빛도 밝아졌다. 해율은 자신보다 네 살이나 많지만 아직은 어리다 할 수 있는 스물두 살이다. 그런데도 함께 있으면 바람을 막아주고, 무서움을 가려주는 든든한 나무 같다.

해율이 돌아가고도 태평전에서 한참이나 서성이던 태무는 마지못한 걸음을 옮겨 휘령전으로 향했다. 장인인 건승의 눈치를 이기지 못하고 찾아오긴 했지만 앉은 자리가 바늘방석 같아 내내 아로의 눈치를 살폈다. 다소곳이 고개를 수그린 채 앉아 있는 아로의 모습이 여전히 낯설다. 잠자리에서 보는 그녀와 이렇게 말짱한 얼굴로 마주 앉은 그녀는 마치 다른 사람을 대하는 듯하다. 이토록 조신한 사람이 잠자리에서는 두려울 만큼 뜨거우니 허약한 자신으로서는 그것을 감당할 수가 없다. 그 탓에 혼인하고 함께 밤을 샌 것이 겨우 다섯 손가락 안에 꼽을 정도다.

이제 막 스물여섯에 접어든 아로는 물이 오를 대로 오른 꽃송이 같았다. 몹시 예쁘다. 열일곱에 보던 그녀와 열여덟의 나이가 되어 보는 그녀가 이렇게 달라 보일 수 있을까? 어머니 연화궁 마마가 저녁 무렵의 은은한 연꽃 같다면 지금 자신의 눈앞에 있는 아로는 새벽이슬을 머금은 물오른 수련을 닮았다. 태무는 난생처음 가슴이 두근거렸다.

아로는 입술을 잘근잘근 깨물며 석 달 만에 찾아온 어린 왕을 훔쳐보고 있었다. 지난번보다 얼굴이 좋아진 것을 보니 몸에 힘이 조금 올랐을까? 열여덟이라지만 왕은 여전히 열대여섯 먹은 아이 같다. 아로는 고개를 떨어뜨리며 표나지 않게 한숨을 내쉬었다.

처음 왕비가 된다고 했을 때는 하늘을 날 듯 기뻤지만 막상 궁에 들어와 맞닥뜨린 왕의 젖비린내 나는 모습에 그녀는 가슴이 와르르 무너졌다. 타고난 열기를 주체 못하고 이미 여러 번의 남자와의 경험이 있는 그녀에게 왕은 그저 조무래기 어린아이에 불과했다. 자신의 여성 속에서 반도 차지 않는 물건을 가지고 허우적허우적 헤엄을 치다 진땀을 쏟으며 떨어져 나가 버리던 첫날의 기억은 아직도 고통스럽다. 차라리 오지 말든지, 잊을 만하면 한 번씩 찾아와 집적거리다가 기겁을 하고 도망을 가버리니 달아오른 열기를 감당하는 것은 오롯이 아로 혼자만의 몫이었다. 화륵화륵 끓어오르는 열기를 짓눌러 앉힐 때면 지옥도 이런 지옥이 없다 싶었다.

"자, 잘 지내셨소?"

"예, 전하도 잘 지내셨겠지요?"

아무 감정 없는 아로의 목소리가 쓸쓸하게 들렸다. 혼인을 했다고는 하나 마음으로든 몸으로든 부부의 정을 제대로 나눈 적이 한 번도 없었다. 아로를 바라보고 있기가 미안하고 안쓰러웠다. 태무는 슬쩍 다가가 앉으며 용기를 내어 그녀의 손을 잡아보았다. 꽃잎처럼 부드러운 손이었다. 아로는 조금 놀란 눈으로 태무를 바라보았다. 움켜쥐는 손아귀의 힘이 제법이다. 마냥 어린아이인 줄 알았는데 이제야 사내가 되어가는 것일까? 그녀는 야릇한 기대감에 얼굴이 붉어졌다.

침상으로 끌어당기는 손길도, 옷을 벗겨내는 손길도 오늘은 다르다. 옷을 다 벗겨낸 태무는 눈앞에 펼쳐진 디킬 듯한 기슴을 재빠르게 베어 물었다. 지난번 장인이 보내온 약재들이 효과가 있는 건지 그녀의 나신을 보자마자 가슴이 펄떡거렸고 아랫도리에 불끈불끈 힘이 주어졌다. 가슴을 아프도록 빨아대던 태무는 아직 마른 그녀의 여성 속으로 부풀어 오른 제 물건을 불끈 밀고 들어갔다. 아로의 입에서 날카로운 신음 소리가 새어나왔다. 태무는 그것이 자신의 힘에 의해 새어나온 소리라 생각하며 더욱 거세게 밀고 들어갔다.

여인을 안는다는 것이 이런 것일까? 머리가 아찔하고 가슴이 활활 타올랐다. 온몸으로 번지는 저릿저릿한 전율에 태무는 알아듣지도 못할 신음 소리를 내었다. 그러나 이내 호흡이 가빠지고 땀이 비 오듯이 쏟아졌다. 숨이 턱에 차 오를 듯 헐떡거리던 그는 마침내 까마득한 정점을 만난 듯 눈동자가 풀리기 시작했다. 순간 등을 꼭 끌어안는 손길이 느껴졌다. 그제야 태무는 아로의 눈을 내려다보았다. 지난번처럼 그녀의 눈이 어이없어한다거나 허무함을 감추지 못하고 있다면 정말 다시는 이곳을 찾지 못할 것 같다.

아로는 채워지지 않은 욕망을 감춘 채 어린 왕을 올려다보았다. 그는 펄떡거리는 가슴을 주체하지 못한 채 금방이라도 그녀의 가슴으로 무너져 내릴 것 같았다. 두려움이 잔뜩 든 그의 눈이 가여웠다. 금방이라도 고개를 수그린 채 지난번처럼 도망을 칠 태세였다.

오늘의 그는 마냥 어리지만은 않았다. 그녀를 어루만져 주지 못한 채 저 혼자 내달려 버린 것은 괘씸했지만 깊은 속살까지 불끈불끈 밀고 들어오는 느낌은 여느 남자 못지않았다. 이렇게 서서히 아이에서 어른으로, 소년에서 사내로 변해갈 것이다. 처음부터 유들유들 모든 것을 채워주는 사내도 좋겠지만 이렇게 제 몸으로 키워 나가는 사내를 안는 맛도 나쁘진 않으리라.

아로의 입가에 설핏 미소가 지어지더니 보드라운 손이 올라와 태무의 얼굴을 쓰다듬었다. 그녀의 입술이 다가오고 있었다. 태무는 놀라 움찔했지만 이내 그녀의 뜨거운 입김에 정신을 혼곤히 놓아버렸다. 아로는 늘어진 왕의 몸을 품어주었다.

다…… 채워지지가 않아.

늘어져 안긴 왕의 여린 몸을 아무리 쓸어보아도 타올라 버린 욕정을 채울 길이 없다.

명이 연화의 명을 받고 궁을 나선 지 달포가 되어간다. 능혜왕에게는 수족보다 더한 그림자였고 또 잠깐 동안이었지만 신왕 태무의 그림자였던 그가 궁을 빠져나온 것을 아는 사람은 아무도 없다. 태무의 그림자 자리를 해율에게 넘겨주며 그의 존재가 가벼워진 탓에 쫓는 눈들이 느슨해진 덕이다.

"버들내를 찾아라."

그것이 연화궁 마마의 명이었다. 유신에게 도움을 약속 받으면서 이젠 어느 정도 힘이 생겼다고 판단한 모양이다. 그러나 명을 여전히 두렵다. 능혜도 지켜내지 못한 공주를 여인의 몸인 연화가 어찌 지켜낼 수 있을지…….

십칠 년 전 그날을 떠올리며 명은 잠깐 몸을 부르르 떨었다. 갓 태어난 아기를 향해 칼을 뽑던 능혜와 그런 능혜를 끌어안고 공주의 탄생을 알고 있는 시비들의 목을 거두라고 명령하던 연화의 차가운 음성, 그리고 공포에 질린 눈으로 칼을 맞던 시비들의 모습이 늘 그의 뇌리 속을 떠나지 않았다.

길고 긴 서란강 줄기를 따라 샅샅이 훑어내려 왔지만 버들내의 흔적은 찾을 길이 없었다. 어쩌면 이곳을 벗어나 다른 지방으로 흘러들어 갔을지도 모른다는 생각도 해보았지만 그는 이내 고개를 흔들었다. 살아 있다면 서란강 줄기 어느 자락에서 살고 있을 것이다. 앞이 안 보이는 그 몸으로 멀리 가지는 못했을 것이니.

그날 밤, 버들내가 궁을 빠져나가자마자 태무의 탄생 소식이 왕실과 5부족에게 알려졌다. 그토록 기다리던 왕자의 탄생에 5부족의 수장들과 대신들이 앞을 다투어 궁으로 몰려오자 왕은 두려움에 떨었다. 어느 누구든 해를 가렸던 달의 존재를 숨긴 것을 아는 날에는 연화도 능혜도 살아남기 힘들 것이다. 트집을 잡자고 든다면 왕의 목숨까지 좌지우지할 힘을 지닌 5부족이니.

버들내가 떠나고 이틀이 지나 결국 왕은 연화 몰래 명을 뒤쫓아 보냈다.

"흔적을 남기지 말거라. 버들내도, 아기도······."

다행인지 불행인지 아기는 이미 바구니에 담겨 멀리 떠내려간 뒤였다. 차마 버들내를 죽일 수는 없었다. 자신이 왕의 수족이면 버들내는 왕비의 수족이었다. 공주의 탄생을 아는 사람은 이제 왕과 왕비, 자신과 버들내. 이렇게 네 사람이지만 실제로 아기를 보았던 사람은 버들내 한 사람뿐이다.

"원망하려거든 공주마마를 보아버린 네 눈을 원망하거라."

명은 가녀린 버들내의 목을 움켜쥐고 공포에 질린 그 눈을 목숨 대신 거두었다. 그리고 피가 철철 흐르는 눈을 감싸고 풀밭에서 나뒹구는 버들내를 버려둔 채 떠난 지 십칠 년이 지났다.

살아 있을까? 살아 있다고 한들 이미 소경이 되었으니 핏덩이였던 아기의 무엇을 기억할 수 있을까 의문이었다.

서란강의 한 줄기인 소 서란강의 남단 마을 토하에서 명은 드디어 버들내의 흔적을 찾아내었다.

"오륙 년 전에 실성한 소경 하나가 이 마을에 잠깐 머문 적이 있었습니다."

매가 내 눈을 파먹었네.
보지 말 걸 보아버린 죄였다네.
파버린 내 눈은 어디로 흘러갔을까
바구니를 따라갔겠지.
에헤이에……

실성한 소경 여자는 이런 노래를 불렀다고 했다. 버들내가 분명했다.

"그 소경은 지금 어디에 있소?"

"모르지요. 실성을 해서 강에 띄운 바구니를 찾는다고 하니 아직도 서란강 줄기 어디쯤을 떠돌고 있겠지요. 그런데 그 실성한 여자는 왜 찾소?"

궁금해 하는 노인에게 명은 퉁명스럽게 대답했다.

"내 누이요."

그러나 버들내의 흔적은 그것으로 끝이었다. 서란강 큰 줄기 어느 마을에서도 실성한 소경 여자와 그 노래를 기억하는 사람은 없었다. 거미줄처럼 뻗은 소 서란강 줄기를 다 훑자면 서너 해는 걸릴 일이었다.

달포 만에 다시 차루벌로 돌아온 명이 가지고 온 소식은 실낱같은 버들내의 소식뿐이었다. 능혜가 명을 보내 버들내를 쫓은 것도, 그래서 그녀가 소경이 되어버린 것도 연화는 몰랐었다. 어디선가 자신의 부름을 기다리며 살고 있을 줄 알았다.

"실성을 했다는 것이 사실이냐?"

"정확한 것은 모릅니다. 하지만 제 짐작으로는 실성한 것이 아닌 듯합니다. 소경의 몸으로 이상한 노래를 부르며 강에 띄운 바구니를 찾고 있다고 하니 남들 눈에 그리 보이는 게 아닐까 생각됩니다."

"그래……"

연화의 눈동자에 저릿한 아픔이 스치는 것을 발견하고 명은 머리를 조아렸다.

"소인이…… 몹쓸 짓을 했습니다, 마마."

그것이 어찌 명의 잘못이겠는가? 명의 잘못도, 능혜의 잘못도, 그 누구의 잘못도 아니다.

"아니다. 그나마 살아 있다니 얼마나 다행이냐. 살아 있으니 찾을 희망이 있지 않느냐."

그래, 어디서든 살아만 있다면 찾을 희망은 있다. 버들내만 찾으면 그 아기도 금세 자신의 품으로 돌아올 것 같은 희망이 생긴다. 보아버리면 끊어낼 수 없을 것 같아 들여다보지조차 않았던 아기다. 고물거리는 태무를 안고, 젖을 먹이고, 재롱을 보며 그 아이도 이러려니 생각했었다.

이제는 열여덟, 아리따운 처녀가 되어 있을 그 아이…… 어찌 생겼을까? 능혜를 닮았다면 늘씬늘씬 아리따울 것이고 나를 닮았다면 또한 밉진 않을 것이다. 살아만 있어다오, 살아만……. 이 어미가 반드시 널 찾아 지켜주마.

그때는 지킬 수 없어서 어쩔 수 없이 버려야 했던 아이였지만 이젠 다 자랐으니 사정이 달라졌다. 태무는 왕이 되었고, 이미 혼인까지 한 이상 해를 가린 달이라는 이유로 5부의 귀족들이 트집을 잡을 일도 없어졌다. 설사 그런 무리가 있다 하더라도 자신의 힘으로 막을 수 있을 만큼 힘이 생겼다고 생각했다. 자신은 능혜보다는 훨씬 자유로운 위치에 있었고 또, 유신이라는 든든한 바람막이가 있다. 그녀의 은밀한 눈이 다시 명에게로 향했다.

"사람을 풀어 버들내를 찾아라. 그리고 강에 띄워진 그 아이의 행방도 알아보거라. 제대로 자랐다면 그 아이는 아사금 집안의 반월 목걸이를 차고 있을 것이다. 누구도 모르게 은밀하게 해야 한다, 알겠느냐?"

"예, 마마."

실낱같은 희망이 생겨서인지 연화의 얼굴은 한층 밝아 보였다.

"내일 유신님과 사냥을 가려는데 너도 가자꾸나."

아직은 사냥철이 아닌데 사냥이라니? 유신이 아마도 연화궁 마마께 꽃구경을 시켜주시려는 모양이었다. 능혜왕도 해마다 이즈음이면 연화를 데리고 아리산으로 꽃놀이를 갔었다. 흐드러진 참꽃 속에서 꽃 같은 모습으로 서로를 바라보던 두 사람의 모습을 떠올리며 명은 잠깐 눈앞이 흐려졌다. 아련한 마음으로 눈을 마주치던 명이 말했다.

"소인은 며칠 쉬었으면 합니다."

먼 길을 다녀와 피곤한 건지 명은 함께 가기를 거절했다. 그러고 보니 귀밑으로 흘러내린 머리칼이 어느새 희끗하다.

아리산으로 사냥을 떠나는 행차는 전에 없이 화려하고 대단하여 왕의 행차를 방불케 했다. 수발을 들 시비들이 긴 행렬로 늘어섰고, 가용할 양식과 비품을 실은 마차만도 십여 기나 되었다. 그리고 몰이꾼 수십 인과 완전 무장을 한 무사들이 말을 타고 양옆에 늘어섰다. 실로 대단한 위엄이 느껴지는 행렬이었다. 특이한 것은 수행하는 무사들의 절반이 별금 집안의 사병들이라는 것이었다. 그리고 그 수행의 한가운데에 별금 유신이 있었다. 이렇게 함으로써 연화는 별금 집안과 연화궁이 손을 잡았다는 것을 만천하에 공개적으로 드러냈다. 이번 사냥의 목적은 바로 여기에 있었다.

왕의 좌우에서 맹수처럼 도사리고 있는 무영과 건승을 견제

하기에 유신만한 인물은 없었다.
 "출발하라!"
 유신은 위엄 서린 목소리로 행렬을 출발시켰다. 사실 기란국(機瀾國)의 실질적 맹주 자리를 차지하고 있던 별금 집안이 태무가 왕위에 오르면서 뒤로 밀리는 느낌이었던지라 연화궁과 손을 잡는 것에 대해 별금 집안 내에서도 환영의 분위기였다.
 이렇게 기란국(機瀾國)은 이제 무영을 중심으로 한 아사금 집안과 왕의 장인인 건승을 중심으로 한 해사랑금 집안, 그리고 유신의 별금 집안이 어린 왕과 연화를 사이에 두고 팽팽한 긴장감으로 줄다리기를 하고 있었다.
 사냥대회를 간단히 끝마치고 황매산 자락에서 음식 잔치가 벌어졌다. 아직 사냥철이 아니니 사냥감이 있을 리도 만무하서니와 애초의 목적이 사냥이 아니었기 때문이다.
 음식이 나누어지고 한바탕 놀이가 펼쳐졌다. 몰이꾼과 무사들 사이의 씨름 시합이 벌어지자 응원 소리와 웃음소리가 온 산자락을 울렸다. 연화는 그들과 조금 떨어진 자리에 서서 내내 멀리 보이는 아리산 자락을 응시하고 있었다.
 살아서도 죽어서도 그녀만을 사랑하겠다던 능혜왕이 묻혀 있는 곳, 저 산자락에서 능혜를 사랑했고 유신을 버렸었다. 많이 힘들었을 것이다. 새삼스럽게 유신의 아픔이 깊게 다가오는 것은 고마움과 미안함 때문이리라.
 유신은 연화와 조금 떨어진 자리에 서서 묵직한 얼굴로 차루벌을 내려다보고 있었다. 그의 얼굴은 폭풍이 지나간 후의 하늘처럼 초연하고 맑다. 연화의 존재가 정말 지나간 바람일 뿐인 것처럼.

五. 운명

사비는 며칠 몸살을 앓았다. 태어나 지금껏 병이라고는 모르고 살았는데 무쇠 같은 몸뚱이도 십수 년 물질에 더 이상 버티기가 힘이 들었던 모양이다. 특히나 지난겨울에는 그 혹독한 추위에도 쉬는 날이 손에 꼽을 정도였으니 병이 날 만도 했다.

저녁 무렵 차불한의 집사 부연이 쌀을 들고 찾아왔다. 병이 났다는 소리를 듣고 근 열흘이 지났는데도 사비의 모습이 보이지 않아 걱정이 되었던 것이다. 마루에 앉아 다리를 달랑거리며 햇볕을 쬐던 가희가 반갑게 뛰어나왔다.

"아저씨!"

사람을 불러놓고 눈은 들고 온 쌀자루에 박혔다. 부연은 그것이 밉살스러워 가희의 손이 닿은 쌀자루를 홱 잡아채었다. 세상에는 닮지 않은 쌍둥이도 많다지만 가희는 사비와는 생긴 것도 마음 씀씀이도 어느 한 군데 닮은 구석이 없는 아이다. 어찌 이리 미운 짓만 골라 하는지.

"넌 허구한 날 그렇게 빈둥대느냐?"

가희는 샐쭉하니 돌아서며 퀭한 눈으로 부연을 흘겨보았다. 겨우 남의 집 집사인 주제에 제까짓 게 뭐라고 이러쿵저러쿵 잔소리를 해대는 것이 아니꼬운 것이다.

남이야 빈둥대든 말든 볼 때마다 못 잡아먹어대지? 흥!

저보다 한참이나 연장자이고, 제 아버지의 친구라는 것도 아랑곳하지 않고 버릇없이 흘겨대는 가희의 눈초리가 가관이었다. 부연은 소리라도 꽥 지르려다가 관두었다. 지나가는 똥개도 알아들을 말을 못 알아들으니 쇠귀에 경을 읽지, 싶은 것이다.

"사비야! 사비 있느냐?"

무릎걸음으로 마루로 올라가 문을 벌컥 여니 사비가 몸을 바짝 웅크린 채 윗목에 누워 있었다.

"하이고, 이 땀 좀 보게? 애가 병이 나도 단단히 났구나. 안 되겠다, 일어나 봐! 의원에게 가보자."

잠든 사비를 흔들어 깨워 들쳐 업으려는데 우악스런 손이 다가와 등을 밀쳤다.

"관두소! 누굴 고약한 에미 만들 일 있소?"

어둑해서 보이지 않았는데 울불이 방 안에 있었던 모양이다.

"자네 고약한 건 이미 온 걸로가 다 아는 사실이니 걱정 마소! 어린 자식 피고름 빨아먹은 지가 십수 년인데 누가 모를까? 이 보소, 사람이 그러는 게 아니오. 달검이 살아 있었으면 가슴을 찢으며 통곡할 일이지, 암!"

"아니, 누가……! 누가 자식 피고름을 빨아먹었다고? 하! 저 년, 저것이 더럽고 사나운 운명을 타고나서 아비 잡아먹고, 우리 사는 꼴이 요 모양 요 꼴이 되었는데 그럼, 제가 그 일도 안 해? 내가 저년 먹여 살리느라고 몸에 병이 들어 꼼짝을 할 수 없게 되었는데 자식이 되어 그 일도 안 해? 모르면 입이나 다물고 계시든지, 왜 남의 집안일에 끼어들어 감 놔라 배 놔라 타박이오, 타박이!"

입에 거품을 물며 파들거리는 울불을 보다 부연은 어이가 없어 고개를 돌려 버렸다. 쇠귀에 경 읽기는 어미나 딸년이나 마찬가지다. 어떻게 한날한시에 난 두 자식을 이리도 차별을 하는지 도무지 이해할 수가 없다. 친구인 달검이 살아생전 얼마나 고이고이 키운 딸인데, 못할 말로 달검이 어디서 낳아온 자식도 아니고 제 속으로 낳은 자식에게 어찌 이리도 모진가 싶다.

"사비가 자네 핏줄이 맞긴 맞는가? 아니거든 더 이상 죄짓지 말고 일찌감치 놓아주소."

"무, 무슨 소리요? 내 배 아파서 낳은 멀쩡한 내 자식을 두고 그 무슨 벼락 맞을 소리를 하는 게요!"

운명 101

부연은 파르륵 게거품을 물며 덤벼오는 울불의 손을 떨쳐 내고 밖으로 나왔다.

 "내가 어지간하면 그런 소리를 하겠는가! 모진 사람 같으니라고, 쯧쯧."

 혀를 끌끌 차며 멀어지는 부연의 소리를 들으며 사비의 눈가에 눈물이 배어나왔다. 부연의 한 마디 한 마디가 가슴에 박히고 돌아가신 아버지가 사무치게 그리웠다.

 "우리 꽃아지. 아비가 화조국에 가서 꽃신을 사다 주마."

 먼 바다로 떠나기 전 아버지는 꽃아지를 번쩍 들어 안으며 그렇게 말했었다.

 부연이 두고 간 쌀과 전복으로 죽을 끓여 먹고서야 사비는 자리를 털고 일어났다. 며칠 쉬는 사이 콩 볶듯이 볶아대는 울불의 성화를 이기지 못하고 다시 바다로 나오긴 했지만 여전히 물질을 하기에는 힘든 몸이었다.

 바위에 앉아 종일 바다만 응시하고 있던 그녀는 가슴 깊이 품고 있던 금붙이를 꺼내었다. 손바닥 위에서 반짝이는 그것이 그 남자의 원대한 꿈처럼 찬란해 보였다. 그가 떠난 지 한 해가 다 되어간다. 걸로의 천한 잠녀 따위는 까마득히 잊어버리고도 남을 시간이다.

이걸 팔면 한 해는 편히 지낼 수 있겠지?

날마다 물질을 하는 것이 이젠 자신이 없다.

너무 힘들어. 하지만 어떻게…… 돌아오시면 돌려 드린다 했는걸.

사비는 다시 금붙이를 꼭 그러쥐었다. 꼭 다시 오마 했으니 다시 올 것이다. 그가 눈앞에 있는 듯 가슴이 두근거렸다. 이젠 얼굴조차 가물한 낯선 사내를 떠올리며 가슴이 두근거리다니 별일이다.

아픈 몸을 끌고 바다로 나간 사비를 생각하니 그래도 양심이 찔렸던 가희는 조가비나 주울 요량으로 느지막이 바다로 나왔다. 그런데 바다에 들어가기는커녕 말짱 마른 몸으로 넋을 놓고 바다만 바라보고 있는 사비를 보니 파르륵 열불이 치솟았다, 조 것이 말짱한 몸으로 세으틈을 피운다 싶은 생각이 든 것이다. 파닥거리는 마음으로 성큼 다가서던 그녀는 사비의 손바닥에 올려진 노르스름하고 조그만 돌덩이를 발견했다.

"그것이 무엇이냐?"

카랑한 음성에 돌아보니 바구니를 든 가희가 서 있었다. 화들짝 놀라며 뒤로 숨기는 사비의 손을 가희가 잽싸게 잡았다.

"한번 보자. 뭐기에 그리 놀라는지 한번 보잔 말이다."

"아무것도 아냐. 이 손 놔!"

세차게 뿌리치는 힘에 밀려 가희가 뒤로 벌렁 넘어졌다. 저것이 뭘 숨기고 있기에 저리 패악스러운가 싶어서 가희는 속이 부글부글 끓었다.

"아니, 이년이……!"

어머니 울불이 막 대하니 어느새 가희도 언니인 사비에게 이년저년 소리가 입에 붙었고, 함부로 대하는 마음이 속 깊이 생겨 버렸다. 금방이라도 눈에 불을 켜고 덤빌 것 같던 가희가 무슨 생각인지 팽 돌아섰다. 타닥타닥 걷는 걸음이 분을 이기지 못하는 듯하다. 힘으로 해봐야 이길 재간이 없으니 어머니 울불에게 일러바칠 참이었다. 저렇게 우악스럽고 시커먼 것이 어째서 자신과 쌍둥이로 태어났는지 알 수가 없다.

이글거리는 해가 바다로 가라앉는 것을 보고 사비는 터덜터덜 집으로 갔다. 아무 수확이 없으니 또 어머니께 머리채를 휘어잡힌 채 마당을 한 바퀴 돌아야 하는 게 아닌가 걱정되었다.

날마다 생각한다. 나는 왜 이렇게 살아야 할까?

답은 헌 가지다. 그것은 더럽고 사나운 운명을 타고난 제 탓이라는 것, 그러니 그 운명의 죗값을 치르느라 이렇게 살 수밖에 없다는 것. 그러나 그 생각을 할 때마다 가슴 한구석에서 꿈틀대는 소리가 들린다.

"그것은 네 탓이 아니다. 저 들판이 가물이 들고 장마가 들듯이 바다도 매한가지가 아니겠느냐?"

그 따듯한 위로의 말이 요즘의 사비를 버티게 해주는 힘이다.

살금살금 집으로 들어온 사비는 부엌으로 들어갔다. 그리고 쌀독 바닥에 깔린 쌀을 긁어내었다. 미역과 해초들을 넣어 죽이라도 끓일 생각이었다. 막 쌀에 물을 부으려는 순간 우악스런 손아귀가 머리채를 휘어잡았다.

"이 몹쓸 년! 무슨 억하심정으로 가희를 밀쳤느냐!"

"밀친 적 없어요."

"거짓말이에요. 밀치고 짓밟기까지 했다니까요, 어머니!"

가희가 부엌문을 빼꼼히 열고 울불에게 거짓을 고해바쳤다. 그 소리에 울불은 분을 이기지 못하고 사비의 가슴팍을 밀어붙였다.

원수 같은 년, 이것이 나고부터 되는 일이 한 가지도 없다. 차불한의 집사로 들어갈 줄 알았던 남편 달검은 부여에게 그 자리를 빼앗겼고, 몰래 정을 통하고 있던 지마는 다른 계집에게 눈을 돌려 버렸다. 가희를 두고 사사건건 요것만 예뻐하는 통에 달검과도 사이가 틀어졌고, 결국 달검은 바다에 나가 시신조차 찾지 못한 객이 되어버렸다. 그나마 마을에서 고만고만 살던 살림이 달검이 그렇게 되고 나서는 거지 중에 상거지가 되었으니 그것이 다 이년 탓이다. 십 년이 지나도, 이십 년이 지나도 네가 생기던 그날을 내가 어찌 잊을까? 더러운 년, 원수 같은 년!

이성을 잃고 머리채를 잡아채는 울불에게 끌려 다니며 사비는 두 손을 모아 싹싹 빌었다.

"제가 잘못했어요, 어머니. 이것 좀 놔주세요! 제발 좀 놔줘

요, 흑흑."

"이년아, 어디 힘 자랑할 데가 없어 제 동생을 쳐! 가희가 어쩌다 저리 약골이 되었는지 아느냐? 네년이 아귀같이 젖을 빨아대는 통에 가희는 내내 굶겨서 키웠다, 이년아!"

사비의 머리채를 미친 듯이 끌어대던 울불은 마당을 두어 바퀴 돌고 나자 힘에 부치는지 그제야 손을 놓고 주저앉아 땅을 치며 통곡을 했다.

"아이고, 아이고! 어쩌다가 저 원수덩어리가 생겨 가지고 멀쩡하던 내 팔자가 이리도 사나워졌는고. 저것이 제 아비를 잡아먹고 내 몸도 병들게 만들어서 반병신을 만들더니 이젠 하나 있는 동생까지 치네! 아이고, 아이고!"

극악하게 질러대는 통곡 소리를 들으면서 사비는 다시 부엌으로 향했다. 한두 번 당하는 일도 아니니 그저 그러려니 하는 것이다. 그러나 두어 발가국을 떼기도 전에 다시 울불에게 머리채를 잡히고 말았다.

"이년, 가슴팍에 숨기고 있다는 그 물건이 뭐냐?"

어찌나 모질게 잡아채는지 고개가 뒤로 확 꺾일 지경이다.

"숨기긴 뭘 숨겨요, 그런 거 없어요."

"당장 내놔라, 이년. 혼자서 뭘 꿀꺽 삼킨 거냐? 무슨 보물단지를 차고 있기에 가슴을 오므려 대는 거냐?"

울불의 차가운 손이 가슴팍을 헤집자 사비는 양손으로 가슴을 오므리고 발버둥을 쳤다. 금붙이를 들키는 날에는 죽자고 덤벼들 것이다. 게거품을 물며 죽일 년 살릴 년 패악을 부리다가 빼앗아 버릴 것이다. 맞아 죽어도 이것만은 빼앗기고 싶지 않았다. 이걸 잃어버리고 나면 다시는 그 남자를 만날 수 없을 것 같아 겁이 났다.

"이년이 하는 양을 보니 참말로 뭘 숨긴 게 분명하구나. 금덩이라도 숨기고 있는 게냐?"

확 당기는 힘에 옷고름이 뜯겨 나갔지만 사비는 여전히 양손으로 가슴을 오므린 채 도망을 쳤다. 그러나 우악스런 울불의 손힘에는 당할 재간이 없어 다시 머리채를 잡히고 말았다. 머리채를 휘두르고 날카로운 손톱으로 가슴을 후벼 파는 통에 하마터면 금붙이를 떨어뜨릴 뻔했다. 사비는 마음이 절박해졌다. 그래서 있는 힘껏 소리를 지르며 울불의 손을 밀쳐 내었다.

"안 돼요!"

고함 소리와 함께 울불이 죽는 시늉을 하며 마당으로 나뒹굴었다. 파닥 고꾸라지는 깡마른 몸이 어린아이 몸집만하였다. 그 모습을 보며 사비는 스스로에게 놀라 도망가려던 걸음을 멈칫거렸다.

무슨 소리를 하든 무슨 짓을 하든 죽은 듯이 모두 받아들였었다. 그것이 제 운명이라고 생각했었기에. 어머니의 말씀처럼 아버지가 돌아가신 것도 제 사나운 팔자 때문이고, 어머니와 가희가 저리 사는 것도 다 제 팔자 때문이라고 생각했었기에 무슨 소리를 하든지 다 받아들였었다. 그런데 난생처음 어머니께 대항을 한 것이다.

"에구구구 나 죽네! 저년이 이제 어미까지 치네! 가희야, 가희야! 저년 잡아라!"

울불이 소리를 지르며 다시 사비에게 달라붙자 가희까지 합세해 옷자락을 잡고 늘어졌다.

"이년이 뭘 감추고 있기에 이리 패악을 부리나? 어머닌 이 팔 좀 잡아보세요. 당장 내놔라, 요것아!"

가희의 손이 치마끈마저 풀어 제치고 사비를 마당으로 무너뜨렸다. 그리고 배 위에 올라탄 채 가슴을 헤집었다.

"안 돼, 싫어! 가희야, 놔줘. 제발 그러지 마! 흐흑."

제아무리 힘이 좋은 사비지만 두 여자의 아귀 같은 힘에는 당할 재주가 없었다. 드디어 가희는 사비의 가슴에서 돌돌 말린 조그만 보자기 하나를 잡아내었다. 말린 보자기의 끝자락을 확 당기자 조그맣고 노란 돌멩이가 툭 떨어졌다. 누가 먼저랄 것도 없이 동시에 그것을 집어 든 울불과 가희의 눈이 휘둥그레졌다.

"이, 이게 무엇이야?"

울불은 가희의 손을 떨쳐 내고 그것을 눈앞으로 바짝 가져갔다. 누렇게 반짝이는 이것이 무엇인고? 휘둥그레진 눈동자가 파도 자락처럼 일렁거렸다.

"이, 이, 이것이 참말로 금덩이가 아니냐! 이, 이, 이것이……!"

제 눈조차 믿을 수 없는지 울불은 그것을 이로 꽉 깨물어보고서야 정말 금덩이인 줄 알았다. 이게 꿈인가 생신가 싶어 떨리는 손으로 제 살을 꼬집어보다가 품어보다가 하였다. 울불은 늘어진 사비를 새파란 눈으로 노려보았다.

필시 도적질을 한 것이 분명하다. 그렇지 않고서야 제깟 것이 어디서 이런 걸 얻었겠는가? 걸로 땅에서 이런 걸 지니고 있을 법한 사람은 차불한뿐인데!

순간 그녀의 눈이 번쩍 뜨이며 사비의 멱살을 움켜잡고 일으켰다.

"이년! 너 차불한님께 몸뚱이를 판 게냐?"

"아닙니다! 아닙니다, 어머니."

"그럼 도적질을 한 게로구나? 어디서 훔친 거냐?"

"훔친 것도 아닙니다."

"그럼 이게 하늘에서 뚝 떨어지기라도 했다는 것이냐!"

"그건……."

"이년이 이런 걸 가지고 있으면서도 날마다 어미를 굶겼어? 혼자 도망이라도 칠 작정이었던 것이냐? 오호라, 어미랑 동생도 버리고 혼자 도망쳐서 잘 먹고 잘살 작정이었던 거로구나! 낳아주고 길러주었더니 기껏 한다는 보답이 이거냐? 배은망덕한 년!"

잡고 있던 멱살을 홱 밀치며 울불은 혹여라도 사비에게 금덩이를 다시 빼앗길까 두려워 꼭 움켜쥔 채 잽싸게 일어났다. 밥이고 뭣이고 다 필요없었다. 얼른 가희를 앞세워 방으로 들어간 그녀는 방문을 걸어 잠가 버렸다.

"어머니! 그건 안 돼요. 제발 돌려주세요! 차루벌에서 오신 분이 주신 겁니다. 그분이 오시면 돌려줘야 한단 말입니다. 어머니! 어머니!"

아무리 매달려 사정해 본들 금덩이를 보는 순간 이미 눈이 뒤집어져 버린 울불이 문을 열어줄 리가 없다.

살다 보니 이런 횡재도 다 있구나. 저것이 마냥 원수덩이인 줄만 알았더니 이런 예쁜 짓을 할 때도 다 있단 말이야? 저년이야 도적질을 했든 몸을 팔았든 내 알 바 아니다. 이 금덩이를 들고 걸로 땅을 어찌 빠져나갈까 그게 걱정이지.

엄지손가락만한 금덩이를 품은 울불은 가슴이 벌렁거렸다. 당장 내일 사비의 눈을 피해 가희를 데리고 이 지긋지긋한 곳을 뜰 것이다. 진절머리나는 이 걸로 땅을.

아직 온전치 않은 몸으로 울불과 가희에게 모진 고난을 당한 사비는 다시 드러누워 있었다. 아침이 밝아오고 있었지만 몸을 일으킬 수 없었다. 평소 같으면 이년이 굶겨 죽일 작정이냐고 욕을 바가지로 쏟아 부울 텐데 웬일인지 한낮이 되었는데도 어머니와 가희가 조용했다. 억지로 몸을 일으키던 사비는 될 대로 되어라 싶어서 다시 눈을 감아버렸다. 아버지가 그리웠다.

"우리 꽃아지, 우리 예쁜 꽃아지."

손에 닿을까, 눈에 닿을까 애지중지 안아주던 기억에도 가물한 그 손이 그리웠다.
"아버지…… 저 좀 데리고 가주세요."
저도 모르게 새어나오는 그 소리에 잠든 사비의 눈에 눈물이 고였다.
그렇게 한참이 들어 있는데 차불한 댁의 일군이 험악한 얼굴로 문을 벌컥 열었다.
"사비야! 사비 있느냐!"
방 안에서 사비를 찾은 그는 다짜고짜 그녀를 끌고 차불한의 집으로 갔다. 지난번처럼 당겨 먹은 쌀도 없는데 무슨 일인지 모르겠다. 마당에는 많은 사람들이 웅성거리며 서 있었다. 그리고 그 가운데에 오라에 묶인 울불과 가희가 꿇어앉아 있었다. 그들은 사비를 보자마자 눈물을 쏟으며 패악을 부렸다.
"저년이 이제야 잡혀오네! 차불한 나리, 저년을 문초해 보십시오. 우리는 정말 아무것도 모릅니다. 저년이 이걸 가지고 걸로 밖으로 나가서 먹을 걸 구해오라기에 얼씨구나 좋다 하고 갔던 죄밖에 없습니다."
웅성거리는 사람들 가운데에서 선주인 차불한의 살찐 얼굴이 보였다. 사비는 자신이 무슨 일로 불려왔는지 도무지 알 길이 없었다. 앞으로 성큼 다가온 차불한이 사비의 눈앞으로 무언가를 불쑥 내밀었다. 그것은 어머니께 빼앗겼던 금붙이였다.

"이게 네가 가지고 있던 게 분명하냐?"

"예, 제 것입니다."

망설임없이 나오는 대답에 사람들이 웅성거렸다.

"어디서 난 것이냐?"

"그건……."

낯선 남자가 주었다는 말이 쉬이 나오지 않았다. 아무도 믿지 않을 말이다. 이 걸로에서는 어떤 사내도 사비의 곁에 다가오는 법이 없었다. 울불이 날마다 노래를 불러댄 '더럽고 사나운 운명을 타고난 년'이 이미 그들의 뇌리에도 박힌 탓이었다. 더럽고 사나운 운명이 한눈에 드러나는 검은 얼굴의 계집에게 감히 어떤 겁 없는 사내가 불쑥 다가갈 것인가.

"왜 대답을 못하느냐? 필시 훔친 것이렷다?"

"아닙니다! 지난여름에 타지에서 오신 어떤 공자님이 바다에 빠진 걸 구해준 적이 있습니다. 그 보답으로 그분이 주신 겁니다."

또렷한 음성으로 대답하는 걸 보니 거짓은 아닌 것 같았다. 그러나 이미 손에 들어온 금덩이를 놓칠 차불한이 아니다. 걸로를 빠져나가던 울불이 잡혀 들어왔을 때부터 이미 이 금덩이는 내 것이다 생각했던 그였다. 차불한은 험악한 얼굴로 사비를 노려보았다.

"지금 그걸 나더러 믿으란 말이냐? 지난여름이라면 내가 이 금덩이를 잃어버린 시기와 딱 맞아떨어지는구나! 어린 것이 불쌍하다 싶어서 집사가 이러나저러나 놔뒀더니 내 집에 들어와 도적질까지 했단 말이냐!"

"저는 도적질을 하지 않았습니다! 그 금덩이는 제 것입니다, 주십시오! 언젠가 그분이 다시 오시면 돌려 드리려고 가지고 있던 것입니다."

사비는 금덩이를 돌려달라고 당돌하게 손을 내밀었다. 순간 솥뚜껑 같은 차불한의 손이 뺨으로 날아왔다.

"이년이 보자보자 하였더니 맹랑한 년이 아니냐? 바른대로 말하면 내 조용히 덮어주고 넘어가려 했다만 안 되겠다. 여봐라! 바른말을 할 때까지 이것들을 사정없이 쳐라!"

"예!"

어디서 만나도 걸로의 사내란 걸 단박에 알아차릴 만큼 험악하게 생긴 남자들이 몽둥이를 들고 둘러섰다.

"차불한님, 왜 제 말을 믿지 못하시는 겁니까? 그 금덩이는 제 것이 분명합니다! 전 도적질을 하지 않았습니다!"

그러나 사정없이 쏟아지는 둔탁한 몽둥이 소리에 그 말은 묻혀 버렸다. 울불과 가희의 자지러지는 비명 소리가 들렸다.

"에구구구, 나 죽네! 사비야! 이년아!"

눈을 떠보니 어둑한 방이었다. 얼마나 맞은 건지 손가락 하나 움직일 수 없었다.

"정신이 드느냐?"

부연의 음성이었다.

"아저씨······."

"오냐, 그래."

따듯한 손이 이마에 닿자 눈물이 울컥 쏟아졌다.

"전 도적질을 하지 않았습니다, 아저씨."

"그래, 난 널 믿는다. 차불한님이 욕심을 부리시는 게다."

"어머니는······ 가희는 어찌 되었습니까?"

"그것들은 걱정 마라. 일찌감치 나가떨어져서 집으로 보냈다."

부연은 안타까운 눈으로 사비를 내려다보았다. 울불이나 가희처럼 죽는다고 소리를 질러대든지, 까무룩 정신을 놓아버리든지, 그것도 아니면 거짓으로라도 시인을 해버렸으면 적게 맞았을 텐데 사비는 비명 한마디 없이 쏟아지는 몽둥이를 고스란히 맞았다. 그리고 마지막 정신을 놓는 순간까지 또렷한 목소리로 자신은 도적질을 하지 않았다고 말했다. 있는 사람이 더 무섭다고 차불한은 기어이 그 금덩이를 차지할 모양이었다.

"사비야, 내 말 잘 들어라. 몸을 추스르고 나면 넌 네 어미와 가희와 함께 걸로를 떠나야 한다. 차불한님의 명이다."

걸로를 떠나······ 저 바다를 떠나면 무엇으로 살 수 있단 말인가?

"그 금덩이는 잊어라. 차불한님의 손에 들어간 이상 이미 그건 네 것이 아닌 게야."

 금덩이를 잊는다는 것이 그 남자를 잊어야 한다는 소리처럼 들렸다. 이곳을 떠나 버리면 영원히 만날 희망조차 없는 사람이다. 마음이 막막했다. 그러나 사비는 이내 고개를 끄덕였다. 그저 바람처럼 스쳐 갔던 사내였을 뿐이다. 부질없는 미련을 가지고 있었다. 그 금덩이를 잊음으로써 그 남자도 깨끗하게 마음에서 지워지길 바란다.

 부연의 간호를 받고 열흘 만에 일어난 사비는 쫓겨나듯이 걸로를 떠났다. 그래도 양심이 있었던지 차불한은 얼마간의 식량과 비단 한 필을 내어주었다. 그 정도면 당분간은 먹고 살 수 있을 것이다. 울불은 걸로 땅을 완전히 벗어나는 순간까지 사비에게 욕을 퍼부었다.

 명이 돌아오자 다시 왕의 곁을 물러난 해율은 날마다 격검 수련장에서 시간을 보내고 있었다. 궁궐 무사대의 임무 중에 가장 중요한 것은 왕과 연화궁 마마의 안전을 지키는 것과 병법을 익히고 무예를 닦는 것이었다. 이렇게 수련이 된 젊은 무사들은 나라에 변고가 생기면 언제든 전장으로 투입될 수 있는 무장으로 길러지는 것이다.

 기란국의 5부족 젊은이들은 궁궐 무사로 뽑히는 것을 최고의 영광으로 알았다. 그 많은 무사들 중에서도 해율의 기량이 단연 돋보였으니 어느새 무사들 사이에는 해율을 따르는 집단 무리가 생겼다.

그날도 수련을 마치고 우르르 몰려나오는 일행들 앞을 화려한 마차 한 대가 가로막았다. 감히 어느 누가 궁궐 무사들의 앞길을 겁도 없이 막고 서는가 싶어 무사들의 눈이 험악하게 돌아갔다. 칼을 찬 사병들이 마차를 에워싸고 있었다.

감히 어떤 간 큰 자가 왕이 계시는 궁궐 턱밑까지 사병을 이끌고 나타난 것인가! 아무리 왕의 힘이 없기로서니 어찌 이토록 방자하고 위험천만한 짓을 저지른단 말인가!

해율은 옆에 찬 칼을 불끈 쥐며 앞으로 나섰다.

"누구냐? 누가 감히 전하가 계신 정궁 앞에 사병을 끌고 온 것이냐!"

벽력같은 고함 소리에 겁을 먹은 사병들이 움찔 뒤로 물러났다. 궁궐 무사들이 당장 칼을 뽑아 자신들을 베어버린다 해도 입도 뻥긋 못할 일이란 걸 그들도 아는 것이다. 해율의 손이 칼자루를 잡는 순간 휘장이 걷히며 마차에서 내린 것은 눈이 부시도록 아리따운 여인이었다.

"아린 아가씨가 아니십니까!"

곁에선 무사의 말을 듣고서야 해율은 눈앞에 선 여인이 해사랑금 아린이라는 것을 알아보았다. 그녀의 아름다움에 5부족 젊은이들이 너나없이 가슴 병을 앓는다는 말이 떠돌 정도로 빼어난 미모를 자랑하는 여인이다. 제 아버지 해사랑금 건승의 권세를 믿고 기고만장한다는 소문이 떠돌더니 헛말이 아니었던 모양이다.

해율은 칼집을 들어 아린의 앞을 가로막았다.

"전하께서 계시는 정궁 앞까지 사병을 데리고 나타나다니, 이 무슨 무례한 짓입니까!"

가슴으로 칼집이 척 올라오자 아린은 기겁을 하며 소리를 질렀다.

"너야말로 내가 누구인 줄 알고 감히 이런 무례한 짓을 범하느냐? 당장 비키지 못하겠느냐!"

"휘경궁(徽京宮) 반경 오백 보 안으로는 사병을 들일 수 없다는 것을 모르시는 게요?"

바짝 들이댄 차가운 눈빛과 단호한 음성, 아린은 사내라면 누구나 한순간 숨을 멈추고 넋을 놓을 자신의 미모 앞에서도 전혀 흔들림이 없는 얼굴의 사내를 노려보았다. 이제껏 한 번도 자신의 앞을 가로막은 자는 없었다. 태무왕의 왕비 아로부인의 동생이자 기란국 최고의 권세를 자랑하는 해사랑금 건승의 딸인 아린. 그녀는 어딜 가나 뭇 사내들의 경배를 한 몸에 받던 자신에게 이토록 무례를 범하는 자가 과연 누구인지 궁금해졌다.

"해율, 건승님의 여식일세. 그만두게."

바짝 다가와 귓속말을 건네는 무사의 말을 들은 체 만 체 해율은 여전히 아린의 가슴에 들이댄 칼자루를 내리지 않았다. 아무리 건승의 권세가 하늘을 찌르고 머지않아 태무왕을 몰아내고 왕좌까지 차지하리라는 소문이 공공연히 떠도는 지경이라지만 당장 눈앞에 있는 사병의 꼴은 못 보아 넘기겠다. 어찌 이리도 무례하단 말인가! 방자하단 말인가! 설사 눈앞의 사람이 건승이었다 하더라도 그는 참지 않았을 것이다.

해율은 궐문을 지키고 있는 군사들을 향해 소리쳤다.

"너희들은 뭘 하느냐? 당장 이자들을 몰아내어라!"

쭈뼛쭈뼛 다가오기는 했지만 감히 몰아낼 용기까지는 나지 않는지 머뭇거리고 있는 군사들을 보다 못한 해율이 칼을 뽑아 들었다.

"뭘 하느냐! 여긴 전하께서 계시는 정궁이니라. 정궁 앞에 무장한 사병을 끌고 나타나다니 불순한 마음이 없고서야 이럴 수는 없다. 당장 물러나지 않으면 반란의 죄를 물어 단칼에 베어 버릴 것이다!"

예상치 못한 해율의 행동에 놀란 사병들이 저만치 물러나는 사이 아린은 폴짝폴싹 뛰며 소리를 길리댔다.

"내가 누군 줄 알고 이리도 무례를 범하느냐? 내 아버님은 해사랑금 건승님이시다! 이 나라의 재무대신이시고 전하의 장인이시고 해사랑금 집안의 수장이시란 말이다! 이제껏 아무 일 없이 드나들던 궐문을 네깟 놈이 뭔데 막아서는 것이냐! 이 무례한 놈! 이, 이……."

해율은 팔딱거리는 아린을 번쩍 안아 어깨에 메고 성큼성큼 걸어 마차 안으로 밀어 넣었다.

"이곳에 가만히 들어앉아 궁에 들어와도 된다는 영이 떨어지기를 기다리는 것이 예법일 것이다!"

그리고는 사병들을 칼등으로 울컥 밀어 제쳤다. 해율의 기세에 용기를 얻은 군사들이 그제야 사병들을 밀어내기 시작했다.

"그자들을 당장 오백 보 밖으로 밀어내어라. 또다시 법을 어길 시에는 내 칼에 살아남지 못할 줄 알아라!"

겁에 질린 몸종들에 둘러싸인 마차 안에서 분을 이기지 못한 아린의 울음소리가 터져 나왔다.

"아악! 용서하지 않을 테다, 이 나쁜 놈! 아버님! 으흐흐흑, 아악! 악!"

감히 이 아린에게 이럴 수는 없다, 이럴 수는! 분하고 창피해 죽을 지경이다.

"아가씨, 고정하십시오. 궐 안으로 사람을 보냈으니 왕비마마께서 금세 연락을 주실 겁니다."

"빨리 가! 빨리 들어가잔 말이야! 악!"

마차를 물끄러미 바라보던 해율은 성큼 걸음을 옮겼다.

"그만 가지, 오늘은 내가 살 터이니 홍루에 가서 거하게 한잔들 하세."

"해율! 어쩌자고 이런 일을 저질렀는가? 자네가 미치지 않고서야……."

"해율님……."

화를 내며 다그치는 또래의 무사들과 울상이 되어 따라오는 어린 무사들을 무시하며 그는 성큼성큼 걸었다. 그녀의 무례를 참아내기가 힘이 들었다. 감히 사병까지 끌고 궁을 드나들다니! 연화궁 마마도 전하도 결코 그런 무례를 모르시지는 않았을 터, 그동안 두 분이 느꼈을 굴욕을 생각하니 다시 부아가 치민다. 아린에게서 전해오던 짙은 화장수 냄새와 치렁치렁 달려 있던 온갖 치장들을 생각하며 그는 이마를 찌푸렸다. 저런 여자를 두고 가슴 병을 앓는 사내들이 과연 누굴까 궁금해지기까지 한다.

가슴 병을 앓을 만한 여인이라면 적어도 연화궁 마마 같은……!

순간 해율의 뇌리를 스치는 얼굴이 있다. 가무잡잡한 얼굴에 환한 미소를 터뜨리던 그 아이…… 사비.

따가운 볕이 정수리로 내리쬐었다. 해율은 이마를 찌푸리며 하늘을 올려다보았다. 여름의 한가운데에 들어선 해는 제 몸을 불태우며 뜨거움을 한껏 뿜어내고 있다. 내장이 녹아내릴 것 같았던 걸로에서의 그 볕이 떠올랐다. 그 따가운 볕 아래에서 쉴 새 없이 바다를 드나들던 사비가 떠올랐다. 어느새 한 해가 지나 버렸나?

꼭 다시 가마 약속했는데 도저히 빠져나갈 시간이 없었다. 간간이 그 아이의 얼굴이 떠오를 때면 가슴이 아릿하게 젖어왔다. 물속에서 불쑥 솟구쳐 올라와 터뜨리던 햇살 같은 웃음과 떠나던 날 아침, 손끝에 스쳤던 그 얼굴과 눈물 한 방울까지 또렷이 기억이 난다.

그는 저도 모르게 빙긋 웃음을 지었다. 사비를 떠올릴 때마다 기분이 좋아진다. 그리고 함께 따라오는 야릇한 느낌이 일순간 마음을 외롭게 만들었다. 이런 느낌은 지난 꽃놀이철에도 내내 그랬던 것 같다. 5부의 아리따운 처녀들을 바라보면서도 시큰둥하니 외로웠다. 피 끓는 청년의 마음으로 떠올려야 할 홍루의 기생들도 시큰둥하다. 왁자하게 떠들며 따라오는 무사들을 외면할 수 없어 그냥 가고 있을 뿐이다. 홍루로 걸음을 옮기는 해율의 얼굴이 어두워졌다.

"당장 그놈을 잡아 혼내주세요. 해율이란 자가 제 턱밑에다 칼자루를 들이댔단 말입니다! 이 아린이를 짐짝처럼 들어 마차 안에 밀어 넣었다고요!"

해사랑금의 사병을 몰아내고 아린을 욕보인 자가 헤율이라는 소리에 건승은 머리끝까지 치솟았던 화를 억눌렀다.

"해율! 별금 해율이었단 말이지? 네가 누구인지 뻔히 알고도 그런 짓을 저질렀단 말이냐?"

"그렇다니까요? 아악! 분해!"

궁에서 돌아온 아린은 여전히 제 분을 이기지 못해 파득거리고 있었다. 이제껏 어느 누구에게도 그런 대우를 받아본 적이 없는 아린이기에 해율의 행동이 더욱 용납이 되지 않는 것이다. 아버지 건승은 물론 언니인 왕비 아로부인조차 이겨내지 못하는 것이 아린의 성질이다. 누구도 따르지 못할 아름다움이 있기에 아무도 못 말리는 이 패악스런 성질마저 다 묻혔던 것이다.

운명 121

당장 해율을 벌하라며 파닥거리는 아린을 달래 보내고 건승은 생각에 잠겨 있었다.

해율, 그 새파랗게 어린놈이 전하는 물론 연화궁 마마의 총애까지 한 몸에 받더니 눈에 보이는 것이 없는 모양이다. 감히 해사랑금 건승의 사병 앞에서 칼을 뽑아 들다니!

언제부턴가 건승이 제 권세를 믿고 궐 가까이까지 사병을 데리고 다니기 시작했고, 그것을 본받아 아린까지 사병을 거느리고 제 맘대로 궁을 드나들었다. 그러나 그것을 막을 자는 아무도 없었다. 대장군 무영마저 무력 충돌을 두려워하여 아무 말 못하고 있는 일이 아니던가.

당장 해율을 잡아들여 혼찌검을 내어주고 싶지만 그럴 수도 없는 상황이다. 휘경궁(徽京宮) 반경 오백 보 안으로는 사병을 들일 수 없다는 것이 국법으로 정해져 있다는 것은 누구나 다 아는 사실이니.

끙, 신음 소리를 내며 건승은 입술을 깨물었다. 당장이라도 연화궁 마마를 끌어내리고 끝을 보고 싶지만 아직은 때가 아니다. 무영과 유신이 저렇게 버티고 있는 한 섣불리 움직였다가는 기껏 공들여 쌓은 탑이 물거품이 될 수도 있을 것이다. 아무리 군사력을 키우는 데 온 힘을 쏟고 있는 무영이라지만 엄청난 부로써 늘려가는 해사랑금의 사병을 따라오지는 못한다. 어느 순간 해사랑금의 사병이 기란국의 군사력을 넘어서는 순간, 단 한 번에 모든 일을 끝내 버릴 참이다. 건승은 지금 그때를 기다리고 있는 것이다. 아로가 왕위를 이을 자식만 낳아준다면 그런 고생도 다 필요없겠지만 말이다.

해율이 사병의 호위를 받으며 궁을 드나드는 아린을 혼내주었다는 소문이 차루벌에 짜하게 났다. 그런데 당장이라도 한바탕 난리를 피울 것 같던 건승이 의외로 조용하다. 게다가 당연시되어 오던 사병들의 호위마저 스스로 물리친 채 궁을 드나드는 것이었다. 일이 그렇게 돌아가니 해율을 경외하는 눈들이 많았다.

"해율, 조심 또 조심하여라."

걱정스러워하는 연화궁 마마의 눈길을 받으며 해율은 머리를 조아렸다. 이미 아버지 유신으로부터 한바탕 훈계를 듣고 온지라 더욱 몸 둘 바를 몰랐다. 다들 아린의 무례함을 몰라서 가만 있었던 것이 아니라는 것을 안다. 아직은 건승을 대적할 때가 아니기에 엎드려 있는 것일 뿐이다. 젊은 혈기를 이기지 못해 섣부른 행동을 했다가 다치기라도 한다면 그것은 왕과 연화궁 마마께 크나큰 불충을 저지르는 것이다.

"송구하옵니다, 마마."

머리를 조아리는 해율을 바라보며 연화의 입가에 미소가 지어졌다. 아무도 나서주지 않으니 괘씸한 마음뿐이었는데, 한 번쯤은 있었어야 할 일이었다. 어쨌거나 덕분에 기고만장한 건승이 당분간은 조심을 할 것이다. 왕비 아로부인으로부터 해율이 저지른 일을 전해 듣고 샛노란 얼굴로 달려왔던 태무의 얼굴도 한결 안정이 되어 보인다.

"즈음 신왕의 얼굴이 무슨 연유로 그리도 마른 것이오? 편치 않은 곳이라도 있는가?"

"그런 것 없습니다. 무병 무탈하니 심려 놓으소서."

그 말을 증명이라도 하듯 태무의 표정은 전에 없이 밝았다. 연화의 눈이 곁에 앉은 해율에게로 향했다. 반듯하고 시원시원한 이목구비가 어느 한곳 나무랄 데 없이 생겼다. 게다가 태무보다 겨우 네 살 많은데도 불구하고 그에게는 쉽게 범접할 수 없는 묵직한 기운이 흘렀다. 자식을 가진 부모로서 해율을 볼 때마다 탐이 나고 부러운 마음이 생기는 것은 어쩔 수 없다.

"해율이 들려주는 이국의 이야기들은 신기하고도 흥미롭습니다. 어마마마께서도 언제 한번 불러 들어보소서."

신기하고 흥미로운 이국의 이야기는 이미 유신에게 다 들었다. 문득 몸이 편치 않다며 며칠째 입궐을 하지 않고 있는 유신이 걱정되었다.

"유신님은 몸이 편치 않으시다더니 어떠시냐?"

"많이 나으셨습니다. 이맘때면 해마다 앓아오던 심통이라……."

"심통?"

심통이라면 큰 병이다. 연화의 눈동자가 흔들렸다.

"심장에 병이 있어 생긴 심통이 아니오라 몇 해 전에 야로국을 지날 적에 범을 만난 적이 있습니다. 그때 입은 부상으로 해마다 이즈음이면 심통이 생깁니다."

연화와 태무의 놀란 눈을 보며 해율은 싱긋 웃었다. 아버지와 세상을 떠돌며 만난 짐승이 어디 범 한 마리뿐이던가? 그 위태롭던 순간들을 다 들려주면 더욱 놀랄 것이다.

"유신공은 어찌하여 그런 위험한 길을 자초하여 다녔을까, 난 그것이 늘 궁금하다. 무엇이 그이를 그렇게 이국으로 떠돌게 했을까 하고 말이야. 그대는 아느냐?"

고개를 갸웃거리며 태무가 물었다.

"소인도 잘 모르옵니다."

그 말을 하며 해율은 연화를 바라보았다. '누구든 나와서 날 좀 잡아먹어라' 하듯이 험한 곳만 골라 골라 다니시던 아버지의 마음을 그때는 헤아리지 못했다. 아버지 유신이 연화궁 바마를 향해 끓어오르는 열망을 잠재우지 못해 당신의 몸을 스스로 벌하고 있었다는 것을 그때는 정말 몰랐다. 알았더라면 조금 더 편안히 모실 수 있었을까?

연화는 두 사람의 이야기를 들으며 찻잔 속의 말간 차를 응시하고 있었다. 그 빛깔이 맑고 정갈한 유신의 마음을 닮았다. 무엇이 그를 그렇게 떠돌게 했는지 다 알기에 마음이 저려왔다.

꽃놀이에서도, 사냥대회에서도 5부족 처녀들의 관심을 한 몸에 받던 유신이었다. 어릴 적부터 그는 늘 여자아이들에게 둘러싸여 있었다. 그래서 쉬이 다가갈 수 없었다. 그저 먼발치에서 바라보며 가슴을 콩닥거리는 것밖에 할 수 없었던 어린 날들이 떠올랐다.

능혜를 만나지 못했다면 그를 향해 두근대었던 그 마음이 내내 이어졌을까?

문득 드는 그 생각에 연화는 얼른 고개를 흔들었다.

연화궁을 나온 태무는 연화교를 건너 휘경궁으로 들어서자마자 해율을 불러 세웠다.

"그대는 지금 당장 전의를 데리고 유신공에게 다녀오너라. 나나 어마마마나 유신공에게 의지하는 마음이 얼마나 큰지 잘 알 터이니 하루빨리 쾌차하시라 전하거라. 나는 아로부인을 만나러 갈 것이다."

왕의 얼굴에 홍조가 일었다. 그는 붙잡을 사이도 없이 이미 휘령전으로 바쁜 걸음을 옮기고 있었다.

요즘 휘령전으로 향하는 왕은 발걸음이 너무 잦다. 연화궁 마마가 걱정하시던 야윈 얼굴이 아마도 그 탓이 아닐까 은근히 킥정되었다. 빠른 걸음으로 멀어져 가는 왕을 바라보다가 돌아섰다. 수련장으로 가 검이나 한바탕 휘두를 마음으로 바쁘게 걷던 해율은 문득 걸음을 멈추었다. 따갑던 볕이 한풀 꺾였다고는 하나 불어오는 바람은 여전히 더운 공기로 후끈하다.

휘령전에 왕이 다녀가고 난 다음이면 어김없이 스며드는 그림자가 있었다. 건승이 궁에 박아놓은 눈, 무사 단우연이었다. 아로는 왕이 나가기 무섭게 들어서는 단우연의 옷을 다급하게 벗겨내었다. 탄탄한 근육과 골격이 애초부터 태무와는 다른 족속의 남자 같았다. 그는 억센 손으로 아로의 가슴을 움켜쥐며 강하게 끌어안았다.

"아흑!"

요염한 신음 소리가 문밖까지 새어나갔지만 아로는 상관하지 않았다.

흥! 들을 테면 들으라지.

거친 단우연의 몸짓과 아랫도리를 꽉 채우는 포만감에 아로는 까르륵 숨넘어가는 소리를 내며 몸을 비틀었다. 단숨에 찔러 들어오는 사내의 몸을 받아내며 그제야 그녀의 입가에 만족한 미소가 지어졌다. 왕이 달구어놓고 간 뜨거운 몸이 그제야 열을 터뜨리고 있었다.

왕비 아로부인은 얼마 전부터 태무에게서 다 채우지 못한 욕정을 이런 식으로 해결하고 있었던 것이다. 기란국의 왕비 따위, 아버지 건승에게나 소중한 것이지 자신에게는 아무짝에도 쓸모없는 것이다. 허수아비 같은 왕, 허깨비 같은 사내는 필요 없다.

아사금 유장(牙祀金 流張)이 연화의 부름을 받고 입궐했다.

"어서 오십시오, 아버님."

혜랑왕의 둘째 아들이자 유영왕의 동복아우인 유장은 충성심이 강하고 말이 없는 사람이었다. 그는 자식들이 스무 살이 될 때까지 궁궐 출입을 금할 정도로 철저한 신하의 길을 걸었다. 왕족이라는 이유로 어떤 특혜가 주어지는 것도 원치 않았다. 그래서 무영은 다른 귀족 청년들보다 훨씬 늦은 나이인 스물두 살이 되어서야 궁궐 무사가 되었고, 그때부터 무장의 길을 걸었다. 연화 또한 사촌인 능혜 왕자를 스무 살 때에야 처음으로 만났을 정도였다. 그것도 궁이 아닌 아리산에서 말이다.

"건강은 어떠신지요?"

"소인은 무탈합니다."

유장은 안타까운 눈으로 딸을 바라보았다. 왕의 모후지만 그에게는 아직도 어린아이 같은 딸이다. 마흔이 넘었지만 여전히 갓 피어난 꽃 같은 얼굴을 한 연화가 이 넓은 연화궁에서 홀로 지내는 것이 마음 아프다.

"사냥은 즐거우셨습니까?"

"네?"

"유신과 떠났던 사냥 말입니다."

"아, 네."

유신과 함께 사냥을 다녀온 후, 궐 밖에서는 유신의 오랜 소원이 이루어질 것이라는 소문이 떠돌고 있다. 그리만 된다면 얼마나 다행일까? 그러나 그런 일은 결코 없을 것이다. 연화가 유신을 찾은 것은 오로지 태무를 지키기 위해서라는 것을 유장은 잘 알고 있었다. 본인이 원하기만 한다면 기란국의 어떤 여인도 홀로 된 이상 재혼을 막을 수는 없다, 설사 그 신분이 왕비였다

하더라도. 그러나 재혼을 하는 순간 정사에는 관여할 수 없게 되니 연화가 그런 선택을 하지는 않을 것이다. 연화는 눈을 감는 순간까지 능혜의 혼을 끌어안고 태무를 지키며 살아갈 것이다.

사실 유장은 연화의 짝으로 능혜가 아닌 유신을 원했었다. 딸이 평범한 삶을 살기를 바랐기 때문이다. 하지만 마음대로 되지 않는 것이 사람의 마음이고 자식의 일이니…….

유장은 차를 마시며 오래오래 말이 없었다. 가장 믿어야 할 피붙이조차 믿지 못하고 살아야 하는 연화의 처지가 안쓰러웠다.

"무영이…… 두려우십니까?"

한참 만에 그가 힘겹게 꺼낸 말이다. 무영이 두려워 유신을 찾았느냐는 물음이었다. 연화는 아무 대답도 하지 않았다.

"무영은 언제까지나 우직하니 무인의 길밖에 걷지 못할 사람입니다. 소인을…… 이 아비를 믿으십시오."

"믿습니다. 아버님도, 오라버니도…….”

그러나 연화는 흐려지는 말끝 뒤에 숨겨진 속내는 더 이상 드러내지 않았다. 그것보다 정작 하고 싶은 말은 따로 있는 듯 보였다. 차 시중을 들던 시비를 내보내고 명을 불러 모든 시비들과 무사들을 연화전에서 오십 보 이상 물러나게 하라는 영을 내리고도 연화는 쉽게 입을 열지 못했다. 한참을 더 망설이던 연화가 드디어 입을 열었다.

"아버님께 긴히 드릴 말씀이 있어 뵙자 했습니다."
"무슨……?"
"아주 오래전에…… 신왕이 태어나던 그해에……."
 연화는 태무가 태어나던 그날 이후, 누구에게도 꺼내지 않았던 이야기를 아버지 유장에게 들려주었다. 능혜와 자신에게는 전쟁보다 더 살벌하고 고통스러웠던 그날 밤의 이야기였다. 유장에게 이 말을 꺼낸 것은 만약 공주를 찾게 되면 바람막이가 되어달라는 뜻에서였다.

 묵직한 보자기를 펼치자 온갖 진귀한 음식이 쏟아져 나왔다. 울불과 가희의 아귀 같은 손이 다투어 음식을 집어갔다. 가희는 입이 터지도록 쑤셔 넣고도 모자라 양손으로 음식을 잔뜩 움켜쥐고는 사비를 흘낏 바라보며 말했다.
"너도 먹어, 사비야."
"난 일하면서 많이 주워 먹었어. 너나 많이 먹어."
 어지간히 배가 고팠던지 정신없이 코를 박고 먹고 있던 울불이 문득 고개를 들어 물었다.
"근데 이런 진귀한 음식들은 다 어디서 난 거냐?"
"오늘이 이 마을 족장의 생신이래요. 어제, 오늘 그 댁에서 일하고 오는 길이에요."
 울불은 퀭한 눈을 돌리며 다시 떡을 한입 베어 물었다. 이틀이나 돌아오지 않기에 사비가 자신들을 버려두고 도망친 줄 알

앉더니 일을 하고 있었던 모양이다.

걸로를 떠난 그들이 바다로 이어진 서란강 줄기를 따라 올라와 이 마을에 정착을 한 지도 이미 반년이 되어간다. 강가에 움막을 치고 살게 되면서 사비는 어느새 일거리를 찾아 마을을 드나들기 시작했다. 온갖 허드렛일과 남자들이나 할 법한 거칠고 힘든 일도 마다하지 않았다. 워낙 손끝이 야무지고 힘이 좋으니 너도나도 사비에게 일을 맡겼다. 울불과 가희는 걸로에서와 마찬가지로 종일 움막 안에서 빈둥거렸다. 종일 빈둥거리고 놀아도 배를 곯지 않으니 답답할 것도 없었다. 언제나 답답한 사람은 사비뿐이었다.

아무리 생일이라지만 이런 진귀한 음식들을 해먹을 수 있는 집이라면 족장의 살림이 대단한 모양이라는 생각이 들었다. 배가 터지도록 먹고 뒤로 물러앉은 울불의 눈이 문득 반짝였다.

그날 밤, 사비와 가희가 깊은 잠에 빠진 것을 확인한 울불은 걸로를 떠나올 때 들고 나왔던 옷 보따리를 풀었다. 그리고 어둠을 더듬어 옷가지 속에서 무언가를 찾아내었다. 그녀는 그것을 꺼내어 밖에서 새어 들어오는 푸릇한 달빛에 비추어 보았다. 눈앞에서 대롱거리는 물건은 달빛보다 더 은은하게 빛을 내는 반월 목걸이였다.

17년 전, 능혜왕 3년.

해사랑금 집안의 무역선을 타고 화조국으로 떠났던 달검이 일여 년 만에 집으로 돌아왔다. 울불이 혼자서 죽을힘을 다해 해산을 하고 있던 새벽이었다. 행여나 밖으로 소리가 새어나갈까 봐 옷가지를 입에 물고 끙끙거리고 있는데 문이 벌컥 열렸다. 한동안 발길을 끊고 있는 지마가 해산하는 것을 알고 찾아온 것이라 생각하며 반갑게 고개를 돌려보니 그곳에는 놀랍게도 달검이 서 있었다.

"다, 당신……!"

서너 달은 더 있어야 돌아올 줄 알았던 달검이 굳은 얼굴로 내려다보고 있었다. 서너 달이면 아이를 감쪽같이 처리하고 말짱한 얼굴로 남편을 맞기에 충분한 시간이었는데 그가 너무 일찍 와버린 것이다. 울불은 사시나무처럼 떨었다. 당장이라도 쇳덩이 같은 주먹이 날아와 숨통을 끊어놓을 것 같았다. 죽은 듯이 엎드려 싹싹 빌어야 했지만 아랫도리를 밀고 나오는 아기 때문에 그럴 수도 없었다.

"아악!"

다시 진통이 시작되자 울불의 입에서는 저도 모르게 신음 소리가 터져 나왔다. 물끄러미 내려다보고 있던 달검이 그녀의 머리맡에 바구니 하나를 슬며시 내려놓았다.

"젖동냥 할 일은 없겠구먼?"

퉁명스런 말을 던지고는 부엌으로 가더니 아궁이에 불을 지피는 소리가 들렸다. 물을 끓이는 모양이었다. 이제 죽었구나 생각했는데 이게 무슨 일인가 싶었다. 다시 한 번 진통이 몰려오더니 드디어 아기가 태어났다. 요란한 아이 울음소리가 방 안에 울려 퍼졌다. 그런데 울음소리가 하나가 아니었다. 잠깐 정신을 놓았던 울불은 울음소리가 둘인 것에 놀라 화들짝 몸을 일으켜 방을 두리번거려 보았다. 방금 태어난 자신의 핏덩이 아이가 탯줄을 매단 채 다리 아래에서 울고 있었고, 또 한 울음소리는 방금 전 달검이 머리맡에 슬며시 놓고 나갔던 바구니에서 들리는 소리였다. 바구니 속에는 놀랍게도 태어난 지 사나흘 정도 되어 보이는 아기가 들어 있었다.

아, 그렇구나! 이놈이 어디서 씨앗을 본 것이다. 그래서 남의 아이를 가져 해산을 하고 있는 나를 살려준 것이구나!

눈알이 희번득 돌아가던 울불은 아기를 싼 보자기를 홱 젖혔다. 그런데 배내옷도, 보자기도 보통 물건이 아니었다. 한눈에 보아도 귀한 것임을 알 수 있었다. 게다가 아이의 목에는 반월 모양의 신비한 목걸이까지 걸려 있는 것이 아닌가.

이것이 무엇인고?

아무리 생각해도 달검이 씨앗을 보아 낳은 아이는 아닌 듯싶었다. 배를 타고 떠돌아다니며 버는 벌이가 빤한데 아기에게 이런 귀한 물건들이란 가당치도 않다.

그녀는 얼른 목걸이를 챙겨 숨기고 방금 낳은 아이의 뒤처리를 했다. 어쨌든 저 아이 덕분에 지마의 아이를 낳은 제 허물이 덮여질 것 같아 한시름 놓을 수 있었다.

달검은 서란강 줄기를 타고 바다로 흘러들어 오는 물목에서 그 바구니를 건져 올렸다고 했다.

"천지신명이 주신 것이니까 잘 키워. 자네는 오늘 새벽에 딸 쌍둥이를 낳은 것이다. 알겠는가?"

지은 죄가 있어 대놓고 싫다고 할 수도 없는 노릇이라 그날부터 울불은 팔자에 없는 쌍둥이 어미 노릇을 하게 되었다. 입이 귀에 걸려 밖으로 나간 달검이 친구인 부연을 만나 술을 마시고 들어오며 아기들의 이름을 지어왔다.

"요 녀석은 꽃아지다. 아주 귀엽고 조그만 꽃같이 생겼지 않은가? 그리고 요것의 이름은 가희라고 부르시게."

그렇게 아이들이 일곱 살이 될 때까지 달검의 사랑은 지극했다. 그러나 울불의 눈에 비치는 그의 모습은 두 아이를 너무나 차별하는 모습이었다.

꽃아지는 금이야 옥이야 품에서 놓지를 못했고, 가희는 발치 끝에 두고 먼하니 내려다보는 것이 다였다. 울고 있는 꽃아지를 두고 가희에게 젖이라도 물릴라치면 죽일 듯이 몰아붙이니 달검이 집에 있을 때에는 젖 한 번을 물려도 꽃아지가 먼저였고, 밥 한 톨도 꽃아지 입에 먼저 들어가야 집 안이 조용했다. 제 배 아파 낳은 자식을 밀쳐 두고 그러기란 도를 닦는 심정이 아니고는 힘들었다. 그러나 지은 죄가 있으니 어쩔 수 없었.

그렇게 칠 년을 살다가 먼 바다로 나갔던 달검이 비명에 세상을 떠나자 울불은 그동안 참고 참았던 모든 분을 꽃아지에게 터뜨렸다.

어느 날 마을로 흘러들어 온 무녀에게서 꽃아지의 관상을 보니 모질고 사나운 운명을 타고 났다는 소리를 듣는 순간 자신의 불행이 모두 꽃아지 탓으로 여겨졌다. 생각해 보니 꽃아지가 오던 그해에 걸로의 바다가 붉어져 가물기 시작했고, 그래서 달검의 벌이도 줄어들었고, 멀쩡하던 자신은 허리병을 얻었다. 뭐든 잘 먹는 꽃아지 때문에 제대로 얻어먹지 못해 가희의 몸도 저렇게 약한 것이리라.

　울불은 어둠 속에서 눈알을 희번득 굴렸다.

　걸로에서 쫓겨나 이렇게 거지같이 살게 된 것도 다 사비, 저년 탓이다!

　그녀는 달랑거리는 반월 목걸이를 꼭 움켜잡았다. 족장의 살림이 만만찮은 듯하니 그를 찾아가 목걸이를 처분할 생각이었다. 아무리 못 나가도 그 금덩이만은 할 것이다. 이것이 처분만 되면 가희를 데리고 떠나 버릴 참이었다.

　사비야 허허벌판에 던져 놓아도 굶어죽지는 않을 독한 년이니…….

　목걸이를 들여다보는 족장의 얼굴이 심상찮았다. 또 걸로에서처럼 사단이 날까 봐 울불은 더럭 겁이 났다. 그녀는 얼른 목걸이를 잡아채어 가슴팍에 쑤셔 넣으며 일어났다.

　"살 마음이 없으시면 저는 이만 가보겠습니다."
　"잠깐! 게 좀 앉게. 성미가 급한 사람이로구먼."

족장은 밖을 향해 큰 소리로 얼른 상을 봐오라고 했다. 차려오는 상을 보니 정말 보통 집안이 아닌 것이 분명했다. 울불은 허겁지겁 음식을 집어 먹다가 족장의 눈치를 보며 수저를 놓아 버렸다. 목걸이를 살지 안 살지 말도 않은 채 거지같은 차림의 자신에게 상부터 차려내는 것이 영 수상쩍었다. 아무래도 얼른 가는 것이 상책 같았다. 그러나 가겠다는 말을 채 꺼내기도 전에 문이 벌컥 열리며 칼을 찬 무사들이 우르르 몰려 들어와 둘러섰다.

"에구머니나!"

기겁을 하고 의자에서 굴러 떨어진 울불은 바들바들 떨며 바닥에 이마를 박았다. 잠시 후 빙 둘러선 무사들 사이에서 굵직한 음성이 들렸다.

"고개를 들어라."

쭈뼛쭈뼛 고개를 들자 한 남자가 뚫어질 듯이 내려다보고 있었다. 매의 눈처럼 매서운 눈초리를 가진 사내였다. 그는 울불의 눈앞으로 대뜸 손을 불쑥 내밀었다.

"네가 가지고 있다는 그 반월 목걸이를 내어보아라."

울불은 늙은 족장이 무사들을 시켜 목걸이를 빼앗으려는 것이라고 생각했다. 그걸 빼앗길 수는 없었다. 찢어지게 가난하게 살면서도 나중에 가희를 시집보낼 때 쓰려고 목숨처럼 간직하고 있던 물건이었다. 집도 절도 없이 떠도는 처지에 이것마저 빼앗긴다면 도저히 살아갈 방도가 없을 것이다.

"그건 안 됩니다, 나리. 어찌하여 남의 물건을 도적처럼 빼앗으려 하십니까? 이건 우리 세 식구 목숨줄입니다. 세상에 이런 법이 어디 있습니까?"

울불에게서 악에 받친 소리가 나오자 사내는 움찔했다. 그러나 그는 이내 목소리를 부드럽게 하며 다시 손을 내밀었다.

"빼앗으려는 것이 아니다. 보고 돌려줄 터이니 내어보아라."

부드러웠지만 위엄있는 목소리였다. 일단은 사내의 말을 믿는 수밖에 없었다. 그들이 차고 있는 칼을 보니 차불한 댁의 몽둥이를 든 일군들은 근처에도 못 갈 만큼 무서운 자들 같았다.

쭈뼛거리던 울불은 돌아앉아 가슴팍에 쑤셔 넣은 목걸이를 끄집어내어 사내의 손에 올려주었다.

"얼른 보고 주셔야 합니다."

사내는 목걸이를 잠깐 동안 꼭 움켜쥐고 있다가 그것을 눈앞으로 가져갔다.

서란강 줄기의 각 마을을 돌며 버들내와 아기바구니의 행방을 쫓던 중에 이 마을 족장으로부터 긴급한 연락을 받았다. 아사금 집안의 표식인 반월 목걸이를 팔려는 여자가 있다는 것이었다. 막 다른 마을로 떠나려고 짐을 꾸리던 명은 한달음에 달려왔다. 그리고 그는 지금 숨을 죽인 채 손바닥에 올려진 목걸이를 꿈을 꾸는 듯 들여다보고 있는 것이다.

그것은 아사금 집안의 목걸이가 분명했다. 그의 눈이 다시 바닥에서 발발 떨고 있는 울불에게로 향했다. 이것을 왜 이 거지

운명　137

아낙이 들고 있는 것일까? 아무리 보아도 아사금 집안의 여인으로는 보이지 않는다.

"네 이름이 무엇이냐?"

"우, 울불이라고 합니다."

"이것이 어디서 생긴 물건이냐?"

노려보는 눈이 어디서 훔친 물건이냐고 묻는 듯했다.

"제 것입니다. 처음부터 제 것이었습니다. 보시고 돌려주신다 하지 않았습니까? 어서 주십시오!"

막무가내로 손을 뻗으며 빼앗으려는 울불의 목에 서늘한 칼날이 들어왔다.

"헉!"

"어디서 생긴 물건이냐고 물었다. 이걸 처음 가지고 있던 사람이 누구냐?"

"시, 살려주십시오."

"이걸 처음 가지고 있던 사람을 아느냐?"

울불은 침을 꿀꺽 삼키며 발발 떨었다. 목젖에 닿아 있는 싸늘한 칼날 때문에 머리 속이 하얘져서 말조차 제대로 나오지 않았다.

"제…… 딸년입니다."

대답과 동시에 사내의 거친 손이 목덜미를 울컥 잡아 일으켰다.

"네 집으로 앞장서거라."

무사들에 둘러싸여 서란강가의 움막으로 가며 울불은 머리를 굴렸다. 이 목걸이의 주인은 필시 나라에 큰 죄를 지은 사람의 자식이거나 아니면 그 반대일 것이다.

바구니에 담겨 있던 아기가 사비라는 사실을 아는 사람은 하늘 아래 딱 두 사람이었는데 그 한 사람인 달검은 이미 죽은 지 오래고 이제 오직 자신만이 알고 있다. 자신이 하는 말 한마디에 사비의 운명이 가희 것이 되고, 가희의 운명이 사비 것이 될 수도 있을 것이다.

강이 가까워오자 멀리 움막이 눈에 들어왔다. 명은 마음이 급해져서 울불에게 얼른 걸으라고 재촉했다. 무사들에게 울컥울컥 밀리며 걸어오는 울불을 발견하고 먼저 뛰어온 사람은 사비였다.

"어머니! 무슨 일이에요? 뉘십니까? 이분은 제 어머닌데 무슨 잘못이라도 저지르신 겁니까?"

사비는 발발 떨고 서 있는 울불을 보호하듯 당겨 안았다. 늘씬한 체형과 시원스런 얼굴, 그리고 눈이 유난히 반짝이는 여자였다. 그러나 한눈에도 고생한 흔적이 역력한 거칠고 검은 피부에 그런 것들이 다 묻혀 버렸다. 명의 눈이 사비를 살피려는 순간 움막이 걷히며 또 한 여자가 뛰어나왔다.

"사비야, 왜 그래? 무슨 일이에요, 어머니?"

뽀얀 피부와 예쁘장한 얼굴, 그리고 여린 몸매가 아리따운 처녀였다. 순간 명의 눈에 그 모습이 태무의 모습과 겹쳐 보인 것

운명 139

은 어쩌면 잃어버린 공주를 찾고 싶은 마음이 너무나 간절해서였는지도 모른다. 명은 울불의 옷자락을 울컥 당겨 두 사람의 앞에 세우며 물었다.

"목걸이의 주인이 어느 쪽이냐?"

울불은 망설였다. '모' 아니면 '도'란 생각이 들었다. 자신의 판단이 잘못되어 가희가 죽임을 당한다 하더라도 평생 이렇게 거지처럼 사느니 차라리 일찌감치 죽는 것도 괜찮다 싶었다.

한참 만에 그녀는 천천히 손가락을 올렸다.

"이 아이가 목걸이의 주인입니다."

울불의 손가락이 가리킨 사람은 가희였다.

六. 장난은 용서되나 진심은 죄가 되는 사랑

해율은 느닷없는 무영의 부름을 받고 병부로 향했다. 기란국의 병권을 한 손에 쥐고 있는 아사금 무영. 그는 연화궁 마마와 유신이 가장 경계하는 인물이다. 전장에 나서서는 단 한 번도 패배하지 않았고, 물러서는 법도 없었다. 전쟁의 공적을 치하하는 자리에서도 언제나 한 걸음 물러나 수하들을 먼저 챙겼다. 아버지 유신이 무영의 무엇을 경계하는지는 알지만 해율이 판단하기에 그는 진정한 무장의 길을 걸을 사람이다. 그래서 유신 다음으로 존경하는 인물이기도 하다. 무영 또한 해율을 자식처럼 생각하며 아끼고 있었다.

해율이 들어서자 무영은 기다리고 있었다는 듯 반가운 얼굴로 그를 맞았다.

"잘 왔다, 해율!"

어깨를 꽉 움켜쥐는 손아귀에서 강한 힘이 느껴졌다.

무영은 곧 야로국을 징벌하러 떠날 것이며 그 징벌군의 좌장군으로 해율을 임명할 것이라고 했다. 그것은 너무나 놀라운 이야기였다. 이제 겨우 스물셋인 그에게 좌장군이라니!

"소인은 아직 그런 책무를 맡을 자격이 없습니다."

"자격이 있고 없고는 내가 판단한다. 이번 징벌군의 결과에 따라 너는 우리 기란국의 대장군 감으로 지목될 수도 있어."

단호하고 따뜻한 눈으로 지긋이 바라보던 무영이 다시 말을 이었다.

"지난번 건승의 여식을 건드린 일이 아무래도 걸린다. 어떤 이유에서든 건승의 표적이 되는 일은 피해야 했어. 당분간 차루벌을 떠나는 것이 좋을 것 같아 내린 결정이다. 서너 달 좌장군의 자격으로 전장터를 다녀오고 나면 건승도 널 함부로 건드릴 수 없을 것이다."

"무영님!"

해율은 무영이 자신에게 힘을 실어주려 한다는 것을 알았다. 연화궁 마마나 아버지가 건승보다 더 경계하고 있는 그가 왜 자신에게 힘을 실어주려 하는 것인지, 그의 진정한 속내를 알 수가 없다.

"너도 날 의심하느냐? 내가 전하와 연화궁 마마를 저버리고 왕좌를 탐낼 것이라 생각하느냐?"

무영은 해율의 마음을 읽기라도 한 듯 그렇게 물었다. 해율이 아는 아사금 무영은 왕좌에 욕심을 부릴 사람이 아니다. 그는 다만 무장일 뿐인 사람이다. 아버지 유신이 어떤 식으로 경계를 하였든 해율은 언제나 무영을 믿고 있었다. 그만큼 존경하는 무장이기 때문이다.

"소인은 장군님을 믿습니다. 아사금 무영 장군님이 진정한 무장이시란 걸 한 번도 의심한 적 없습니다."

단호한 해율의 말에 무영이 다가와 어깨를 힘껏 잡았다. 역시 유신의 아들이다. 연화에 대한 애끓는 정을 이기지 못하고 유신이 기란국을 떠나 버렸을 때 가장 안타까워했던 사람은 바로 무영 자신이었다. 무영에게 있어 유신은 가장 절친한 벗이었고, 유일한 적수였다. 유신이 무장의 길을 걸었다면 자신은 기란국 최고의 무장이라는 이름을 결코 얻지 못했을 것이다.

두 해 전, 격검 대회에서 해율을 보았을 때 무영은 젊은 날의 유신을 다시 만난 듯 가슴이 벅찼었다. 드디어 자신의 대를 이어 기란국을 이끌 최고의 무장이 탄생하리란 걸 의심하지 않았었다. 그런 해율이 휘경궁 앞에서 해사랑금의 사병들을 내쫓고 아린을 훈계한 이야기를 듣는 순간 가슴이 철렁했다. 해율이 다쳐서는 안 된다. 건승이 어떻게 나올지 몰라 내내 긴장하고 있던 그는 국경지대에서 야로국의 약탈이 심해지고 있다는 보고가 들어오자마자 곧바로 야로국을 징벌하기로 마음먹었다. 정벌이 아닌 단순한 징벌 수준이라는 게 못내 아쉽지만 지금 당장 큰 군사를 일으키기는 힘든 일이었다. 태무는 여전히 겁을 잔뜩 먹은 채 연화궁에만 숨어 지내고 건승이 기고만장하고 있으니 차루벌을 오래 비워둘 수는 없었다.

"수 일 내로 떠날 터이니 준비해 두어라."

걸로에 다녀오겠다고 마음먹은 일이 또다시 틀어져 버렸다. 기란국의 무사라면 어느 누구도 대장군 무영의 명령을 거부할 수는 없다. 설사 연화궁 마마라 할지라도.

"잘 알겠습니다."

병부를 나오며 해율은 저도 모르게 빙긋 미소를 지었다. 적진을 향해 말을 타고 내달리는 자신의 모습이 떠오르자 가슴이 두근거렸다.

명이 말한 대로 아이는 태부를 닮았다. 딱히 어디라고 꼬집어 말할 수는 없지만 하얀 피부와 여린 몸매가 그랬고 똑바로 마주치지 못하고 도망가는 눈이 그랬다. 제 속으로 낳고도 눈길 한 번 주지 않았던 아이다. 기억하는 것은 오직 그 청량한 울음소리뿐이다.

명은 울불에게 건네받은 반월 목걸이를 연화에게 올렸다.

"걸로 사람 달검이라는 자가 서란강과 바다가 만나는 물목에서 바구니를 건졌다고 합니다."

연화는 떨리는 손으로 목걸이를 뒤집어보았다. 다른 아사금의 목걸이와 구분하기 위해 자신이 날카로운 칼로 긁어놓은 표식이 뚜렷했다. 그녀는 반월 목걸이를 아프도록 움켜쥐었다.

전하…….

능혜는 눈을 감는 순간에도 버린 아기에 대한 죄책감에 시달렸다. 그것은 그에게도 자신에게도 씻을 수 없는 상처로 남은 일이다. 연화는 거지같이 낡은 옷을 입고 사시나무처럼 떨고 있는 가희를 바라보았다.

작고 여린 아이로구나. 울음소리는 우렁찼었는데…….

"이리…… 가까이 오너라."

목소리에 물기가 서렸다. 가희는 쭈뼛거리며 다가가지 못했다. 이 거대한 집에 들어서는 순간부터 아무 말도 귀에 들어오지 않았다. 자신이 울불의 친딸이 아니라는 사실만이 서러웠다. 어째서 금이야 옥이야 사랑해 주던 자신이 아니라 죽일 년 살릴 년 잡아먹을 듯이 몰아붙이던 사비가 어머니의 친딸이라는 건지 도무지 납득이 가지 않았다.

눈물을 그렁거리며 손을 뻗는 저 여인은 누굴까? 이승의 사람 같지가 않아.

그만큼 눈부신 아름다움이 뿜어져 나오는 여인이다.

"어서……."

다시 한 번 손을 뻗자 시비 하나가 쭈뼛거리는 가희를 부축해 연화의 앞으로 데려갔다.

가까이 다가가니 그녀에게서는 맑은 향이 풍겼고 바라보는

장난은 용서되나 진심은 죄가 되는 사랑 145

눈은 촉촉하게 젖어 있었다. 백옥 같은 손이 다가오자 흠칫 물러나는 가희를 보며 명이 다가가 낮은 음성으로 말했다.

"모후마마십니다. 예를 갖추소서."

자신들을 이곳까지 데리고 온 이 무사는 이곳이 기란국(機瀾國) 국왕의 모후께서 계시는 연화궁이며 가희는 연화궁 마마의 잃어버린 딸이라고 했다. 그러니까 걸로의 천한 잠녀의 딸 가희가 사실은 기란국(機瀾國)의 공주라는 말이었다. 가희는 속살이 오소소 떨렸다.

공주라니? 세상에!

울불은 매의 눈을 닮은 사내를 따라 저만치 사라지는 가희를 보며 와들와들 떨었다. 그저 어느 부잣집의 핏줄쯤으로 알았는데 일을 저질러도 너무 큰일을 저질러 버렸다는 생각이 들었다.

지금이라도 사실이 아니라고 말을 할까? 아니지, 굴러온 복을 왜 마다해? 어차피 이 비밀을 아는 사람은 하늘 아래 나뿐이니 나만 입 꼭 다물고 있으면 귀신인들 알 게 뭐야?

희번득 눈을 굴리는 울불의 눈에 놀란 얼굴로 방 안을 두리번거리고 있는 사비가 들어왔다. 예전에 마을로 흘러들어 온 무녀가 꽃아지의 얼굴을 보자마자 사나운 팔자를 타고 태어났다고 하던 말이 딱 들어맞다 싶다. 귀하디귀한 공주로 자랐을 아이가 걸로의 잠녀로 자란 것도 그렇고, 자신처럼 모진 계모를 만나 온갖 고생을 하다 제자리마저 가희에게 빼앗기게 생겼으니 말이다. 잠깐 양심의 가책이 느껴졌지만 오래가지 않았다. 자신 같은 것을 만난 것도 다 제 팔자지, 싶었다.

 며칠 동안 가희를 볼 수 없었다. 사비는 온통 백옥 같은 하얀 피부의 여인들과 무사들뿐인 이 거대한 집이 불편했다. 가희가 기란국(機瀾國)의 공주였다니 놀랍기도 하고 가희가 더 이상 고생을 하지 않아도 되니 다행이라는 생각도 들었다.
 이곳으로 온 후, 울불은 내내 사비의 옷자락을 꼭 쥔 채 꼼짝도 못하게 했다. 그 모습이 왠지 안쓰러웠다. 그토록 사랑했던 가희를 보내게 생겼으니 어머니의 마음이 오죽할까 싶었다. 사비는 울불에게 꼭 묻고 싶은 말이 있었다.
 "제가 어머니 친딸이었는데 왜 그리도 모질게 대하셨어요?"
 "넌, 넌 내 속으로 낳은 자식이니까 만만했다. 가희는 어려웠어. 혹시나 잘못되면 제 새끼가 아니라서 그렇단 소리 들을까 봐 그랬다. 너한텐 미, 미안하다."
 울불은 사비의 눈길을 피하며 그렇게 말했다. 울불의 마음을 알 것도 같고 모를 것도 같다. 아무리 그래도 모질어도 너무 모질었다. 꾹꾹 눌러온 설움이 울컥 밀려오는 것을 사비는 안간힘으로 밀어내렸다. 십수 년 겪어온 섭섭함이 쉬 가시지 않겠지만 어쩌겠는가? 이제는 오롯이 혼자의 책임이 된 어머니인 것을.
 궁에서 지낸 지 열흘 만에 울불과 사비는 연화궁 마마의 부름을 받고 연화궁으로 향했다. 셀 수도 없는 집칸들을 지나고 숲을 지나고 문을 몇 개나 지나자 넓고 아름다운 연못이 눈앞에 펼쳐졌다. 연못 위로는 긴 다리가 놓여 있었는데 그 위를 걸을 때는 그 아름다움에 마음이 아찔할 지경이었다.

연화전으로 들어서 저만치 앞에 앉은 가희를 보자마자 울불은 눈물을 울컥 쏟으며 내달렸다.

"가희야!"

그러나 두어 걸음을 떼기도 전에 앞에선 무사의 손이 그녀를 가로막았다.

"무엄하다!"

"괜찮다. 두어라."

위엄 어린 목소리로 무사를 제지하며 가희를 향해 고개를 끄덕이는 여인이 말로만 듣던 왕의 모후, 연화궁 마마인 모양이었다. 백옥 같은 피부에 눈이 부시도록 아름다운 여인이었다.

금방이라도 쓰드그 달려와 가슴팍에 매달릴 줄 알았던 가희는 연화의 허락을 받고도 쭈뼛쭈뼛하며 그녀들의 곁으로 쉽게 다가오지 못했다.

며칠 꿈같은 시간을 보낸 후 울불과 사비를 만나자 가희는 그들의 초라한 모습에 이마가 찌푸려졌다. 아무리 고운 옷을 입혀 놓으면 뭐 하나 싶을 만큼 울불과 사비는 초라하고 미워 보였다. 지금껏 저런 천것들과 한구덩이에서 살아왔다고 생각하니 울컥 분통이 터질 지경이다. 며칠 사이 가희는 울불과 사비가 저를 위해 살아온 세월을 까마득히 잊어버린 것이다.

쭈뼛쭈뼛 다가온 가희는 잘 지내셨소, 한마디 하고는 휙 돌아서서 다시 쪼르르 달려가 연화궁 마마 곁에 착 달라붙어 앉는 품이 영락없는 귀염둥이 공주의 모습이었다. 서운함도 잠시, 울불은 감격한 표정으로 가희를 올려다보았다.

저것이, 저것이 참말 내 딸인가? 번쩍번쩍 치장을 하고보니 하늘의 선녀도 안 부럽구나! 아이고, 가희야!

감격에 겨워 눈물이 멈춰지지 않았다. 옷자락으로 눈물을 찍어내는 울불의 모습을 보며 연화는 가슴이 따듯해졌다. 저 여자가 그동안 공주에게 정말 좋은 어미가 되어주었구나, 나보다 낫구나, 싶었다.

"공주를 잘 길러주어 고맙다."

연화궁 마마의 음성은 따듯하고 온화했다.

"무엇으로 보답을 해야 할지 모르겠구나. 소원이 무엇인지 말해보거라."

"소인은 아무 소원도 없습니다. 그저 우리 가희…… 아니, 공주마마만 잘되시면 당장 죽어도 여한이 없습니다."

울불이 머리를 조아리며 그렇게 말하자 연화는 더욱 감복한 표정을 지었다. 저런 어미 곁에서 자랐으니 공주의 심성 또한 바르고 고울 것이란 생각이 들었다. 흐뭇한 표정으로 고개를 끄덕이던 연화는 그제야 울불의 옆에서 있는 듯 없는 듯 고요히 서 있는 사비를 발견했다. 가희가 쌍둥이로 알고 자랐다는 울불의 딸인 모양이었다. 가희보다 한 주먹은 크고 튼실해 보이는 아이였다. 고개를 숙이고 있어 자세히 볼 수는 없지만 피부색이 검고 거칠어 보였다.

"고개를 들어보아라."

연화궁 마마의 눈길이 자신에게 닿은 것을 느끼며 사비는 천천히 고개를 들었다. 눈부시도록 아름다운 여인이 따듯한 눈으로 내려다보고 있었다. 사비는 잠깐 호흡을 멈추고 그녀를 바라보다가 가볍게 고개를 숙여 인사를 했다.

시원한 이목구비가 한눈에 들어왔고, 검은 피부 탓인지 눈이 유난히 빛나 보이는 아이다. 그런데 전혀 떨거나 어려워하는 기색이 없다. 가볍게 예를 갖추며 목례를 하는 모습이 당돌해 보이기까지 한다. 대부분 코를 땅에 박고 발발 떨던 백성들만 보아오던 연화로서는 적잖이 놀라운 모습이었다.

아주 당돌하고 버릇없는 아이가 아닌가?

"이름이 무엇이냐?"

"사비입니다."

"네가 그동안 고생이 많았다는 소리를 공주에게 들었다."

"아닙니다. 고생스럽지 않았습니다."

"세 식구의 생계를 책임지고 있었다니 어찌 고생스럽지 않았겠느냐? 내 너에게도 고마운 마음이 있다. 네 어미가 저리 사양을 하니 네가 소원을 말해보거라. 무엇이든 들어주마."

"저는 제 어미와 함께 걸로로 돌아가고 싶습니다."

잠깐의 망설임도 없이 사비의 입에서 나오는 말이 그랬다. 당돌하고 버릇없는 모습으로 보아 무언가 당돌한 소원이 튀어나올 것 같았는데 겨우 고향으로 돌아가겠다니, 너무나 뜻밖의 말에 연화는 놀란 표정으로 다시 한 번 사비를 찬찬히 살폈다.

"이젠 고생스러운 잠녀 일을 하지 않아도 된다. 이곳 차루벌에 집과 살림을 마련해 줄 터이니 이곳에서 살아라. 공주가 외롭지 않도록 궁에도 자주 오가면서 편히 사는 것이 어떠하냐?"

"소인은 바다가 좋습니다."

사심없이 담담한 어조다. 잠깐 고개를 들어 마주치는 사비의 눈이 푸릇한 바닷물을 닮은 듯했다. 당돌하고 버릇없지만 왠지 밉지가 않은 아이다. 곁에 두고 싶은 아이다. 자신도 모를 이끌림에 연화는 사비에게서 눈을 떼지 못했다.

언화전에서 잠깐 얼굴을 본 후 열흘이 넘도록 가희를 보지 못했다. 울불은 가희를 만나지 못해 안달이 났다. 가희를 위해 연화궁에서 가장 아름다운 전각을 공주전으로 꾸며놓았다는 얘기를 들었지만 그곳이 어딘지 알 수 없거니와 안다고 하더라고 궁 안 곳곳에 칼을 차고 돌아다니고 있는 무사들 때문에 꼼짝도 할 수 없었다. 가희는 제가 연화궁 마마의 딸인 것을 철석같이 믿고 있을 테니 이러다간 가희를 영영 잃어버릴 수도 있겠다 싶어 덜컥 겁이 났다.

그날, 사비를 바라보던 연화궁 마마의 눈빛도 예사롭지 않았다. 핏줄은 당기기 마련인 법, 이곳에 오래 있다가는 천벌을 받을 이 거짓말이 들통나고 말 것이다.

 가희를 만날 수도 없고, 걸로로 돌아가라는 연화궁 마마의 허락도 쉽게 떨어지지 않자 불안을 이기지 못한 울불은 사비를 꼼짝도 못하게 했다. 한 걸음만 걸어도 옷자락을 잡고 늘어지니 숨이 막힐 지경이었다. 사비는 그것이 갑작스럽게 가희를 떼어 보낸 탓이라 생각했다. 가희에게 얼마나 끔찍했던 어머니였던가. 당신은 며칠 쫄쫄 굶으면서도 가희에게는 무얼 먹여도 먹여야 잠이 들던 울불이었다. 그러면서도 친딸인 자신에게는 어찌 그리도 모질었는지······.

 사비는 저도 모르게 씁쓸한 미소를 지으며 연화궁 마마를 떠올렸다. 숨이 막히도록 아름답고 따듯한 느낌이 들던 분이었다. 문득 가희가 부러웠다. 공주라는 자리가 아닌, 그런 어머니를 두었다는 것이 몹시도 부럽다. 길러준 어머니께도 사랑을 받았고, 낳아준 어머니께도 사랑을 받을 터이니 참 복도 많은 가희다.

 무녀는 일곱 살짜리 어린 꽃아지를 보고 단번에 사나운 운명을 타고났다고 말했었다. 사비는 거울에 비친 제 얼굴을 가만 들여다보았다. 제 얼굴 어디에 그 사나운 운명이 숨어 있을까 몹시도 궁금하다. 그러나 아무리 뜯어보아도 보이는 것은 그저 따가운 햇살의 그림자 같은 가무잡잡한 흔적뿐이다.

 사비는 문득 해율을 떠올렸다. 차루벌에서 왔다던 그 사람, 별금 해율. 환한 웃음을 짓던 그 얼굴이 아직도 생생하다. 이곳

어딘가에 그가 있을 것이다. 그러나 이런 얼굴로는 그분을 찾아 나설 수가 없다. 왜 이토록 가슴에 깊이깊이 박혀 버린 건지 모르겠다. 난생처음 말을 걸어주었던 사내여서일까?

※

 다섯 달 만에 국경 마을에서 약탈을 일삼던 야로국을 징벌하러 떠났던 토벌군이 돌아왔다. 무영을 대장군으로 한 토벌군은 야로국의 수도까지 쳐들어가 궁을 불태우고 노예로 잡혀 있던 기란국(機瀾國) 백성 수백 명을 구출해 오는 전과를 올렸다. 승전의 깃발을 날리며 성문을 들어서는 무영의 곁에는 아직 새파란 얼굴의 어린 장수 해율이 있었다. 빛나는 눈과 당당한 체구, 그리고 진지한 얼굴의 그는 이번 징벌군에서 최고의 전과를 올린 장수로 대장군 무영의 절대적인 신임을 업고 돌아오고 있는 것이다.

 전쟁을 지르는 동안 해율은 적군을 무찌르고 피맛을 볼수록 자신 속에서 꿈틀거리는 불길을 느꼈다. 그것은 정복에 대한 쾌감 같은 것이었다. 왕의 그림자로 지내며 호수 속의 물처럼 고요히 가라앉아 있는 것은 결코 자신의 성미에 맞지 않는다는 것을 깨달았다. 바다를 바라보며 꾸었던 꿈처럼 단국과 야로국을 넘고, 매호국을 넘어 넓고 넓은 광야로 말을 달리고픈 욕망이 꿈틀거렸다.

승전을 축하하는 연회 자리에 갑작스럽게 나타난 공주의 존재로 인해 승전의 기쁨은 잠시 물러간 듯했다. 공주의 존재를 알리는 순간 연회장은 찬물을 끼얹은 듯 싸늘한 냉기가 돌았다. 그 싸늘한 냉기를 뚫고 아사금 유장의 음성이 울려 퍼졌다.

 "전하께서 이미 혼인을 하셨으니 지금에 와서 굳이 공주를 두고 왈가왈부할 일은 없소. 이미 이백 년도 넘게 지난 과거의 일에 얽매여 다 자란 공주의 목숨을 앗는다면 그것만큼 어리석은 일은 없을 것이오. 곧 공주의 혼처도 찾을 것이고, 그럼 더 이상 아무 일 없을 것이오. 우리 아사금 집안은 십칠 년간 자식을 잃은 슬픔에 마음을 앓으신 연화궁 마마를 위로하고 다시 돌아오신 공주마마를 환영하는 바이오."

 그는 말을 마치며 무영을 바라보았다. 힘을 실어달라는 뜻이었다. 아들을 믿지만 그가 가진 힘은 두렵다. 무영은 침묵으로서 유장의 말에 동의한다는 뜻을 진했다. 잠시 웅성거렸지만 유신을 비롯한 별금 집안까지 이에 합세하자 장내는 이내 조용해졌다. 별금 집안을 등에 업은 연화의 위세는 이미 왕권을 넘어서고 있었으니 눈 밖에 나서 좋을 일이 뭐 있겠는가 하는 계산들이었다. 더군다나 큰 칼로 무장을 갖춘 궁궐 무사들이 5부족의 수장들 사이사이에 버티고 서서 서슬 퍼런 눈빛으로 지켜보고 있었던 것이다. 어느 순간 시퍼런 칼날이 목으로 들어올지 모를 상황이었다. 태무가 왕위에 오른 후, 궁궐 무사의 힘은 한층 강해졌다.

오직 건승만이 인상을 구긴 채 태무를 노려볼 뿐이다. 온갖 약재를 구해다 바치며 정성을 들이는데 어째 자식이 생기지 않을까? 얼른 후사를 보아야 자리를 더욱 공고히 다질 텐데 말이다. 어디서 어떻게 자랐는지도 모르는 무식한 공주 따위가 무얼 어쩌겠는가. 왕만 손아귀에 틀어쥐고 있으면 아무리 연화궁 마마라 하더라도 뭘 어쩌랴 싶었다. 이렇게 태무의 목을 틀어쥐고 있다가 아로에게서 자식이 태어나면 그때부터는 명실상부한 해사랑금 집안의 세상이 될 것이니 말이다.

 연회에서는 전장에서 혁혁한 공을 세운 해율에게 단연 시선이 집중되었다. 그는 최전방 돌격대를 이끌며 야로국의 궁궐까지 단숨에 치고 들어갔다고 했다. 해율의 빠른 판단력과 거침없는 행동들이 한껏 빛을 발하였던 전쟁이었다.

 연회가 베풀어지는 내내 해율을 향한 무영의 눈빛이 예사롭지 않았다. 그의 얼굴에는 경이로운 무언가를 발견한 듯한 기쁨의 빛이 감돌았다. 유신은 그것이 못내 마땅찮았다. 무영은 야망이 큰 사람이다. 자신의 야망을 위해 해율을 어떤 식으로 이용할지 두려웠다.

 유신은 5부족 수장들의 앞앞을 돌아 자신 앞에선 아들을 무심한 얼굴로 건너다보았다. 이번 전쟁으로 해율의 존재가 지나치게 부각되어 버린 느낌이다. 그것은 어린 해율에게 결코 좋을 것이 없었다.

 "네 수하들의 희생이 가장 컸다고 들었다. 제 공을 앞세우려

따르는 수하들을 희생시키는 것은 장수의 도리가 아니다."

온갖 칭찬에 들떠 있던 해율의 얼굴이 순간 굳어버렸다.

"적을 보고 머뭇거리는 것 또한 장수의 도리가 아니라고 배웠습니다."

사뭇 도전적인 눈으로 바라보는 해율의 눈을 보며 유신의 마음에는 알 수 없는 두려움이 일었다. 아들에게서 느껴지는 기운이 너무 강하다. 그것은 어릴 때부터 해율에게서 느껴지는 불안이었다. 그저 우직한 무장으로만 살아주었으면 좋겠는데 아들의 눈은 언제나 그보다 더 높은 곳을 향하고 있다는 것이 느껴진다.

"수고하였다, 해율. 내 오늘 너로 인해 기쁨이 두 배가 된 듯하구나."

해율을 맞는 연화의 얼굴이 꽃이 핀 듯 환했다. 무엇에도 비견할 수 없는 아름다움과 은은하게 배어나오는 향취에 해율의 얼굴이 붉어졌다. 존경의 마음과 사모의 정이 얽혀 가슴이 두근거렸다. 연화궁 마마와 같은 여인을 어디에서 찾을까, 고민이 될 지경이었다. 해율에게 있어 연화궁 마마의 존재는 늘 꿈꾸는 이상의 여인이었다.

이런 느낌의 여인을 언젠가 본 듯도 하다. 전혀 닮지 않은 듯하면서도 어딘가 닮은……

눈앞에서 파득, 물방울이 튀어 오른다. 자잘히 부서지던 햇살과 일렁이던 물비늘, 그리고 바다 속으로 자맥질해 사라지는 싱

싱한 물고기 한 마리…… 걸로의 바다에서 만났던 어린 여자의 얼굴이 떠올랐다.

"가희는 인사를 하거라. 이번 전쟁을 승리로 이끈 좌장군 해율이다."

연화의 음성에 정신이 든 해율은 자신을 빤히 올려다보는 공주를 향해 가볍게 목례를 했다. 그러자 공주도 마주 인사를 했다. 시원하고 아름다운 연화궁 마마와는 다른 느낌이다. 여린 몸매와 불안한 눈빛이 태무왕을 닮은 듯하다.

가희는 가볍게 목례만 하고 무심하게 스쳐 가는 해율을 뚫어질 듯이 바라보았다. 잘난 사내들이 많고도 많은 차루벌이다. 궁 안의 그 무사들도 하나같이 잘난 사내들이었는데 해율을 눈앞에 두고 보니 지금까지 보아온 사내들이 다 히께비처럼 느껴진다.

해율은 자신을 빤히 쳐다보는 공주의 한껏 꾸민 머리 장식들과 화려한 옷차림에 이마를 살짝 찡그렸다. 공주에게서는 머리가 지끈거릴 정도의 심한 화장수 냄새가 건너왔다. 그것은 왕의 곁에 앉은 왕비 아로부인도 마찬가지였다. 눈곱만큼도 마음이 가지 않는 5부의 여인네들에게서 나는 향이다. 해율은 스치는 눈으로 다시 연화궁 마마를 살폈다. 전혀 꾸밈이 없이도 저렇게 아름다운 빛을 뿜어내는 여인은 없을 것이다. 아버지가 왜 그토록 질긴 사랑의 덫에 갇혀 버렸는지 이해가 가는 일이다.

그는 다시 연화궁 마마의 곁에 앉은 유신을 바라보았다. 두

분이 맺어지는 것을 바라는 것은 이제 영원히 꿈이 되어버린 것 같다. 재혼을 하는 순간 모든 권력에서 물러나야 하는데 연화궁 마마가 그런 선택을 할 가능성은 전혀 없어 보인다. 건승의 옆자리에 앉은 왕은 불안하고 초조한 눈으로 해율을 바라보았다. 연화궁 마마는 저분을 두고는 다른 어떤 선택도 할 수 없을 것이다.

연회는 밤이 늦도록 계속되었다. 해율은 젊은 무사들과 함께 그곳을 빠져나왔다. 아직은 어리고 풋풋한 나이, 끊임없이 정국 이야기가 오가는 그런 술자리에 오래 앉아 있으려니 온몸이 뒤틀릴 것 같아서다.

"홍루에 가려는가?"

비연이 어깨를 툭 치며 물었다. 그는 해율과 가장 절친한 친구이자 먼 일가이며 또한 무사대 내에서 유일한 적수이기도 했다. 그런 그에게서 아릿한 술 냄새가 풍겼다.

홍루? 해율은 그런 곳들이 영 성미에 맞지 않는다. 어린 호기심으로, 벗들과 어울리려니 어쩔 수 없이 따라다녔을 뿐. 잠깐 생각에 젖은 사이 곁에 섰던 무사 여문이 맞장구를 쳤다.

"그러세나, 해율. 그곳을 마음대로 드나들 날도 얼마 남지 않았어. 혼인을 하고 나면 다들 마나님께 꽉 잡혀 버릴 몸들이 아닌가? 자네도 조심하게. 아린 아가씨가 가만두지 않겠다고 벼르고 있으니. 하하."

"무슨 소린가?"

"아린 아가씨가 올해 아리산 꽃놀이에서 자네를 휘어잡겠다고 호언장담을 하고 다닌다네. 지난번 자네의 행동이 몹시도 마음에 들었던 모양이야?"

여문은 친근하게 어깨에 팔을 걸치며 능글한 목소리로 속삭였다. 수많은 귀족 청년들이 그녀를 바라보고 있지만 아직까지 어느 누구도 아린의 마음을 사로잡은 자가 없다고 하던데 제 입으로 해율을 휘어잡겠다고 호언장담을 하고 다닌다니 무슨 마음인가 싶다. 제 아비의 권세만 믿고 설쳐 대는 그런 여자, 금은보석과 화장으로 치장한 그것을 아름다움이라고 해야 할까?

장난스럽게 어깨를 울컥 당기는 여문을 보며 해율은 피식 웃었다. 해사랑금 아린이 별금 해율을 휘어잡을 것인가, 아니면 면박을 당할 것인가로 한동안 차루벌 곳곳에서 내기가 벌어지게 생겼다.

"홍루에는 자네들끼리 다녀오게. 난 집으로 돌아가서 좀 씻어야겠어. 피가 튀었는지 온몸이 비릿해."

그는 칼을 휘두르는 흉내를 내어 보이며 그렇게 말했다. 어깨가 결리고 졸음이 쏟아졌다. 이제야 전쟁을 치른 피곤이 몰려오는 모양이다.

서운해하는 그들을 먼저 보내고 그는 느린 걸음으로 연화궁으로 향했다. 휘경궁보다 연화궁으로 나가면 집으로 가는 길이 훨씬 빠르기 때문이었다.

연회가 열리고 있는 휘경궁을 빠져나와 연화궁으로 들어서자 순식간에 주위가 조용해졌다. 악공의 음악 소리도 눈앞을 일렁이는 횃불들도 모두 성가셨다. 지금은 몸을 숨길 어둠과 고요만이 그리웠다. 전쟁을 치르고 돌아오면 매번 이렇게 침울해진다. 북녘의 저 너른 벌판까지 기란국의 말발굽 아래에 두고 싶다는 원대한 포부에 깃든 자괴감이다. 그 원대한 포부를 이루기 위해 얼마나 많은 땅을 짓밟고 온몸을 피로 물들여야 할까? 공포에 질려 쓰러져 가는 적군의 얼굴이 눈앞에서 아른거린다. 그의 옷자락에 매달린 어린아이들의 울부짖음이 귓가를 맴돈다. 전쟁은 짜릿한 쾌감이면서 동시에 참을 수 없는 혐오다.

연화연의 축축한 습기가 피어오르고 있는 연화교를 빠른 걸음으로 지나 연화전을 멀찍이 돌아 운우문으로 나오니 짙은 솔숲길이 이어지면서 주위는 더욱 고요하고 어두워졌다. 해율은 그제야 걸음을 조금씩 늦추었다. 운우문을 나오면서부터 시비전을 지날 때까지 이어지는 이 솔숲길이 마음에 든다. 솔가지 사이로 뚫고 들어온 달빛이 날랜 표창처럼 얼굴을 스쳐 갔다.

"함께 오려무나."

연화궁 마마는 따듯한 음성으로 사비에게 울불과 함께 연회에 참석하라고 했다. 그러나 사비는 자신들은 그곳에 끼어서는 안 된다고 생각했다. 가희에게 그녀들은 비참했던 과거의 지우고 싶은 기억일 뿐일 것이다. 두어 번 만났던 기희에게서 그런 느낌을 강하게 받았다. 가희는 기란국의 공주로, 자신은 걸로의 천한 잡녀로 이제야 애초에 주어진 운명대로 살아가는 것이다.

가희는 울불과 사비의 존재를 몹시도 부끄러워하고 눈을 마주쳐 주지 않았다. 그럴 때마다 사비는 울불이 가엾었다. 자신의 마음속에 울불을 가엾어하는 마음 외에 또 다른 감정이 존재하지 않는다는 것이 슬프기도 했다. 하지만 어쩔 수 없다. 이것은 지난 십여 년간 어머니 스스로 만들어놓은 죄업이니까. 자신은 자식으로서 최선을 다해서 어머니를 모셨다. 그리고 앞으로도 최선을 다할 것이다.

울불은 연회에 참석하지 못한 것이 몹시도 분한 듯 저녁 내내 사비를 볶아대다가 일찌감치 잠이 들었다. 사비는 그 모습을 측은한 마음으로 내려다보다가 밖으로 나왔다.

싸늘한 기운이 감돌지만 그다지 춥다고는 생각되지 않았다. 춥다는 말은 눈비 오는 겨울날 바닷물에 뛰어들었다가 잠깐 밖으로 나오는 그 순간쯤은 되어야지 할 수 있는 말이다.

시비전 한편에 있는 처소를 나와 운우문이 있는 솔숲 쪽으로 길을 잡았다. 낮에는 시비들과 무사들의 눈이 있어 혼자서는 함부로 들어갈 수 없는 곳이다. 달빛이 환하게 흩뿌려진 길을 지나 솔숲으로 들어서자 날 선 바람이 솔가지를 흔들며 쇳소리를 내었다. 높은 곳에서 들려오는 바람 소리가 마치 겉로 바다의 파도 소리처럼 길고 외로웠다.

바람에 실려오는 짙은 솔 향에 사비는 그제야 숨을 깊이 들이마셨다. 이제야 마음이 평온하고 자유가 느껴지는 걸 보니 이곳

생활이 몹시도 갑갑했던 모양이다. 그곳에 살 때는 평생 걸로를 떠나보지 못하고 살다가 죽을 생각을 하며 몹시도 갑갑했었는데 지금 생각해 보니 어떤 구속도 없는 걸로만이 오직 자신에게 자유를 줄 수 있는 땅이라는 생각이 든다.

언제쯤 돌아갈 수 있을까? 그분은…… 그분은 그곳을 다녀가셨을까?

이곳을 떠나려면 연화궁 마마의 허락이 떨어져야 하는데 연화궁 마마는 영영 보내주실 마음이 없는 듯 보인다. 설사 보내주신다 하더라도 울불이 가지 않겠다고 버틴다면 큰일이다.

숲은 생각보다 깊어 구릉도 있고 야트막한 언덕도 있었다. 도대체 이 궁은 얼마나 크기에 셀 수도 없는 전각과 커다란 연못과 이런 숲까지 거느리고 있는 걸까? 생각에 잠겨 걷다가 너무 깊이 왔나 싶어 돌아 나가려는데 저 앞에서 검은 물체 하나가 다가오는 것이 보였다.

사비는 바짝 긴장하며 주먹을 쥐었다. 이런 곳에 산짐승이 있을 리도 만무하고 자신처럼 혼자 산책을 나온 사람일지도 모른다고 생각했다. 잠깐 머뭇거리는 사이 성큼성큼 다가오던 그림자가 우뚝 멈춰 섰다. 상대방도 사비처럼 놀란 모양이었다. 형체를 보아하니 칼을 찬 궁궐 무사다. 이 야심한 밤에 더더구나 칠흑 같은 솔숲에서 사내와 맞닥뜨리다니, 사비는 더럭 겁이 났다. 당장 돌아서서 도망을 쳐야 할 것 같은데 발이 움직여지지 않는다.

그러는 사이 그림자는 이제 도망칠 수도 없을 만큼의 가까운 거리로 성큼 다가왔다. 그리고 다시 우뚝 멈추어 섰다. 사비는 그가 지나갈 수 있도록 몸을 비스듬히 비켰다. 얼른 지나가길 바라는데 그는 도무지 움직일 생각을 하지 않았다. 사내의 눈이 스륵 몸을 훑어 내려가는 것이 느껴졌다. 곧 사내의 욕심으로 가득한 거친 손이 손목을 잡아채거나 아니면 천한 것이 어딜 돌아다니느냐고 버럭 소리를 지를 것이라 생각했다.

사비는 바짝 긴장하며 몸을 돌려 걸음을 옮겼다. 사내의 움직임이 있기 전에 먼저 이곳을 벗어날 참이었다. 옆을 스쳐 지나 두어 걸음 옮기는데 드디어 사내의 음성이 들렸다.

"어느 전의 시비냐? 이곳은 어둡고 위험하니 그만 나가려무나."

방금 들은 솝바람처럼 서늘한 울림이 느껴지는 음성이었다.

"소인은 조금만……."

조금만 더 들어갔다가 나가겠다는 말을 하려는데 사내가 허리를 굽혀 스륵, 얼굴을 가까이 가져왔다. 순식간의 일이라 사비는 움찔하며 뒤로 물러났다.

"시비가 아닌가?"

고개를 갸웃하며 묻는 눈이 어둠 속에서 반짝였다. 왠지 장난기가 느껴진다. 아는 사람일까? 사비는 고개를 갸웃하며 그 눈을 피하지 않고 똑바로 바라보았다. 그러나 어두워서 그 얼굴이 자세히 눈에 들어오지 않는다. 그가 다시 허리를 굽혀 얼굴을 스륵, 가져오자 사비는 움찔 놀라며 한 걸음 물러났다. 시비들로부터 5부의 귀족 사내들이 자신 같은 천한 여자를 노리갯감으로 갖고 논다는 소리를 귀에 못이 박히도록 들었다. 조금의 허점도 보여서는 안 된다.

사비는 주먹을 발끈 쥐며 두어 걸음 물러섰다. 뜀박질이라면 어지간한 사내들도 그녀를 못 따라온다. 이 솔숲길 끝으로 달려가면 운우문이 나오고 곧바로 연화전이 나온다. 그곳까지만 도망치면 일단은 안심이다.

"그럼……."

가벼운 목례와 함께 재빠르게 몸을 돌렸지만 사내의 손이 먼저 사비의 팔목을 잡아채었다.

"잠깐!"

움켜쥔 손아귀의 힘이 너무도 강해 떨쳐 낼 엄두조차 나지 않는다.

"왜 이러십니까? 놓아주십시오!"

"잠깐……."

그는 양해를 구하듯 조심스런 말과 함께 달빛이 밝은 곳으로 사비를 당겼다. 나무 그늘을 피해 나오자 순식간에 얼굴이 환하게 드러날 만큼 밝은 달빛이 쏟아졌다. 궁궐 무사들이 다들 그렇듯 훤칠한 키와 덩치를 가진 사내였다.

다시 사내의 얼굴이 가까이 다가왔다. 움찔 물러나던 사비가 문득 멈추었다. 달빛에 드러난 얼굴이 왠지 낯이 익었다. 연화궁을 드나들며 스쳐 지났던 무사들 중 한 사람일지도 모른다. 어쩌면 그녀를 유난히 빤히 쳐다보던 그 무사일지도. 얼굴을 좀 더 자세히 보기 위해 다가가려는 순간 사내에게서 흥분한 음성이 들렸다.

"맞구나!"

사내는 잡은 손목을 바짝 당기며 얼굴을 가까이 가져왔다.

"날 모르겠느냐?"

사내는 달빛을 받으며 반가움에 환한 웃음을 짓고 있었다.

저 환한 웃음을 기억한다. 빛나는 웃음이 낯설고 어색했던 그 때, 그곳, 걸로에서 보았던 그 웃음이다.

"나다, 별금 해율!"

흥분한 음성이 들렸다.

정말 어떻게 된 걸까? 이 사람을 이곳에서 만나다니. 그렇게 기다렸는데…… 다시는 못 볼 거라 생각했는데…… 달빛이 지어낸 환영일까?

사비는 눈앞의 그가 믿어지지 않아 입이 떨어지지 않았다.

"혹시 기억 못하는 거야?"

미동도 않고 있는 그녀가 이상한지 그가 다시 물었다.

어떻게 기억을 못하겠는가. 난생처음 말을 걸어준 사내인걸. 금붙이를 품은 내내 함께 품고 있었던 사내였는걸. 혼자서 비밀스럽게 사모했던 사내인걸.

"아니, 너무 놀라서…… 잊지 않았습니다."

"정말 어떻게 된 일이냐? 네가 왜 이곳에 있지? 이렇게 만나다니 믿을 수가 없다."

해율은 놀라움을 감추지 못한 눈으로 사비를 살폈다. 걸로를 떠나오던 날, 그렁한 눈으로 옷자락을 잡던 그녀의 모습이 너무도 마음이 아파 꼭 다시 가겠다고 약속을 하고도 한 번도 가지 못했다. 간간이 생각이 났었고 가봐야지, 마음만 먹었었는데 뜻하지 않은 곳에서 이렇게 만나다니 놀라운 인연이 아닐 수 없다.

"쌍둥이로 알고 자란 동생이 실은 공주마마셨답니다."

사비는 차분한 어조로 자신이 이곳에 있게 된 사연을 들려주었다. 여전히 말도 시원시원하게 잘하고 별 부끄럼도 없어 보인다. 사비는 어쩌다 보니 걸로를 떠나게 되었고, 서란강가에서 명을 만나 이곳으로 오게 되었다고 했다.

사비는 얘기하는 내내 그를 훔쳐보았다. 가슴이 방망이질하듯 콩닥거렸다. 마냥 신기하기만 하던 그 환한 웃음은 여전할까? 그에게서는 먼지 냄새가 났다. 가을바람에 몰려다니던 걸로의 모래 냄새 같기도 했다. 어디 먼 곳을 다녀온 모양이다. 궁금증에 답하듯 그가 말했다.

"난 오늘 전장에서 막 돌아왔어."

목소리가 피곤하게 들린다.

아, 그래! 그의 꿈은 북쪽의 저 너른 벌판까지 자신의 말발굽 아래에 두는 거라고 했었다. 그 포부를 그는 이미 펼쳐 나가고 있는 모양이다. 그녀로서는 도저히 바라볼 수도 없는 높은 곳에 눈을 두고 있는 사람.

사비는 씁쓸한 미소를 지으며 고개를 끄덕였다.

그녀의 얼굴은 달빛을 받아 은은하게 빛났고 어딘지 모르게 여인의 자태가 물씬 풍겼다. 한 해 하고도 반이 더 흘렀나? 얼굴이 여전히 볕에 그을어 가무잡잡한지 궁금했지만 달빛이 그것까지 보여주지는 않았다. 달빛 아래에서 꾸는 하룻밤의 꿈처럼 그들은 서로의 모습을 미처 다 보여주지 못하는 달빛을 원망하며 길고 긴 그간의 얘기를 나누었다. 반가움과 약간의 흥분, 두근거림이 내내 함께했다.

전쟁에 참여했던 무사들이 돌아오면서 궁궐 무사대는 한차례의 자리 이동이 있었다. 명은 연화의 비호 아래 명실상부한 무사대의 수장으로서의 위치를 굳혔고, 태평전은 무예와 충성심이 특별한 자들로 채워 태무의 곁을 더욱 공고히 하였다. 반면 해율은 어느 전에도 속하지 않아 자유가 주어졌다. 대신 명이 차루벌을 비울 때면 언제든 명의 자리를 메워야 할 막중한 책임이 주어졌다. 아직 어린 나이에 막중한 일들을 감당할 수 있을까 걱정이 되었지만 일단은 주어진 자유가 한없이 좋다.

아침 일찍 수련장에 나와 검술을 익히던 해율은 웬일인지 칼이 제대로 잡히지 않는다는 생각을 하며 칼을 내렸다. 오늘은 이쯤에서 접어야겠다. 수련장을 나와 잠깐 망설이다 연화궁 쪽으로 걸음을 옮겼다. 그곳에 가면 사비를 만날 수도 있을 것이다. 달빛 아래에서 만났다 헤어진 후 보지 못했다. 묻고 싶은 것도 많고 밝은 곳에서 얼굴을 다시 한 번 보고 싶기도 했다.

연화교를 지나 곧장 앞으로 가면 연화전이다. 해율은 연화교 위에서 다시 잠깐 망설이다가 옆으로 난 조그만 숲길로 들어갔다. 빙 둘러 시비전까지 내려갔다가 운우문을 거쳐 연화전으로 들어갈 생각이다.

그날은 어두워서 잘 몰랐는데 낮에 들어오니 숲은 마른 덤불로 가득 차 있었다. 칼집으로 휘휘 저으며 걸어 들어가자 이내 짙은 솔숲이 나왔다. 휘적휘적 걸어 언덕 아래로 보이는 연화전을 지나고 운우문을 지났다. 솔숲 끄트머리쯤 다다랐을 때 시비 두 사람이 얘기를 나누고 있는 것이 눈에 띄었다. 좀 더 가까이 다가가서야 한 사람은 연화전의 시비이고 또 한 사람은 사비라는 것을 알았다. 반가운 마음에 빠른 걸음으로 다가가던 해율은 날 선 시비의 음성에 걸음을 우뚝 멈추었다.

"네가 연화궁 마마의 총애를 받더니 간이 배 밖으로 나왔구나! 여기가 어디라고 감히 혼자서 돌아다니느냐!"

"잘못했습니다, 소인은 그저 바람이나 쐬려고……."

"여기는 궁이다. 걸로의 바닷가가 아니란 말이다. 이 궁의 어떤 길도 너 같은 천한 잠녀 따위가 마음대로 돌아다닐 수 있는 길은 없느니라!"

늙은 시비 마염의 날카로운 음성이 솔가지 끝에서 이는 바람 같았다.

"무슨 일인가?"

다소 거친 음성에 두 사람이 동시에 돌아보았다. 별금의 수장인 유신의 자제, 그리고 연화와 태무가 가장 총애하는 젊은 무사 해율이다. 마염은 갑작스런 해율의 등장에 못마땅한 표정을 지었다.

궁에 들어온 지 삼십 년, 그리고 연화궁 마마를 모신 지 십오 년이 훨씬 넘는 시간 동안 사비같이 천하고 당돌한 아이는 처음이다. 처음 연화궁 마마를 뵙던 날, 궁궐의 시비로 있는 자신들도 제대로 고개를 들어 바라보지 못하는 연화궁 마마를 가벼운 목례만으로 대하는 모습에 경악을 금치 못했었다. 게다가 연화궁 마마는 무엇을 잘 보셨는지 시시때때로 사비를 불러들이고 시비들인 자신들에게도 감히 말조차 섞기 어려워해야 할 천한 잠녀 주제에 연화궁 마마와 마주 앉아 차를 마시니 그녀들의 눈에는 사비가 아니꼬울 수밖에 없었다. 언제 한번 단단히 혼을 내주어야지 벼르고 있던 차에 솔숲에서 서성이는 사비를 발견했던 것이다.

"아, 해율님. 이 천한 아이가 겁도 없이 솔숲으로 들어왔기에 혼을 내던 참이었습니다."

해율은 가까이 다가와 사비를 내려다보았다. 여전히 피부는 가무잡잡하지만 걸로에서 보았던 때보다 훨씬 성숙했고 몸매 또한 아리따워졌다.

마염은 해율에게 사비에 대해 설명을 했다.

"이 아이는 걸로에서 올라온 천한 잠녀인데 공주마마와……."

"알고 있네."

해율은 말을 끊으며 여전히 사비에게서 눈을 떼지 않았다.

사납고 모진 운명을 타고났다는 무녀의 한마디에 이름이 바뀌었고 누구도 그녀와 말을 섞지 않는다고 했다. 그래서 바다와 얘기를 나누던 아이였다. 궁에서는 바람조차 마음대로 쐴 자격이 없는 천한 신분, 모진 운명. 그런 것들이 평생을 따라다니며 그녀의 목을 옭아맬 것이다.

해율은 입술을 가만 깨물었다.

"내가 잘 타이를 터이니 자네는 그만 가보게."

"예? 하지만……."

"가보라지 않는가!"

버럭 지르는 고함 소리에 마염은 사비에게 노한 눈길을 던지고는 솔숲 길을 되돌아 내려갔다. 단단히 혼을 내주려 했더니 천한 것이 운이 좋은 건지 복이 있는 건지……. 마염이 불만에 가득 찬 얼굴로 멀어져 가고도 한참 만에야 해율은 고개를 돌렸다.

사비는 고개를 들고 해율을 빤히 바라보았다. 가무잡잡한 얼굴이 햇볕에 반짝였다.

"괜찮으냐?"

"예, 제가 잘못한 걸요."

환하게 웃는 모습이 방금 마염에게 들은 말 따위는 까마득히 잊은 얼굴이다. 그런 말쯤은 자신에게 아무 상처도 남기지 못한다는 듯 사비는 그렇게 웃었다.

이 솔숲은 전하와 연화궁 마마의 산책길이기 때문에 함부로 드나들지 말라는 경고를 들었었다. 그래서 아무도 없는 밤에나 잠깐씩 바람을 쐬던 곳이었다. 그런데 해율을 만난 그날 이후 잠을 제대로 이루지 못했다. 꿈이었을까? 달빛이 보여준 환영이었을까? 내내 그 생각만 하다가 용기를 내어 이곳으로 온 것이다. 어쩌면 또다시 꿈처럼 그를 만날 수 있을지도 모른다는 생각을 했었는데 정말 꿈처럼 다시 그를 만났다.

한동안 얼굴을 살피던 해율이 빙긋 웃었다.

"여선하구나."

그것이 자신의 검은 피부를 두고 하는 말 같아 사비는 두 손으로 볼을 감쌌다. 걸로에서는 아무렇지도 않은 것들이 차루벌에서는 신기한 것이 된다.

"여전히 잘 웃고 여전히 건강해 보여."

그리고 여전히 눈이 가고 마음이 간다.

"해율님은 많이 변하셨습니다."

그는 훨씬 늠름해졌고 하얗던 얼굴은 구릿빛이 돈다. 싱긋 웃는 눈매 너머 소년 같았던 남자가 강인한 사내가 되어 그녀 앞에 서 있다. 몸에 살이 붙은 건지 키가 더 큰 건지 훨씬 건장해진 그의 모습을 한눈에 다 넣지 못하겠다. 마음에는 여전히 원대한 포부를 품고 있을까? 그녀로서는 감히 상상도 할 수 없는 높고 높은 그의 꿈……

사비는 잠깐 설레며 반짝이던 눈빛을 이내 감췄다. 설레어서는 안 된다. 눈에 담아서도 안 된다. 이곳에 와서야 제대로 깨달은 자신의 신분 탓이다. 시비들조차 말 섞기를 꺼려하는 천하디 천한 걸로의 잠녀, 그래서 5부의 귀족들을 감히 얼굴 들고 바라보아서도 안 되는 사람이 바로 사비다. 그러나 그것이 부끄럽지는 않았다. 부끄럽게 살지 않았으니 타고난 신분 때문에 부끄러워할 필요는 없다고 생각한다. 다만 속이 상할 뿐이다.

"이런 곳은 혼자 다니면 위험하니……."

해율은 잠깐 말을 멈추었다가 다시 이었다.

"다음부턴 산책이 하고 싶으면 내게 얘기해. 앞으로 연화궁을 자주 드나들 터이니 종종 만날 수 있을 거다."

혼자 이렇게 다니다가는 또다시 이런 일이 생길 것이다. 차루벌이 얼마나 신분 차별이 심한 곳인지 사비는 모를 거라고 생각했다. 게다가 여긴 궁 안이 아닌가. 이 세상에 사람이란 오직 귀족뿐인 듯 살아온 5부의 무사들이 곳곳에 깔려 있는 곳이다. 그들에게 사비처럼 천한 신분의 여인은 여인이 아니다. 그들이 마음만 먹으면 언제든 잠시 가지고 놀 수 있는 노리개일 뿐이다. 사비는 지금 자신이 얼마나 위험한 곳에 노출되어 있는지 모르는 것 같다.

"무슨 일이 있으면 주저 말고 날 찾아와. 이 궁에서 내가 가는 곳은 세 곳뿐이다. 전하께서 계시는 태평전과 이곳 연화전, 그리고 격검수련장……."

근심이 잔뜩 서린 해율의 얼굴을 바라보던 사비가 픗, 웃음을 터뜨렸다. 그의 모습이 꼭 걸로에서 자신이 장난으로 바다 깊이 잠겼다 올라오던 순간에 보았던 걱정 가득한 그 얼굴 같아서다. 놀라서 엉덩방아를 찧던 그 모습이 떠오르자 사비는 결국 억누르던 웃음을 터뜨려 버렸다. 그 환한 웃음이 해율을 무안하게 했다.

괜히 걱정을 부풀려 한 건가?

웃고 있는 사비의 얼굴에 근심 따윈 없다. 섣부른 상처나 걱정 따위를 안고 사는 아이가 아닌 것이다. 그러고 보니 걸로에서 돌아온 후 그의 머리 속에 남아 있던 사비의 얼굴도 밝게 웃던 저 모습이었다. 해율의 얼굴에 쑥스런 웃음이 번진다. 그는 밤에는 경황이 없어 묻지 못했던 이야기들을 꼬치꼬치 캐물었다.

"그동안 어떻게 지냈느냐? 내내 잠녀 일을 한 거야? 내가 준 금붙이는 좀 도움이 되었어? 잠녀 일을 하던 네가 바다를 떠나 어떻게 살았는지 다 궁금하다."

사비는 방금 전의 일은 금방 잊은 듯 밝은 음성으로 대답했다. 그러나 모든 얘기를 들려주면서도 걸로를 왜 떠나게 되었는지에 대해서는 차마 얘기할 수 없었다.

이곳으로 온 지 석 달여 만에 드디어 가희가 울불을 찾았다. 영영 모른 척하고 지내고 싶었지만 같은 궁궐 안에 있으면서 내내 외면하기가 힘이 들었다. 친딸인 사비를 버려두고 가희만을 가슴에 품고 살았던 울불이었다. 한 달 전까지만 하더라도 울불이 없으면 죽는 줄만 알았던 자신이 아니던가. 가끔 툭툭 가슴을 건드리는 이런 양심의 가책들이 성가셨다. 고마웠다는 한마디 정도는 해주는 게 사람의 도리일 것 같았다. 그리고 잘 구슬려 사비를 데리고 걸로로 돌아가라고 할 참이다. 그들을 대할 때마다 끔찍했던 걸로의 일들이 떠올라서 싫었다. 저런 천한 것들과 한구덩이에서 살았다는 사실이 끔찍하다. 할 수만 있다면 자신의 기억에서도 지우고, 모든 사람들의 기억에서도 지워 버리고 싶다. 처음부터 이 궁에서 곱게 곱게 자란 공주이고 싶을 뿐이다. 사비가 연화전에 자주 불려 나니는 것도 싫다. 셋이 함께 앉아 차를 마시고 얘기를 나누다 보면 연화궁 마마의 눈길은 자꾸 사비에게로만 향한다. 그리고 어느 순간 자신은 외톨이가 되어버린 듯한 느낌을 받을 때가 있다.

 공주는 난데, 어마마마의 딸은 난데…… 어째서 그 천한 것에게 그리도 따듯한 눈길을 보내실까?

 울불이 자신에게 했듯 연화도 사비에게 그리하지 않을까, 두려웠다. 차루벌의 어느 여인보다 아름답고 싶고 사랑받고 싶다. 걸로 출신의 바리데기 공주라는 소리는 죽어도 듣고 싶지 않다.

그러니 거치적거리는 울불과 사비를 얼른 떼어내 버려야 한다.

시비의 안내를 받아 방으로 들어서던 울불은 저만치에 앉은 가희를 보자마자 눈물 바람으로 달려와 옷자락에 매달렸다.

"아이고, 가희야!"

그러나 가희는 달려오는 울불의 손을 뿌리치고 자리에서 벌떡 일어나 버렸다.

"무, 무엄하오! 어디에 함부로 손을 대는 것이오!"

화려한 비단 옷자락을 손으로 매만지며 가희는 몹시 성가신 표정을 지었다. 울상이 되어 엉거주춤 서 있는 울불이 꼴도 보기 싫었고, 그 뒤편에 서 있는 시비들까지 자신을 비웃는 것 같았다. 어쩌자고 울불을 이곳까지 불러들였을까, 못내 후회가 되었다. 자기네들끼리 있을 때면 '천하디천한 걸로의 짐녀 출신 바리네기 공주'라고 날마다 숙덕거릴 것이 뻔했다. 못나고 어리석은 이런 자격지심이 날마다 그녀를 괴롭혔다.

어미 곁을 떠나서는 잠시도 살지 못할 것 같던 가희가 석 달 만에 완전 딴사람이 되어버렸다. 제 어미 보기를 벌레 보듯 하니 울불은 서럽고 분한 마음에 눈물이 울컥 쏟아질 것 같았다.

저것이, 저것이! 내가 목숨 걸고 저를 이 자리에 앉힌 것도 모르고 어미를 벌레 보듯 하네?

성질 같아서는 '이 빌어먹을 년!'이라고 소리 지르며 머리끄덩이라도 잡아채고 싶지만 울불은 목까지 올라온 분을 꿀꺽 삼키며 고개를 숙였다. 괜히 가희의 성미를 건드렸다가 비밀을 꺼내지도 못한 채 이 궁을 쫓겨날지 모른다는 생각이 들었다. 부귀영화 한번 누려보지 못하고 그리 허망하게 쫓겨날 수는 없다. 울불은 한껏 예를 갖추며 머리를 조아렸다.

"잘못했습니다, 공주마마. 늙은 것이 본 바가 없어서 그런 것이니 너그러운 마음으로 용서하시오."

울불의 입에서 금방 풀 죽은 목소리가 들려오자 가희는 의아한 눈으로 바라보았다. 방금 자신이 한 행동은 평소 울불의 성미로 봤을 때 이곳이 공주전이라는 것도 까마득히 잊어먹고 머리끄덩이를 잡아챌 일이었다. 그만큼 제 분을 참아내지 못하는 사람이 얌전하게 머리를 조아린 모습이 당황스럽고 미안하기도 했다. 달검이 죽은 후 일곱 살 무렵부터 울불은 제 목숨보다 가희를 아꼈다. 생계를 위해 꽃아지를 바다로 내몰 때에도 가희만은 약하다는 이유로 품에 끼고 있었다. 무녀를 찾아가 꽃아지의 이름을 사비라 지어온 후, 울불에게 가희는 자식이었고 사비는 원수덩어리였다.

"요, 용서를 빌 것까지야…… 펴, 편히 앉으시오."

다과를 내어오고 차를 내어오는 시비들의 손이 바빠졌다. 푸짐한 다과상을 보며 울불은 하루건너 하루는 굶어야 했던 걸로에서의 생활을 떠올렸다. 처음부터 워낙 건강했던 사비에 비해 가희는 내내 병치레를 하며 자랐다. 그것이 다 어릴 적부터 먹성 좋은 사비에게 젖을 빼앗기고 밥을 빼앗기고 아비의 사랑까지 빼앗기며 자란 탓이라고 생각했다.

울불은 아픈 시선으로 가희를 바라보았다. 욕심 많고 영악스럽고 제 몸뚱이 아까워 일도 못하고 먹을 것이 있어도 어미보다 제 입에 먼저 틀어넣을 아이다. 자신이 그렇게 살았으니…… 세상은 그렇게 살아야 하는 것이라고 가르쳤으니 그렇게밖에 살지 못할 아이가 바로 가희다. 생긴 것만 닮지 않았을 뿐 속속들이 자신을 닮지 않은 구석이 없는 가희다. 제 몸 하나 아낄 줄 모르고 천치처럼 일만 하며 세상이 다 저 같은 줄 아는 사비와는 다른 아이다.

그래, 그리 살아라. 이 험악한 세상에 우리 같은 천것이 살아남을 길은 바로 그것뿐이다. 그러나 어미를 모른 척하는 건 안 된다. 그것만은 안 돼! 넌 누가 뭐래도 내 딸이다. 내 살과 피를 나눠주고 내 배 아파 낳은 내 딸!

"공주마마, 소인이 긴히 드릴 말씀이 있으니 주위를 좀 물려주오."

뚫어질 듯 바라보며 그 말을 하는 울불의 표정이 심상찮았다. 가희는 난감한 표정을 지었다. 잠깐 불러 다과나 함께하고 보내버리려던 생각이었는데 울불의 표정을 보니 호락호락 물러날 기세가 아니다. 울불의 성미를 아는지라 가희는 어쩔 수 없이 시비들을 내보냈다.

시비들이 나가고도 한동안 말이 없던 울불이 갑자기 일어나 문을 열고 밖을 살폈다. 아무도 없음을 거듭 확인한 그녀는 무슨 일을 꾸밀 때면 늘 그렇듯 예의 반짝이는 눈으로 가희의 곁에 바짝 다가와 앉았다. 가희는 유난히 조심스러운 울불의 행동에 왠지 모를 불안이 밀려왔다.

능혜왕의 묘소에 제를 올리기 위해 아리산으로 향하는 행렬이 차루벌 저자거리에 길게 늘어섰다. 능혜왕이 세상을 떠난 후 가장 화려한 왕실의 행차를 구경하기 위해 거리로 몰려 나온 사람들이 인산인해를 이루었다. 생전 처음 백성들 앞에 그 모습을 드러내는 신왕 태무(太武)를 보기 위해 너도나도 고개를 뻗었지만 마차에 길게 늘어진 휘장 탓에 왕의 얼굴은 볼 수 없었다. 이어 연화궁 마마의 우아한 행렬이 지나자 길게 늘어선 백성들 사이에서 환호성과 함께 경의의 절이 이어졌다.

능혜왕이 서거한 지 이 년이 지난 지금도 연화는 여전히 백성들의 절대적인 사랑을 받는 왕후로 대접 받고 있었다. 연화는 마차 위에 앉아 따뜻한 시선으로 백성들에게 눈인사를 건넸다.

가희는 연화와 조금 떨어진 뒤에서 행렬을 따르고 있었다.

가희의 얼굴은 궁을 나서면서부터 노랗게 질려 있었다. 까마득하게 늘어선 백성들의 행렬에 놀라기도 했고 두렵기도 했다. 그 많은 눈들이 오로지 자신만 향해 있는 것 같았다. 그 많은 눈들 중 하나가 불쑥 튀어나와 '연화궁 마마와 조금도 닮지 않았어!' 라고 소리를 칠 것 같았다.

"너는 내 새끼다, 가희야. 내 피와 살을 받아 태어난 자식은 사비가 아니라 바로 너다. 내가 목숨을 걸고 거짓말을 했다. 넌 누가 뭐래도 내 새끼다!"

눈알을 희번덕 굴리며 속삭이던 울불의 말이 며칠째 귓바퀴에 붙어 떨어지지 않고 있다.

"널 낳던 날, 무역선을 타고 화조국으로 떠났던 네 아버지가 돌아왔다. 그 사람이 들고 온 바구니에 반월 목걸이를 찬 아이가 들어 있었지. 그게 바로 사비였어. 그래서 난 팔자에 없는 쌍둥이 어미가 된 것이다. 싫었지만 네 아버지 영을 거역할 수가 없었다. 세상에 이 비밀을 아는 사람은 죽은 네 아비와 나뿐이니 걱정하지 마라. 다행히 네가 날 조금도 닮지 않았으니 나만 입 꼭 다물고 있으년 아무도 어쩌지 못해. 감쪽같이 속을 거야."

사악한 악귀처럼 희번덕거리는 울불의 눈을 피해 멀리멀리 달아나 버리고 싶었던 날이었다.
머리가 아찔하게 어지러웠다. 무사 하나가 가희가 탄 말고삐를 잡아 연화의 곁으로 데려갔다. 가희의 얼굴이 노란 것을 보고 데려오라 명한 것이다.
"몸이 좋지 않은 것이냐?"
"아, 아닙니다."
"이런! 땀까지 흘리고 있지 않느냐?"

연화의 부드러운 손이 이마에 닿자 가희는 얼른 얼굴을 돌려 버렸다. 두렵다. 저 많은 백성들의 눈이 두렵고 따듯한 어마마마가 두렵다.

연화는 제 손을 피하는 가희를 안타까운 마음으로 바라보았다. 여전히 쉬이 다가오지 못하는 가희다. 이럴 때마다 어쩔 수 없이 가희를 버린 죄책감이 밀려온다. 어미를 낯설어하는 제 마음은 오죽할까 싶어 더욱 마음이 쓰라렸다.

"가까이 불러주랴?"

연화는 뒤편의 시비들 틈에 끼어 행렬을 따르고 있는 울불과 사비를 가리켰다.

"아, 아닙니다! 정말 괜찮습니다."

고개까지 저으며 물러서는 모습이 의아하다. 고개를 갸웃하며 가희를 놓아준 연화는 고개를 돌려 사비를 찾았다. 유난히 가무잡잡한 얼굴의 사비는 하얀 얼굴의 시비들 사이에서 금세 눈에 띄었다.

처음 보았을 때는 검은 피부만 눈에 띄더니 즈음에 와서는 시원시원한 이목구비와 늘씬한 키도 눈에 들어오고, 총명하게 반짝이는 눈도 자주 보인다. 게다가 얘기는 어찌 그리도 조곤조곤하게 잘하는지 함께 있으면 시간이 언제 가는지 모를 지경이다. 가희를 생각해서 내색할 수는 없지만 보면 볼수록 마음이 가는 아이다.

기란국(機瀾國) 15대왕 아사금 능혜(牙祀金 能慧)의 묘소는 아리산 자락에서도 가장 양지바른 곳에 자리하고 있다. 그곳은 연화궁이 한눈에 내려다보이는 곳이다. 살아서도 죽어서도 오직 누이뿐이라며 싱긋 웃던 어린 능혜를 떠올리며 연화의 눈에 이슬이 맺혔다.

"전하……."

이 년이 지났어도 능혜의 죽음은 어제처럼 생생하다. 그의 죽음에는 분명히 미심쩍은 면이 있었지만 연화는 그것을 파헤치지 않았다. 그러나 언젠가는 반드시 그날의 일을 파헤칠 것이다. 누구도 자신들을 건드리지 못할 힘을 키우는 날, 무영이든, 건승이든…… 능혜의 목숨을 앗아간 자는 그 누구든 용서하지 않을 것이다.

능혜가 눈을 감던 날 연화는 자신도 눈을 감았다고 생각했다. 그래서 지금의 삶은 덤으로 주어진 것이라고 생각한다. 태무를 위해, 그리고 다시 찾은 가희를 위해 살아야 할 덤 같은 삶. 그것은 자신이 강해질 수밖에 없는 이유다.

행렬을 따라온 5부족의 수장들 속에 유신도 끼어 있었다. 그는 다른 사람들과 조금 떨어진 뒤에 서서 연화의 모습을 바라보고 있었다. 능혜왕의 무덤을 바라보는 그녀의 눈은 애틋하다. 자신이 너무나 원했던, 그러나 단 한 번도 받아보지 못했던 눈빛이다.

또다시 견딜 수 없는 통증이 밀려왔다. 유신은 주위의 눈을 피해 가만히 가슴을 움켜쥐었다. 한줄기 바람이 불어오자 짙은 솔 향 속에 은은한 연 향이 실려왔다. 그 향은 너무도 옅고 가벼워서 누구도 감지하지 못할 것이다. 그러나 자신은 마치 중독된 독을 감지하듯 천 리를 떨어져 있어도 기어코 그 향을 감지해 내고 말 것이라는 것을 안다. 그것은 바로 견딜 수 없는 이 통증의 주인인 아사금 연화, 그녀의 향이기 때문이다.

바람이 지나간 초연한 언덕에 또다시 바람이 일고 있다.

이 애욕의 끈을 어떻게 끊을 것인가.

유신은 젊은 날 떠돌아 다녔던 먼 이국땅을 떠올렸다. 야로국과 단국을 지나 매호국을 넘으면 끝이 보이지 않는 광활한 땅이 펼쳐진다. 그 어느 곳을 떠돌다가 뼈를 묻는 것도 나쁘진 않으리라.

그러나 아직은 아니다, 아직은…….

유신은 혈색 없는 얼굴로 무사들에 둘러싸여 있는 태무를 바라보았다. 당장이라도 죽음의 그림자가 덮쳐 버릴 듯 어눕고 탁한 얼굴이다. 그 뒤로 죽 늘어선 5부족의 귀족들과 무장들, 그들의 번뜩이는 눈앞에 연화와 태무를 두고는 유신은 어디로도 떠날 수가 없다.

신왕 태무가 먼저 나서서 절을 올리고 공주를 찾았음을 고하였다. 잠깐 백성들 사이에서 웅성거림이 들렸지만 이내 환호성이 터졌다. 제(祭)가 끝난 다음에는 저자에서부터 따라 올라온 백성들에게 음식이 나누어졌다.

"음식을 남기지 말고 골고루 나누어 주도록 해라. 혹시라도 못 먹는 자가 없도록 잘 살펴야 한다."

연화의 영에 따라 시비들의 손발이 바빠졌다. 산자락을 하얗게 덮은 백성들을 바라보는 연화의 눈빛은 너무나 따사로운 어버이의 눈, 그것이었다.

사비는 멀찍이 서서 연화를 바라보았다. 그리고 저도 모르게 사모의 정이 뭉글 피어올랐다. 연화궁 마마의 겉모습이 눈부시도록 아름답다면 속마음은 보석처럼 빛이 난다고 생각했다. 사모하고픈 분이다.

바람이 불자 송화 가루가 날렸다. 시비들에 둘러싸여 있던 왕이 다시 자지러지는 잔기침을 쏟아내고 있었다. 전의가 달려가고 혹여 백성들이 볼까 무사들이 왕의 주위를 빙 둘러쌌다. 사비는 멀리서 그 모습을 안타깝게 바라보다가 홀로 솔숲 쪽으로 발길을 옮겼다.

연화궁 마마를 바라보는 유신의 눈가에 고뇌가 서려 있다. 그 모습을 지켜보는 해율의 마음은 화가 나기도 하고 속이 상하기도 하고 마음이 아프기도 한, 그 감정을 한 마디로 정의 내리기가 힘들다. 얼굴도 모르는 어머니 한비가 불쌍하여 화가 나고, 이루지 못할 아버지의 사랑이 안타까워 마음이 아프다.

그는 산자락에 하얗게 흩어져 음식을 먹고 있는 백성들을 둘러보다가 한곳에 눈이 멈추었다. 시비들 틈에 서 있는 사비를 발견한 것이다. 옆에 서 있는 자그마한 여인이 그 어미인 모양이었다. 한눈에 보아도 울화가 가득 찬 얼굴이다. 어린 딸에게 무녀의 몹쓸 말을 여과없이 전해주고 집안의 생계를 맡긴 사람. 그 사실만으로도 알지 못하는 그녀에게 좋은 마음이 생기지 않는다.

사비는 시비들의 바쁜 손길을 불편한 얼굴로 바라보았다. 나서서 거들고 싶지만 자신이 끼일 수 없는 자리라는 것을 인식하는 모양이었다. 잠깐 머뭇거리던 사비가 시비들 뒤로 빠지더니 뒤편 솔숲 쪽으로 걸어가는 것이 보였다. 해율도 느릿느릿 걸음을 옮겨 솔숲으로 향했다.

능혜왕의 묘소가 있는 쪽에서 한참이나 떨어진 숲으로 걸어 들어왔을 때였다.

"어째서 싫다는 것이냐!"

아직도 어린기가 느껴지는 사내의 음성이 들렸다.

"천한 것이 감히 5부의 사내를 거부하다니, 간이 배 밖으로 나왔구나!"

해율은 소리가 나는 쪽으로 몸을 날리듯 뛰었다. 나뭇가지 사이로 언뜻 사비의 모습이 보였다. 그리고 그 앞에서 험악한 얼굴로 사비의 손목을 잡아채고 있는 사내는 궁궐에 들어온 지 얼마 되지 않은 어린 무사 금오단이다. 칼 찬 허리에 잔뜩 힘이 들어 있다 싶은 순간, 금오단이 그녀의 허리를 감아 채었다. 사비의 몸이 휘청 흔들리며 그의 품으로 울컥 안겨들었다. 순간 해율의 눈에 불꽃이 튀었다. 앞을 가리고 있는 나무 따위는 보이지 않았다.

"무슨 짓이냐!"

갑작스럽게 뛰어 올라온 해율로 인해 금오단이 당황해하는 사이 사비는 얼른 허리를 빼고 뒤로 물러났다. 놀란 가슴을 움켜쥐고 있는데 해율의 음성이 들렸다.

"무슨 짓이냐, 금오단! 전하와 연화궁 마마 곁을 지켜야 할 자가 어째서 이곳에 있는 것인가!"

"잠깐 바람이나 쏘이려고……."

"당장 네 자리로 돌아가라!"

벽력같은 고함 소리에 금오단은 제대로 변명도 못한 채 사비를 힐끗 살피고는 숲을 빠져나갔다. 해율은 칼집으로 거칠게 나뭇가지를 후려쳤다. 천인의 여자들을 장난감인 양 함부로 탐하고 난잡한 연애질을 하다가 이리저리 귀족 처녀들을 저울질하고 계산하여 혼인을 하는 순간 천하에 깨끗하고 맑은 사람인 양 살아가는 저들이 경멸스럽다. 어린 시절 대부분을 차루벌이 아닌 이국에서 떠돌았던 해율에게는 그들의 사고방식이 도저히 용납이 되지 않는다. 저들에게 천인의 여자는 잠깐 가지고 노는 노리개일 뿐 사랑을 주고받는 사람이 아닌 것이다.

"산책을 하고 싶으면 언제든 내게 말하라 하지 않았느냐!"

해율은 화가 나서 견딜 수 없다는 듯 소리를 쳤다. 소리를 지르고 나니 더욱 화가 났다.

해율의 고함 소리에 사비는 울컥 눈물이 쏟아질 것 같았다. 천한 것이 감히 시비들이 하는 일을 거들 수도 없었고, 천한 것이 감히 말짱히 앉아 밥을 얻어먹을 수도 없었고, 천한 것이 감히 행렬을 빠져 먼저 산을 내려가겠다고 할 수도 없었다. 그리고 천한 것이 감히 해율을 찾고자 무사들 사이를 헤맬 수도 없었다. 눈물을 삼키려 꽉 깨문 입술이 가늘게 떨렸다.

"소인은……."

순식간에 그렁해진 눈이 바다처럼 일렁거렸다. 당황한 눈으로 다가오는 해율이 보였다. 그에게 이런 모습을 보인 것이 참을 수 없이 속이 상하다. 해율과 자신의 신분이 도저히 맞닿을 수 없는 하늘과 땅 같은 처지라는 걸 날마다 깨닫게 만드는 이 차루벌이 싫다.

"사비야……."

"소인은 걸로로 돌아가고 싶습니다. 바다로 가고 싶습니다."

소리 없이 눈물이 흘러내리고 있었다. 꽤나 상처를 받은 모양이다. 해율은 불끈 쥐었던 주먹을 풀고 다가왔다

"다시는 이런 일이 없도록 내가 조치를 취해주겠다. 그러니 걸로로 가겠다는 말은 하지 마라. 그곳으로 돌아가면 넌 또다시……."

따가운 볕을 받으며 바다로 뛰어들 것이고 날마다 죽음의 위험을 감수하며 살아야 할 것이다. 그곳으로 돌아가도록 두고 싶지 않다. 내내 마음이 쓰일 것이다. 이곳에서 뿌리를 내리고 편히 살길을 알아봐 주어야겠다.

해율은 머뭇거리던 손을 들어 눈물을 닦아주었다. 따듯하고

촉촉한 감촉이 손끝을 타고 전해온다. 마음이 아프다. 그러니…….

"울지 마라."

사비는 입술을 깨물었다. 꿀꺽 삼킨 눈물이 목구멍을 아프게 타고 내려갔다.

며칠 후 금오단은 차루벌 백 리 밖에 위치한 요나성으로 전출이 되었다. 궁궐에 갓 들어온 어린 무사가 차루벌 밖으로 밀려나는 일은 극히 드문 일이었다. 주명이 없는 사이 해율이 단독으로 처리해 버린 일이었기에 금오단의 형인 금랑이 찾아와 이유를 따져 물었지만 해율은 아무 대답도 해주지 않았다. 금오단은 스물이 넘을 때까지 서너 해는 그곳에 머물러 있어야 할 것이다. 북쪽의 먼 변방으로 보내지 않은 것은 오로지 그가 아직 어리다는 이유 때문이었다.

금오단에게 그런 식으로 벌을 내리고도 해율은 무언가 시원치가 않고 불안했다. 홍루로 가서 술이나 한잔하자는 벗들의 제의를 모두 거절했다. 아침에 입궐하는 발걸음은 다급했고 저녁에 퇴궐하는 발걸음은 무거웠다. 걸로로 돌아가고 싶다며 사비가 흘리던 눈물이…… 그 따듯하고 촉촉하던 감촉이…… 아팠던 마음이 내내 잊혀지지 않는다.

해율은 금오단을 백 리 밖의 성으로 전출시켜 버렸다는 소식을 사비에게 전해주었다. 이제는 안심하라며 어깨를 다독여 주는 그 손이 싫어 사비는 한 걸음 물러났다. 누구에게 의지해 본 적도 없고 보호를 받은 기억도 없다. 그날도 해율이 아니었어도 충분히 금오단을 밀쳐 내고 몸을 지킬 수 있었을 것이다. 이런 식으로 그의 짐이 되는 것은 싫다. 걸로로 돌아가야겠다. 이곳에 있으니 자꾸만 속이 상하고 자신이 바보 같아진다.

"괜한 일을 하셨습니다. 혼자 겁없이 숲으로 들어갔던 제 탓이었지, 그분 탓이 아니었는걸요."

"넌 금오단이 저지른 짓이 아무렇지도 않단 말이냐?"

해율은 금오단이 사비의 손목을 잡고 가슴에 품고 하던 것을 떠올리며 발끈 화를 내었다.

"그런 것쯤…… 저 같은 천한 것에게 뭐 그리 대수인가요?"

사비는 연화전을 무심히 내려다보며 그렇게 말했다. 흡사 모든 것이 제 타고난 운명 탓인 양 받아들이던 걸로에서의 모습을 보는 듯했다. 사비의 운명을 점친 그 무녀를 찾아 베어버리고 싶을 만큼 속이 상했던 그때처럼 지금도 꼭 그 심정이다. 사비를 업수이여기고 함부로 대한 그들이 쉬이 용서가 될 것 같지 않다.

"신분이 사람을 가늠하는 건 아니다. 왜 스스로를 함부로 여기려 하느냐? 넌 누구보다 소중하고……."

"한 번도, 단 한순간도 저 자신을 함부로 생각한 적 없습니다. 사람들이 절 어찌 대하든 마음 쓰지 않는다는 뜻입니다. 당당하게 살아온 만큼 부끄러울 것도 없습니다. 다만……."

다만 속이 상하다. 사람을 신분의 벽으로 갈라놓은 세상이, 그로 인해 해율을 바라볼 수 없음이. 자신을 그저 가엾이만 여기는 해율의 마음이 반갑지가 않다.
"저는 아무렇지 않으니 마음 쓰지 마십시오."
사비는 건조하고 처연한 눈으로 해율을 잠깐 보다가 돌아섰다.

연화가 다시 사비를 찾았다. 걸로로 돌아가고 싶다는 뜻을 비친 지 열흘 만이다. 연화전으로 들어서자 놀랍게도 왕이 함께 앉아 있었다. 왕을 이렇게 가까이서 보는 것은 처음이다. 인사를 하고 고개를 숙이고 있던 사비는 호기심을 이기지 못하고 다시 고개를 들었다. 눈이 마주치자 여리고 하얀 얼굴의 소년 같은 왕이 빙긋 웃었다.
"얼굴빛이 검구나?"
왕의 첫마디가 그것이었다. 그저 주어진 대로 열심히 산 흔적일 뿐인데 이곳 사람들은 사비를 볼 때마다 검은 얼굴을 두고 말이 많다. 그녀는 말없이 고개만 숙이고 있었다.
"어마마께 너의 바다 이야기가 신기하다고 들었다. 내게도 들려줄 수 있겠느냐?"
고개를 들어보니 연화의 얼굴에 잔잔한 웃음이 번져 있었다. 걸로로 돌아가겠다는 사비를 어찌 잡을까 고심하다가 생각해 낸 방법이 이것이다. 바다는커녕, 서란강조차 본 적이 없는 태무에게 사비의 이야기는 좋은 경험이 될 것이다.

"그리하려무나. 아리산 꽃놀이가 끝나면 날이 따뜻해질 것이다. 걸로로 돌아가는 문제는 그때 가서 다시 생각하자꾸나."

그 따뜻한 눈을 보며 더 이상 고집을 부릴 수가 없었다. 아리산 꽃놀이 철까지는 두 달 남짓, 그동안 해율을 몇 번이나 더 만날 수 있을까? 혼자 가늠해 보던 사비는 마지못한 듯 고개를 끄덕였다. 시비들조차 업수이여기는 천한 잠녀에게 저분은 어찌하여 이리도 따듯한지 알 수가 없다.

바다 이야기를 들려주는 동안 태무의 표정은 시시각각 변했다. 사비의 설명 하나하나에 다시 질문을 하고 눈을 감고 바다를 상상하기도 했다. 왕은 호기심이 많은 듯했다.

사흘째 되는 날 왕이 진지한 얼굴로 말했다.

"너랑 얘기를 하고 있으면 마음이 편하다. 혹시 너도 그러냐?"

사비는 잠깐 당황했지만 이내 그렇다고 대답했다. 그 대답을 듣자 태무는 의아한 표정을 지었다. 참으로 이상한 느낌을 주는 아이다. 겨우 며칠 만난 것뿐인데 사비에게선 아주 오래된 벗 같은 친숙함이 느껴진다. 아로에게서도, 가희에게서도, 그리고 어마마마에게서도 찾을 수 없는 편함이다.

가까이서 보는 왕은 작고 외로워 보였다. 천하디천한 잠녀라서 외로웠던 사비는 귀하디귀한 왕이라서 외로운 태무의 마음을 이해했다. 하늘과 땅 같은 처지지만 외로움을 느끼는 마음은 다를 바 없을 것이다.

두 사람의 시선이 공중에서 부딪쳤다. 바람이 아지랑이처럼 눈앞에서 일렁거렸다. 곧 따스한 봄이 올 것만 같다. 잠깐 넋을 놓은 듯 서로를 바라보고 있던 두 사람을 깨운 것은 해율의 음성이었다.

"전하."

약간의 당황이 깃든 짧은 음성이었다. 해율은 난감한 눈으로 두 사람을 바라보았다. 방금 전 자신이 보았던 것이 무엇이었는지, 두 사람 사이에 흐르던 알 수 없는 그 느낌은 무엇이었을까? 태무를 바라보는 사비의 얼굴에 흐르던 그 따듯한 미소가 당황스럽다.

"아, 해율! 그러잖아도 기다렸느니라. 이 아이가 들려주는 바다 이야기가 그대가 들려주던 이국의 이야기만큼이나 신기하고 흥미롭다."

해율은 사비의 맞은편에 자리를 잡고 앉았다. 마음 쓰지 말라며 돌아서던 그때처럼 해율을 바라보는 사비의 눈빛은 여전히 건조하다. 사비가 자신에게 갑자기 왜 이렇게 차갑게 구는지 모르겠다. 사비는 잠깐 해율을 살폈을 뿐 이내 태무에게로 눈을 돌렸다. 그리고 조곤조곤 이어지는 그녀의 이야기는 멈출 줄을 모른다. 그녀의 이야기 속에서 햇살이 부서져 반짝이던 걸로의 바다가 눈앞에 펼쳐졌다. 그리고 그 바다에서 힘찬 물고기처럼 자맥질을 하던 사비의 모습이 떠올랐다. 해율의 눈에는 부서지던 햇살보다 더 빛나 보이던 여자, 그래서 절벽 위에서 곤두박질쳐 버렸던 짧은 순간의 그 기억이 스쳐 갔다. 그때처럼 지금의 사비도 빛이 난다.

태무는 빠져들듯 흥미로운 눈으로 사비를 응시하고 있었다. 사비의 입가에는 걸로에서 보았던 환하고 천진스런 웃음이 지어져 있다. 해율은 그 모습을 감당할 수가 없었다. 사비를 바라보는 태무의 시선을 견딜 수가 없고, 태무를 향한 사비의 웃음을 견딜 수가 없다.

며칠 바다 이야기에만 귀를 기울이고 있던 태무가 갑자기 화제를 돌렸다.

"이번 꽃놀이에서 아린이 해율 그대를 꺾어보이겠다고 단단히 벼르고 있던데, 들었느냐?"

어느새 아린의 호언장담이 왕의 귀에까지 늘어산 모양이다.

"들었습니다."

"그래? 아린의 말대로 된다면 그대와 난 형님 아우지간이 되는 건가? 하하."

오랜만에 소리 내어 터져 나오는 태무의 웃음소리에 해율은 난감한 얼굴로 사비를 살폈다. 그녀는 이제 눈조차 마주쳐 주지 않는다.

"이번 꽃놀이에는 가희 공주도 참여한다던데 참으로 기대가 된다. 기란국의 선남선녀들이 다 모일 테지? 어떠냐? 사비 너도

구경을 해볼 테냐?"

"꽃놀이는 5부족의 처녀 총각만 참여할 수 있는 놀이입니다."

해율의 음성이 다소 발끈하는 듯 들렸다.

"아…… 그렇지."

그제야 현실을 인식한 듯 태무는 사비를 보며 다소 실망스럽고 미안한 표정을 지었다.

"서운해하지 마라. 다음에 내가 어마마마께 허락을 받아 아리산으로 데리고 가서 꽃구경을 시켜주마."

태무의 따뜻한 시선에 답하듯 사비는 조그맣게 미소 지었다. 연화궁 마마도 그렇고, 전하도 정말 따뜻하신 분이다. 저들을 어머니로, 아우로 가진 가희가 새삼 부러웠다.

사비는 시비전으로 돌아오는 길을 솔숲 길로 택했다. 태부의 허락을 받아 얼마 전부터 이 길로 다니고 있었다. 덤불길을 한참 걸어 들어오자 쭉쭉 뻗은 소나무가 우거진 숲이 나왔다. 그 길로 들어서면 솔가지 끝에서 들려오는 바람 소리가 마치 걸로의 파도 소리를 듣는 듯하다. 가슴을 짓누르고 있던 생각들을 바람에 날리듯 사비는 긴 숨을 내쉬었다.

태무와 얘기를 나누는 것은 즐겁지만 날마다 해율을 보는 것은 고역이다. 그의 눈빛이 얼굴을 스치고 어깨를 스칠 때마다 가슴이 아리고 마음이 슬퍼진다. 그래서 일부러 더 많이 종알거리고 웃었는지도 모른다. 그에게 자신은 그저 천하고 가엾은 아이일 뿐인 사실이 슬프다. 그가 감히 마음으로조차 품을 수 없

장난은 용서되나 진심은 죄가 되는 사랑

는 5부의 귀족이라는 사실이 이렇게 절망이 될 줄 몰랐다. 금덩이를 품고 바다를 바라보며 꾸었던 꿈들을, 그 아릿한 행복들을 한순간에 빼앗겨 버린 기분이다.

꽃놀이가 끝나는 그날로 걸로로 돌아가야지. 그리고 다시 이곳은 생각도 말아야지. 이곳은 천한 잠녀가 머물 곳이 아니야. 내가 머물 곳은 걸로의 바다야. 어미 같고 아비 같고…… 사랑 같은 그 바다. 그곳에 가면 마음껏 울 수도 있겠지?

솔가지 끝에 걸린 바람이 다시 한 번 파도 소리를 내며 내리꽂혔다. 바람에 드러난 볼이 따갑다.

"잠깐!"

언제 따라왔는지 해율이 숨을 몰아쉬며 성큼 다가섰다. 사비는 그의 눈을 피하며 계속 걸었다. 해율이 순식간에 사비의 손목을 낚아채었다. 손목이 아플 정도로 움켜쥐는 힘에서 그의 화가 느껴졌다.

"내가 뭘 잘못했나?"

무슨 이유로 눈조차 마주쳐 주지 않으며 외면을 하는지 모르겠다는 표정이었다. 태무를 바라보며 지어 보이던 그 미소는 어디에 가버린 건지 사비의 표정은 너무도 메마르다.

"아뇨, 해율님이 제게 잘못하실 게 뭐 있나요?"

"그럼, 왜 그래? 왜 이렇게……."

차갑게 외면을 하는지, 태무 앞에서는 흔하게까지 보이는 그 웃음을 자신에게는 한 번도 지어주지 않는지, 그래서 너무나 속이 상해 잠조차 오지 않는다는 걸 아는지. 그러나 해율은 그 말들을 하지 않았다. 그저 분한 눈길만 보낼 뿐이다.

마음을 들켜 버릴까 봐, 그래서 자신의 모습이 서럽고 초라해질까 봐 사비는 그와 눈을 마주칠 수가 없다.

"아리산 꽃놀이가 끝나면 걸로로 돌아가려고 합니다. 연화궁 마마께서도 허락하셨습니다. 그래서…… 정을 떼려고요. 해율님은 제게 너무나 고마우신 분이기 때문에 막상 떠난다면 마음이 아플 것 같아요. 마음에 담아가고 싶지 않아서, 그래서……."

그래서 외면을 하고 있다는 사비의 말이 해율을 머뭇거리게 한다. 떠난다면 마음이 아플 것 같다는 그 말이 바람처럼 가슴에 스며들었다. 그의 손이 느슨해진 틈을 타 사비는 얼른 손목을 뺐다.

"그럼."

가볍게 목례를 하고 돌아섰다. 딱 여기까지만……. 그를 향한 마음은 이만큼에서 묶어두는 것이 좋을 것이다. 그를 위해서도 자신을 위해서도. 그러나 쉼없이 자라 오르는 마음을 감당할 수가 없다. 단지 손목을 잡힌 것뿐인데 마음은 파도 자락처럼 출렁이고 눈물이 밀물처럼 차 올라 버렸다. 사비는 입술을 깨물었다. 눈앞이 흐려져 좁은 숲길이 하나도 보이지 않았다.

사비의 손목이 어느새 빠져나가 버렸는지 손 안이 허전하다. 가볍게 목례를 하고 돌아서는 사비의 걸음이 흔들린다는 것을 느끼면서도 해율은 머뭇거리고만 있었다. 머리 속이 텅 비어버린 듯 아무 말도, 행동도 할 수 없었다.

　사비가 떠난다, 마음이 아프다.

　그 말만이 머리를 맴돌았다. 참을 수 없는 불쾌감이 밀려왔다. 사비를 향한 태무의 눈빛이 견딜 수 없었고, 태무를 향한 사비의 웃음이 참을 수 없었던 것은 이 마음 탓이었을까?

　여인으로 인해 고통받는 것은 아버지를 보는 것만으로도 충분했다. 자신은 결코 그런 어리석은 삶은 살지 않을 것이라고 아주 어릴 적부터 결심했었다. 그래서 스물넷이 된 지금까지 여인을 진심으로 마음에 품어본 적이 없다. 5부의 귀족 청년들이 손꼽아 기다리는 아리산 꽃놀이도 그에게는 한낱 따분한 유희에 불과했다.

　사비에 대해서도 마찬가지였다. 눈이 가고 마음이 가지만 그저 스쳐 가는 인연일 거라고 생각했었다. 살아 펄떡이는 물고기처럼 힘찬 모습이 싱그러워 보였고, 어린 나이에 짊어진 삶의 무게가 안타까웠었다. 그래서 지켜주고 싶었고 도와주고 싶었는데 이렇게 복잡한 감정이 생겨 버릴 줄은 진정 몰랐었다.

　자신의 삶에서 검(劍)보다 더 소중한 것이 있다고 생각해 본 적이 없다. 모든 생각은 검(劍)에서 비롯되었고 삶의 끝도 그것으로 마치리라 생각했었다. 그것이 진정한 무장의 삶일 것이기 때문이다. 그러나 지금 이 순간 해율은 놀랍게도 검(劍)에 앞서 사비를 생각하고 있다. 생각은 마치 느닷없이 휘몰아치는 폭풍우처럼 가늠할 길이 없다. 제 마음이 제 것이 아닌 듯 멈출 수도 없고 돌아보아지지도 않는다.

휘두르는 칼끝에 매서운 바람이 몰아친다.

사랑해 버릴까?

이미 감당 못할 질투의 불이 타오르고 있으면서 사랑해 버릴까 라니?

해율은 문득 칼을 멈추고 피식 자조의 웃음을 웃었다. 사비에게서 태무의 눈길을 떼어버리고 싶고, 그를 향해 짓던 사비의 작은 미소조차 지워 버리고 싶다. 전하께 이 무슨 불충한 마음인가 싶다가 다시 화륵, 타오르는 불길을 이기지 못하고 허공을 향해 칼을 휘둘렀다.

다음날 태평전을 찾았을 때 왕의 주위에는 왕비 아로부인과 그녀의 동생인 아린이 나란히 앉아 있었고, 그들 잎에 사비가 앉아 있었다. 아무 모양도 빛깔도 없는 민가의 여인네들이 입는 흰옷을 입고 긴 머리는 그저 단정히 묶여 있을 뿐인데 아로부인과 아린의 화려함 앞에서도 사비는 전혀 초라해 보이지 않았다.

다가간 해율은 머뭇거림 없이 사비의 옆에 앉았다. 그 자리는 아랫사람이 윗사람을 바라보는 자리였기 때문에 태무와 아로부인을 향해서는 마땅한 자리였지만 아린에게는 불편하기 그지없는 모양새가 되어버렸다.

"해율님은 꽃놀이에 다섯 번을 참여하고도 아직 한 번도 인연을 만나지 못했다는 소리를 들었습니다."

아로부인이 야릇한 눈으로 해율을 넘겨다보았다. 농염한 자태가 물씬 풍긴다. 거기에 비하면 태무는 아직도 젖비린내 나는 소년의 모습이다.

"해율은 5부의 처자들을 좋아하지 않소."

태무가 싱긋 웃으며 해율과 사비를 내려다보았다. 기란국 최고의 귀족이라는 별금의 청년과 기란국에서 가장 천한 걸로의 잠녀를 앞에 앉혀두고 태무는 묘한 흥분에 사로잡혔다. 나란히 앉은 두 사람이 그의 눈에는 너무나 아름다워 보였다.

아로는 곁에 앉은 아린이 조금 전부터 옷자락을 움켜쥐고 있는 것이 마음이 쓰였다. 또 무엇이 저 아이를 저토록 언짢게 만들었을까, 걱정이 되었다. 아린은 어릴 적부터 욕심이 하늘을 찌르던 아이였다. 아로가 왕비로 결정되던 날, 새파란 얼굴로 떨던 아린을 아직도 기억한다. 나이로 보나 아름다움으로 보나 분명 자신이 왕비로 결정될 것이라고 확신했던 모양이었다. 아버지 건승의 호통과 어머니가 며칠을 틸랜 것으로도 모자라 아로까지 나서고 나서야 아린의 삐침이 잠잠해졌다.

아린은 정말 눈부시도록 아름다운 여인이다. 뽀얀 피부와 반짝이는 눈에서는 5부 귀족의 고귀한 빛이 흘렀다. 해율이 나타나기 전까지만 해도 사비는 그 모습에 주눅 들지 않고 당당할 수 있었다. 조금도 부끄럽지 않았고 서글프지도 않았다.

대화가 멈추고 누군가 다가왔다. 당당하나 나직한 발걸음, 단번에 해율이란 걸 느낄 수 있었다. 그의 걸음은 늘 그랬다. 소리 없이 다가오는 바람처럼 어느새 곁에 와 있는 사람이 그였다.

잠깐 인사를 나눈 해율이 놀랍게도 곁에 털썩 앉는 것이었다. 사비가 속이 상하고 서글프고 부끄럽기 시작한 것이 바로 그 순간부터였다. 해율이 차라리 저들과 함께 높은 곳에 앉아 자신을 내려다보았다면 이렇게 속이 상하진 않을 것 같다. 아린의 퀭한 눈빛을 받으며 사비의 고개는 자꾸만 아래로 떨어졌다.

"5부의 청년이 5부의 처자들을 좋아하지 않으면 어찌 되는 겁니까?"

아로부인이 의아한 눈으로 태무에게 물었다.

"평생 혼자 살거나 아니면 천한 여인을 얻어 산짐승들이 들끓는 변방을 떠돌겠지요."

뾰로통한 아린의 음성이다. 아린은 지금 해율이 제 옆자리를 두고 천한 잠녀의 옆에 앉은 것이 못 견디도록 수치스러운 것이다. 지난번에는 사병을 데리고 왔다는 이유로 무사들 앞에서 그토록 무안을 주더니 오늘은 또 천하디천한 잠녀 앞에서 완전히 무시를 당하고 있지 않은가.

"실제로 그런 일이 일어난단 말인가?"

아린의 말에 태무가 놀란 듯 되물었다. 5부의 귀족이 신분의 벽을 넘어 사랑을 나누다 집안에서 내쳐졌다는 소리는 종종 들었지만 실제로 그런 사람이 있을 줄은 몰랐다. 잠깐 혼이 나겠지만 결국은 받아들여져 잘살고 있지 않을까, 하는 것이 태무의 생각이었다.

"얼마 전에 있었던 우로 장군의 일을 모르시옵니까, 전하? 그

천한 계집이 저자에서 끌려 다니는 꼴을 보셨으면 전하께서도 아마 기함을 하셨을 겁니다. 그 모질고 독한 것이 끝끝내 살려 달란 소리를 않으니 벌을 주던 아사금 청년들이 먼저 지쳤답니다. 그래도 그리 혼이 나는 모습을 보았으니 이제 천한 것들이 다시는 엄한 마음을 품지는 못하겠지요."

아린의 눈이 사비에게 내리꽂혔다.

철저한 신분 사회인 기란국에서 제 신분에 맞지 않는 상대와 사랑에 빠져 이슬처럼 사라져 간 생명들이 얼마나 많았던가. 가깝게는 해율의 종조부가 그러했고, 바로 얼마 전에 먼 국경 지방으로 쫓겨난 아사금 우로 장군이 그렇다.

우로는 뛰어난 장수였다. 부연금의 여인과 혼인을 했던 그는 얼마 지나지 않아 성이 없는 민가의 여인과 사랑에 빠졌다. 단순히 몸을 섞고 사랑만 나누었던 것이 아니라 비밀스럽게 혼인을 하고 아이까지 가졌다. 부연금 집안이 가만있을 리가 없었다. 우로는 민가의 여인을 당장 버리라는 부연금의 요구를 거절했다. 그래서 이혼을 당했고, 아사금 집안에서는 그것을 수치로 여겼다. 마지막까지 민가의 여인을 버리지 못한 채 버티고 있던 그는 결국 산짐승과 야인들이 들끓는 국경 지방으로 쫓겨났다.

해율은 고개를 숙인 채 앉아 있는 사비를 말없이 바라보았다. 그녀는 지금 이 자리를 몹시도 불편해하는 것 같았다. 아린의 이야기가 길어질수록 사비의 머리는 점점 더 수그러지고 있었다. 그 모습이 싫었다. 사비는 어디서든 당당할 때가 아름답다.

아무리 천한 신분의 여인이라 하나 아이를 가진 여인네를 저자에서 끌고 다녔다니……! 태무는 언짢은 표정을 짓고 있었다. 아로부인과 아린은 흥미로운 이야깃거리를 발견한 듯 여전히 그 이야기를 나누고 있었다.

천인들은 언제나 저들의 노리갯감이었다. 5부의 사내들이 즐기다 버리고 떠나면 다시 5부 여인들이 나타나 그들을 핍박하고 경멸을 했다. 고귀한 자신들의 피를 더럽힘당했다고 생각하는 것이다.

"소인은 우로 장군을 이해하옵니다."

해율은 여유로운 미소를 띠며 그렇게 말했다. 아로의 동그란 눈이 바짝 다가왔다.

"이해한다고요? 그럼 해율님도 그리 살 수 있다, 이 뜻입니까?"

"생이란 게 알 수 없는 거니까요. 목숨을 바쳐 사모할 여인이 생긴다면 소인은 그 신분이 5부 귀족이든 천인이든 상관치 않습니다."

"상관치 않는다니? 천인과 어찌 마음을 나누는 사랑을 할 수 있단 말인가요?"

아린은 이해할 수 없다는 얼굴로 물었다. 차루벌에서 5부 귀족으로 나고 자란 그녀로서는 쉽게 이해할 수 없는 일일 것이다. 그들에게 천인이란 집에서 기르는 짐승보다 나을 것이 없을 테니까.

"아린 아가씨께서도 제가 어찌 자랐는지 아시지 않습니까. 어린 시절 이국을 떠돌 때 제가 함께 말을 섞고 마음을 나눈 이들은 모두 들판의 야인들이었고, 천인들이었습니다. 가난하지만 용감하고 진실한 사람들이었지요. 그들도 사람이거늘 어찌 나눌 마음이 없다 하겠습니까? 제가 지금껏 그곳을 떠돌고 있었다면 이 별금 해율도 야인이고 천인일 것입니다. 지금의 저와 그때의 제가 과연 무엇이 다를까요?"

원래 그런 것이다. 하늘에서 정해준 대로 나고 자라고 살아가게 되는 것, 그것이 이 기란국에서 태어난 이들의 운명인 것이다. 그 운명을 깨뜨릴 무언가가 없는 한.

사비의 주먹 쥔 조그만 손이 무릎 위에 단단히 놓여 있었다.

"웬 걸음이 그렇게 빠르냐?"

어느새 따라왔는지 해율이 앞을 가로막고 섰다. 입가에는 그답지 않게 빈들빈들 장난스런 웃음을 짓고 있다.

"자맥질만 잘하는 줄 알았더니 걸음도 빠르다?"

싱긋 웃는 얼굴이 눈앞에서 흔들렸다.

"빨리 가야 합니다."

비켜나가는 걸음을 해율이 다시 막아섰다.

"데려다 주마. 함께 걷자."

솔가지 끝에서 파도 소리가 들렸다. 떠날 날이 다가올수록 바다에 대한 그리움은 감당할 수 없이 커졌다. 해율을 향한 마음이 그만큼 커지고 있다는 뜻이다. 얼른 돌아가고 싶었다. 도망치고 싶었다. 오늘 같은 날은 더더욱 그렇다. 자신이 욕심을 내면 해율이 얼마나 큰 구렁텅이에 빠져들지 아린이 적나라하게 가르쳐 주었다.

"네가 보기엔 어떻더냐?"

"……?"

"아린 아가씨 말이다."

그의 눈은 호기심에 반짝이는 듯하다. 아린은 5부 귀족의 청년들이 그녀의 사랑을 얻기 위해 하나같이 오매불망 바라보는 아가씨라고 들었다. 꽃놀이에서 해율을 꺾어보이겠다는 말을 스스럼없이 하고 있다는 말도 들었다. 시비들 사이에서는 이미 아린의 사랑을 차지할 사람은 해율이 될 것이라는 소문이 자자하다.

"아름다우신 분입니다."

"정말 아름다워. 그렇지?"

빙긋 웃는 웃음이 아린을 그리는 듯하다. 사비는 더욱 빠르게 걸음을 옮겼다. 그러나 성큼성큼 따라 걷는 해율을 떼어놓기가 쉽지 않다.

해율은 반쯤은 달리는 듯한 사비의 걸음을 따라잡기 위해 바쁘게 걸음을 옮겼다.

아린보다 네가 더 아름답다고 말해주고 싶다. 오늘처럼 전하 앞에서는 웃지 말고 앉아 있으라고도 말하고 싶고 예전처럼 자신을 똑바로 보아달라고도 말하고 싶은데 입을 떼기가 힘들다. 말하는 것이 칼 휘두르는 것만큼만 쉬웠으면 좋겠다.

어느새 숲이 끝나가고 있었다. 사비는 이 숲을 벗어나고 궁을 벗어나고 차루벌을 벗어나 자꾸만 도망가고 싶어하는 것 같다. 시비전이 눈에 들어오자 더 이상 따라갈 수 없어진 해율이 걸음을 멈추었다. 사비도 걸음을 멈추고 돌아서서 가볍게 목례를 하고 다시 돌아섰다. 재빠르게 걸어 그의 시선에서 벗어나 버릴 생각이다. 막 걸음을 떼려는데 등 뒤에서 해율의 음성이 들렸다.

"가지 마라…… 가지 마."

해율이 소리 없이 등 뒤에 바짝 다가와 있었다.

"그냥 이곳에서 지내. 걸로는 네게 너무 힘든……."

"해율님, 그거 아세요? 제가 가장 행복한 순간이 언젠지 말이에요. 바로 바다에 들어가 있는 순간입니다. 바다는 제게 자유를 줍니다. 그곳에는 천민도, 귀족도 없습니다. 다만 누가 자맥질을 더 잘하느냐만 중요하죠."

귀족도, 천민도 똑같은 목숨을 가졌다는 것을 적나라하게 보여주는 곳이 바다다. 사비는 짐짓 밝은 얼굴로 해율을 돌아보았다.

"저는 돌아가겠습니다. 그곳에서 사는 것이 행복합니다. 그럼 소인은 이만."

걸로에서 사는 것이 행복하다는 말에 해율은 더 이상 아무 말을 못한 채 사비를 보내고 말았다. 차루벌에서의 그녀의 삶이 결코 녹록치 않을 것이라는 것을 누구보다 잘 아는 그다.

이대로 떠나게 두는 것이 사비를 위한 길이 아닐까 싶은 생각이 들지만 그는 이대로 사비를 놓쳐 버리고 싶지 않다. 여인에게 이토록 확신에 가까운 감정이 생긴 것은 처음이다. 여인에 목숨 거는 사랑 따윈 하지 않으리라 생각했었는데 결국 이렇게 되고 말았다.

사비는 민가의 여인보다 더 천한 잠녀다. 기란국의 사내들이 가장 꺼린다는 걸로 출신의 여인이다. 섶을 지고 불구덩이로 뛰어들 생각이 아니고서는 감히 욕심낼 수 없는 여인. 그럼에도 불구하고 해율은 사비가 욕심이 났다. 잠시 데리고 놀 장난스런 여인이 아니라 평생 함께할 여인으로서 사비를 원했다.

스물한 살 나이에 벼랑 끝에서 보았던 반짝이던 그 무엇, 두고 떠나온 것이 두고두고 가슴에 망울처럼 달려 있던 사비를 차루벌에서 다시 만난 것은 어쩌면 운명일지도 모른다는 생각이 들었다.

힘들 것이다. 어쩌면 우로 장군처럼 산짐승과 야인들이 들끓는 변방으로 쫓겨나 짐승처럼 살아야 할지도 모른다. 연화궁 마마와 전하를 실망시킬 것이다. 대장군 무영의 분노를 살 것이며 아버지와 별금 집안에 의해 내침을 당할지도 모른다.

해율은 일어날 수 있는 모든 험악한 상황들을 떠올려 보았다. 그런데 이상하게 아무것도 두렵지가 않다. 아버지의 등에 업혀 이국을 떠돌던 어린 시절의 야성이 불끈 치솟았다. 세상에 헤쳐 나가지 못할 고난은 없다. 단 며칠 만에 들어버린 생각이지만 너무나 뚜렷하고 확고했다.

"걸로로 돌아가자, 사비야."

며칠 전부터 눈치를 보며 사비의 주위를 맴돌던 울불이 그녀답지 않은 조심스런 음성으로 흘리는 말이다. 왜 자꾸 눈치를 보고 조심을 하는지 알 수가 없다. 사비는 멀뚱한 눈으로 울불을 바라보며 대답했다.

"그래요, 가요. 연화궁 마마께서도 꽃놀이가 끝나면 보내주겠다고 하셨으니 그때 가요."

울불의 얼굴이 순식간에 환해졌다.

"잘 생각했다. 여긴 아무리 생각해도 우리 같은 천것들이 살 곳이 못 된다. 답답증이 나서 견딜 수기 없거니. 휴……"

울불은 사비가 들으라는 듯 긴 한숨을 내쉬었다.

그토록 외면을 하던 가희가 울불은 부른 것은 사흘 전이었다. 가희는 울불을 노려보며 원망을 했다.

왜 거짓말을 해서 자신을 이 자리에 앉혔느냐고, 두렵고 무서워서 견딜 수가 없다고, 당장 눈앞에서 사비를 보지 않게 해달라고, 영원히 공주이고 싶다고, 그리고 자신을 좀 구해달라고 오열을 했다.

혼자서 얼마나 가슴 졸이며 두려움에 떨었으면 저럴까 싶어서 울불의 가슴은 찢어질 듯이 아팠다. 어려서부터 아비의 사랑도 빼앗기고 어미젖도 빼앗기고 간당간당 목숨을 이어온 것을 겨우 살린 아이다. 세상 누가 뭐래도 울불에겐 금덩이보다 더 귀한 자식이다.

걱정 마라, 아가. 내가 널 지켜주마. 사비와 연화궁 마마를 속이고, 하늘도 속이고, 땅도 속이고, 천지신명을 속여서라도 널 지켜주마. 구렁텅이는 이 어미가 다 막아줄 터이니 넌 세상이 우러러보는 공주가 되어라. 대신 날 외면만 말아라. 넌 누가 뭐래도 내 딸이다. 내 배 아파 낳은 내 딸이란 말이다.

다독이고 어르고 하여 마음을 다잡아준 후 울불은 어떡하든 사비를 이곳에서 떠나게 할 궁리를 하고 있었다. 시비들조차 말 섞기를 꺼려하는 사비를 감싸고도는 연회궁 마마도 두렵고 시도 때도 없이 사비를 부르는 전하도 두렵다. 피가 당기는 것일까?

밀려드는 두려움에 울불은 머리를 부르르 흔들었다. 어쨌든 꽃놀이만 끝나면 걸로로 가겠다니 그때까지 조심 또 조심해야겠다.

온갖 상상으로 머리를 굴려대는 울불의 옆에서 사비는 바느질을 하고 있었다.

"가지 마라…… 가지 마."

바람처럼 들려오던 해율의 음성이 머리를 떠나지 않는다.

떠나지 말까?

마음 한켠에서 스멀스멀 일어나는 욕심을 누르기가 힘이 든다. 그러나 해율을 바라만 보아야 하는 삶은 싫다. 그가 꽃놀이에 참석해 아린의 선택을 받고 혼인을 하고 5부 귀족의 삶을 누려가는 모습을 말짱한 마음으로 바라볼 자신이 없다. 차라리 눈에서 멀어져 마음까지 멀어지는 편이 나을 것이다. 사비는 다시 한 번 떠날 마음을 굳혔다.

한동안 해율을 볼 수 없었다. 태평전에서도, 연화궁에서도, 그의 모습이 보이지 않자 사비는 마음이 초조해졌다. 차가운 외면에 마음이 상한 걸까, 아니면 지친 걸까? 그것도 아니면 귀족의 본연을 깨달은 것일까?

솔숲에서는 더 이상 파도 소리가 들리지 않는다. 그저 건조한 바람뿐. 이대로 걸로로 돌아간다고 하더라도 그곳은 더 이상 자신이 알던 걸로가 아닐 것 같은 생각이 들었다.

기란국의 북동쪽 끝에 있는 우슬라 지방은 예부터 별금 집안의 터전이었다. 해율은 우슬라 지방의 주성인 가리옹성을 순시하고 막 차루벌로 돌아와 궁으로 향했다. 얼른 사비를 보고 싶었다. 해줄 말이 있었다.

태무의 곁을 잠깐 둘러보았지만 사비의 모습은 보이지 않았다.

"사비는 휘령전으로 갔다. 아로가 바다 얘기를 듣고 싶어해서 요즘은 쭉 그곳을 드나들고 있어."

그는 말벗을 빼앗긴 것을 아쉬워하는 듯 보였다.

"사비와 얘기를 나누면 어릴 적 아바마마와 함께하던 시절처럼 마음이 편하구나. 참으로 편한 아이야. 그대는 그렇지 않던가?"

태무는 소년처럼 어린 눈으로 해율을 지그시 바라보았다. 그 눈에는 조금의 사심도 없어 보였다. 해율은 가끔씩 저도 모르게 일던 질투의 감정들이 민망해진다.

"사비는 특별한 아이입니다, 전하."

"그렇지? 특별해……."

태무의 눈이 가뭇 기울었다. 그것은 흡사 구름 속으로 숨어드는 달빛처럼 몹시도 지쳐 보였다. 왕인 그는 사비가 가진 무엇이 부러운 것일까?

시비 하나가 다급한 걸음으로 달려오다가 호위무사에게 제지당하는 모습이 보였다. 태무는 손짓으로 놓아주라는 표를 했다. 시비가 종종걸음으로 달려와 머리를 조아렸다.

"저, 전하!"

대답조차 귀찮은 듯 아무 말이 없는 태무를 대신해 해율이 엄한 얼굴로 물었다.

"무슨 일이냐?"

"사비가 휘령전에서 벌을 받고 있습니다."

"무슨 소리냐?"

"그게……."

"어서 바른대로 고하라! 무슨 연유로 그 아이가 벌을 받고 있단 말이냐?"

해율은 머뭇거리는 시비를 향해 소리를 쳤다.

"아로부인의 가락지가 감쪽같이 사라졌다고 합니다."

태무의 입이 떨어지기도 전에 해율이 먼저 일어섰다.

"소인이 다녀오겠습니다."

그는 몸을 날리듯 휘령전으로 달렸다.

"바른대로 말하면 용서해 주겠다지 않느냐! 어서 바른대로 말해라!"

"모릅니다. 소인은 정말 아무것도 모릅니다."

사비는 바닥에 엎드린 채 그저 고개만 흔들었다. 도무지 자신의 말을 귀에 넣지 않던 차불한이 앞에 앉아 있는 듯하다. 다시 불덩이 같은 채찍이 등짝으로 떨어졌다. 저들은 아무 말도 들으려 하지 않는다. 오직 사비의 입에서 '예'라는 대답이 나와야만 이 다그침도, 채찍도 멈출 것이다. 벽 같은 사람들…….

사비는 자신이 아무런 대꾸도 저항도 할 수 없도록 그저 정신을 놓아버리기만을 바랐다. 그러나 정신이 놓아지지가 않는다. 등짝이 뜨거우면 뜨거울수록 머릿속 생각은 홰치듯 돌아올라 정신은 더욱 말짱해졌다. '아니야! 내가 아니야!' 소리치며 대항

하고 싶었다. 보란 듯이 꼿꼿이 앉아 노려보고 싶어졌다. 저들이 정말 원하는 것이 금가락지인지, 아니면 천한 잠녀 사비의 거짓 자백인지 알 수가 없다.

"멈추십시오!"

벽력처럼 들려온 그 음성은 분명 해율의 목소리였다. 그제야 사비의 정신이 가물, 꺼졌다.

그러나 해율의 힘으로는 아로의 분노를 멈추게 할 수 없었다. 결국 당장 그만두라는 연화궁 마마의 명이 당도하고서야 채찍이 멈춰졌다.

"저것을 당장 치워라!"

아로의 영이 떨어졌지만 여전히 어느 누구 한 사람 나서지 못했다. 서슬 퍼런 아로의 눈에 찍히고 싶지 않은 것이니. 기껏 금가락지 하나에 아로가 왜 이토록 분노하는지 시비들은 다 알고 있다. 왕이 휘령전을 찾지 않은 지 한 달이 넘어간다. 그동안 왕은 날마다 사비를 불러들여 얘기를 나누고 있었다. 날마다 이어지던 왕의 연화궁 출입이 뜸해졌고 좀처럼 듣기 힘든 왕의 웃음소리가 태평전 밖으로 흘러나왔다. 그것이 아로의 신경을 건드린 것이리라. 천한 것이 갑자기 궁으로 들어와 연화궁 마마의 총애를 받고 왕의 총애를 받는 것이 아니꼽던 참이라 고소해하는 시비들도 꽤나 있었다.

해율은 시비들을 밀치고 앞으로 나아갔다. 핏물이 배어나온 등을 보이며 사비는 꼼짝도 않고 엎드려 있었다. 덥석 만질 용기가 나지 않아 잠시 머뭇거리다 조심스럽게 사비의 어깨를 돌려보았다. 그녀는 잠든 듯 고요한 얼굴로 정신을 놓고 있었다.

이 궁에, 저 차가운 시비들의 손에 사비를 맡겨둘 수 없었다. 사비를 집으로 데려갈 수 있었던 것은 순전히 태무의 덕이었다. 태무도 사비가 궁에서는 제대로 된 간호를 받지 못하리라는 짐작을 한 모양이었다.

"그대가 잘 돌봐줘, 해율. 내 탓이야. 내가 모자라서 그 앨 그리 만들었어."

왕의 여린 눈동자에 눈물이 고였다. 그저 마음을 기댈 수 있는 말벗일 뿐이었는데 그조차 지켜주지 못한 자신의 초라함이 서글펐다.

해율은 이 차루벌이 결코 사비가 편하게 살 수 있는 곳이 못 된다는 것을 다시 한 번 절감했다. 이곳이 힘들다면 본거지를 옮기는 수밖에 없다. 그 길만이 사비와 함께할 수 있는 유일한 길일지도 모른다. 아직 깨어나지 못한 사비를 내려다보며 해율은 생각에 생각을 거듭했다. 좀 더 빠른 결정을 내렸어야 했다. 두렵지는 않았는데 무엇에 발목이 잡혀 있었을까.

해율은 잡힌 발목을 떨쳐 내듯 벌떡 일어나 사랑채로 향했다.

"우슬라로 갔으면 합니다."
늦은 밤 찾아온 해율의 갑작스런 말에 유신은 놀라 되물었다.
"가리옹성으로 가겠다는 말이냐?"

"예."

우슬라 지방은 전통적으로 별금 집안의 땅이다. 그곳에서 별금의 뿌리가 형성되었고, 지금도 왕권보다는 별금의 영향력하에 있는 곳이다. 우슬라 지방의 주성인 가리옹성 성주는 별금 집안에서 임명한 관리가 맡고 있으며 왕명보다는 철저하게 별금에 충성하는 자로 뽑았다. 그리고 그곳은 기란국에서 유일하게 야로국과 단국, 그리고 기란국. 3국의 국경을 맞대고 있는 곳이라 늘 전쟁의 위험이 도사리고 있는 곳이기도 했다. 해율이 왜 갑자기 그 위험한 곳으로 가겠다는 것인지 알 수가 없다.

"갑자기 무슨 마음이냐?"

"그곳은 늘 단국의 기습에 노출되어 있는 곳입니다. 제가 가서 그곳을 단단히 하는 것도 보람된 일이라 생각합니다."

"넌 아직 이곳에서 할 일이 많다."

"여긴 아버님도 계시고…… 그리고 무영님이 계시니 걱정하지 않습니다. 소자는 무영님을 믿습니다. 그분은 왕좌에 대한 욕심이 없으신 분입니다. 전하와 연화궁 마마를 잘 지켜주실 것입니다."

무영이 왕좌에 욕심이 없다는 건 유신도 안다. 그는 다만 자신이 모시는 왕을 만족하지 못할 뿐이다. 자신을 만족시켜 줄 왕재만 찾는다면 그가 무슨 일을 벌일지는 아무도 모른다. 그래서 무영을 두려워하는 것이다.

해율이 전장터를 누비며 무장으로 살고 싶어한다는 것을 안

장난은 용서되나 진심은 죄가 되는 사랑 213

다. 이렇게 호수 속의 물처럼 고요히 가라앉아 있는 것은 아들과 맞지 않는다. 그래서 유신은 아들을 놓아주고 싶다. 제 꿈을 펼치며 훨훨 날 수 있도록. 그러나…….

"연화궁 마마의 허락없인 널 보낼 수 없다."

자신의 입에서 튀어나오는 말을 들으며 유신은 입술을 질끈 깨물었다. 연화를 위해 아들을 붙잡을 수밖에 없는 자신이 원망스럽고 부끄러웠다.

"마마껜 소자가 말씀드리겠습니다."

해율의 뜻은 확고해 보였다. 기어이 가겠다면 막을 수는 없으리라.

채찍은 멈춘 것 같은데 등은 여전히 불덩이가 떨어지는 듯 화끈거렸다. 그러나 더 이상 아프다는 느낌은 들지 않는다. 다만 멀리서 환청처럼 들리는 해율의 음성 때문에 마음이 아팠다. 그에게 이런 모습을 보이는 것이 속이 상했다. 자신의 모습이 해율에게 더욱 천하고 가엾어 보일 테니까. 그에게 동정을 받는 건 정말이지 싫다.

"사비야……."

다시 환청이 들렸다. 그러나 이내 그것이 환청이 아니란 걸 알아차렸다. 이마를 스치는 따뜻한 손 때문이다. 그 손은 이마를 스쳐 볼을 쓰다듬다가 다시 머리칼을 쓸어 올렸다. 그만 눈을 떠보라는 안타까운 부름 같았다. 그 부름을 따라 사비는 눈을 떴다. 눈앞에 그가 앉아 있었다. 어둠 속에서도 그의 눈은 빛이 났다.

"정신이 들어?"

"아……."

"가만있어. 등이 많이 쓰라릴 테니."

그는 조심스럽게 몸을 돌려주고는 이불을 다독였다.

"이곳은 우리 집이다. 전하께서 내게 널 돌보라 하셨다. 그러니 편하게 있어."

무뚝뚝한 음성이 그렇게 말했다. 사비의 얼굴에서 불편한 기색을 읽은 모양이었다. 조심스런 손길에 비해 그의 얼굴은 몹시도 딱딱하다. 무언가에 화가 난 듯 보였다. 사비는 입을 달막거리다가 그만두었다. 5부 귀족에게 자신의 말은 그저 하찮은 변명일 뿐이라는 걸 절감한 탓이다. 그들은 벽 같은 사람들이다. 표 나지 않게 한숨을 삼키는 사비의 귀에 다시 무뚝뚝한 그의 음성이 들렸다.

"난 널 믿어."

깊은 눈이 그녀를 내려다보고 있었다. 사비의 눈동자는 어둠 속에서도 바다가 느껴졌다. 잔잔하나 언젠가 한 번은 휘몰아칠 바다, 그 숨겨진 열정과 거센 힘이 눈빛 속에 담겨 있었다. 그 눈과 마주치자 해율은 쏟아내고 싶은 많은 말들을 조용히 삼켰다. 그러나 여전히 삼켜지지 않은 채 체기처럼 걸려 있는 말이 있다.

"몹시도 화가 나. 내 힘으로 그 채찍을 멈추게 할 수 없었다는 것이 말이다."

눈앞에서 아로부인의 채찍이 사비의 등으로 떨어지던 그 순간을 떠올리며 해율의 음성은 떨렸다. 그 순간 해율은 자신이 가질 수 있는 힘의 끝이 그것이어서는 안 된다는 생각이 문득 들어버렸다. 사비를 지켜낼 수 있는 더 강한 힘이 필요하다. 몹시도 위험천만한 생각이 제 속에서 꿈틀거리는 것을 느끼며 그는 당황스러웠다. 그러나 이내 불끈 쥐어지는 주먹의 힘이 풀려버렸다. 너무도 평온하게 들리는 숨소리 때문이다. 사비는 그에게 손을 잡힌 채 차루벌로 온 이후 가장 평온한 잠이 들었다.

워낙 튼실한 몸 덕분에 사비는 금세 자리를 털고 일어났다. 등에 남은 채찍의 흔적은 오랜 시간이 흘러야 지워지겠지만 마음의 상처는 이미 다 털어버린 듯 밝은 얼굴로 해율을 대했다.

"이제 몸도 다 나았으니 그만 궁으로 돌아가겠습니다."

사비는 뒤뜰에서 검술을 익히고 있는 해율을 졸졸 따라다니며 조르고 있었다. 얼른 궁으로 돌아가 연화궁 마마의 허락을 받고 걸로로 떠날 참이었다. 그런 사단이 있었으니 연화궁 마마도 더 이상 붙들진 않을 것이다.

해율은 사비를 외면한 채 칼만 휘둘렀다. 그녀가 가려는 곳이 그녀에겐 어떤 곳인지 알지만 이제는 정말 보낼 수 없다. 사비가 별채에 머무는 보름 동안 몇 밤이나 깊은 잠을 잤을까? 멀리서 느껴지는 사비의 체취가 그의 잠을 깨우곤 했다. 그런 날이면 그는 어김없이 별채의 뜰을 거닐었다. 어린 아들을 안고 정처없이 먼 이국을 떠돌던 유신의 병증이 자신에게로 침노한 것 같았다. 가슴이 두근거리고 목이 말랐다. 이대로 사비를 놓아버리고 나면 이것은 영원히 치유하지 못할 병이 되고 말 것이다.

그는 목검을 멈추고 옷자락으로 땀을 훔쳐 내었다.

"뒷산에 오르지 않으려느냐? 꽃이 피었을지도 몰라."

그는 사비의 손목을 잡고 성큼성큼 걸었다. 산자락에는 어느새 봄기운이 완연했다. 파릇파릇 돋아나는 나무의 새순들이 가슴을 간질이는 듯했다. 해율에게 잡힌 손목이 뜨거웠다. 사비는 그 느낌이 불편하여 몇 번이나 손을 빼보려 했지만 해율은 손목이 아프도록 꽉 움켜쥔 채 놓아주지 않았다. 굳게 다문 입가에는 강한 의지가 부였다.

그의 마음을 알 수가 없다.

어찌하여 천하디천한 여자의 손목을 이토록 강하게 움켜쥐고 있는지. 며칠 내내 그에게서 느꼈던 조심스러운 떨림은 무엇이었는지. 상상조차 두려운 사내의 마음인지, 아니면 가벼운 장난인지.

이곳에 있다가는 필시 5부 귀족 청년들의 노리개가 되고 말 거란 얘기를 궁에 들어가던 그날부터 시비들에게 귀가 닳도록 들었다. 결코 그런 노리개는 되고 싶지 않다. 먹이를 찾아 날벌레처럼 바다 속을 헤매며 하루 한 끼 해초죽을 먹고 살더라도 그녀는 걸로에서의 삶을 택할 것이다.

장난은 용서되나 진심은 죄가 되는 사랑 217

언덕에서 바람이 불어오자 해율은 얼른 팔을 둘러 사비를 감 쌌다. 사비는 짧은 순간 숨을 멈추고 있었다. 바람이 잦아들자 그는 감쌌던 어깨를 풀어주며 싱긋 웃고는 다시 걸음을 옮겼다. 코끝을 스친 그의 체취가 여전히 가시지 않는다. 사비는 입술을 잘근 깨물었다.

"저는……."

뒤에서 들리는 조그만 소리에 해율이 돌아보았다. 사비가 담담한 눈으로 그를 바라보고 있었다. 섣부른 감정에 흔들리지 않겠다는 듯 그 눈은 경계를 늦추지 않고 있다.

"저는 모르겠습니다. 해율님이 왜 제게 이리도 따듯하신지, 무슨 연유로……."

"잠깐만."

사비의 말을 무시한 채 그는 손을 불쑥 잡아끌며 덤불 속으로 들어갔다. 마른풀을 헤치고 한참 들어가자 조그만 꽃나무가 나타났다. 다른 꽃들처럼 울긋불긋 화려한 빛을 지니지 못한 그저 하얗고 메마른 꽃이다.

"이 꽃은 자세히, 그리고 오래 보아야 제 빛을 알 수 있다."

사비는 그의 말을 따라 꽃을 자세히 들여다보았다. 균형 잡힌 작은 잎들이 모여 하나의 꽃을 이루고 또 그 꽃들이 모여 송이를 이루고 있는 아름다운 꽃이었다. 메마른 꽃인 줄 알았는데 자세히 보니 땅의 기운이 가지 끝까지 밀려 올라와 싱그러운 생명력이 느껴졌다.

"겨울이 끝나기도 전에 핀 꽃이 아직도 말짱히 살아 있어. 그 꽃에게는 모진 날씨 따위는 아무것도 아닌 것이다. 어디서든 제 빛을 잃지 않을 꽃이지."

그리고 잠시 말을 멈추었던 해율이 다시 입을 열었다.

"널 닮았어."

그 눈은 조용하지만 격한 떨림이 느껴졌다. 사비를 향한 마음을 고스란히 드러내고 있었다. 그의 눈이 하는 말을 믿을 수가 없었다. 있을 수 없는 일이다. 있어서는 안 되는 일이다. 사비는 그 눈을 감당하지 못하고 고개를 돌려버렸다. 그러나 해율의 손이 다시 그녀의 얼굴을 돌려 자신의 눈을 바라보게 했다. 그의 눈은 두려워하지 말라고, 도망치지 말라고 말하는 것 같았다.

그러나 어찌 두려워하지 않을 수 있겠는가? 도망치지 않을 수 있겠는가?

그는 5부의 귀족, 장차 별금의 수장이 될 사람이다. 천한 잠녀 따위는 감히 쳐다도 보아서는 안 되는 귀족의 사내다. 사비는 고개를 흔들어 그의 손을 떨쳐 내었다.

"걸로로 돌아갈 참입니다. 연화궁 마마께서도 이번에는 쉽게 허락하실 것입니다."

"난 널 보낼 수 없다."

"해율님이 제게 오라 가라 하실 자격은 없습니다."

"자격 따원 필요 없어. 난 이미 널 마음에 담았으니까."

가슴이 두근거려야 할 말이었지만 전혀 두근거리지 않았다.

해율의 눈에 담긴 진실이 두렵기만 했다. 천한 여인을 품은 귀족들이 어떤 일을 당하는지 두 귀로 똑똑히 들었다. 그러니 별 금 해율의 생에 천한 여자 사비가 존재해서는 안 된다.

사비는 차고 메마른 눈으로 그를 노려보았다. 그 음성에는 짐짓 분노마저 서렸다.

"저는 노리개가 아닙니다."

그리고 해율의 손을 뿌리치고는 붙잡을 틈도 없이 언덕을 내려가 버렸다. 해율은 허탈한 눈으로 사비가 사라진 언덕을 멍하니 내려다보았다. 사비는 자신의 행동을 5부 귀족의 흔한 장난쯤으로 여긴 모양이다.

막 물이 오르는 연록의 산으로 바람을 쐬러 나온 길이었다. 여전히 날 선 바람이 간간이 불었지만 햇살은 따사로웠고, 그래서 마음이 아득한 감상에 젖어들어 잠시 경계를 놓아버린 것이 화근이었다. 막 겨울잠에서 깨어나 먹이가 궁해진 산돼지가 바로 등 뒤에까지 어슬렁거리며 내려온 것을 몰랐던 것이다. 잠깐 아래를 보고 있는 사이 집채만한 산돼지가 연화의 말을 향해 돌진을 했다. 땅을 울리는 소리에 고개를 돌렸을 때는 산돼지에게 옆구리를 떠받힌 연화의 말이 이미 저만치 언덕으로 내달리고 난 후였다. 호위무사들의 칼이 순식간에 산돼지의 숨통을 끊는 것을 보며 유신은 말을 차고 달렸다.

젊을 시절 날마다 말을 타고 오르내렸던 아리산이니 이곳의

지리는 제 손바닥 보듯 하는 유신이다. 달리며 연화의 말이 사라진 쪽을 가늠하던 유신은 순식간에 말머리를 돌려 비탈을 돌아 비호처럼 언덕배기를 치달아 올랐다. 한참을 달리니 아름드리나무 사이로 이성을 잃은 말이 거친 숨을 뿜어내며 미친 듯이 내달리는 모습이 보였다. 그 위에서 고삐를 움켜쥔 채 바짝 몸을 엎드린 연화의 모습이 보였다.

흥분한 말에 비해 말 위에 앉은 그녀는 그다지 겁에 질린 모습이 아니다. 오히려 이 아찔한 순간을 즐기기라도 하는 듯 멀리서도 그녀의 자세는 야릇한 흥분에 젖어 있는 듯 보였다. 예전에도 그녀는 그랬었다. 5부족의 아리따운 처녀들이 온몸에 치장을 하고 나온 꽃놀이에 혼자만 유독 남장을 하고 나타나 말을 타는 청년들의 틈에 끼어 언덕을 오르곤 했었다. 그 모습이 얼마나 빛나 보였었는지 모른다.

그 빛을 알아본 이가 자신 외에 또 한 사내가 있었다는 것이, 그 사내가 이 나라의 왕이 될 분이었다는 것이, 그리고 그녀의 가슴에 빛으로 들어앉아 버린 이가 자신이 아닌 그분이었다는 것이 유신의 생애를 비통하게 만들었다.

유신은 입술을 앙다물며 말에게 채찍을 가했다. 연화의 말이 향하는 곳이 천 길 낭떠러지로 연결된 선녀바위 쪽을 향하고 있었기 때문이다.

오라버니 무영의 압박 어린 시선도, 음흉한 속내를 스스럼없이 드러내고 있는 건승을 지켜보는 것도, 그리고 제 몸 사리기에 바쁜 신료들을 대하는 것도 이젠 너무 힘에 부친다. 멀쩡한 척 대범한 척 그들을 대하고 있지만 그녀의 속내는 매 순간 가슴을 졸이며 떨고 있다. 온전한 믿음을 가지고 대할 수 있는 사람은 여전히 유신뿐인데 요즘은 그를 대하는 것도 힘이 든다. 돌아선 그의 등 뒤에서 애써 외면하며 살았던 비애를 보아버린 탓이다.

하얀 거품을 입에 문 말은 거친 호흡으로 언덕을 치달아 올랐다. 세워보려고 고삐를 여러 번 다잡아보았지만 이미 이성을 잃어버린 말에게는 소용없었다. 그러나 이상하게 겁이 나지 않는다. 이대로 어디로든 끝없이 달려 버리고 싶은 은근한 유혹이 일기까지 한다.

"마마! 말 머리를 돌리소서! 앞을 보십시오, 선녀바위 쪽입니다!"

다급한 유신의 외침에 퍼뜩 정신이 든 연화는 고개를 들어 앞을 보았다. 저만치 앞에 뾰족한 선녀바위가 눈에 띄었다. 저것을 돌아나가면 그 다음은 까마득한 낭떠러지, 아찔한 절벽이다.

"마마! 고삐를 당겨보소서!"

바짝 따라붙은 유신의 외침을 들으며 연화는 다시 한 번 고삐를 다잡아 당겼다. 순간 단단한 가죽 고삐가 툭 끊겨 버렸다. 눈 앞이 아찔해지는 것을 느끼며 연화의 몸이 휘청 뒤로 꺾였다. 새파란 하늘 너머 환하게 웃고 있는 능혜의 얼굴이 비쳤다.

전하……!

연화는 세 해 전의 능혜와 꼭 같은 모습으로 바닥으로 곤두박질치고 있었다. 유신의 눈앞에서 허망하게 말에서 떨어져 목이 꺾여 버렸던 능혜. 그를 잃은 슬픔이 아직도 폐부에 박혀 있다. 유신은 머리 속이 하얘지는 것을 느끼며 연화를 향해 몸을 날렸다.

 비릿한 피 냄새를 맡으며 눈을 뜬 그곳은 유신의 품 안이었다. 놀란 연화가 화들짝 몸을 일으키자 유신에게서 고통스러운 신음 소리가 들렸다.

 "으윽……!"
 "유신님!"
 "저는…… 괜찮습니다."

 그러나 고통스럽게 일그러진 얼굴로 보아 그의 상태는 조금도 괜찮아 보이지 않았다. 말에서 떨어지는 연화를 본 순간 능혜의 형상과 겹쳐지면서 유신의 몸은 자신도 모르는 사이 연화를 향해 날았었다. 간발의 차로 연화를 받아 안은 그는 그녀를 꼭 품은 채 숲으로 굴러 떨어졌다. 정신을 차렸을 때는 견딜 수 없는 통증과 함께 다리를 움직일 수 없었다.

 어디를 다친 건지 살피던 연화의 눈에 붉은 피로 흥건히 젖은 유신의 바짓가랑이가 보였다. 놀란 연화의 손이 채 뻗어가기도 전에 어느새 일어난 유신이 바지를 북북 찢었다. 상처는 손가락 한 마디가 들어갈 만큼 움푹 패였고, 붉게 낭자한 피 사이로 뼈가 하얗게 드러나 있었다. 그 끔찍한 모습에 연화의 입에서 작은 비명 소리가 새어나왔다. 그러나 유신은 무심한 얼굴로 바지 자락을 찢어 상처를 단단히 감았다. 연화의 손이 두어 번 다가갔지만 그의 손이 조용히 밀어내었다. 그는 별일이 아니라는 듯 무심한 얼굴로 상처를 동여매었다. 묵직하게 닫힌 입술과 재빠른 손놀림이 이미 이런 일에는 이골이 난 듯한 모습이다. 연화는 아픈 눈으로 그를 살폈다. 따듯한 볕 사이로 간간이 날 선 바람이 지나갔다. 바람에 닿은 살갗이 따가웠다.

십여 년 이국을 떠돌아다닐 때를 생각하면 이 정도 상처는 아무것도 아니다. 온통 흉터투성이 몸에 또 하나의 조그만 흉터가 만들어지겠지만 이 정도 상처라면 한 달이면 충분히 아물 것이다. 아무것도 아니다.

"괜찮으십니까, 마마?"

다부지게 상처를 동여맨 그가 고개를 들며 물었다. 그의 눈이 재빠르게 연화의 몸을 살폈다. 겉으로 보기에 그녀는 괜찮은 것 같다. 다행이다, 정말 다행이다.

"큰일날 뻔했습니다."

그는 가슴을 쓸어내리며 말이 사라져 간 선녀바위 쪽을 바라보았다. 되돌아오지 않는 걸 보니 말은 천 길 낭떠러지로 떨어져 버린 모양이다. 눈앞이 아찔해지는 순간이다. 연화를 그런 식으로 잃을 수도 있다니 상상조차 하지 못했던 일이다. 그녀는 영원히 그 자리에서 아찔한 빛을 뿜으며 피어 있을 꽃이라고 생각했다.

영원히 변하지 않을 내 젊은 날의 환영…… 아, 그랬던가! 그랬던 모양이다!

그 모습 그대로 자신 속에 가두어놓은 채 스스로를 그 환영에 묶어두었었다. 그래서 끝없이 스스로를 괴롭히며 고통스러울 수밖에 없었던 삶이었다.

이십여 년의 세월이 찰나처럼 지나갔다. 바람이 불었고, 비가 내렸고, 캄캄한 어둠도 지났다. 그리고 어느새 스물셋이 아닌 마흔다섯의 연화가 아픈 눈으로 자신을 내려다보고 있는 것을 발견했다. 자신이 목숨을 바쳐 지켜야 할 사람은 스물세 살의 연화가 아니라 마흔다섯의 연화였다. 기란국 태무왕의 모후, 사모했던 군주의 비인 연화궁 마마였다. 유신은 그제야 눈앞이 환해졌다.

"내려가실 수 있겠습니까? 아니, 제가 먼저 내려가서 호위무사들을 찾아오겠습니다."

유신은 급하게 일어나는 연화의 손목을 잡았다. 감히 연화궁 마마의 몸에 손을 대다니 그 자리에서 목을 베이고도 남을 짓이다. 그러나 유신은 빙긋 웃고 있었다.

"그러실 필요 없습니다. 마마께서 절 부축해 주시면 되지 않습니까?"

그리고 그는 일으켜 달라는 듯 연화를 향해 팔을 뻗었다. 너무나 조심스러워 산책할 때마저 서너 걸음 떨어져 걷던 유신이 갑자기 왜 이러는 것일까? 입가에 지어진 미소는 편안해 보이기까지 한다.

"곧 날이 저물 것입니다."

정말 산자락이 노을에 붉게 물들고 있었다. 연화는 잠깐 망설이다가 어쩔 수 없이 유신의 팔을 잡아 일으켰다. 커다란 유신의 몸이 기대어오자 연화의 몸이 휘청했다. 유신은 다친 다리에 약간 힘을 주어 연화에게 쏠리는 무게를 덜어주었다. 한 걸음 한 걸음 내딛는 걸음이 힘겨웠다.

어깨에 팔을 걸치고 그녀의 손이 허리께를 꽉 잡아 부축하는 순간 심장이라도 멎어버릴 줄 알았다. 그러나 말짱했다. 유신은 보일 듯 말 듯 미소를 지었다. 이토록 마음이 편할 수 있다니 믿을 수 없는 일이다. 애욕으로 들끓던 가슴이 한순간에 맑아졌다. 이리도 편한 마음으로 연화를 대할 수 있다니 스스로도 놀라울 따름이다.

환영 속에 핀 꽃 같았던 연화가 눈앞의 현실로 다가와 버린 순간, 유신의 마음에는 순식간에 평화가 찾아들었다. 그녀를 향한 이 마음이 무엇인지 지금은 모른다. 오누이 같은 마음인지, 이십 년 가슴에 품었던 벗의 마음인지, 충성스러운 신하의 마음인지, 그것도 아니면 여전히 끊어낼 수 없는 애욕의 마음인지……. 그저 마음이 흘러가는 대로 지켜보자.

해율이 다시 별채로 찾아와 다짜고짜 사비의 손목을 끌어 밖으로 나왔다. 놀란 노복들의 시선 따위, 그는 신경 쓰지 않는 듯

했다. 천하의 호색한처럼 살다가도 혼인만 하면 세상에 없는 도덕군자로 구는 것이 5부의 귀족들이니 노복들의 눈에는 해율의 모습이 새삼스러울 것도 없었다.

해율은 손을 잡힌 채 어쩔 수 없는 걸음으로 따라오고 있는 사비를 힐끗 돌아보았다. 귀밑머리가 바람에 날리자 시원스런 이목구비가 한눈에 드러났다. 가무잡잡한 얼굴과 빛나는 눈이 막 피어나는 봄빛을 닮았다. 그녀의 눈은 어디서든 초롱초롱 빛이 난다. 그는 잡은 손을 꼭 쥐며 바람처럼 중얼거렸다.

"나는 내 어머니를 한 번도 뵌 적이 없다. 얼굴을 몰라. 날 낳으시다 돌아가셨거든."

어제의 일은 다 잊은 듯 진지한 눈으로 빙긋 웃는 그 얼굴이 왠지 쓸쓸해 보여서 사비는 마음이 저릿했다.

"핏덩이 때부터 아버님의 등에 업혀 이국을 떠돌아 다녔어. 야로국으로, 단국으로, 매호국으로, 그리고 그 너머에 있는 광활한 땅을 떠돌아 다녔지. 힘들었지만 내겐 아주 행복한 시절이었어."

사비는 여전히 잡힌 손이 불편하여 기회만 되면 빠져 나가려 꼼지락 거렸고 그때마다 해율은 그 손을 단호하게 틀어쥐었다.

"내 아버님이 왜 그토록 이국을 떠돌았는지 아느냐?"

"……?"

해율은 따뜻한 눈으로 사비를 내려다보았다. 그리고 아버지 유신을 그토록 떠돌게 만들었던 '사랑'이라는 고약한 감정이 자신 속으로 깊이 침범해 들어왔다는 것을 알았다. 이 고약한 것이 자신을 아버지처럼 떠돌게 만들지, 아니면 행복하게 해줄지 아직은 모른다. 그러나 그것이 무엇이든 거부하고 외면할 생각이 없다. 그는 자신이 이 고약한 감정에 죽을 듯이 매달려 버리리라는 것을 안다. 자신 또한 아버지를 지독히 닮은 아들이니……

해율의 따뜻한 시선이 얼굴을 따갑도록 스쳤다. 장난일 거라고, 혹하지 말자고 생각하면서도 두근대는 가슴을 진정할 수가 없다. 그 시선을 피해 사비의 눈은 자꾸만 땅으로 떨어졌다. 해율의 손이 그녀의 턱을 들어 올렸다. 그리고 어디로도 눈을 돌리지 말라는 듯 단호하게 바라보았다.

"아버님껜 사모하던 여인이 있었어. 아버님은 그 여인의 그림자에서 도망치기 위해 이국을 떠돌아다녔지. 사모해서는 안 되는 여인이었거든."

그토록 오랜 세월을 떠돌았지만 여전히 그 사랑을 한자락도 놓지 못하고 있는 아버지다. 영원히 놓아버리지도 못하고 가지지도 못할 아버지의 사랑. 그래서 원망보다는 가여움이, 미움보다는 아픔이 먼저 느껴지는 아버지다.

"난 내 아버님처럼 살지 않을 거다. 사랑하는 이가 있다면 목숨을 걸고라도 내 곁에 두어야 하는 게 내 성미다. 그것이 누구든, 어떤 신분의 여인이든 상관하지 않아."

마치 스스로에게 다짐을 하듯 해율의 음성에는 비장함까지 서려 있었다. 내장이 녹아내릴 듯한 볕 아래에서도 그늘을 찾아들지 못하고 마냥 자신만 기다리며 바위 위에 앉아 있던 걸로에서의 해율이 떠올랐다. 그 성격으로 보아 방금 한 그의 말은 조금도 거짓이 아닐 것이다. 거짓이 아닌 그 진심이 사비는 두려워졌다.

"여전히 내가 널 노리개쯤으로 여기고 장난을 건다고 생각하나?"

그는 두려움이 깃든 사비의 눈을 보며 진지하게 물었다. 차라리 한때의 장난이라면 가벼운 마음으로 그의 가슴에 매달려도 보겠다. 한 번쯤 그의 따뜻한 눈을 받아보고 고운 손길도 느껴보고 뜨거운 가슴에 안겨도 보겠다. 그러나 진심이기에 받아들일 수 없는 것이다.

햇살은 여전히 따가웠다. 연록의 풀잎들이 눈을 찔러왔다. 그 풀빛이 서러웠다.

"저는……."

그러나 어이없게도 말보다 눈물이 앞서 버렸다.

"저는…… 걸로의 천한 잠녀입니다. 먹이를 찾아 불속으로 날아드는 날벌레처럼 살았습니다. 사시사철 바다를 드나들어 피부는 검고, 사내를 잡아먹을 사나운 운명을 타고난……."

"걸로는 참으로 아름다운 곳이지. 그곳에서 나고 자란 사람이라면 그 마음 또한 아름다울 것이다. 꽃처럼 꾸미고 한 자리에 앉아만 있는 사람이 아니니 그 몸 또한 튼튼할 것이고, 무엇보다 난…… 가뭇한 네 얼굴이 좋다. 내 눈엔 세상의 어떤 여인보다 빛나 보이고 아름다워."

해율의 하얀 손이 사비의 가뭇한 얼굴을 감쌌다. 자신의 말처럼 그녀의 모든 것은 눈이 부시다. 걸로를 처음 찾았을 때 가파른 벼랑 위에서 보았던 것도 부서지던 햇살이 아니라 바다 위에서 반짝 빛나던 사비였다. 스물한 살, 불안하게 펄떡이던 가슴에 피어났던 붉은 꽃 한 송이. 해율의 입술이 그것을 삼켰다. 뜨거운 입술이 닿는 순간 사비는 머리 속이 아찔해졌다. 놀란 마음에 머리를 흔들었지만 해율은 놓아주지 않았다. 눈물이 흘러내려 사비의 입술에서 짭짤한 걸로의 바다 내음이 났다.

"도망치지 마라."

뜨거운 입김이 후끈 끼쳐 오자 순간 사비는 고개를 흔들며 그에게서 떨어져 나왔다. 무슨 가당치도 않은 꿈을 꾸는 것일까, 순간 정신이 번쩍 든 것이다. 5부족의 사내가 천한 여자를 품었다가 어찌 되었는지 잘 알고 있지 않은가. 아린으로부터 아사금 우로 장군의 이야기를 들었다. 그 이야기는 이미 온 차루벌에 자자하게 소문이 났다. 시비들이 저희들끼리 쉬쉬하면서 하던 얘기도 다 들었다. 사비는 얼굴도 모르는 천한 그 여자의 이기가 경멸스러웠고, 그렇게 이기를 부릴 수밖에 없었을 그녀의 사랑이 슬프다고 생각했다. 사람이 사람을 사랑하는 것이 왜 죄가 되어야 하는지 알 수 없지만 어쨌든 기란국에서는 5부의 귀족과 천민이 사랑을 나누는 것은 죄다. 장난은 죄가 아니나 진심은 죄가 되는 것, 그것이 바로 귀족과 천민의 사랑이다. 그것을 아는 이상 해율의 진심은 이미 상관없었다. 그의 곁에 머물러서는 안 된다는 사실만이 중요했다.

"저는 곧 걸로로 떠날 것입니다."

차가운 눈매와 단호한 음성에서 완벽한 거부의 뜻이 느껴졌다. 해율의 눈을 닮은 알싸한 바람이 칼날처럼 살결을 스쳤다. 화가 난 듯 이마가 살짝 찌푸려진 해율을 보며 사비는 말을 이었다.

"제가 살 곳은 처음도 끝도 걸로뿐입니다."

"그래서 나와 함께하고 싶지 않다는 뜻이냐?"

"······."

"내가······ 싫으냐?"

그의 음성은 바람처럼 떨렸다. 온 기란국 처녀들의 눈이 자신을 향해 있고, 기란국을 이끌어갈 젊은이란 말을 누구나 주저 없이 하는 5부족 최고의 젊은 인재 해율이 아니던가? 그런 그를 앞에 두고 걸로의 천한 잠녀 사비는 말짱한 눈으로 이렇게 말했다.

"예, 저는 해율님 같은 남정네는 싫습니다."

목소리도 눈빛도 건조했다. 해율의 각진 턱이 바르르 떨리는가 싶더니 끙, 신음 소리가 새어나왔다. 그로서는 난생처음 들어보는 거부의 소리였고, 그래서 자존심이 상해 버렸다. 그러나 주먹을 꽉 쥔 채 서성이던 그의 턱은 오래지 않아 조금씩 풀어졌다. 이어 그의 입에서 작은 한숨 소리와 함께 다시 부드러운 음성이 들렸다.

"내가 바다 사내가 되어주랴?"

원하기만 하면 정말 그렇게라도 해주겠다는 듯 해율의 얼굴은 진지했다. 사비는 가슴이 답답했다. 자신이 달려드는 것이 무엇인지도 잊은 채 부나비처럼 달려드는 이 남자를 어떻게 해야 할지 모르겠다.

함께…… 부나비가 되어 달려들어 버릴까?

그러나 그녀의 입가에는 이내 시리도록 아픈 조소가 흘렀다.

"바다 사내가 된다고 해서 해율님이 진짜 걸로의 사내가 될 수는 없지요."

해율은 차갑다 못해 도도하게까지 보이는 미소를 지어 보이고 돌아서는 사비를 잡지도 못한 채 막막한 눈으로 바라보았다. 언덕을 내려간 그녀가 시야에서 사라질 즈음에야 정신이 들었으나 사비는 이미 사라지고 없었다.

해율의 화는 종일 풀리지 않았다. 자신과 같은 사내는 싫다던 사비의 단호한 말이 가슴에 콩 박혀서 생채기를 내고 있었다.

사흘 만에 그가 차를 들고 별채로 왔다. 처음 차루벌에 왔을 때 사비가 가장 이해할 수 없었던 것은 바로 차를 마시는 일이었다. 입으로 들어가는 음식이란 그저 제 한 몸 열심히 움직여 그 대가로 얻는 것이라고 생각하던 사비에게 말간 물 같은 그것은 오만한 먹거리처럼 보였다. 먹어봐야 배도 부르지 않은 그것이 왠지 귀한 대접을 받는 느낌이 들어서 아니꼽기까지 했었다. 결로에서는 딱 천대받을 음식이다.

"산국화 꽃잎을 우려낸 차다. 연화궁의 연화차만은 못하지만 머리가 맑아지는 데는 이만한 차도 드물 거다."

화가 많이 풀린 음성이다. 사비는 차를 입에도 대지 않았다. 오로지 얼른 이곳을 떠나 해율의 눈에서 벗어나고만 싶었다.

"보내주십시오."

사비는 전날과 똑같은 말만 되풀이했다. 그 고집스러움에 해율은 부아가 났다. 그저 아무것도 모른 척, 연약한 여자처럼 따라와 주면 좀 좋을까, 생각하다가 픽 웃었다. 그런 여자였다면 자신이 이렇게 안달을 하며 매달릴 일도 없었을 것이다. 사비는 지금 두려움에 갇혀 있는 것이다. 그것을 깨뜨려 주시 않는 한 그녀는 끊임없이 그에게서 도망만 칠 것이다.

해율은 탁자에 놓인 사비의 손을 꼭 쥐었다. 그리고 물었다.

"뭐가 그리도 두려우냐?"

그는 도무지 이해할 수 없다는 표정이다.

정말 몰라서 묻는 소린지…… 자신과 맺어지는 순간 해율의 생이 어찌 변할지 불을 보듯 뻔한데 어떻게 받아들이란 말인가? 정말 답답한 남자다.

사비의 앙다문 이 사이로 또다시 모진 소리가 새어나왔다.

"싫습니다, 싫다 하지 않았습니까!"

동그란 눈이 정말 싫어 못 견디겠다는 투로 쏘아 붙이며 손을 떨치고 일어나자 해율은 사비의 팔을 잡아 벽으로 밀어붙였다.

"하자는 대로 다 해주마. 바다 사내가 되라면 바다 사내가 될 것이고, 장사치가 되라면 장사치라도 되어주마. 무역선을 탈까? 무역선을 타고 화조국을 드나들면 금전이 솔솔하게 모일 테지? 아, 그래! 네가 오매불망 그리워하는 걸로에다가 궐 같은 집도 지어주고……"

"싫습니다! 해율님과 함께라면 다 싫습니…… 흡!"

속이 새까맣게 탄 해율의 열기가 입술을 덮쳤다.

정녕 싫다면 끌고서라도 난 내 길을 가겠다!

칼 같은 붉은 혀가 입술을 모질게 파고들었다. 몸을 가두어 버린 커다란 두 팔은 어떤 반항과 거부의 몸짓도 허락하지 않았다. 일순간에 그녀의 모든 것을 점령해 버리기라도 하겠다는 듯 해율의 입술은 거칠고 아프게 그녀를 밀어붙였다.

"아파, 아프단 말입니다…… 흐읍."

울컥하게 올라오던 뜨거운 덩어리를 다시 해율의 입술이 막아버렸다. 그의 뜨거움이 안타까워 숨을 쉴 수가 없다. 이토록 강인하고 뜨거운 혀를 견딜 수가 없다. 견딜 수 없어서 눈물이 났다.

왜 이렇게 무모한지, 어리석은지, 정말이지 바보 같아…….

사비의 저항이 잦아들자 거칠게 휘저어대던 해율의 혀가 나른하게 퍼지며 입 안을 따듯하게 적셨다. 매끈한 앞니를 훑던 그의 혀가 사비의 혀를 감아왔다. 뿌리가 빠지도록 빨아대다가 다시 부드럽게 감아오고 도망칠라치면 또다시 꼼짝 못하도록 빨아들여 혼을 빼놓는다. 사비는 절망적인 심정이 되어 해율의 혀를 받아들였다.

자신은 왜 걸로의 잠녀로 태어났는지, 해율은 왜 5부 귀족의 사내로 태어났는지, 그렇게 만난 사랑이 왜 죄가 되어야 하는지, 그를 받아들이는 것이 왜 이토록 죄스러운지…….

그 모든 것을 알 수가 없고 인정하고 싶지도 않았다. 저릿한 통증이 혀끝으로 흘러들었다. 한 번쯤 용기를 내어버리고 싶다.

따듯하고 짭짜름한 물이 입 안으로 흘러드는 것을 느끼며 해율은 천천히 입을 떼었다. 사비의 두 눈에 눈물이 흥건히 고여 있었다. 그것이 원망의 눈물인지 아니면 또 다른 무엇인지 모르겠지만 그녀의 눈물을 보는 것은 속이 싱하고 아프다. 해율은 긴 손가락으로 흘러내린 눈물을 닦아내었다.

"나랑 함께하는 것이 그리도 겁이 나느냐? 세상이 네게 가할 위해가 그리도 무서운 거냐?"

사비는 아무 대답을 못한 채 여전히 울고만 있었다. 해율은 찡그려진 그녀의 얼굴을 쓰다듬으며 다시 말을 이었다.

"내가 있지 않느냐. 내가 너의 바람막이가 되어주마."

사비는 고개를 흔들었다.

"제가 두려운 건 그것이 아닙니다."

"그럼 뭐지? 정말…… 정말 내가 싫은 건가?"

해율의 눈동자가 흔들리는 것을 보며 사비는 얼른 고개를 흔들었다. 정말 답답한 남자다.

"저는…… 저는, 해율님께 가해질 세상의 위해가 두렵습니다. 해율님이 다칠까 봐 두렵습니다. 저로 인해 그 크신 꿈이 꺾일까 봐…… 그 당당함이 사라질까 봐 두렵습니다. 어린 나이에 제 가슴에 담아버렸던 그 해율님을 잃을까 봐 무섭습니다."

사비는 무너지듯 침상에 주저앉으며 두 손에 얼굴을 묻어버렸다. 이런 식으로 속내를 다 보여 버리다니 정말 바보 같다. 이젠 더 이상 도망갈 구석도 없어져 버렸다.

해율은 망연한 눈으로 사비를 내려다보았다. 그저 겁이 나서 자신을 피하는 줄만 알았다. 우로 장군과 비밀스런 혼인을 했던 그 천민의 여인이 아사금 집안의 무사들에 의해 저자거리를 끌려 다녔던 이야기를 함께 들었으니. 그런 수모들을 두려워하는 것이라고만 생각했다.

해율은 얼굴을 묻고 울고 있는 사비의 앞에 무릎을 꿇고 앉았다.

"절대로 다치지 않으마. 꿈을 꺾지도 않을 거고, 누구 앞에서도 내 당당함을 잃지도 않을 거다. 그러니 아무 걱정 하지 마라."

크고 따듯한 해율의 손이 무릎에 닿았다. 그는 얼굴을 묻은 손을 떼어내었다. 그리고 다시 눈가에 배어나온 눈물을 닦아주었다. 느릿느릿 움직이는 그 손가락이 견딜 수 없도록 마음을 떨리게 했다.

"그때 내가 왜 바다로 떨어진 줄 아느냐?"

"아뇨."

"북쪽 끝에서부터 훑어 내려와 걸로 땅에 다다랐을 때 난 그제야 내가 진정으로 하고 싶은 일이 무언지 깨달았다. 그래서 벅찬 마음으로 바다를 내려다보고 있었는데 반짝이는 무언가가 내 눈에 띄었어. 그건 바로 너였다. 햇살이 부서져 반짝이던 그곳에서 내 눈에 반짝이던 것은 바다로 쏟아지던 그 볕이 아니라 너였다. 눈앞이 아찔했지. 그래서 떨어진 거야. 날 아찔하게 해서 바다에 떨어뜨린 것도 너였고, 떨어진 나를 건져 목숨을 살려준 것도 너였으니 앞으로 살아갈 날들도 네가 책임져라. 네가 내 입술도 훔쳤고 마음도 훔쳐 가버렸으니 어쩔 수가 없다."

말을 마치고 빙글빙글 웃는 모습을 보니 어이가 없다.

"기란국 최고의 무장이 되는 것이 꿈이라 하지 않았습니까?"

"그랬지."

"저같이 천한 것과 함께한다면 그건 정말 꿈이 되고 말 것입니다."

"아니, 난 반드시 기란국 최고의 무장이 될 거야. 너와 함께한다면 그 길이 조금 더 험난해질지도 모르지. 하지만 난 결코 포기하지 않을 거다. 네가 곁에 있어준다면 무슨 일이든 다 해낼 수 있을 것 같아."

"부모님을 슬프게 만들 것입니다."

"난 우리 아버님을 믿어. 그분은 네 신분이 어떻든 내가 행복하다면 반대하시지 않을 거다. 가슴 아픈 사랑을 해보신 분이니까."

"사람들의 손가락질을 받을 겁니다."

"그게 두려워 도망친다면 내 속에서 내가 나를 손가락질할 거다. 사랑도 하나 제대로 못하는 바보 멍청이, 사내대장부도 아니라고 말이다."

정말 바보 멍청이는 자신을 바라보고 있는 지금의 해율 같다. 스스로 험난한 삶으로 뛰어들려고 하고 있으니.

"전 사내를 잡아먹을 사나운 운명을 타고났습니다."

그 말을 하는 사비의 눈이 절망적으로 변했다. 이 말만은 마지막까지 하고 싶지 않았다. 그것은 자신이 해율을 받아들일 수 없는 가장 큰 이유였고, 슬픔이기도 했다. 해율은 돌려진 사비의 얼굴을 자신 쪽으로 돌렸다. 사비에게 그 말을 전한 무녀를 제 손으로 베어버리지 못한 것이 천추의 한이다. 평생의 상처로 안고 살아갈 그런 말을 여과없이 해버린 사비의 어미도 원망스럽다.

"내 운명을 말해주랴? 너무 기가 세어 보통의 아녀자들은 곁에서 견딜 수 없는 것이 내 운명이라고 하였다. 내 어머니께서 날 낳으시다 돌아가신 것도 바로 그 이유라고. 이 말도 그 놈의 무녀라는 것들이 했다더구나. 참으로 모진 말이 아니냐? 그 말대로라면 난 핏덩이 주제에 제 어미를 잡아먹은 불효막심한 자식이란 뜻이다. 그래서 나는 무녀라는 것들을 싫어해."

그는 화가 난다는 듯 불룩한 얼굴로 그렇게 말했다.

"난 보통의 아녀자는 견뎌낼 수 없는 거센 기를 타고난 사내고, 넌 사내를 잡아먹을 사나운 운명을 타고난 여자다. 어떠냐? 듣고 보니 너와 나의 운명이 함께할 수밖에 없는 운명이란 생각이 들지 않아?"

빙긋 웃는 해율의 얼굴이 눈앞으로 다가왔다.

못 이기는 척 받아들여 버릴까? 그래도 괜찮을까? 벌 받지 않을까?

사실은…… 벌을 받아도 좋으니 해율과 함께 있고 싶다. 오기처럼 똘똘 뭉쳐 있던 사비의 눈동자가 무너져 내리고 있었다.

"왜 이렇게 무모하십니까? 왜 이렇게 어리석습니까? 정말 바보 같습니다."

사비는 또다시 두 손에 얼굴을 파묻고 울기 시작했다. 어리석고 무모한 해율이 안타까웠고, 자신의 욕심이 원망스러웠다. 해율은 그런 사비를 장난스런 눈으로 바라보았다.

"이제 봤더니 울보로구나?"

울불이 입버릇처럼 '독한 년'이라고 할 만큼 어떤 힘든 상황에서도 눈물 한 방울 비치지 않던 사비였는데 지금은 바보처럼 자꾸 눈물만 난다.

"다섯 살 때 처음으로 검을 잡았다. 아버님께서 단국에서 비적 떼를 만나 심한 부상을 입은 직후였지."

궁에서 전의가 다녀간 후 사비를 데리고 뒤뜰로 나온 해율은 오랜만에 칼을 꺼내어 닦으며 중얼거렸다. 아버지 유신은 해율에게 검을 가르칠 생각이 없었다고 했다. 그러나 비적들의 칼에 심한 부상을 입고 쓰러진 아버지를 본 순간 어린 해율은 검을 배워야겠다고 생각했다. 해율에게 검은 스스로를 지키기 위한 것이 아니라 소중한 이를 보호하기 위해 꼭 배워야 할 것이었다. 처음엔 아버지를 지키기 위해 검을 배웠고, 조금 자라서는 기란국을 위해 검을 휘둘렀고, 이제는 그것에 더해 사비를 지키기 위해 더욱 단련해야 할 것이 검술이 되었다.

새파랗게 날이 선 칼이 햇살에 비쳐 반짝였다. 사비에게는 해율의 모습이 햇살보다, 검보다 더 눈부셔 보였다. 저 눈부심이 자신으로 인해 빛이 바래 버릴까, 문득 두려워진다. 그러나 그녀는 이내 고개를 흔들었다. 이제 그런 바보 같은 생각 따위는 하지 않을 것이다. 그저 자신 앞에서 빛을 내고 있는 이 남자만 바라볼 것이다.

"들고 있어."

넋을 놓은 듯 해율을 살피고 있는 사비의 손에 툭 던져진 것은 해율의 윗도리였다. 봄이라 하나 아직도 바람이 쌀쌀한데 볕 아래에 드러난 그의 몸은 기온이 무색해질 만큼 탄탄하다. 사비는 당황스러워 잠깐 고개를 돌렸다가 해율과의 거리가 조금 멀어지자 다시 그가 있는 쪽으로 눈을 돌렸다. 그는 허공을 가르며 번개처럼 날아올랐다가 기합 소리와 함께 공기를 가르며 빙글 돌아 다시 땅으로 내려섰다. 어떻게 하는 것이 잘하는 검술인지는 모르지만 그가 검을 휘두르는 모습은 무섭다기보다 아름답다는 생각이 문득 들었다.

"아무리 생각해도 네 어머니란 사람을 이해할 수가 없다."

휙, 휙, 칼끝으로 공기를 가르며 다가온 해율이 지나가는 소리로 말했다.

"어찌 친자식인 너를 두고 가희 공주를 품었을까?"

"그건 마마가 어려서부터 몸이 허약하여……."

"정말 친자식이라면 무녀가 지껄인 네 운명을 그리 떠들고 다녀선 안 되었다. 무녀의 입을 막고 네 귀를 막아주는 것이 어미의 도리지."

날이 선 해율의 눈이 바짝 다가왔디. 그가 징작 하고 싶은 말이 무언지 알 수가 없다. 다만 어머니가 부끄러웠다. 제 어미에게조차 사랑을 받지 못한 자신이 못나고 부끄럽게 느껴졌다.

해율은 검을 휘두르다 말고 뚫어질 듯 사비를 바라보았다. 멀찌감치 떨어져서 검을 휘두르다 고개를 돌렸을 때, 순간적으로 사비의 얼굴 위로 누군가의 얼굴이 스쳤던 것이다. 그것은 놀랍게도 연화궁 마마의 얼굴이었다.

귀밑머리가 바람에 날리자 시원스런 이목구비가 두드러지게 나타났다. 그는 다시금 가슴이 두근거렸다. 연화궁 마마를 처음 뵈었을 때도 이렇게 가슴이 두근거렸었다. 그리고 걸로에서 사비를 만났을 때도 이랬다. 아마도 그 느낌 탓에 두 사람이 겹쳐

장난은 용서되나 진심은 죄가 되는 사랑　241

보인 모양이다.

그는 가쁜 호흡을 삼키며 사비의 손에 들린 윗도리를 잡았다.

"마음 쓰지 마라. 그냥 해본 소리니."

처음 연화궁 마마를 뵈었을 때 그의 가슴은 어린 소년의 그것처럼 두근거렸었다. 그것은 여인의 아름다움에 대한 경외감, 혹은 왕후마마에 대한 존경심 같은 것이었다. 그러나 사비를 향한 두근거림은 스스로도 주체할 수 없이 사납다. 목구멍으로 마른 바람이 파고든 듯 견딜 수 없는 목마름 같은 것이다.

사비는 어머니에 대해 무슨 말을 해야 할 것 같다. 변명이든, 뭐든. 그래도 어머니니 해율의 미움을 받게 할 수는 없었다.

"제 어머닌……"

사비 어머니에 대한 변명은 듣고 싶지 않다. 이유가 무엇이든 사비를 그런 식으로 대한 것에 대해서는 영영 화가 풀릴 것 같지 않다.

"다시는……"

그의 음성은 알싸한 바람처럼 통증이 느껴졌다.

"다시는 외면받으며 살지 않게 해주마. 세상에서 가장 소중한 이는 너라고 느끼게 해주마."

바람이 소리 없이 봄을 몰고 온 모양이다. 코끝이 후끈 달아올라 찌르르하다. 부드러운 바람에 해율의 얼굴이 아련하게 번져 보였다. 아버지가 돌아가신 후 한 번도 누군가에게 사랑을 받아본 기억이 없다. 어머니 울불이 날마다 '사납고 더러운 운명을 타고난 년'이라고 떠들어댄 탓에 걸로에서는 언제나 불운만 몰고 다니는 아이였고, 가까이 해서도 안 되는 아이가 사비였다. 그런 그녀에게 난생처음 따듯이 말을 걸어주었던 남자, 처음으로 따듯한 웃음을 지어 보였던 남자가 해율이다. 그래서 한순간에 마음을 줘버렸다. 지난 두 해 내내 마음의 의지처럼 해율을 품고 살았다. 그런 해율이 한 번씩 건네는 고백들에 마음이 아찔해진다.

해율은 홍조가 이는 사비의 얼굴을 가만 들여다보며 다시 말을 이었다.

"내일쯤 널 궁으로 보낼 거다. 조금만 기다려, 무슨 수를 써서든 널 데리고 우슬라 지방으로 떠날 작정이니. 그곳에서 새롭게 시작하는 거야. 나는 가리옹성의 성주로, 그리고 넌 그 성주의 아내로."

"해율님, 전 아직……."

"아무 소리 마라. 네가 뭐라든 이젠 내 맘대로 해버릴 테니. 어린 나이에 날 가슴에 담았다 하지 않았느냐. 그 말만 생각할 거야. 다른 어떤 말도 듣지 않을 테다."

더 이상 어떤 말도 하지 말라는 듯 해율의 입술이 사비의 입을 막아버렸다. 울컥 당기는 힘에 그의 맨가슴이 손바닥에 닿자 사비는 어쩔 줄 몰라 몸을 뒤로 빼려 했다. 그러나 해율의 강인한 팔이 놓아주지 않았다. 손끝이 가벼이 닿기만 해도 심장 소리가 온몸을 울려대는데 이렇게 그의 맨가슴에 안겨 호흡까지

장난은 용서되나 진심은 죄가 되는 사랑 243

막혀 버리니 머리 속이 하얘지고 눈앞이 아찔했다. 떨리는 입술 위에서 맞닿은 그의 입술이 띄엄띄엄 속삭였다.

"널 처음이고, 끝이고, 전부라고 생각해 버렸으니 도망칠 생각일랑 마라."

순간 사비는 그곳이 사방이 훤히 트인 뒤뜰이란 것도 잊은 채 그의 목을 꼭 안았다. 언제까지나 그의 처음이고, 끝이고, 전부인 여자가 되고 싶었다. 천한 것 주제에 과한 욕심을 부린다고 흉을 본대도 상관없다. 숨 막히도록 꼭 껴안은 사비에게서 젖은 음성이 들렸다.

"나중에…… 원망하지 마십시오."

이제야 진짜 사비 같다. 걸로의 여인이라면 이 정도는 되어야지!

해율의 입가에 기분 좋은 미소가 지어졌다. 그는 등을 다독이며 물었다.

"아무리 힘든 일이 닥쳐도 절대로 도망치지 않는 거다?"

사비는 고개를 끄덕였다.

"우리 일이 세상에 알려져 설사 내게 무슨 일이 일어나더라도 믿고 기다릴 수 있겠지?"

사비는 다시 고개를 끄덕였다.

세상이 결코 인정하지 않을 사랑이란 걸 안다. 돌이 날아들고 위해가 가해질 것이다. 그러나 그의 손만 잡고 있으면 아무것도 겁날 것 같지 않다. 그를 믿는다. 꼭 껴안아주는 해율의 품이 따듯하고 안심이 되었다. 저녁 어스름이 마당 가득 스며들고 있었다.

아로가 사비에게 채찍을 든 사건 이후, 태무는 처음 한동안은 의무처럼 아로를 찾았다. 장인인 건승의 압력도 있었지만 자신의 허약한 몸과 무심함이 아로를 그리 모진 사람으로 만들었다고 생각했기 때문이다. 가만 겪어보니 아로는 스물여섯이 무색할 만큼 단순하고 어린 여자다. 태무는 자신의 마음속에 사랑의 싹이 자라나고 있다는 것을 감지했다. 그것은 아주 색다르고 가슴 설레는 경험이었다. 생의 끝을 상상하며 나른히 감고 있던 눈이 번쩍 뜨이는 느낌이라고나 할까?

마음의 변화가 몸을 변화시킨 것일까? 태부는 밤마다 휘녕선으로 발길을 옮겼다. 정사가 끝난 후 무언가 모자란 듯 찡그려지는 아로의 표정도 개의치 않았다.

어느 날 아로가 새벽에 일어나 토악질을 하며 괴로워했다. 노랗게 질린 얼굴이 예사 병 같지가 않았다. 시비를 부르고 전의를 부르고 하는 동안 태무의 얼굴도 노랗게 질렸다. 그러나 아로는 이미 무언가를 짐작한 듯 얼굴에 홍조를 띠고 있었다.

전의의 입에서 회임이라는 말이 나오자 태무의 눈이 순식간에 붉어져 버렸다. 아로를 안으면서도 자신은 그저 속이 텅 빈 허깨비 같은 사내인 줄만 알았다. 살아도 산 것이 아닌 몸으로 어마마마께 불효를 저지르고 대를 잇지 못하니 죽어서는 선왕들을 어찌 뵈올까, 하는 걱정에 하늘을 바로 볼 수 없었다. 기대조차 하지 않았던 아로의 회임 소식에 태무는 자신이 드디어 진정한 사내가 된 기분이 들었다.

"부인!"

"전하."

그러한 태무의 눈을 바라보던 아로가 태무를 품어 안았다. 이 어린 남자가 혼자서 얼마나 고심했을까 싶어 다독여 주고 싶었다. 아로의 입가에 웃음이 비어져 나왔다. 회임이라니……! 이제 아버지 건승의 다그침을 듣지 않아도 될 모양이다. 사실 날마다 찾아와 다그쳐 대는 건승으로 인해 아로도 못 견딜 지경이었다. 아이를 혼자 가지는 것도 아니고, 가슴팍에 매달려 허우적거리는 태무를 볼 때마다 서글픈 마음이 들었었다. 과연 이 어린 남자에게 생산의 능력이 있을까 의심이 들기도 했었다.

태무의 등을 다독이던 아로의 손이 멈칫했다. 단우연! 그의 얼굴이 떠오름과 동시에 그의 씨앗일지 모른다는 생각이 퍼뜩 들자 기쁨도 잠시, 두려움이 밀려왔다.

곯아떨어진 태무를 안고 아로는 문밖에 일렁이는 그림자를 노려보았다. 칼을 찬 건장한 체구의 사내가 서성이고 있다. 바짝 긴장한 그림자는 여차하면 문이라도 부수고 들이칠 태세다. 아로는 아랫도리가 뜨거워지는 것을 느끼며 입술을 깨물었다.

스승들의 새벽 강독을 듣는 것은 왕의 가장 큰 일과 중 하나다. 태무는 그것을 몹시도 싫어하여 매번 늑장을 부리거나 빠지기 일쑤였지만 아로의 회임 소식을 들은 그날 새벽에는 깨우기도 전에 먼저 일어나 휘령전을 나섰다. 태평전을 향해 휘적휘적 걷는 걸음이 전에 없이 씩씩하다. 저도 모를 기운이 어디선가 솟아나는 것만 같다.

단우연은 태무의 그림자가 사라지기 무섭게 방으로 스며들었다. 힘이 잔뜩 들어간 손아귀가 거칠게 가슴을 움켜잡았다. 아프게 짓누르며 파고든 붉은 혀가 거칠게 입 안을 배회하다가 혀를 감아 당겨 뿌리를 뽑을 듯 빨아대더니 순식간에 목덜미를 아프게 물어뜯었다. 아로는 단우연을 매몰차게 밀쳐 내며 뺨을 후려쳤다.

"무슨 짓이냐!"

"안지 마소서…… 마음도 수지 마소서!"

이글거리는 눈이 코앞으로 다가와 애절하게 매달렸다.

왕이 다녀가고 나면 미친 듯이 자신의 가슴에 매달리던 아로가 변했다. 아로의 가슴에 누군가 들어섰다는 것을 의미했다. 그 누군가가 어린 왕이라는 것을 알아차린 순간 단우연은 가슴에 불이 일었다. 가난이 싫어 건승의 제안을 받아들이면서 충성은 이미 발아래에 짓밟아 버린 그였다.

질투다! 감히!

감히 전하를 질투하고 있다. 아로는 다시 한 번 매몰찬 손바닥으로 그의 뺨을 후려쳤다.

"감히…… 네깟 놈이 감히!"

장난은 용서되나 진심은 죄가 되는 사랑 247

그러나 단우연은 이미 아로를 안고 침상으로 무너지고 있었다. 아로의 몸에 닿았던 태무의 손길들을 몽땅 씻어내기라도 하겠다는 듯 미친 듯이 그녀의 몸을 핥아대었다. 손톱을 세우고 단우연을 밀어내는 아로의 얼굴에 고통이 서렸다. 그저 욕정만 채워주어야 할 자가 마음까지 차고앉으려 하고 있다.

아로부인의 회임 소식이 전해지자 온 차루벌이 술렁거렸다. 황매산 자락 해사랑금의 집안에서는 드디어 건승의 세상이 온 것이라며 잔칫집 분위기였다. 정작 잔칫집 분위기가 넘쳐야 할 연화궁은 쥐 죽은 듯 고요한데 건승의 집은 연일 축하 사절로 문턱이 닳을 지경이었다.

드디어 제 할 일을 다 한 듯 기뻐하며 아로를 데리고 해율까지 대동한 채 연화궁으로 달려왔던 태무는 연화의 싸늘한 눈을 대하고 다시 어깨를 움츠렸다. 도대체 무엇이 잘못된 건지 모르겠다. 대를 이을 자식을 잉태했으니 그보다 더 큰일이 어디 있을까 싶은데 연화는 아로의 수태 소식에는 관심조차 없어 보였다. 곁눈으로 왔느냐, 한마디 하고는 다시 가희의 얘기에 귀를 기울였다. 연화의 앞에만 오면 항상 그렇듯이 고개조차 들지 못하는 아로가 안타까워 태무는 탁자 아래에서 그녀의 손을 가만 당겨 무릎 위에 놓았다. 지난번 사비의 일 때문에 아로는 더욱 연화의 눈 밖에 난 듯하다.

연화는 찻잔을 입으로 가져가며 이마를 찌푸렸다. 야윈 태무의 얼굴에 환한 웃음이 지어진 것이 가슴이 찢어질 듯이 아팠다. 태무에게 생식 능력이 없다는 것은 애초에 알고 있었던 일이다. 그런데 회임이라니! 아연실색하지 않을 수 없다. 드디어 건승을 쳐낼 방법을 찾은 것 같아 회심의 미소가 지어지면서도 뿌듯한 얼굴의 태무를 보자니 자신이 과연 그 일을 해낼 수 있을까, 걱정이 되기도 한다. 아로가 태무의 마음에 깊이 들어앉아 있지 않기만을 바랄 뿐이다.

"우린 영문도 모르고 차불한의 집으로 끌려갔어요. 그리고 그곳에서 알게 되었죠, 그 금붙이가…… 차불한의 것이란 걸 말입니다."

가희는 지금 자신들이 걸로에서 쫓겨난 연유를 들려주고 있다. 걸로에서의 생활을 좀처럼 입에 담지 않던 가희가 갑작스럽게 이런 얘기를 꺼내는 연유를 모르겠다. 숨죽인 고요 속에 달각거리는 찻잔 소리만 들렸다. 가희는 찻잔에 시선을 두고 있는 연화를 바라보며 다시 말을 이었다.

"한참 만에 사비가 끌려왔더군요. 험악하게 생긴 걸로의 사내들이 우리를 빙 둘러쌌어요. 그때는 얼마나 무서웠는지……."

가희는 그때가 떠오르는 듯 어깨를 오소소 떨었다. 가희가 들려주는 사비의 이야기가 연화에게는 다소 충격이었다. 절대 그럴 아이로 보이지 않았는데 도적질이라니, 역시 겉만 보아서는 알 수 없는 것이 사람인가 보다. 지난번 사라진 아로의 금가락지는 여전히 찾지 못한 상태다. 정말 아로의 의심처럼 사비의 짓일까? 그것이 사실이라면 세 사람의 생계를 도맡아왔다 했으니 아마도 지친 삶이 사비를 그리 만들었는지도 모른다는 생각이 든다. 사실이 그렇다 하더라도 이런 얘기를 여과없이 떠들어 대는 가희가 가히 예뻐 보이지는 않는다.

"무쇠 같은 몽둥이가 사정없이 떨어지는데…… 이젠 죽었구나 싶더라고요."

무쇠 같은 몽둥이란 소리에 태무의 얼굴이 새파랗게 질렸다. 가희는 고이지도 않은 눈물까지 닦아내었다.

"우린 살려달라고 빌었는데 사비는 그 많은 몽둥이를 맞으면서도 눈도 깜짝 안 했어요. 언니가 원래 그리 독한 사람은 아니었는데 그날은 정말 독하단 생각이 들었어요. 휴……."

"저, 정말 사비가 그 금붙이를 훔친 거냐?"

놀란 눈으로 묻는 태무를 보며 가희는 한숨을 폭 내쉬었다.

"저도 정말 믿고 싶지 않지만 언니가 원래 어릴 적부터 그런 버릇이 있었던지라……."

말꼬리를 흐리며 다시 연화를 살폈다. 여전히 찻잔만 응시하고 있는 그녀의 모습에 가희는 바짝 긴장이 되어 찻잔을 움켜쥐었다. 도대체 무슨 생각을 하는지 알 수가 없는 얼굴이다. 연화는 전혀 자신의 말을 귀담아듣지 않은 얼굴이다. 어쩌면 자신의 말을 믿지 않는 건지도 모른다. 가희는 입술을 잘근 깨물었다.

언제나 저런 식이다. 사비를 바라볼 때는 눈물 나도록 애틋한 표정을 지으시는 분이 자신을 바라볼 때는 언제나 무덤덤하다.

무슨 얘기를 해도 귀 기울여 들으시는 법이 없다. 두려움과 서러움이 목젖까지 올라와 버렸다. 다시 이어지는 말들은 왠지 흥분되었고 목소리조차 높다.

"끝까지 훔친 것이 아니라고 발뺌을 하는 바람에 죽을 듯이 맞고 걸로에서 쫓겨나 떠돌아다니다가 결국 여기까지 왔으니 사비에게 고맙다고 해야겠지요?"

살짝 비틀린 입가에 조소가 서렸다. 사비가 궁으로 돌아오자마자 울불을 불러 당장 떠나라고 이미 여러 번 종용했지만 울불은 사비가 도대체 꿈쩍도 않는다는 말만 되풀이했다. 그 핑계가 연화궁 마마께서 허락을 않으셔서, 라고 했다. 어마마마께서 도대체 무슨 생각으로 사비를 붙들고 있는지 알 수가 없다. 가희는 자신의 얘기를 듣고 연화가 얼른 사비를 걸로로 쫓아버리기를 바랐다.

해율은 찻잔을 깨물듯 물고 있었다. 사비는 분명히 그 금붙이가 많은 도움이 되었다고 했었다. 그런데 가희 공주의 말을 듣고 보니 그것이 아닌 것 같다. 죽을 듯이 맞고 쫓겨났다니! 일순 굳어져 버린 얼굴에 근육들이 움찔거렸다.

"그 아이가 훔치지 않았다고 말했다면 훔치지 않은 것이 분명할 겁니다."

해율은 찻잔을 소리 나게 내리며 그 말을 불쑥 내뱉었다. 무슨 연유인지는 모르겠지만 가희 공주가 사비에 대해 좋지 않은 감정을 가지고 있다는 생각이 들었다. 사비가 혼자서 그 따가운 볕을 맞으며 바다를 드나들 때 공주는 뭘 하고 있었을까? 해율은 불쑥 화가 치밀었다. 노려보는 해율의 눈이 왠지 모든 사실을 알고 있는 눈 같아서 가희는 움찔했다. 그가 왜 자신을 적의에 찬 눈으로 바라보는지 알 수 없었다. 감히 기란국의 공주에게 말이다.

"해율님은 어찌 그리 사비를 믿소? 차불한은 한눈에 그 금붙이를 알아보더이다. 훔치지 않았다면 금붙이가 사비 손에 들려 있을 리가 만무하지 않겠소?"

살짝 비틀린 가희의 입가에 조소가 흘렀다. 그 먼 걸로에서의 일을 네가 어찌 알랴 하는 표정이었다. 그만 입을 다물려던 해율은 가희의 조소 어린 웃음을 바라보다가 빙긋 웃으며 사비와 자신의 인연을 털어놓았다. 이렇게 빨리 사비와 자신의 인연을 얘기할 생각은 없었다. 가희 공주의 조소 어린 웃음이 해율을 자극한 것이다.

"그 금붙이는 제 목숨을 구해준 보답으로 제가 준 겁니다. 하지만 사비는 그조차 받지 않으려 했습니다."

이어 그는 걸로에서 바다에 빠졌던 이야기를 들려주었다. 해율의 이야기가 끝이 나자 태무는 그제야 수긍이 간다는 듯 고개를 끄덕였다.

"그대와 사비가 그런 인연이 있는 줄 몰랐다. 그럼 그렇지! 사비가 남의 물건에 손을 대거나 그럴 아이로는 보이지 않았는데 어쩐 일인가 했다."

연화와 태무의 얼굴이 안도의 빛을 띠자 가희는 난감함을 감추지 못한 채 얼굴이 노랗게 질려 버렸다.

파르륵 끓어오른 마음으로 공주전으로 돌아온 가희는 시비들이 막 꺼내놓은 비단 옷을 찢어발겼다.

"지겨워, 지겹다고! 만날 똑같은 옷에 똑같은 음식에 똑같은 것들뿐이야!"

찢은 옷을 패대기치며 패악을 부렸다. 끓어오르는 분을 이기지 못한 채 입술을 파르르 떨었다. 빙긋 웃던 해율의 웃음이 꼭 자신을 비웃은 것 같아 견딜 수가 없다. 어마마마와 전하 앞에서, 그리고 아로부인 앞에서 한껏 웃음거리가 되어버린 느낌이 들었다.

처음부터 자신이 하던 말은 단 한 마디도 귀에 담지 않았던 어마마마다. 이럴 수는 없다. 해율이란 자까지 있는 앞에서 공주를 이토록 무시하다니, 어마마마의 마음속에서 자신의 자리는 겨우 한 움큼의 공기만도 못하다 싶었다. 빠득 깨무는 이 사이로 서러운 울음이 새어나왔다. 그러나 실은 그것은 두려움에서 비롯된 것이었다. 언제든 사비와 자신이 바뀐 걸 눈치 채는 순간 모질고 차갑게 자신을 내쳐 버릴 연화다. 사람들은 다들 연화궁 마마를 따듯하고 온화한 분이라고 말하지만 가희는 그녀가 무섭다. 우아하고 빛나는 그 얼굴을 볼 때마다 이곳저곳에서 불쑥불쑥 튀어나올 것 같은 사비의 얼굴 때문이다. 가희는 파르륵 끓는 목소리로 시비를 볶았다.

"너 당장 가서 울불을 데려오너라. 지체없이 달려오라고 해라!"

울불을 불러 달달 볶기라도 해야지 그러지 않으면 이 불안과 분노를 감당하기가 힘들 것 같다.

연화전을 나온 해율은 거침없이 시비들의 전각으로 향했다. 성큼성큼 걸어 들어서는 해율을 보고 시비들이 놀라 한 걸음씩 물러났다. 궁궐 무사가 시비들의 처소에 드나드는 것은 철저히 금지되어 있는 일이었다. 나이 지긋한 시비가 해율을 막기 위해 다가오는 것이 보였다. 그러나 해율의 눈이 먼저 사비를 발견했다. 성큼 들어선 해율은 시비들 사이에서 놀란 눈으로 서 있는 사비의 손목을 잡아당겼다. 그리고 무어라 말할 틈도 없이 재빠르게 그곳을 빠져나왔다.

성큼성큼 걷는 그의 발걸음이 거칠었다. 마장을 지나 연화궁의 뒷길로 이르는 동안 두어 명의 무사들과 마주쳤지만 해율은 아랑곳하지 않았다. 짙은 대숲으로 들어서자 해율은 사비의 손목을 거칠게 당겨 안쪽으로 밀치고서야 놓아주었다. 울컥 밀린 사비의 몸이 대나무에 부딪혔다.

"도대체 왜 이러십니까?"

해율은 발끈 대어드는 사비의 얼굴을 아픈 눈으로 노려보았다. 차불한이란 자에게 끌려가서 죽을 만큼 맞았다고 했다. 정신을 잃는 순간까지 자신은 도적질을 하지 않았다며 아득바득

대어들었다고, 그래서 더 많은 매질을 당했다고. 가희 공주의 말이 그랬다.

바보같이…… 힘들 때 도움이 되라고 준 것을 왜 그때껏 들고 있었단 말인가?

해율은 분을 삼키듯 한숨을 토하며 사비를 품어 안았다. 가희 공주의 얘기를 들으며 피가 거꾸로 쏟는다는 것이 어떤 것인지 처음으로 경험했다. 사비가 머무르고 있는 시비들의 처소로 향하며, 그리고 사비를 끌고 이곳으로 오며 거의 이성을 잃은 듯 아무 생각을 하지 못했다.

"왜 말하지 않았느냐?"

아프도록 꼭 안고 있던 해율이 한참 만에 팔을 풀며 물었다.

"무얼 말씀입니까?"

"그 금붙이 말이다. 빼앗겼다는 소리를 왜 하지 않았어? 도움이 되었다고 하지 않았느냐!"

"아……."

그제야 해율이 화가 난 이유를 알았다. 처음에는 어머니와 가희에게 빼앗겼고, 그 다음엔 차불한에게 빼앗겼던 그 금붙이 때문인 모양이었다. 그것은 이미 잊은 지 오래다. 굳이 들추어내어 어머니나 가희를 원망하고 싶지도 않았다. 사비는 해율의 가슴에서 떨어지며 설핏 웃었다.

"정말 도움이 되었습니다."

"가지고 있다가 빼앗긴 게 뭐가 도움이 되었느냐! 죽을 만큼 맞았다고 하더구나. 힘들 때 도움이 되라고 준 것이지 들고 있다가 빼앗기라고……!"

"이렇게 멀쩡히 살아 있지 않습니까."

해율은 분을 이기지 못한 채 거친 숨을 몰아쉬었다.

"걸로에 한번 다녀올 참이다."

"또 차불한님을 베어버리시려고요?"

"그래, 내 칼로 그자를 베어버릴 참이다."

"무역선을 타고 떠돌아다니니 언제 걸로로 올 줄은 아무도 모르는데?"

"언제든."

"바다는 사나운 곳이라 어쩌면 그 무녀처럼 이미 이 세상 사람이 아닐지도 모르죠."

생글생글 웃는 사비의 눈이 장난을 치고 있었다. 그녀는 여전히 분을 이기지 못하고 있는 해율을 달랬다.

"그 금붙이는 이미 제 몫을 다 했으니 빼앗겼어도 억울할 게 없습니다."

"제 몫을 다 해?"

"그것이 절 살게 했거든요. 어디로든 도망치고 싶었던 그때, 오직 그것만이 희망이었으니까요. 그걸 들고 있으면 언젠가는 해율님이 오실 거라 믿었습니다. 그래서 살 수 있었습니다."

해율을 바라보는 사비의 눈동자는 바다 위의 햇살처럼 반짝였다. 금붙이를 빼앗기고 맞았다는 소리에 이성을 잃은 듯 달려온 그의 마음이 벅차서 눈물이 날 것 같았다.

"난…… 그곳에 다녀온 후 한동안 널 잊고 있었다."

해율의 얼굴이 자괴감에 일그러졌다. 좀 더 일찍 사비를 찾았더라면 그런 일은 당하지 않았을 것이다. 몽둥이 찜질이라니, 다시 생각해도 분노가 치받아 올라온다. 정말 언젠가는 차불한이라는 자를 찾아가 단단히 혼을 내주어야겠다. 목을 베어버리든, 그 지위를 앗아버리든.

해율의 턱이 경직되며 빠득 깨무는 잇소리가 들렸다. 사비는 해율의 손을 가만 잡았다.

"너무 마음 상해하지 마십시오. 전 이렇게 멀쩡하지 않습니까."

"속이 상하다. 마음이 아파."

볼을 쓰다듬는 손가락이 떨렸다. 앞으로 또 어떤 것들이 그녀를 아프게 할지, 힘들게 할지, 몸을 상하게 할지 걱정되었다. 사비가 세상의 약자로 태어난 것이 속상했고, 사람을 약자와 강자로 구분지어 놓은 세상의 법칙들이 마음에 들지 않았다. 자신에게는 세상 누구보다 고귀한 사람인데 다른 사람들에게는 함부로 하여도 되고, 가까이하고 싶지 않은 천한 잠녀일 뿐인 것이 너무나도 속이 상했다.

해율은 감정이 다소 격해진 듯했다. 묵직하고 커 보였던 해율이 자꾸만 조급해지고 어려지는 느낌이 든다. 아마도 불안을 느끼고 있으리라.

"저는 정말 괜찮습니다."

사비는 격해진 해율의 옷자락을 가만 잡으면서 말했다.

어떤 바람에도 흔들리지 않고 원대한 꿈을 향해 힘찬 발걸음을 내딛는 묵직한 남자, 너무 높아서 함부로 바라볼 수 없는 거대한 남자.

사비는 해율이 걸로에서 보았던 그런 남자이기를 바란다. 그가 그런 남자로 우뚝 서준다면 자신은 어떤 아픔도 견뎌낼 자신이 있다. 십 년이 넘는 세월을 거친 바다와 싸우며 살아온 그녀다. 두려운 것은 해율의 마음을 잃는 것뿐, 다른 것은 아무것도 두렵지 않다.

해율이 시비전을 찾아와 사비의 손을 울컥 잡아끌어 나간 그날 이후, 사비를 바라보는 시비들의 시선이 더욱 곱지 않았다. 해율의 노리개가 되어 지내다가 결구은 버려지고 말 사비의 미래를 얘기하며 측은해하는 축들도 있었고, 묘한 질투의 눈으로 바라보는 눈들도 많았다. 사비는 그런 눈 따위 아랑곳하지 않았다. 그들이 뭐라든 해율과 자신을 위해하는 말만 아니면 상관없었다. 사람들이 자신을 해율의 노리개로 생각하는 것이 오히려 안전하다는 생각도 들었다. 자신들은 지금 장난은 용서가 되나 진실은 죄가 되는 사랑을 하고 있으니 말이다.

기란국(機瀾國) 청년들의 최대 행사인 아리산 꽃놀이 철이 다가오고 있었다. 아리산 자락에서는 꽃나무들이 일제히 꽃을 터뜨리고 있었다. 5부족의 집집마다 새 옷을 장만하고 장식을 만드느라 여념이 없었다.

궁에서도 가희의 꽃놀이 참석이 결정되면서 시비들의 손길이 바빠지며 들뜬 분위기가 되었다. 꽃놀이는 닷새에 걸쳐 열리는데 5부족의 남녀 각 십오 세가 되면 참석할 수 있었다. 단, 혼인을 한 사람은 참석할 수 없었다. 태무는 열다섯 때에는 허약한 몸으로 인해 참석할 수 없었고, 그 이듬해에 혼인을 해버렸으니 왕실에서 꽃놀이에 참석하는 것은 능혜왕 이후 거의 이십삼 년 만이었다.

꽃놀이는 그야말로 기란국(機瀾國) 최고의 선남선녀들이 한자리에 모이는 자리라고 할 수 있었다. 그들은 그곳에서 미래의 자신의 짝이 될 상대를 고르고 연애를 즐겼다. 그러나 한편으로는 이 행사에 참여하기 위해 혼인을 미루는 사람들도 있었고, 여러 명의 상대와 한 번에 연애를 하는 등 문란한 행동을 하는 자도 적지 않아 폐지하자는 의견도 있었지만 기란국(機瀾國)의 오랜 전통인 꽃놀이가 쉽게 폐지되지는 않았다.

저자는 활기를 띠었다. 누구보다 화려하고 아름답게 꾸며 나가기 위해 이국에서 들여온 비단이 불티나게 팔렸고 온갖 화장수와 화려한 장신구들이 저자를 뒤덮었다.

기란국(機瀾國)의 꽃놀이 철과 격검 대회 철이 되면 주변국의 장사치들과 젊은이들이 모두 차루벌로 몰려들었다. 이 시기의 차루벌은 매호국을 넘어 광활한 벌판을 지나면 있다는 대국(大

國)의 수도를 방불케 했다. 저자는 빌 디딜 틈 없이 복잡했고, 이상한 옷차림과 눈매를 가진 사람들과 알아듣지 못할 서역의 말들까지 뒤섞여 잠깐 한눈을 팔아도 물건을 도둑맞고 길을 잃기 십상이었다.

꽃놀이를 열흘 앞두고 연화는 은밀히 해율을 불렀다. 즈음 들어 더욱 묵직해진 해율이다. 단정한 이목구비와 진지한 눈빛이 처녀들을 사로잡기에 충분했다. 아리산에서 떨리는 음성으로 사랑을 고백하던 유신의 모습도 저러했으리라. 이제 스물셋, 아리산에서 자신이 유신을 버리고 능혜와 혼인을 했던 바로 그 나이다. 그때 그녀는 스물다섯 살의 아름다운 청년 유신의 눈이 순식간에 절망 속으로 떨어지던 모습을 외면했었다. 그 기억이 떠오르자 연화는 버릇처럼 이마를 찡그렸다. 간간이 떠오르는 유신에 대한 기억들은 늘 이렇게 마음을 아프게 한다.

"신왕은 또 휘령전에 가 있느냐?"

"예, 마마."

"큰일이다. 건강을 좀 돌보아야 할 터인데……."

연화는 나직한 한숨을 내쉬었다. 요즘 태무는 휘령전에 파묻혀 있다. 일을 서둘러야 할 것 같다. 아로를 향한 마음이 더 깊어지기 전에…….

"내일부터 신왕의 휘령전 출입을 막아라. 휘령전 시비들이 태평전을 드나드는 일도 막아야 할 것이다."

너무나 갑작스런 말에 해율은 당황했다. 어떤 이유나 설명도 없이 무조건적인 명령이었다.

"하오나, 마마. 전하의 고집이 워낙 대단하신지라 쉽지 않을 것입니다."

"연화궁의 명이라 해라. 전의를 곁에 붙이고 무사도 두엇 더 붙여라. 당분간 내 명 없이는 어느 누구도 신왕을 만나서는 아니 된다. 특히, 휘령전 시비나 무사들이 태평전을 드나드는 일은 절대 없도록 해라. 철저히 막아."

연화의 음성이 전에 없이 단호했다. 해율은 자신이 모르는 모종의 일이 진행되고 있다는 것을 직감했다. 주명이 없는 지금, 궁궐 무사들을 통제할 책임은 해율에게 있다. 결국 우슬라로 떠나겠다는 말은 꺼내지도 못한 채 연화궁을 나와야 했다. 연화교 위에서 한참을 망설이던 그는 끝내 그리움을 이기지 못하고 시비전으로 발길을 옮겼다. 지난번처럼 불쑥 들어갈 수가 없어 전각 앞에서 서성이다가 마침 지나가는 어린 시비에게 사비를 불러달라고 부탁했다. 잠시 후, 얼굴이 상기된 사비가 폴짝 뛰어나왔다.

"해율님!"

닷새 만에 보는 얼굴이다. 마른 갈증이 목젖으로 후끈 밀려왔다.

"잘 있었어?"

성큼 다가온 얼굴 앞에서 사비는 밝은 얼굴로 고개를 끄덕였다. 아무 걱정도 없는 듯 그저 행복한 웃음을 짓고 있는 사비다.

해율은 그녀의 손목을 잡고 재빠르게 마장 쪽으로 걸음을 옮겼다. 성큼성큼 옮기는 걸음이 점점 빨라지더니 급기야 뛰기 시작했다. 사비도 그를 따라 달렸다. 마장을 지나고 연화궁 뒷길을 지나 짙은 대밭으로 들어서자 누가 먼저랄 것도 없이 두 사람은 입술을 포갰다. 달콤하게 맞닿은 입술과 목을 꼭 껴안은 사비의 팔이 해율을 행복하게 했다.

"모진 소리는 듣지 않았느냐?"

입 싼 시비들이 사비에게 해율의 노리갯감이 되었다는 말들을 지껄였을 것이 뻔했다.

"그런 소리…… 상관하지 않습니다."

사비는 걱정 말라는 듯 얼굴을 쓰다듬는 해율의 손을 꼭 잡았다. 그의 얼굴이 수척해 보인다. 걱정과 고민이 그를 괴롭힌 모양이다. 자신에 대해서는 아무 걱정도 하지 않았으면 좋겠다. 걸로에 살 때에도 온갖 모진 소리를 들었지만 늘 당당하게 살아왔던 그녀가 아니던가. 사비는 해율이 그녀의 걱정은 접어두고 앞만 보고 높고 높은 곳만 바라보며 크고 큰 남자로, 그리 살았으면 좋겠다.

"걸로의 여인네들이 얼마나 강인한지 아십니까? 걸로에서는 바다에 가물이 들면 사내만 사는 집은 굶어도 아낙이 있는 집 굴뚝은 연기가 난다는 말이 있습니다. 저는 온갖 모진 소리를 들으며 십 년이 넘게 그곳에서 살아온 사람입니다. 그러니 제 걱정일랑 조금도 마십시오."

가무잡잡한 얼굴이 햇살을 받아 빛이 났다. 사비가 나약한 여자가 아니라서 정말 다행이다.

"우슬라로 가는 건 조금 더 기다려야 할 것 같다. 궁궐 분위기가 심상치 않아."

"무슨 좋지 않은 일이라도 있습니까?"

"글쎄? 내가 알지 못하는 어떤 일이 벌어지고 있는 것 같은데……."

그게 무언지 딱 꼬집어 말할 수가 없다. 아로부인이 회임을 한 가장 경사스러운 이 순간에 연화궁 마마께서 왜 갑자기 전하를 아로부인에게서 떼어놓으시려는 건지 도저히 짐작이 가지 않는다.

잠깐 산책이나 하자며 연화를 데리고 나온 유신은 뒤따르는 무사들을 떼어내고 아리산으로 향했다. 꽃놀이 철을 눈앞에 둔 아리산은 언덕 곳곳이 눈이 부실 만큼 아름다운 꽃밭을 이루고 있었다. 그 아름다운 꽃밭 속에서 연화는 흡사 삼십여 년 전으로 돌아간 듯 마음이 설레었다. 콩닥콩닥 뛰는 가슴으로 처음 꽃놀이에 참석했던 열다섯 어린 시절의 기억도 났고 아리따운 처자들에 둘러싸여 어쩔 줄 모르는 얼굴로 서 있던 유신의 모습도 떠올랐다.

감히 말을 걸어볼 용기조차 나지 않아 멀찍이 서서 지켜만 보았던 유신, 그리고 난생처음 보던 그날부터 숨쉴 틈조차 주지 않고 몰아붙이던 어린 왕자 능혜의 사랑 고백들, 매몰찬 연화의 눈길 앞에 허망하게 무너져 내리던 유신의 늦은 고백…….

그런 것들이 골골이 피어난 꽃잎들 속에 고스란히 숨어 아리산을 물들였다. 사람의 인연이란 참으로 알 수 없는 것이다. 유신을 연모하던 자신이 유신을 그리 모질게 버릴 줄 누가 알았겠는가.

막 봉우리를 맺는 철쭉꽃으로 만든 목걸이가 눈앞으로 불쑥 들어왔다.

"소싯적에 꼭 만들어 드리고 싶었던 겁니다."

유신은 난감한 눈으로 쳐다보는 연화의 눈길을 피해 철쭉꽃 목걸이를 조심스럽게 목에 걸어주었다. 흠칫 놀라 한 걸음 물러난 연화의 얼굴이 약간 상기되었다. 무슨 무엄한 짓이냐고 노한 음성이라도 뱉어버릴 듯 유신을 바라보는 그녀의 눈이 날가로웠다.

"그때는 우리가 이 꽃들의 주인이었는데 지금은 객이 되어버렸습니다."

그의 눈빛은 쓸쓸하면서도 따듯하다.

"그땐 세상이 부끄러워 아무것도 하지 못했었는데 이젠 훔친 꽃으로 만든 물건을 건네면서도 부끄러움을 모를 나이가 되었으니 어려울 게 뭐가 있겠습니까? 그저 오래된 벗이 마음으로 주는 것이라 생각하소서."

유신의 초연한 눈은 정말 오래된 벗을 바라보는 눈, 그것이었다. 반가워야 할 그 눈빛이 왜 화가 나는지 알 수가 없다. 연화는 목에 걸린 꽃목걸이를 한 손으로 꼭 쥐고 꽃밭 속으로 들어가 버렸다.

꼭 할 말이 있다며 무영을 불러들인 연화는 오래도록 말이 없었다. 건승을 쳐낼 빌미를 잡았으나 혼자 힘으로는 불가능한 일이란 걸 알았기에 무영에게 도움을 청할 참이었다. 그러나 막상 그를 앞에 두고 보니 좀처럼 입이 떨어지지 않는다. 그녀는 어릴 적부터 늘 오라버니 무영이 어려웠다. 그는 좀처럼 말이 없었고 그래서 무슨 생각을 하는지 알 수 없는 사람이다. 가장 믿으면서 또한 가장 두려운 사람, 그것이 바로 오라버니 무영이다.

무영은 연화가 왜 자신을 불러들였는지 짐작했다. 위태로운 왕실을 지키기 위해 지금 자신들이 무엇을 해야 하는지 그들은 서로가 너무나 잘 알고 있었던 것이다. 그녀가 부르지 않았다면 자신이 먼저 독대를 청할 참이었다. 차가 거의 식어갈 무렵 무영이 드디어 입을 열었다.

"마마의 눈 속에 두려움이 가득합니다."

설핏 웃는 입가가 씁쓸해 보인다.

"못난 자식을 두었으니 두려울 수밖에요."

톡 쏘는 연화의 음성에 가시가 느껴진다. 태무를 향한 곱지 않은 무영의 시선이 늘 상처가 되었다. 모자라는 자식을 끌어

안고 사는 어미의 마음이 어떤 건지 그는 모를 것이다.

"송구하옵니다."

원망 섞인 연화의 눈을 보며 그는 고개를 숙였다. 그러나 혼란에 빠져 버린 나라와 그것을 스스로 해결할 힘이 없는 나약한 왕을 바라보아야 하는 그 마음이 얼마나 갑갑했는지 연화가 알까? 자신의 소원은 오직 강한 기란국을 만드는 것, 그것뿐임을 연화가 알아주었으면 좋겠다. 연화궁을 찾아온 연유도 그것이다. 오늘 그는 연화에게 힘들고 아픈 결정을 강요할 참이다.

"아로부인의 회임 소식을 들었습니다."

그 말을 내뱉는 무영의 음성은 분노로 울렁 흔들렸다. 그는 이미 모든 것을 알고 있는 눈치였다. 하긴, 궁궐 곳곳에 박혀 있는 그의 눈들이 그것을 놓쳤을 리 없다. 연화는 또다시 끓어오르는 분노를 이기지 못하고 입술을 잘근 깨물었다. 감히 궐 안에서 다른 사내의 아이를 가지다니, 아로가 미치지 않고서야 어찌 그리 간 큰 짓을 할 수 있단 말인가. 덕분에 건승을 쳐낼 빌미를 잡긴 했지만 태무를 생각하면 쉬이 결정할 수 있는 일도 아니다.

찻잔을 든 연화의 손이 바르르 떨리는 것을 보며 무영은 그녀 또한 모든 것을 알고 있다는 것을 짐작했다. 그렇다면 얘기는 훨씬 쉽게 끝날 것 같다. 길게 끌 것 없다.

그는 단도직입적으로 얘기를 꺼내었다.

"건승을 쳐낼 절호의 기횝니다. 놓치시면 안 됩니다."

"증거를 잡기가……."

"휘령전의 무사 단우연이란 자입니다. 우리 아사금 출신의 무사지만 지금은 건승의 수족입니다."

왕의 수족이라 여겼던 궁궐 무사와 사통을 하다니! 짐작했던 일이었지만 직접 듣고 보니 말문이 막힐 지경이다. 일이 이 지경이 되도록 자신은 무얼 하고 있었던 건지 모르겠다. 태무를 지키려고 온갖 노력을 다 기울였지만 결국 수족 같은 자에게 뒤통수를 맞게 만들었으니 눈뜬장님이 아니고 무엇이겠는가.

"오라버니는 처음부터 알고 계셨던 겁니까?"

무영은 대답하지 않았다. 처음부터 다 알고 있었으면서 이런 기회를 노려 입을 다물고 있었던 거라고 말할 수는 없다. 아로를 향해 반짝이던 태무의 눈빛이 가슴에 박혀 연화는 붉어진 눈시울을 감추지 못했다.

가엾은 것…….

태무가 유일하게 마음을 기대었던 사람이 아로였다는 것을 안다. 언제부턴가 아로가 태무를 감싸 안아주는 느낌이 들었다. 모든 것이 마음에 들지 않았던 아로였지만 가끔 예쁘게 보였던 것은 바로 그 때문이었다. 아로를 잃으면 태무는 이제 무엇에 의미를 두고 살아갈까?

"나는…… 무섭습니다. 태무가 잘못되면 그 다음은 어찌 될까? 나는, 이 왕실은, 우리 기란국은 어찌 될까? 훗날에 능혜왕 전하를 어찌 뵈올까? 모든 것이 두렵고 무섭습니다, 오라버니."

능혜를 잃은 후 처음으로 연화는 깊은 속내를 드러내며 눈물을 흘렸다. 모든 것을 믿고 의논했던 유신과 아버지 앞에서도 보이지 않았던 눈물을 가장 두려워했던 무영 앞에서 쏟아내는 것이다. 꿋꿋하고 강한 모습으로 살아왔지만 사실은 내내 무영에게 도와달라고 매달리고 싶었던 건지도 모른다.

누이의 여린 어깨에 올려진 아찔한 무게가 무영을 안타깝게 했다. 한 번만 서로 마음을 터놓았다면 저렇게 혼자 불안에 떨지 않아도 되었을 것을, 왜 그토록 마음을 꽁꽁 닫고 있었던 건지……. 무영은 안타까운 마음을 이기지 못하고 격한 음성으로 말했다.

"무엇을 두려워하십니까? 소인도 있고 유신도 있지 않습니까!"

"오라버니……."

"유신을 믿듯이 소인도 믿으소서!"

무영의 단호한 음성이 방 안을 울렸다. 그에게서는 기란국 대장군의 위엄이 느껴졌다. 진심으로 태무를 지켜줄 것이라는 믿음이 생겼다. 무조건적으로 믿었던 유신만큼 무영에게도 무조건적인 믿음이 생긴다. 피를 나눈 유일한 형제가 아니던가. 태무를 지키기 위해 믿고 의지할 수밖에 없는 사람이 무영이다. 그러나 여전히 연화를 망설이게 하는 한 가지가 있다. 그것은 바로 능혜의 죽음에 대한 의문이다. 피가 나도록 입술을 깨물고 있던 연화는 힘겹게 입을 떼었다.

"오라버니께 먼저 한 가지 물어볼 것이 있습니다."

사뭇 비장한 느낌까지 드는 연화의 표정에 무영도 바짝 긴장하며 자세를 고쳐 앉았다.

"무슨 말씀이시든 하십시오."

그러나 연화는 여전히 입을 떼기가 힘든 듯 망설였다. 제발 무영이 아니기를 빌지만 만에 하나 능혜의 죽음에 그가 연관되어 있다면 그 다음 일은 어떡할 것인가, 감히 상상하기 힘들다. 진실을 묻어둔 채 넘어가는 것이 차라리 옳지 않을까, 잠깐 생각하던 연화는 마침내 결심한 듯 고개를 들었다.

"능혜…… 능혜왕 전하의 낙마에 대해 알고 계신 것이 없습니까?"

무영을 바라보는 연화의 눈빛이 섬광처럼 빛이 났다. 무영은 난생처음 연화에게 두려움을 느꼈다. 그녀가 새삼스럽게 능혜의 낙마 사고에 대해 묻는 의도를 잠깐 생각하던 무영은 섬뜩한 기운을 느끼며 되물었다.

"무슨 생각을 하고 계시는 겁니까, 마마? 설마……."

"나는……."

"건승입니다!"

무영은 연화의 말을 끊으며 나지막하게 소리쳤다. 그러나 연화는 여전히 믿을 수 없다는 눈빛이다.

"전날에 오라버니께서 말안장을 보냈단 소리를 들었습니다."

"예, 소인이 보냈습니다. 대국에서 들어온 특별한 물건이라

전하께 드렸습니다. 그것은 단지 말안장이었을 뿐 결코 전하를 해할 목적의 물건이 아니었습니다!"

능혜가 왕위에 있는 이십 년 내내 오로지 충성심 하나로만 그를 섬겨왔다. 무영은 연화가 자신을 의심하는 것에 대해 부아가 났다. 그는 다시 한 번 단호히 말했다.

"소인이 아닙니다. 건승입니다!"

"무엇으로 그것을 증명하십니까?"

순간 무영의 얼굴이 곤혹스러워졌다. 연화를 이해시킬 물증이 없다. 물증이 있었다면 지금껏 건승의 횡포를 보아주지도 않았을 일이다. 연화는 금방이라도 터져 버릴 듯한 얼굴로 무영을 노려보았다. 능혜와 연화가 서로에게 어떤 존재였는지 잘 안다. 능혜가 없는 삶이 연화에게는 살아도 산 것이 아닌 삶이었을 것이다. 무영은 더 이상 연화를 설득시킬 수 없다는 것을 알았다. 그저 무조건 믿어주기만을 바랄 수밖에 없다.

"그것은…… 증거를 찾을 길이 없습니다. 심증은 가나 물증이 없는 것, 소인이 드릴 수 있는 답은 그것뿐입니다."

무영은 묵직한 얼굴로 연화를 바라보았다. 능혜에게 단 한 번도 불신을 보인 적이 없던 무영이다. 자신과 피를 나눈 유일한 형제다. 믿을 수밖에 없다. 저 묵직한 얼굴을 믿지 않을 수가 없다. 그제야 연화의 눈빛이 조금씩 풀렸다.

"좋습니다, 오라버니를 믿겠습니다. 태무를 지켜주시리라 믿습니다. 이제 내가 어찌해야 할지 그것부터 알려주시지요."

믿겠다는 연화의 말을 듣고도 무영은 쉽게 입을 열지 못했다.

"무슨 말씀이든 하십시오."

"마마."

"예, 오라버니."

"차대왕을…… 생각해 두셨는지요?"

"무슨…… 차대왕이라니? 태무를 지켜준다 하지 않았습니까!"

몸이 허약하다 하나 아직까지 멀쩡한 태무를 두고 차대왕을 입에 담는 무영을 향해 연화는 소리쳤다. 태무의 안전을 보장받지 않고는 기란국의 미래도 무엇도 그녀에게는 소용없었다.

"전하를 지켜 드리겠습니다, 반드시! 허나 차대왕의 문제부터 해결되어야 전하의 안전도 보장 받을 수 있습니다. 전하의 건강을 생각해 보십시오!"

태무의 건강 얘기가 나오면 언제나 말문이 막혀 버린다. 태무의 뒤를 이을 차대왕은 한 번도 생각해 보지 않았다. 특별한 변고가 없는 한 그 자리는 당연히 왕과 가장 가까운 왕실 사람인 오라버니 무영의 차지가 될 것이란 생각을 했었다. 그것이 무력적인 것이 아니기만 바랐을 뿐이다.

"그 자리야…… 오라버니 것이 아닙니까?"

"소인은 평생 무장으로 살다가 가는 것이 소원인 사람입니다."

무영의 무뚝뚝한 얼굴에 씁쓸한 미소가 지어졌다. 연화는 그것이 그의 진심이라는 것을 알았다. 평생 무장으로 살다가 전장터에서 생을 마치는 것을 최고의 영예로 생각하는 진정한 기란국의 사내가 되는 것이 그의 어릴 적 소망이었다는 것을 잠깐 잊었다.

"그럼, 오라버니께서는 생각해 둔 사람이…… 있습니까?"

마른침을 꿀꺽 삼키며 묻는 연화를 바라보며 무영은 거침없이 말했다.

"기란국에서 부마가 왕위를 이은 선례가 없지는 않습니다. 최초의 왕권이 하나의 성씨에만 국한되어 있지 않았던 것도 그 탓입니다."

그가 누구를 지칭하여 이런 말을 하는지 알 수 없었다. 왕실에 들어온 사위가 한둘이던가. 그러나 그들은 대부분 나이가 많아 권력 밖으로 밀려나 있는 사람들뿐이다 무영은 눈을 반짝이며 얼굴을 연화 가까이로 가져왔다.

"가희 공주의 혼인을 서두르소서. 건승을 치기 전에 그 일부터 마무리 지어야 할 것입니다. 5부 귀족들을 우리 편으로 완벽하게 끌어들이기 위해서는 안정적인 차기 왕권까지 보여주어야 합니다."

가희의 짝으로서 차대왕을 삼겠다는 뜻이었다. 반가우면서도 놀라운 얘기다. 무영은 이미 오래전부터 계획해 왔던 이야기를 들려주듯 망설임이 없다. 그가 가희의 짝으로 생각하는 사람은 누굴까? 설마…… 왠지 모를 두려움에 연화는 입술을 잘근 깨물었다. 식어버린 차를 훌쩍 들이킨 무영의 눈이 반짝 빛났다.

"왕실이 살아남기 위해 별금 집안은 반드시 잡아야 할 집안입니다. 별금만 우리 편이 되어준다면 일은 아주 손쉬워질 것입니다."

"별금이라 함은 누구를……?"

"소인은 해율에게서 왕재의 기운을 느낍니다."

묵직한 음성이 가슴을 쿡 찔렀다.

"해…… 율을 말씀입니까?"

"예, 유신의 자제 해율 말입니다. 해율과 가희 공주라면 기란국 최고의 짝이 될 것입니다. 별금도 아사금도 모두 만족스런 선택일 겁니다."

해율과 가희라면 어느 한쪽도 기울어짐이 없는 만남이 될 것이다. 너무나 탐이 나던 청년과 소중한 딸의 혼인이다. 무엇을 주저할까. 그러나…….

"유신님이…… 원치 않을 것입니다."

"마마의 부탁이라면 거절하지 않을 것입니다."

유신에게 그런 말을 할 수는 없다. 그의 마음이 아무리 지난 바람이라 하더라도, 벗과 같은 마음이 되었다 하더라도, 그런 말을 자신의 입으로 할 수는 없다.

"난……."

"하실 수 있습니다. 마마와 왕실을 위해, 그리고 전하를 위해 하셔야 합니다."

나를 위해, 왕실을 위해, 그리고 태무를 위해?

벽에 걸린 철쭉꽃 목걸이를 바라보며 연화는 주먹을 그러쥐었다. 매몰차게 돌아서던 등 뒤에서 숨죽이며 들려오던 청년 유신의 절규 소리가 왜 이제야 들리는 것일까? 십수 년 이국을 떠돌았던 그의 아픔이, 쓰라린 눈빛들이 왜 지금에 와서야 이토록 가슴에 박혀오는지 모르겠다.

"이미 지나간 바람입니다."
"벗의 마음으로 드리는 겁니다."

이제는 그 말들이 섭섭하고 싫어져 버렸는데…….

"당장 비켜서지 못하겠느냐! 나는 휘령전으로 갈 데다! 비켜라, 비켜!"

태무는 성마른 얼굴로 소리를 지르다가 애가 달아 견딜 수 없는지 발을 쾅쾅 굴렸다. 저보다 목 하나는 더 큰 건장한 해율이 앞에 딱 버티고 서 있으니 이러지도 저러지도 못하고 태평전에 묶여 지낸 지 벌써 닷새째다. 아로가 보고 싶어 견딜 수가 없다. 어마마마께서 왜 갑자기 휘령전 출입을 막으셨는지 납득할 수가 없다. 회임까지 한 아로를 어찌 이리도 박대하실까?

"잠깐 들러 얼굴만 보고 오겠다. 그것도 안 되느냐?"

애원하듯 매달리는 태무를 보며 해율은 속으로 한숨을 삼켰다. 연화궁 마마께서 왜 갑자기 휘령전 출입을 막으셨는지 그도 태무만큼이나 납득이 가지 않는다. 발을 꽝꽝 굴려도 안 되고, 애원을 해도 소용이 없자 태무는 화를 내며 소리를 쳤다.

"너도 저 늙은 것들처럼 나를 업수이여기느냐? 내가…… 내가 언제 죽을지 모를 허깨비니 함부로 해도 된다 생각하느냐! 차라리 나를 버려라! 건승이든 무영이든 너희들이 모실 신왕을 얼른 세우고 나를 버리란 말이다!"

"전하!"

"내가 어찌 전하냐! 내 내자를 보겠다는데 그조차도 마음대로 할 수 없는 내가 어찌 너희들의 전하냐! 이 나라는 내 나라가 아니다! 어마마마의 나라야!"

감당 못할 말들이 태무의 입에서 쏟아져 나왔다. 해율의 명에 따라 건장한 무사들이 왕을 둘러싸고 보쌈하듯 들어 올렸다. 자지러지는 기침 소리에 전의들이 몰려들었다. 태무의 고함 소리도 이내 잠잠해졌다. 혼절한 모양이었다. 무사 하나가 축 늘어진 태무를 업고 태평전 침전으로 가는 것을 보며 해율은 긴장된 숨을 몰아쉬었다. 태무의 저런 모습은 난생처음이다. 지극히 조심했었어야 할 말들을 거침없이 뱉어내시다니. 연화궁 마마나 주명이 들었으면 기겁을 했을 말들이지만 해율의 눈에는 그래도 소리조차 내지 못하고 죽은 듯 지내던 때보다는 나아 보인다. 전하께서 아무래도 아로부인에게 단단히 빠지신 것 같다.

약속처럼 마장에서 만난 해율과 사비는 연화궁 뒤편의 대숲으로 숨어들었다. 해가 뉘엿뉘엿 넘어가는 시간, 대밭은 이미 어스름이 지고 있다. 소맷자락에 넣어왔던 비단 수건을 바닥에 깔고 그 위에 사비를 앉힌 해율은 얼른 그 곁에 다가앉으며 손을 꼭 잡았다.

"오늘은 뭘 하며 지냈느냐?"

"그냥 있었습니다."

"그냥 가만히?"

"예, 그냥 가만히."

그냥 가만히 앉아 해율만 생각했다. 혼자서 가슴이 뛰었다가 얼굴이 붉어졌다가 속이 상했다가, 그랬다. 울불은 날마다 걸로로 돌아가자 자신을 볶아대었지만 그녀는 그 말을 귀에 넣지는 않았다. 해율과 함께 우슬라 지방으로 떠날 날만을 기다리고 있으니.

기대 반, 두려움 반, 미안하고 속상한 마음 반이다. 생각하지 말자 하지만 해율이 자신으로 인해 겪을 고초를 생각하니 어디로든 도망가고픈 마음이 불쑥 고개를 내밀기도 한다. 해율은 잡고 있는 손을 조몰락거리다가 볼에 비볐다가 눈치를 보며 입술을 가만 대어보다가, 어쩌지를 못하는 것 같다.

"입술을 다오."

해율은 어스름 속에서 눈을 반짝이며 스륵 얼굴을 가져왔다. 이미 여러 번 훔쳤으면서 새삼스럽게 입술을 달라니? 새침한 눈으로 흘겨보는 사비의 눈을 보며 다시 얼굴을 가까이 가져오는 해율이다.

"만날 나만 주었지 너는 한 번도 주지 않았다. 공평치가 않아. 이번엔 네가 입술을 다오."

떼를 쓰듯 얼굴을 코밑까지 들이대며 해율은 눈을 감았다. 얼굴을 밀어내어도 꿈쩍도 않는다. 고개도 돌리지 못할 만큼 가까이 다가온 그의 얼굴 때문에 사비는 숨조차 쉴 수가 없다.

"해, 해율님……."
"입술을 주기 전까진 꼼짝도 않을 테다."

가끔 이렇게 막무가내 아이 같은 해율을 대할 때면 난감하기 그지없다. 원대한 꿈을 얘기하며 눈을 반짝이던 거대한 남자는 다 거짓말 같다. 어린애도 이런 어린애가 있을까 싶으니 말이다. 어서 입술을 달라며 보채는 해율을 보며 사비는 이러지도 저러지도 못한 채 침만 꼴깍꼴깍 삼켰다. 스르륵, 댓잎들이 몸을 부대꼈다. 그 소리에 기대어 사비는 재빠르게 입술을 훔쳤다.

"이제 그, 그만 눈을 뜨십시오."
"그게 어찌 입술을 준 거냐? 바람이 스쳐 간 게지."

날은 자꾸만 어두워져 가는데 일어나 도망쳐 버릴 수도 없고…… 사비는 울상을 지으며 다시 용기를 내어 입술을 가져갔다. 그저 해율에게 이끌려 입술을 맞출 때는 이리 떨리지 않았는데 지금은 손끝이 오그라들듯 떨린다. 콩닥콩닥 뛰어대는 가슴을 꽉 움켜잡고 해율의 입술에 제 입술을 가져다 대었다. 해율의 입술이 살짝 벌어지더니 촉촉한 혀끝이 입술에 닿았다. 화들짝 놀라 달아나는 사비의 입술을 놓치지 않으려 해율의 입술이 다급하게 따라왔다. 기울어지던 사비가 그 힘에 밀려 뒤로 넘어가자 따라오던 해율이 사비의 몸을 덮친 꼴이 되고 말았다. 묵직한 무게에 눌린 사비의 눈이 공포에 질렸다.

해율은 잠깐 눈을 떴지만 이내 다시 질끈 감아버렸다. 코끝을 후끈 달구는 여인의 내음에 머리가 아찔했다. 여전히 맞닿은 입술은 순식간에 열기로 후끈 달아올라 버렸다. 지금껏 저릿한 감정에 못 이겨 서로 맞대었던 입술과는 전혀 다른 격하고 뜨거운, 그래서 두려운 해율의 입술이다. 사비는 그것을 떨치려 고개를 흔들었다.

싫어……,

세차게 고개를 흔들고 가슴을 밀어내는 사비의 손을 누르며 해율은 뜨거운 숨을 뿜어내었다.

"괜찮아…… 제발 싫다 하지 마라."

정신없이 흔들어대고 밀어내는 사비를 달래며 해율은 그녀의 얼굴을 두 손으로 감싸고 붙들었다.

"제발……"

사납게 뛰어대는 가슴을 견딜 수가 없다.

왜 네가 자꾸 도망갈 것만 같은지, 너를 품어버리고 나면 이 불안이 사라질까?

낮에 보았던 태무의 모습이 자꾸만 눈에 밟혀 두렵다. 사비와 자신 사이도 누군가 그런 식으로 막아서면 어쩌나? 품 안에 쏙 들어와 있는 사비가 금세 사그라질 연기처럼 느껴질 때가 가끔 있다.

해율의 애틋한 눈 속에 든 갈망을 바라보며 사비는 가슴속 가득한 두려움과 떨림을 어쩌지 못한 채 울상을 지었다. 꼼짝도 못하게 눌려 버린 몸은 땀이 잘근 쏟아질 만큼 뜨겁고 경직되어 있었다.

"해율님, 전……."

그러나 사비의 떨리는 음성은 뜨거운 해율의 입 속으로 빨려 들어가 버렸다. 촉촉하고 부드러운 해율의 입술이 덮어왔다. 조심스럽고 섬세하게 음미하듯 닿았다 떨어져 가는 입술에 안타까움이 묻어났다. 잠깐 떨어졌던 입술이 다시 뜨거움을 뿜으며 볼을 거쳐 귀불을 잘근 깨물자 사비는 오그라지듯 몸을 움츠리며 울음소리를 내었다.

"해율님…… 흑."

온몸이 오그라들듯 간지러웠고 해율의 뜨거움이 겁이 났다. 자신은 손을 잡고 얼굴을 바라보는 것만으로도 견딜 수 없이 벅찬데 해율은 그게 아닌 모양이다. 얼굴만 보아서는 행복하지 않은 모양이다. 만족이 안 되는 모양이다. 목을 타고 내려온 입술이 가슴을 헤집자 사비는 드디어 울음을 터뜨렸다.

"흑…… 싫습니다, 해율님. 흐윽."

사비의 울음이 터지는 순간 멈칫한 해율은 꼼짝도 않고 그녀의 가슴팍에 얼굴을 묻고 있었다. 벗들과 어울려 홍루에서 기생들을 안은 적이 있다. 나이 찬 기생들의 교태를 즐기며 주물러대던 물컹한 가슴과 풍만한 엉덩이가 좋았지만 아침이 되어 눈을 뜰 때면 언제나 기분이 언짢았다. 그래서 다시는 가지 말아야지 하면서도 벗들의 꼬임과 술기운을 이기지 못해 안아버린 여인이 서넛, 그런 여인들처럼 아무 마음의 준비도 없이 사비를 안고 싶지는 않다. 소중한 여인을 이리 가지면 안 될 것 같다. 봉긋한 사비의 가슴이 토끼처럼 뛰어대고 있었다.

그는 끙, 신음 소리를 내며 고개를 들었다. 사비는 꼭 쥔 주먹으로 입을 가린 채 울음을 삼키고 있었다. 그녀의 울음이 당황스럽다. 도대체 무슨 짓을 하려 했던 건지……. 해율은 망설이는 마음으로 입을 가린 사비의 주먹을 조심스럽게 잡았다.

"그렇게…… 싫었느냐?"

싫은 게 아니었다. 그저 처음이라 무섭고 두려웠을 뿐이다. 사비는 눈을 감은 채 고개를 저었다.

"그럼 왜 우느냐?"

그의 음성은 깊은 자괴감에 떨렸다. 사비는 헝클어진 옷을 움켜잡고 일어나 앉았다. 바보처럼 울어버리다니, 그가 화가 났을까 봐 걱정되었다.

"두려웠느냐?"

그제야 사비는 고개를 끄덕였다. 사내답지 못했다. 정말 좋은 사내가 되어주고 싶었는데 짐승처럼 굴었다. 그렇게 스스로를 질책했다. 옷매무새를 매만지고 있는 사비를 가만 내려다보던 해율은 벌떡 일어나 그녀에게 손을 내밀었다. 그만 내려가자는 뜻이었다. 그는 사비의 손을 꼭 쥐고 대숲을 나오며 퉁명스럽게 중얼거렸다.

"그리 울어버리다니, 무안해서 혼이 났다. 미안해, 내 욕심이 과했어. 가리옹 성으로 가면 우선 혼인부터 하자. 혼인하는 그 날로 못 견딜 만큼 안아버릴 테니 각오해라. 흠, 흠, 그때는 오늘의 무안을 다 갚아줄 테다. 밤새 잠도 재우지 않을 터이니 그리 알아라. 설마 그때도 울지는 않겠지?"

손을 꼭 잡고 내려오며 장난을 치는 해율 때문에 사비는 얼굴을 들 수가 없다.

무영의 입에서 나오는 말들을 들으며 유신은 입 안 가득 쓰디쓴 진물이 고이는 것을 느끼고 있었다. 가희 공주와 해율의 혼인이라니⋯⋯ 평생 가슴에 품고 있던 여인과 사돈의 연을 맺으란 말이다. 그리되면 영원히 마음으로도 연화를 가질 수 없을 것이다. 무영이 언제부터 이리도 모진 사람이었던가?

"건승을 몰아내고 기란국을 지킬 대안은 그것뿐일세."

기란국 대장군의 자격으로 내리는 명령의 소리였다. 그는 해율을 통해 자신의 야망을 펼칠 심산이었다.

"해율은 진정한 무장이 되는 것이 평생의 꿈인 아이네. 자네의 야심을 위해 이용 말게."

"나의 야심이라…… 흐음. 그래, 나는 언제나 강인한 군주를 모시고 우리 기란국을 대국으로 이끌 정복국가를 꿈꾸지. 해율이 내가 찾던 바로 그 강인한 군주감이란 것도 부인하지 않겠네. 진정한 무장이 꿈이라는 것은 해율이 가질 수 있는 최고의 자리가 그것이기 때문일 것일세. 더 큰 자리가 있었다면 더 큰 꿈을 꾸었을 아이지."

안다. 해율의 포부가 얼마나 큰지, 얼마나 높은 곳에 눈을 두고 사는 아이인지. 해율을 키우며 간간이 느꼈던 불안도 바로 스스로를 넘어선 꿈을 꾼다는 것, 그것이었다.

"거부 말게. 해율의 포부는 자네가 키워놓은 것이 아니던가?"

유신, 자네도 그랬지. 연화를 알기 전까진 대단한 포부를 품었던 자였어. 아는가?

빙긋 웃는 무영의 얼굴이 가까이 다가왔다.

"별금 집안으로 왕권이 넘어가는 일이네. 뭘 망설이는가? 혹, 연화궁 마마 때문인가?"

유신은 대답하지 않았다. 대답을 할 수 없었다. 지나간 바람이고 벗의 마음이어야 할 그 마음이 여전히 살아 펄떡이고 있는데 무슨 대답을 할 수 있단 말인가.

늦은 밤, 해율은 유신의 부름을 받고 유신의 앞에 앉았다.

"너는 장차 무엇이 되려 하느냐?"

찻잔을 앞에 두고 유신이 물었다. 새삼스런 질문에 해율은 의

아하다. 검을 잡던 그 순간부터 해율의 꿈은 오직 하나였다. 기란국 최고의 무장이 되는 것, 진정한 무장이 되는 것이었다.

"아버님, 무슨……?"

"무장이 되어 무엇을 하고 싶은가 묻는 것이다."

"소자는…….'

대답에 앞서 해율은 큰 숨을 들이켰다. 앞으로 무슨 일을 하고 싶은가를 생각할 때면 언제나 이렇게 가슴이 벅차다. 광활한 땅으로 말을 몰아 달리는 자신의 모습이 상상되기 때문이다.

"어릴 적 아버님의 등에 업혀 떠돌았던 광활한 땅에 대한 기억을 늘 잊지 않고 있습니다. 그 넓은 땅과 다양한 족속들을 말입니다. 의복이 다르고 말이 다르고 먹거리가 다르지만 그들이 품은 꿈은 하나일 것입니다. 제 나라와 제 땅을 지키려는 욕심 말입니다. 소자도 마찬가지입니다. 소자는 이 나라 최고의 무장이 되어 야로국과 단국을 넘고 매호국까지 넘어 저 광활한 땅을 우리의 말발굽 아래에 두는 것이 꿈입니다. 기란국을 이 땅에서 가장 강대한 나라로 만드는 꿈 말입니다. 그것을 소자의 손으로 이루어보고 싶습니다."

해율의 눈은 이미 광활한 그 땅에 닿은 듯 허공에서 일렁거렸다. 아들은 너무 크다. 세상을 주유하며 등에 업고 다니던 그 작은 녀석이 더 이상 아니다. 몸도 마음도 하염없이 커버린 아들을 바라보며 유신은 마음을 어디 두어야 할지 모르겠다. 떠날 날을 앞당겨야 할까? 지그시 깨문 입술에서 비린내가 번진다.

유신이 만들어준 철쭉꽃 목걸이가 바싹 말랐다. 작은 손길에도 바스락 부서져 내리는 꽃잎. 흔적 없을 그것처럼 흔적 없이 사그라져 버릴 마음이 안타까워 연화는 눈시울이 젖었다. 입 밖에 내지 않는 한 아무도 모를 마음이다. 유신조차도 까마득히 모를 이 마음……

꽉 움켜쥐자 먼지처럼 부서져 떨어지는 꽃잎을 바라보던 연화는 문득 돌아섰다.

"유신님을 뵈러 갈 것이다."

갑작스런 연화의 출행에 시비전이 부산해졌다. 마차가 준비되고 수행 무사들이 열을 서고 시비들이 두 줄로 늘어섰다.

사비는 연화궁 마마가 행차를 나선다는 소리를 듣고 일찍부터 나와 시비들의 뒤편에서 서성이고 있었다. 한동안 뵙지 못했기 때문에 멀찍이 떨어져서라도 보고 싶었다. 왜 그분께 이토록 사모의 정이 이는지 알 수가 없다.

가희의 배웅을 받으며 마차에 오른 연화는 내려지는 휘장 사이로 얼핏 스치는 사비의 얼굴을 발견하고 마차를 세웠다. 스륵 휘장을 걷어 올리자 늘어선 시비들 뒤편에서 마차를 하염없이 바라보고 있는 사비가 보였다. 무언가에 목이 마른 듯한 눈길이다. 마차가 세워지고 연화의 얼굴이 나타나자 사비는 얼른 고개를 숙였다. 차루벌에서 지내는 동안 볕에 그은 가뭇한 그림자가 조금씩 지워지면서 사비의 얼굴은 숨어 있던 아름다움이 빛을 뿜어내고 있는 듯하다. 연화는 따뜻한 눈으로 사비를 건너다보았다.

"함께 가려느냐?"

사비는 그것이 제게 하는 소리라고 생각하지 못한 채 여전히 고개만 숙이고 있었다.

"지난번 해율에게 신세진 것도 있고 하니 그 인사도 할 겸 함께 가자꾸나."

그제야 고개를 들어보니 다시 행렬이 움직이고 있었다. 사비는 얼른 행렬의 뒤꽁무니에 따라붙었다. 무슨 일인지 며칠 해율을 보지 못했다. 쫄랑쫄랑 따라 걷고 있는데 늙은 시비 하나가 다가와 사비를 불렀다. 그녀를 따라 마차 가까이 가니 휘장 안에서 연화의 음성이 들렸다.

"옆에 타지 않으련?"

"마마! 이 천한 것이 어찌……."

화들짝 놀라는 사비를 보며 연화는 설핏 웃었다. 휘장 사이로 언뜻언뜻 보이는 사비의 모습이 막 피어난 싱그런 꽃처럼 예뻐 보인다.

"그럼 옆에서 걸어라. 얘기나 나누자꾸나."

마차는 느릿느릿 움직였기 때문에 얘기를 나누면서도 충분히 따라갈 수 있었다. 휘장 너머 연화에게서는 여전히 은은한 연향이 풍겨 나왔다.

"상처는 어떠냐?"

"덕분에 다 나았습니다. 말짱합니다, 마마."

대답이 시원시원하다. 목 안으로 기어들어 가는 목소리로 들릴 듯 말 듯 대답하는 태무나 가희와는 다르다. 천하게 자랐다고 하나 부끄럼 없이 살았으리라는 짐작이 간다. 걸로에 살 때 나쁜 손버릇을 가졌다는 가희의 말은 믿어지지가 않는다.

"바다 얘기를 좀 더 해보려무나. 내가 이제껏 강은 보았지만 바다는 구경하지 못했다."

그리운 걸로의 바다가 눈앞에 펼쳐졌다. 그녀에게는 쌀독이었고 안식처였던 바다, 유일한 친구였던 바다.

"바다는…… 바다는 어머니의 품과 같습니다, 마마."

"어머니의 품?"

"언제든 달려가면 품어주거든요. 원망을 하고 외면을 해도 내치는 법이 없습니다. 숨어들어 눈물을 흘려도 그곳에서는 흔적이 남지 않습니다."

걸로에서의 삶이 사비에게 얼마나 힘겹고 서러웠던 것인지 짐작하게 하는 말이다. 달려가 안기고 숨어들어 울었던 곳이 제어미 품이 아니라 바다였다는 것이 이해되지 않는다. 울불이 사비를 그다지 살가워하지 않는다는 걸 두어 번 느낀 적이 있다. 가희에게는 그리도 살갑고 애틋한 속내를 보이는 사람이 제 친자식인 사비에게는 왜 그러는지 알 수가 없다.

"힘든 일이 있으면 언제든 얘기하려무나. 어렵다 생각 마라. 네 어미가 우리 가희를 사랑으로 품어 길러주었으니 이젠 내가 너를 그리 대해주마."

"마, 마마!"

휘장 너머 연화의 얼굴에서 온화한 기운이 뿜어 나오고 있다. 한 호흡 들이키며 고개를 돌리는 사비의 눈시울이 순식간에 젖어드는 것을 연화는 보지 못했다. 연화의 따듯한 음성에 한순간 마음이 울컥해 버렸다. 잠깐 마음을 추스르고 젖은 눈가를 표나지 않게 닦아낸 사비는 밝은 음성으로 바다 속 이야기를 들려주었다.

바다 속에도 산이 있고 계곡이 있고 숲이 있다는 사비의 말에 연화는 놀라운 표정을 지었다. 유신의 집에 도착하는 순간까지 사비는 민머리 문어와 구슬을 키우는 조갑지, 온갖 해초, 수만 가지 물고기들의 이야기를 쉬지 않고 종알거렸다. 연화궁 마마를 즐겁게 해줄 수 있다는 것에 한껏 기분이 들떠 있었다.

갑자기 행렬이 멈추어 섰다. 얘기를 멈추고 눈을 들어보니 행렬의 앞에 해율이 서 있었다. 마차 가까이로 다가오던 그는 사비를 발견하고 멈칫 섰다가 다시 다가왔다. 그는 휘장 앞에서 읍하며 예를 올렸다.

"마마, 이 누추한 곳까지 어인 행차시옵니까?"

모른다, 왜 느닷없이 유신의 집으로 향했는지 스스로도 모를 일이다. 연화는 대답 없이 가만 웃었다.

"드시지요, 아버님은 몸이 편치 않아 나오지 못하셨습니다."

"어디가 편찮으시냐?"

마차에서 내리던 연화의 다급한 물음이다. 그녀의 눈이 한순간 흔들리고 있었다.

"다시 심통이 도지신 듯합니다."

마차를 내려선 그녀의 걸음이 다급해졌다.

연화가 오고 있다는 전갈을 받은 순간부터 유신은 내내 사랑채 마당을 서성이고 있었다. 그녀가 찾아오리라는 짐작은 했었지만 이렇게 빨리 올 줄은 몰랐다. 그만큼 다급했을까? 불안했을까? 그는 묵직한 통증이 저미는 가슴을 움켜잡았다. 무영이 다녀간 후 내내 떨어지지 않고 있는 통증이다.

사병 하나가 달려와 연화궁 마마가 집 안으로 들어섰음을 알렸다. 유신은 옷매무새를 고르고 배에 힘을 주었다. 나약한 모습은 보이고 싶지 않다.

큰 대문을 들어서자 양 옆으로 길게 늘이신 사병과 노복들의 숙소가 보이고 마당을 가로질러 다시 작은 대문이 보였다. 유신의 집은 그의 성격만큼이나 정갈하다. 별금의 수장이 머무는 집이라고 생각하기 어려울 만큼 소박한 모습이다. 연화는 새삼스런 눈으로 집을 살폈다. 유신이 어떤 곳에서 어떤 모습으로 살고 있는지 알고 싶다는 욕심이 생긴다. 해율의 안내를 받아 작은 대문을 들어서자 마당 가운데에 유신이 서 있었다. 다가온 유신이 읍하며 머리를 조아렸다.

"마마, 누추한 곳에 어인 행차시옵니까?"

심통을 앓는다더니 그다지 아파 보이는 얼굴이 아니다. 열흘이 다 되어가도록 입궁을 하지 않았던 그다. 충분히 올 수 있어 보이는 몸이건만…… 연화는 저도 모를 서운한 마음이 불룩 인다.

"유신님과 의논할 일이 있어 찾아왔습니다."

목소리에서 마저 투정이 묻어 있다. 유신은 아찔한 눈빛으로 노려보는 연화를 따라 방으로 들어갔다.

해율은 사람들의 눈을 피해 사비를 데리고 별채로 갔다. 갑작스런 유신의 심통으로 며칠 정신이 하나도 없어 연락조차 못했는데 연화궁 마마의 행렬을 따라 불쑥 나타난 사비가 그렇게 반가울 수가 없다.

"어찌 된 거냐?"

"해율님이 보이시지 않으시니 제가 찾아올 밖에요. 연화궁 마마께서 이곳으로 행차하신다기에 꽁무니에 따라붙었습니다."

사비는 뽀로통한 목소리로 대답했다. 이런 당돌한 여자를 보았나! 해율의 입이 저도 모르게 환하게 벌어졌다.

"무사들의 칼이 목으로 불쑥 들어오기라도 하면 어쩌려고 그런 당돌한 짓을 했느냐?"

겁을 주면서도 해율은 예뻐 못 견디겠다는 눈으로 사비를 바라보았다. 사비는 그 눈이 부끄러워 얼른 진실을 고백했다.

"실은 연화궁 마마께서 함께 가자 하셨습니다."

"그래? 좋았겠구나?"

장난은 용서되나 진심은 죄가 되는 사랑

연화궁 마마를 바라볼 때마다 사비의 눈이 촉촉이 젖어든다는 것을 해율은 안다. 아마도 연화궁 마마의 따듯함을 흠모하는 것이리라. 연화궁 마마의 눈빛은 바라보는 이의 가슴을 촉촉이 젖어들게 만드는 묘한 힘이 있었다. 반짝반짝 빛나는 사비의 눈을 들여다보며 해율은 고개를 갸웃했다.

"이상도 하지? 가끔 네게서 연화궁 마마가 느껴지니 말이다."

표현할 수 없는 묘한 이 느낌을 뭐라고 해야 할까? 걸로에서 사비를 보고 첫눈에 반해 버렸던 것도 실은 무언가 모르게 익숙한 느낌 때문이었다. 심각한 해율의 표정을 보며 사비는 쿡쿡 웃었다. 자신같이 천한 여자를 감히 연화궁 마마에 비견하다니 해율의 눈에 단단히 콩깍지가 낀 거라고 생각했다.

"참, 유신님의 건강은 어떠신지요?"

해율이 며칠 입궁을 못할 정도면 병세가 심각한 것이 아닌가 걱정되었다. 유신은 며칠 동안 일어나 앉기도 힘들 만큼 심통을 호소했었다. 그런 그가 연화궁 마마가 납신다는 소식을 듣는 순간부터 언제 그랬느냐는 듯이 마당에 나가 서성이는 모습에 해율은 마음이 먹먹했었다. 아버지의 사랑이 너무나 가엾게 느껴졌다. 어찌 저리도 지독하실까? 우매하실까? 꽉 막힌 산을 앞에 두고 옆도 뒤도 돌아보지 못하시니 가슴이 답답할 밖에.

"연화궁 마마께서 오셨으니 금방 털고 일어나실 거다. 아버님의 병은 그 이유가 한 가지뿐이니."

아무것에도 관심 없는 듯 텅 비어 있는 그의 방 안을 둘러보며 연화는 인상을 찌푸렸다. 유신의 초췌하고 마른 얼굴이, 파리한 입술이 눈에 거슬린다. 무엇을 보고자 이곳으로 왔는가? 꺼내지 말아야 할 마음이란 것을 뻔히 알고 있는데 무엇을 바라고 이곳으로 왔을까?

태무를 위해, 자신을 위해 해율을 주십사 말할 수가 없다. 말라 버린 철쭉꽃 목걸이가 속상하다고도 말할 수가 없다. 보고 싶어…… 이렇게 달려왔다고는 더더욱 말할 수가 없다.

연화는 원망스런 눈으로 유신을 바라보았다. 바라보는 연화의 눈이 전에 없이 애틋함을 느끼며 유신은 설핏 자조의 웃음을 지었다. 당치도 않을 것이 보이다니 몸이 편치 않으니 마음까지 약해진 모양이다.

오늘의 연화는 유난스럽게 아름답다. 설핏 지어지는 입가의 미소는 아슬한 슬픔이 배어나와 아찔할 지경이다. 유신은 가슴속에서 사납게 일어나는 사내의 마음을 움켜잡았다. 이것이 다시는 힘을 못하도록 무슨 말이든 해야 했다. 자신이 무슨 결정을 내릴지는 이미 다 알고 있다. 아무리 외면을 하려 해도 할 수 없는 사람이 아사금 연화다. 그녀의 평안을 보기 전에는 감히 이곳을 떠나지조차 못할 자신이란 걸 잘 안다. 결정은 빠를수록 좋다. 어리석은 미련 따위는 마음에 두지 말자. 이렇게 찾아왔지만 차마 그 말을 꺼내지 못하는 그녀의 마음이 안타깝다. 그는 얼른 입을 열었다.

"무영이…… 다녀갔습니다."

오라버니의 발 빠른 행보가 당황스럽다. 아직 아무런 마음의 결정도 내리지 못했는데…… 그러나 스스로 무슨 결정을 내릴 수 있단 말인가. 아무도 무영을 막을 수는 없으리라.

"그의 말은……."

고뇌 서린 유신의 음성이 들려오자 연화는 자리에서 벌떡 일어나 버렸다. 그에게서 무슨 말이 나올지는 알 수가 없다. 어느 쪽이든 듣고 싶기도 하고 듣기 싫기도 한 말일 것이다. 원하는 말이기도 하고 원하지 않는 말이기도 할 것이다.

"그만 가보겠습니다. 함께 아리산에나 가자 하려 했는데 몸이 좋지 않으시니 다음으로 미루어야겠습니다."

정작 해야 할 얘기는 나누지도 않은 채 일어나 나가는 연화가 의아하다. 겨우 아리산에 가자는 말을 하러 온 차루벌의 눈을 집중시키며 이곳까지 왔을 리는 없다. 연화의 행차를 두고 모르는 백성들은 유신의 오래된 소망이 이루어진 것이라며 쑥덕거렸을 것이고, 무영과 건승은 촉각을 곤두세우고 이곳을 주시하고 있을 터인데 말이다. 유신은 자신에게 미안함을 이기지 못하고 도망치듯 일어나 버리는 그녀가 안타까울 뿐이다.

"마마."

연화는 성큼 다가와 앞을 막는 유신을 피해 밖으로 나왔다. 담장 너머 별채 마당에서는 해율과 사비가 어깨를 나란히 하고 거닐고 있었다. 간간이 얼굴을 마주 보며 웃는 듯도 하다. 그 모습이 꽃처럼 아름답다. 연화는 해율의 곁에 선 사비를 치우고 가희를 세워보았다. 그 모습 또한 꽃처럼 아름답다. 꽃처럼 아름다울 수밖에 없는 나이들이니…….

"철쭉꽃 목걸이가 다 말랐습니다."

스치듯 그 말을 남기고 연화는 중문을 지나 행렬을 세워둔 큰 마당으로 나왔다. 따라 나온 유신의 눈길을 무시한 채 마차에 오른 그녀는 해율을 찾았다.

"꽃놀이 준비는 잘되어가느냐?"

꽃놀이가 이틀 앞으로 다가왔다. 아리산 자락에 모인 처녀들의 눈을 한 몸에 받을 해율이니 어린 마음이 두근거릴 터였다.

"소인은 이번 꽃놀이에 참여하지 않습니다."

"무슨 소리냐? 5부의 청년이 특별한 연유 없이 꽃놀이에 참여하지 않는 것은 예의가 아니다."

해율은 쉽게 대답하지 못한 채 건너편의 사비를 응시했다. 반짝이는 눈이 가뭇하게 가라앉는 것을 보며 고개를 숙였다.

"내일 찾아뵙고 말씀드리겠습니다."

고개를 끄덕이고 따라 나온 유신을 힐끗 돌아본 그녀는 행렬을 출발시켰다. 이렇게 아무 말도 하지 못한 채 떠날 줄 알았다. 도대체 무슨 말을 할 수 있단 말인가. 태무도, 가희도 놓을 수 없는 것들인 것을. 잠깐 꾸지 말아야 할 꿈을 꾼 것이다. 힐끗 돌아보는 휘장 너머 유신의 모습이 가뭇한 안개 속에 사라진다.

휘장 사이로 얼핏얼핏 비치는 그녀의 얼굴은 말짱했지만 사비는 그녀가 울고 있다는 것을 알았다.
 연화궁 마마가 울고 계신다!
 언제나 따듯하고 온화하던 그녀의 눈에 흥건히 눈물이 고여 있었다.
 숨통을 끊어놓을 것 같은 아릿한 통증이 가슴을 저몄다. 죽어서도 살아서도 자신만을 사랑하겠다던 능혜가 떠올랐다. 자신도 그럴 줄 알았다. 태무를 끌어안고 평생 그렇게 살 줄 알았다. 그러나 살아 있는 것이 죄가 되어 또 하나의 사랑이 가슴에 들어와 버렸다. 영원히 꺼내어서는 안 될 사랑, 누구에게도 보여서는 안 될 사랑, 그래서 견딜 수 없이 아프고 말 사랑. 가슴에 들어온 유신의 모든 것이 칼끝처럼 아프다.
 휘장 사이로 손수건 끝자락이 삐죽 들어와 있는 것을 발견한 것은 변금 마음을 완전히 벗어났을 무렵이었다. 그것은 마차를 따라 옆에서 걷고 있는 사비가 내민 것이었다. 연화와 눈이 마주치자 사비는 화들짝 놀라 고개를 돌려 버렸다. 손을 거둘까 말까 망설이고 있는데 손수건이 스륵 빠져나갔다. 그 손수건으로 눈물을 닦아내는 연화궁 마마의 모습이 보였다. 사비는 죄를 지은 듯 얼른 고개를 돌렸다. 연화궁 마마의 눈물을 훔쳐본 죄인이 되었다.

七

반란

국경을 맞대고 있는 야로국이 해주 지방을 침범해 다섯 개의 마을을 불태우고 곡식을 약탈하고 수백의 백성과 함께 해주성 성주 부렴 장군과 그 가족을 잡아가는 사건이 발생했다. 야로국이 국경마을을 약탈하는 일은 종종 있어온 일이었지만 성에까지 침범해 성주와 가족을 잡아간 것은 난생처음 있는 일이다. 그것은 곧 기란국에 정면으로 도전하고 있다고 볼 수도 있는 사건이었다.

대장군 무영은 즉각적인 전쟁을 선포했다. 하루 앞으로 다가온 꽃놀이는 당연히 취소되었고, 차루벌은 순식간에 긴장감에 휩싸였다. 단국과의 전쟁 후 십여 년. 평화가 너무 길었다. 기란국에서는 나라의 유사시에 귀족들이 전쟁 자금은 물론 사병의 반할을 내어놓아야 하는 법이 있었다.

지난 십수 년간 평화가 계속되면서 귀족들이 거느린 사병의 숫자는 불어날 대로 불어나 있다. 특히 해사랑금의 사병은 이미 통제하기조차 힘들 만큼 늘어났다. 더 두었다가는 걷잡을 수 없는 힘을 가지고 말 것이다. 건승을 꺾어버릴 절호의 기회가 왔다. 기회가 왔을 때 꺾어버리는 것이 상책이리라. 무영의 입가에 비릿한 웃음이 번졌다.

사병이 차출되고 군량미와 의복, 그리고 군장기가 속속 병기창으로 모이고 군마를 손질하는 손길들이 바빴다. 건승은 잔뜩 속앓이를 하고 있었다. 기껏 길러놓은 사병을 이런 식으로 빼앗기다니, 게다가 재력의 차가 워낙 심하니 군비의 절반 이상이 해사랑금의 주머니에서 나가는 꼴이 아닌가! 애초에 5부족이 동맹을 맺어 나라를 이루면서 정해놓은 법을 갈아엎을 수도 없는 노릇이라 무영이 하는 짓이 아무리 아니꼬워도 끙끙 앓으며 따르는 수밖에 방법이 없었다.

건승의 심경을 더욱 건드리는 것은 아로에 대한 연화궁 마마의 처사였다. 아로는 지금 보름째 휘령전에서 꼼짝을 못하고 있다. 그뿐만 아니라 회임한 아로의 건강 때문이란 명목으로 아린과 자신의 휘령전 출입까지 막고 있으니 따지자면 감금된 상태나 다름없다. 아로의 건강이 얼마만큼 안 좋은 것인지 알 길이 없으니 답답할 노릇이다. 뱃속의 태아가 튼튼하게 자리를 잡으면 다시 출입을 허락하겠다는데 무어라 말하겠는가. 그러나 그 이면에 있는 연화궁의 진정한 속셈을 알 수가 없다.

무영은 또다시 해율을 좌장군으로 삼고 한창 물이 오른 궁궐 무사들로 그 부장을 세웠다. 젊고 혈기는 넘치나 경험이 부족할 수밖에 없는 군대다. 5부 귀족들의 반대가 있었지만 무영은 듣지 않았다. 그가 왜 이런 허술한 군대를 꾸렸는지 알 수 없었지만 이제껏 전쟁에서 단 한 번도 져본 적이 없는 무영이기에 그의 판단을 믿을 수밖에 없었다.

그렇게 한 달여의 준비 끝에 출정일이 코앞으로 다가왔다. 거의 십여 일 만에 대밭에서 해율을 만난 사비는 허리를 꼭 껴안은 채 놓아주지 않았다. 궐 안의 시비들도 무사들도 온통 전쟁 얘기뿐이다. 무영 대장군과 해율 좌장군이 있으니 이번 전쟁은 기란국의 승리로 끝날 것이라는 말들을 하기도 한다. 이번 전쟁이 끝나면 해율이 대장군 무영의 후계자로 우뚝 설 것이라는 말들도 했다. 그것은 기쁘기도 하고 불안하기도 한 말이다. 행복하기도 하고 아프기도 한 말이다. 그의 앞길을 막고 있는 자신의 존재가 이리도 무거울 줄 몰랐다.

"두려운 것이냐?"

사비는 여전히 껴안은 허리를 놓지 않은 채 그의 가슴에 기대어 고개를 끄덕끄덕했다.

"걱정하지 마라. 나는 말을 달리고 전장터를 누벼야 힘이 나는 사람이다."

"예."

지금은 아무 생각 말자. 그저 그가 무사히 돌아오기만 바라면 된다. 그 다음 일은 그 다음에 걱정해도 늦지 않아!

마음을 다진 사비는 밝은 표정을 지으며 고개를 들었다.

"꼭 승리하고 돌아오십시오."

고개를 끄덕이는 해율의 모습이 어느 때보다 늠름하다.

"어디 가지 말고 연화궁에 꼭 붙어 있어라. 그리고 무슨 일이 생기면 내 아버님께로 달려가. 그분이 널 지켜주실 거다."

"제 걱정은 마십시오."

사비를 두고 전장터로 나가는 것이 약간은 불안하지만 걱정스럽지는 않다. 강한 여자니까, 그리고 누구보다 아버지 유신을 믿는다. 사비의 신분이 어떻든 자신이 사랑하는 여자라면 받아들여 주실 것이라 믿었다. 댓잎 사이로 스며든 저녁 햇살이 사비의 얼굴을 비추었다. 해율은 그 얼굴을 두 손으로 감싸고 속삭였다.

"내게 기운을 다오."

목마른 듯 다가오는 그의 입술에 가만 입을 대었다. 승리하고 돌아오기를, 원대한 그의 꿈을 위한 초석을 다질 큰 공을 세우기를, 다치는 곳 없이 무사히 돌아오기를…….

사랑합니다, 해율님.

차마 뱉지 못한 그 말을 삼키며 따듯하고 촉촉한 사비의 입술은 떨어질 줄 몰랐다.

출정을 앞둔 날 밤, 유신은 해율을 불러 앉혔다.

"전장에 나선 장수의 본분은 승리에 있지만 수하의 희생을 최소한으로 줄이는 것도 장수의 본분임을 잊지 마라."

"예, 아버님."

유신은 느긋한 눈으로 해율을 살폈다. 무영과 자신이 벌이는 진정한 전쟁을 귀띔해 줄까 말까 잠깐 망설였다. 전쟁을 선포하고 대군을 꾸려 나서지만 사실은 야로국과의 전쟁은 없다. 진짜 전쟁은 이곳 차루벌에서 벌어질 것이다. 반드시 승리해야만 하는 전쟁이다. 기란국의 운명, 별금과 자신의 운명, 그리고 연화의 운명도 이번 전쟁의 승패에 달렸다. 전쟁에 승리하고 가희 공주와 해율의 혼인이 성사되면 자신은 이세 기란국을 떠날 것이다. 그 말을 해주려 입술을 달싹하는데 해율의 말이 먼저 들렸다.

"아버님께 드릴 말씀이 있습니다."

아무래도 떠나기 전에 사비의 일을 말씀드려야 할 것 같았다. 전쟁이 얼마나 길어질지 알 수 없는 일이고 사비를 두고 떠나는 것이 왠지 불안하다.

"실은……."

실망하실 것이다. 받아들이기 힘드실 것이다. 잠깐 망설였지만 해율의 마음은 확고했다. 유신을 믿는다.

"마음에 둔 여인이 있습니다."

너무나 뜻밖의 말이라 유신은 어안이 벙벙했다. 전혀 그런 낌새를 느끼지 못했다. 누군가와 마음을 주고받으며 연애를 했다면 금세 차루벌에 소문이 퍼졌을 것이고, 유신의 귀에도 들어왔을 것인데 전혀 들은 바가 없다. 알았다면 무영의 제의를 결코 받아들이지 않았을 것이다. 가희 공주의 짝은 해율이 아니어도 많다. 아무리 연화의 부탁이었어도 아들의 마음이 우선이니까.

"누구냐? 어느 집안의 처자냐?"

잠깐 망설이던 해율은 고개를 들고 유신을 바라보았다.

"사비입니다."

"사비?"

"지난번 궁에서 데려와 제가 돌봐주었던……."

유신의 얼굴이 경악에 일그러졌다. 가희 공주와 함께 자랐다던 걸로 출신의 그 잠녀를 두고 하는 말이다. 조심히 대하라 일렀건만 기어이 일을 저지른 것일까?

"장난은 치지 말라고 하지 않았더냐!"

"장난이 아닙니다. 진심입니다."

해율의 단호한 음성과 눈을 보며 유신은 그 말이 거짓이 아님을 직감했다. 천한 잠녀를 마음에 두다니, 아무래도 어린 시절 이국을 떠돈 것이 해율을 그리 만든 것 같다. 기란국이 얼마나 신분에 얽매이는 나라인지 해율은 다 알지 못하는 것이다. 신분질서를 깨뜨린 자의 인생이 어떻게 되는지 다 모르는 것이리라.

"당장 그만두어라."

"아버님!"

"네 종조부의 일을 잊었느냐? 그분은 단 한 번의 잘못된 선택으로 모든 것을 잃었다. 널 그리 살게 둘 수는 없다!"

"그리되지 않습니다. 종조부님은 다른 집안의 여인을 먼저 취하고 민가의 여인을 사모하셨지만 소자는 다릅니다. 소자는 어느 집안에도 피해를 주지 않았으니 아버님의 이해만 있다면 그리되지 않을 것입니다. 이번 전쟁이 끝나고 나면 사비와 함께 우슬라로 떠나겠습니다. 그곳에서 제 꿈을 펼쳐 보겠습니다. 허락해 주십시오."

유신은 고개를 흔들었다. 다 자란 줄 알았더니 아직도 풋내기 어린애구나, 생각되었다. 자신이 아무리 인정을 한다 해도 별금 집안에서 인정을 않을 것이고, 5부의 귀족들이 인정하지 않을 것이다. 기란국에서 5부 귀족의 인정을 받지 못한 삶이 어떨지는 불을 보듯 뻔하다.

야인들과 들짐승이 우글거리는 변방을 떠돌다가 생을 마감하고 말리라. 평생 차루벌로 돌아오지도 못하리라. 그리 살라고 너를 업고 이국을 떠돌지는 않았다. 말을 타고 광활한 벌판을 달릴 때에는 광활한 포부를 지니기를 바랐고, 다양한 세상과 다양한 사람을 접하며 좁은 기란국이 아니라 그 너머의 세상을 꿈꾸기를 바랐다. 그래, 해율의 포부는 유신이 키웠다던 무영의 말이 맞다. 언제나 더 높은 곳에 눈을 두기를 바랐다.

유신은 그제야 자신의 진정한 속내를 알아차렸다.

능혜가 부러웠었다. 자신과 능혜의 지위가 반대였다면 결코 연화를 잃는 일은 없었을 것이라고 생각했다. 마음으로 안 되면 힘으로라도 취했을 것이다. 그 지위를 빼앗아 버리고 싶을 만큼 능혜가 부러웠었다. 그러나 그 일은 자신의 마음으로는 평생 이루지 못할 일, 그래서 아들을 그렇게 키웠던 것이다. 어느 누구에게도, 무엇도 빼앗기지 않는 강인한 사내가 되기를 바라는 마음으로.

유신은 한순간에 드러나는 자신의 속내가 경멸스러웠다. 그러나 그것은 또한 현실이기도 하다.

"절대로 허락할 수 없다."

단호한 음성으로 말하는 유신의 눈은 해율이 알던 아버지의 눈 같지가 않다. 따듯하고 정갈하던 눈빛은 어디가고 그의 눈은 탐욕과 분노가 가득하다. 해율은 그런 유신을 슬픈 마음으로 바라보았다. 아버지를 거역하고 마음 상하게 하고 싶지 않으시만 어쩔 수가 없다.

"소자는…… 소자는 아버님처럼 살고 싶지 않습니다. 가지지 못한 여인을 평생 가슴에 품고, 그것이 병이 되어 자신을 갉아먹으며 그리 살고 싶지는 않습니다."

칼 같은 말이 유신의 명치끝을 찔렀다. 자신이 살아온 생이 아들에게도 상처였을까? 깨문 입술 사이로 끙, 신음 소리가 새 나왔다. 그러나 어떤 상처를 입더라도 그 잡녀만은 안 된다. 섶을 지고 불 속을 뛰어드는 자식을 보고만 있을 부모가 어디 있겠는가? 그는 한순간 자식 외에는 아무것도 눈에 보이지 않는 어리석은 부모가 되었다.

눈앞에 다가온 왕좌가 있지 않은가? 그 자리를 차지하는 순간 모든 상처는 치유될 것이다. 그 자리에 앉으면 잃어버린 사랑도 찾을 수 있을 것이라고, 그러니 바보같이 살지 말라고, 유신은 그렇게 말하고 싶었다. 그러나 지금은 어떤 말로도 해율을 설득할 수 없으리란 생각이 들었다. 사랑에 눈이 멀어버리면 아무것도 보이지 않고 들리지도 않는다는 걸 잘 아니까.

"그만 가보거라. 이 얘긴 다녀와서 다시 하자."

그래, 한 번에 결론날 일이 아니다. 전쟁을 치르는 동안 유신의 생각도 바뀌리라 해율은 믿었다. 여인을 사랑한다는 것이 어떤 것인지 누구보다 잘 아시는 분이니 끝내는 자신의 마음도 헤아려 주시리라 기대했다.

"제가 없는 동안 혹시 무슨 일이 생기더라도 아버님께서 사비를 잘 돌봐주시리라 믿습니다."

그런 부탁을 남기고 해율은 제 방으로 돌아갔다. 유신의 꽉 쥔 주먹이 탁자 위에서 부르르 떨렸다.

나는 눈앞에 다가온 왕좌를 외면할 만큼 그리 큰 사내가 되지 못한다, 해율. 나도 그저 보통의 아비일 뿐이야. 아니, 지금도 여전히 놓쳐 버린 사랑에 분해하고 그것을 숨기려 안간힘을 쓰고 있는 좁고 좁은 나의 속내를 누가 알까? 무영을 만나야겠다, 당장!

기란국(機瀾國) 태무왕(太武王) 3年, 5月 초닷새 이른 새벽.
둥둥둥둥…….

진군의 북소리가 울리고 창검으로 무장한 오만의 군대가 아직 푸르름이 걷히지 않은 차루벌을 떠나고 있었다. 대장군 무영의 좌우에는 해율과 또 다른 젊은 무장 비연이 말을 나란히 하고, 막 물이 오르는 궁궐의 젊은 무사들이 잔뜩 긴장한 모습으로 그 뒤를 따르고 있다. 해율과 비연 외에는 부장들 대부분이 전쟁에 첫 출전일 정도로 불안하기 그지없는 군대다. 뛰어나고 경험 많은 무장들을 다 버려두고 무영이 왜 이런 정벌군을 꾸렸는지 아는 사람은 연화와 유신 외에는 아무도 없었다.

5만의 정벌군이 떠난 차루벌은 텅 빈 듯 고요하다. 전쟁은 어느 먼 나라의 얘기인 듯 어느새 저자는 활기를 띄었고 산과 들은 짙은 녹음으로 뒤덮였다. 혈기 왕성한 무사들이 모두 빠져나가 버린 궁궐 안은 늙은 무사 몇과 주명, 그리고 이제 막 궁 생활을 시작한 어린 무사들만이 남아 지키고 있었다. 다시 말하면 지금 휘경궁과 연화궁은 완전 무방비 상태나 다름없었다. 그렇게 만사에 조심스럽고 의심이 많던 연화궁 마마가 무슨 마음으로 심장을 다 드러낸 채 연화궁에 들어앉아 있는지 건승으로서는 알 수 없었다. 절반의 사병이 차출되어 갔다고 하지만 치고자 마음만 먹는다면 남은 사병만으로도 순식간에 집어삼켜 버릴 수 있는 궁이다.

유신과 연화는 한가로이 연화궁의 연못을 거닐고 있었다. 정벌군이 떠난 지 삼 일째, 얼굴은 평온해 보였지만 그들의 속내는 회오리가 일고 있었다. 아사금(牙祀金)과 별금(鱉金)의 사병을 다 합쳐도 해사랑금(海沙浪金)의 남은 사병 절반에도 못 미친다. 그 숫자로 무영이 도착할 때까지 버텨낼 수 있을까?

"꽃놀이가 그리 무산될 줄 알았으면 아리산의 꽃들을 더 훔칠 걸 그랬습니다."

울긋불긋 꽃들은 이미 다 지고 무성한 잎이 짙푸른 색을 띠고 있는 아리산 자락을 바라보며 유신이 중얼거렸다. 연화는 연못 속에 노니는 물고기들을 바라보며 보일 듯 말 듯 미소를 지었다. 해율과 가희 공주에 관해서는 단 한 마디도 얘기를 나누지 않았지만 유신이 무영의 이번 계획을 적극 지원하고 나서자 연화는 그가 모든 것을 받아들였다는 것을 알았다. 아리산에서 능혜와의 혼인을 알리며 돌아서던 그녀를 끝내 붙잡지 못한 채 눈물을 삼키던 그때처럼, 갓 태어난 해율을 품고 흔적 없이 사라져 버렸던 그때처럼. 그러나 그때는 돌아보지 못했던 유신의 마음이 이제야 돌아보아지니 그것이 연화를 견딜 수 없게 만들었다. 바스락, 부서져 내리는 철쭉 꽃잎처럼 그렇게 가벼이 부서져 내리는 마음이기를…… 어깨를 무겁도록 짓눌러 오는 태무와 가희의 존재가, 왕실과 기란국의 존재가 유신을 향해가는 이 마음을 눌러주기를 빌었다.

한 달을 들끓었던 마음의 혼란은 정벌군이 출정하면서 모두

가라앉았다. 이제 화살은 시위를 떠났고 과녁을 맞히는 일만 남았다.

아로가 휘령전에 갇혀 지낸 지 달포가 되었다. 매일 아침 전의가 다녀가는 것 외에 휘령전을 드나드는 사람도 없었다. 명목상으로는 '회임한 아로의 건강을 위해'라고 했지만 시어머니 연화궁 마마가 무슨 연유로 자신을 휘령전에 가두어두는지 그 진짜 속내를 알 수가 없다. 단우연과의 관계를 알아차렸다면 당장 단우연을 잡아들였을 텐데 그것도 아니다. 지금도 그녀는 단우연의 품 안에서 뜨거운 몸을 맡기고 헐떡이고 있다. 단우연의 건장한 몸이 아래에서부터 불끈 치받아 들어오자 아로의 입에서는 저도 모르게 신음 소리가 터져 나왔다.

"하악!"

갇혀 지낸 달포 동안 매일 밤을 이렇게 지냈으니 지칠 만도 하건만 이 남자의 몸은 매 순간 달구어진 무쇠덩이 같다. 단우연은 한바탕 불꽃을 터뜨리고도 떨어지지 못한 채 또다시 아로의 가슴을 물었다.

"사모합니다, 마마……."

아로는 신경질적으로 단우연의 몸을 밀어내었다.

"되었다! 그만 해라. 그만!"

끙, 신음 소리를 내며 떨어져 나간 단우연은 잠깐 엎드려 있다가 이내 일어나 준비해 둔 물수건으로 아로의 몸을 깨끗하게 닦아내었다. 닦을 때마다 매번 느끼는 거지만 한 점 티끌조차 찾을 수 없는 아로의 뽀얀 살결에 숨이 멎을 것 같다. 몸을 닦아내고 의복까지 챙겨 입혀주자 아로는 새침한 눈을 흘기며 고개를 쌩하니 돌려 버렸다. 그 모습을 바라보며 단우연은 빙긋 웃었다. 하루에도 두어 번씩 품에 안겨 죽었다 살았다 하는 여자가 품만 벗어나면 언제 그랬냐는 듯 고개를 쌩쌩 돌리는 모습이 귀엽다. 온갖 모진 소리를 하며 죽일 듯이 노려보지만 그래 봐야 품어버리면 꼼짝을 못하는 조그만 여자인 것을.

빙긋 웃는 단우연이 밉다. 겨우 무사 주제에 제깟 놈이 뭐라고 사랑을 운운하는지, 아무리 잠자리를 만족시켜 준다 하더라도 기껏 무사 따위에게 내가 한자락의 마음이라도 줄 줄 아느냐?

"내일은 어떡하든 아버님을 만나뵈올 방법을 찾아보거라. 답답하고 불안하여 살 수가 없다!"

팩 쏘아붙이는 목소리에 단우연은 고개를 숙였다.

"예, 마마."

월담이라도 해서 건승님을 찾아뵈어야겠다. 아로의 명이라면 뭐든 한다. 그것이 이 단우연의 숙명이니까, 그 생각을 하며 그는 다시 빙긋 웃었다.

"웃지 마라! 내 앞에서 그리 웃지 말란 말이다!"

아로의 조그만 손이 맨가슴을 탁탁 때렸다.

다음날 새벽, 단우연은 푸릇한 어둠을 타고 휘령전의 담을 뛰어넘었다. 담장 아래에서 졸고 있는 어린 무사의 뒤통수를 후려 치고 맞은편 숲을 향해 달렸다. 그 순간 한 무리의 무사들이 휘령전을 향해 몰려오고 있다는 것을 그는 몰랐다.

이른 아침부터 휘령전으로 무사들이 들이닥쳤다. 순식간에 전각 이곳저곳으로 뛰어든 그들은 휘령전 무사들을 끌어내어 차고 있던 검을 빼앗아 무장 해제시키고 발발 떨고 있는 시비들을 마당으로 끌어내렸다. 조금의 반항에도 칼등이 사정없이 떨어졌다. 혼이 빠진 듯 끌려 나온 시비들이 한데 엉겨 울음을 터뜨렸다. 새벽 댓바람부터 이게 웬 날벼락인가 싶은 것이다.

"반항하는 자는 그 자리에서 목을 베어도 좋다!"

서릿발 같은 명의 음성이 휘령전에 울려 퍼졌다. 막 일어나 옷을 챙겨 입은 아로는 소란스런 소리를 듣고 밖으로 나왔다. 그녀는 아비규환 같은 마당을 발견하고 놀란 얼굴로 뛰어나왔다.

"이게 무슨 일이냐? 여기는 휘령전이다!"

앙칼진 음성이 마당으로 울려 퍼지자 처박히고 고꾸라진 무사와 시비들이 아로를 부르며 애원했다.

"마마! 살려주소서!"

그러나 그 소리는 또다시 울려 퍼지는 명의 목소리에 묻혀 버렸다.

"뭣들 하느냐! 당장 해사랑금 아로를 끌어 내려라!"

대여섯 명의 어린 무사들이 순식간에 돌계단을 뛰어올라 가 아로를 끌어 내렸다.

"놓아라! 놓아라, 이 무엄한 것들! 나는 아로다! 왕비 아로부인이란 말이다! 무슨 일이냐? 무슨 일이냐? 나는 기란국의 왕비 아로부인이다. 귀하디귀한 전하의 아기씨를 잉태한 몸이다. 해사랑금 건승의 딸이란 말이다! 너희들이 이러고도 살아남을 줄 아느냐? 놓아라, 놓아라! 전하! 전하!"

꽃 같은 얼굴이 두려움에 일그러지고 이윽고는 눈물까지 쏟아내며 태무를 외쳐 불렀지만 어린 무사들은 눈 하나 깜짝 않고 아로를 끌어내었다. 시비들 사이로 고꾸라져 떨어지는 아로를 내려다보는 명의 눈동자에 불꽃이 인다.

"단우연을 찾아라. 샅샅이 뒤져라! 그놈을 놓쳐서는 안 된다!"

명의 입에서 단우연의 이름이 불리는 순간 아로는 모든 것을 짐작했다. 다 들통이 나버린 거다. 하늘이 노랗게 보였다.

단우연은 새벽 어스름을 타고 황매산 자락의 해사랑금 마을로 숨어들었다. 달포 가까이 건승을 찾아오지 못했으니 그의 속도 탈 대로 탔을 것이다.

이른 새벽 갑작스럽게 찾아온 단우연으로 인해 건승은 아침잠까지 설쳤다. 휘령전의 일이 궁금하지만 단우연은 비밀스럽게 궁에 심어놓은 눈이라 함부로 불러낼 수도 없었기 때문에 속만 끓이고 있던 참이었다. 단우연이 전하는 휘령전의 소식은 별

것이 없었다. 매일 아침 전의가 찾아와 아로의 몸을 살피고 간다는 것이 다였다.

"아로의 몸이 정말 좋지 않은 것이냐?"

"그게…… 그냥 조금 힘들어하십니다."

단우연은 거짓말을 했다. 휘령전에 파묻혀 아로와 지낸 지난 달포가 너무나 꿀 같아서다. 연화궁 마마의 하는 양을 보니 아로의 배가 불러올 때까지는 휘령전에 내린 족쇄를 풀어줄 것 같지 않으니 굳이 건승을 자극할 필요는 없다.

"그래? 첫 회임이라 그런가?"

"연화궁 마마께서도 그리 말씀하셨습니다. 몸을 아끼고 조심하라는 하명을 내리셨습니다."

"흠……."

짧은 수식을 전하고 단우연은 다시 궁으로 돌아갔다. 단우연의 말을 듣고 보니 그다지 걱정할 상황은 아닌 것 같다. 그런데도 무언가 찜찜하다. 무언가…….

문밖으로 아침 해가 떠오르고 있었다.

"나리! 나리!"

늘 조용하던 집사가 집 안이 떠나갈 듯 소리를 치며 마당을 가로질러 사랑채로 뛰어들었다.

"무슨 일이기에 이리 호들갑인가?"

"나리…… 나리!"

집사는 숨조차 고르지 못한 채 헐떡이며 말을 잇지 못했다.

방금 자신의 귀로 듣고 눈으로 보고 온 것이 진짠지 가짠지도 분간이 안 갈 만큼 정신이 하나도 없었다.

"나리, 저자에…… 아로부인께서 저자에서 무사들에게 끌려 다니고 계십니다."

"무슨 소리냐! 똑바로 말해보아라!"

"저자에서 아로부인이 궁궐 무사들에게 끌려 다니고 있습니다. 사, 사통을 한 죄를 묻는다 합니다."

사통!

자리에서 일어서던 건승의 몸이 휘청 흔들렸다.

사통이라니…… 사통이라니! 간이 배 밖으로 나오지 않고서야 아로가 궁 한복판에서 그런 짓을 저질렀을 리 없다. 아무리 욕정이 넘치는 아이러 하나 세 죽을 술을 모르고 그런 짓을 저질렀을 리가 없어!

흔들리는 걸음으로 말에 오르면서도 건승은 집사의 말을 믿지 않았다. 잘못 보았겠지? 잘못 들었으리라 생각했다. 필시 여우 같은 연화궁의 음모이리라. 저자가 가까워올수록 건승의 얼굴은 흙빛으로 변해갔다.

이제 겨우 턱 밑이 거뭇한 어린 무사들이 떼를 지어 저자에 몰려다녔다. 그들은 굵은 밧줄에 아로를 묶고 앞뒤 양 옆으로 끈을 만들어 사방에서 끌었다.

"전하를 능멸하고 단우연과 사통을 한 해사랑금 아로를 처죽여라! 돌을 던져라!"

사방에서 몰려든 사람들이 무사들을 둘러쌌다.

"달아난 무사 단우연을 잡아오는 자에게는 연화궁 마마께서 큰 상을 내리실 것이다! 누구든 보는 즉시 궁궐 무사대에 알려라."

더 이상 악을 쓰기도 힘들어진 아로는 죽은 듯이 눈을 감고 끌려 다녔다. 묶인 끈을 울컥울컥 당겨대는 무사들, 고함 소리, 백성들의 웅성거림, 그리고 그들의 따가운 눈들이 느껴진다.

이게 무슨 모진 꿈일까? 꿈이라면 얼른 깨어났으면 좋겠다. 내가 뭘 잘못했는데? 내가 뭘! 사내구실도 제대로 못하는 전하만 모시고 죽은 듯이 살아야 했어? 왜! 왜 내가 그리 살아야 해? 나는 이제 겨우 스물여섯이야! 잘난 사내를 보면 가슴이 뛰고 안겨 보고 싶은 스물여섯의 여자라고!

미친 듯이 악을 써보고 싶었다. '흥! 너희들이 그리 한번 살아보아. 너희들의 누이더러 평생 그리 살라고 해보아!' 라고 소리를 지르고 싶었다. 태무가 그렇게 기뻐했던 뱃속의 아이가 단우연의 아이란 것은 그녀도 이미 짐작하던 일이었다. 그러나 그 누구도 알지 못할 거라고 생각했었다.

단우연, 단우연! 이 나쁜 놈!

저 혼자 살고자 도망을 쳐버린 단우연이 죽이고 싶도록 밉다.

어린 무사들은 다시 소리 높여 백성들을 선동했다.

"전하를 능멸하고 단우연과 사통을 한 아로를 죽여라! 돌을 던져라!"

그러나 사람들은 서로 눈치만 보며 머뭇거렸다. 기란국에서 사통을 한 죄는 돌로 쳐죽일 일이지만 끌려나온 여자는 왕비 아로부인이다. 게다가 해사랑금 건승의 딸이다. 누가 감히 돌을 던지겠는가.

저자까지 갔다가 멀찍이 떨어진 골목에 숨어 끌려 다니는 아로를 지켜보던 건승은 끓어오른 분을 이기지 못한 채 곧장 궁으로 향했다.

감히 이 건승을 건드리다니!

건승이 생각보다 빨리 연화궁으로 찾아왔다. 사납게 비틀려 올라간 입술 사이로 금방이라도 고함이 터져 나올 듯 그의 양 볼은 실룩거렸다.

"아로를 당장 풀어주시지요!"

연화 앞에서도 조심스러움이란 찾아볼 수 없는 그의 행동들은 이미 오래된 것이었다. 연화는 흔들림 없는 눈으로 그를 바라보며 거부의 뜻을 전했다.

"그럴 순 없소. 궐 한가운데에서 왕비의 몸으로 궁궐 무사와 사통을 하고도 멀쩡하길 바라시는 게요?"

"아로는 전하의 아기씨를 품고 있소!"

그 소리에 연화는 빙긋 웃음을 지었다. 조소 같기도 하나 실은 그것은 서글픈 비애가 서린 미소다.

"신왕은 어릴 적 앓은 열병으로 생식 능력을 잃었소. 여태 그

걸 모르셨소이까?"

속삭이듯 들려오는 연화의 음성에 건승은 경악을 금치 못했다.

그렇다면 지금껏 생식 능력이 없는 왕을 내세워 나와 아로를 농락했단 말인가! 온갖 약재를 해다 바치며 오로지 전하의 후사만 기다려 왔던 나의 노력들이 얼마나 우습게 보였을까? 내 모든 걸 그것에 걸고 있었는데…….

조소 어린 눈이 그를 건너다보고 있었다. 늘 촉촉한 눈으로 사람의 마음을 살살 녹이던 여린 모습의 눈이 아니라 마치 싸움을 걸어오는 듯 도전적인 눈이다. 건승은 제 분을 이기지 못한 채 몸을 떨었다.

"이…… 이…… 이럴 수는 없소이다!"

두 주먹으로 탁자를 쾅 치자 순식간에 명의 칼이 목전으로 들어왔다.

"무례하오!"

"이, 이놈이!"

눈을 부릅떴지만 명은 물러서지 않았다. 오히려 칼끝을 더 들이밀며 건승의 몸을 밀어내었다.

"아로의 생사는 백성들이 결정지을 것이오. 내겐 아무 힘이 없소."

느긋한 연화의 음성이 멀리서 들려왔다.

명에게 밀려 연화궁을 쫓겨나온 건승은 분을 이기지 못한 채 수하들을 다그쳤다.

"당장 저자로 가자! 아로를 데리러 갈 것이다!"

"우리 힘만으로는 안 됩니다, 나리!"

수십 명의 무사들에 둘러싸여 끌려 다니던 아로의 모습이 다시 떠오르자 건승은 질끈 눈을 감아버렸다. 아내가 늘 걱정하던 것이 바로 아로의 넘치는 욕정이었다. 그것이 기어이 화를 부를 줄 어찌 알았겠는가.

그는 한순간에 모든 꿈이 물거품이 되어버렸다는 것을 깨달았다. 기란국을 한 손에 움켜쥘 꿈에 부풀어 잠을 설친 것이 몇 날이던가. 이렇게 물러날 수는 없다. 분기 어린 눈으로 궁을 휘둘러보던 그는 회심의 미소를 지었다. 전화위복이란 이런 것을 두고 하는 말이리라. 권력 따위, 왕의 후사를 통해 이룰 수 없다면 스스로 가져 버리면 되는 것이다. 지금 이 궁에는 금방이라도 쓰러져 버릴 것 같은 허수아비 왕과 꺾어버릴 꽃일 뿐인 연화궁 마마뿐이다. 무영이 차루벌을 비운 지금이 절호의 기회다! 그는 탐욕이 가득한 눈으로 연화궁을 노려보았다.

"당장 해사랑금의 모든 집안에 연락을 해서 모이라 하고 사병을 있는 대로 끌어 모아라!"

수하에게 명하고 말에 훌쩍 올라탔다. 연화궁을 지나 휘경궁을 돌아 나올 동안 궁궐 안에서 눈에 띄는 무사는 손에 꼽을 정도였다. 쓸 만한 무사들은 모두 정벌군에 차출되어 나가고 젖비린내 나는 어린 것들이 지키고 있는 이따위 궁쯤이야 한순간이리라.

건승이 사라지는 것을 확인한 명은 재빨리 연화궁으로 돌아왔다. 그곳에는 이미 유신이 와 있었다.

"예상대로라면 내일 새벽쯤이면 건승이 움직일 것입니다. 그러니까 우린 날이 어두워지면 대밭에 숨겨놓은 사병들을 궁으로 불러들일 겁니다. 아사금의 사병들은 주명이 맡아서 휘경궁을 지킬 것이고, 우리 별금의 사병들은 소인과 함께 이곳 연화궁을 지킬 것입니다."

약간 긴장한 듯한 연화를 살피며 유신은 명에게 앞으로의 계획을 설명했다.

"절대로 태평전을 빼앗겨서는 안 되네. 그곳은 무슨 일이 있어도 사수해야 할 것이야."

"잘 알겠습니다."

"두 곳을 다 사수하기 힘들 시에는…… 우리가 연화궁을 버리고 휘경궁으로 합류할 것이네."

유신의 눈은 먹이를 포착한 범처럼 번뜩였다. 자신이 지켜야 할 사람이 아사금 연화라는 사실 하나만으로도 죽어 있던 감각을 일깨우기에 충분했다. 주명은 젊은 날의 유신을 다시 보는 듯 흥분되기까지 했다. 유신은 말을 하는 중간중간 연화의 얼굴을 살폈다. 그녀는 전혀 두려워하지 않는다. 흔들림 없는 얼굴이 담대하다. 그래서 안심이 되었다. 자신은 어떤 일이 있어도 연화를 지켜낼 것이고, 연화는 강인한 어머니가 되어 태무를 지켜낼 것이다. 무영이 도착할 때까지…….

　느린 행군으로 사흘이 걸려 요나성에 도착한 정벌군이 갑자기 행군을 멈추었다. 야로국이 방비를 갖추기 전에 공격을 하는 것이 최선이란 걸 잘 알 텐데 무영 장군이 왜 갑자기 행군을 멈추게 했는지 의아하다.
　"무슨 일이십니까, 장군! 하루라도 서두르는 것이 우리에게 유리할 터인데……."
　"내 몸이 좋지가 않아. 잠시 쉬었다 가세."
　무영은 정말 어딘가 아픈 사람처럼 바짝 긴장해 있었다. 요나성에 머무는 며칠 동안 무영의 지시에 따라 군사들은 마음껏 먹고 즐겼다. 차루벌을 떠나올 때 바짝 긴장해 있던 정벌군의 기강은 어디에서도 찾아볼 수 없었다. 닷새째 되는 날 밤에는 군사들의 반을 나누어 보초를 서게 하고 나머지 반의 군사들에게는 술까지 제공되었다. 술을 제공 받은 대부분의 군사는 해사랑금의 사병들로 이루어진 부대였고, 그들은 몸을 가누지 못할 만큼 만취해서 잠에 곯아 떨어졌다.
　그날 새벽 검푸른 사위를 뚫고 한 무리의 군사들이 요나성으로 스며들었다. 뒤이어 화급을 다투는 전령이 요나성에 도착했다.
　잠결에 무영의 부름을 받고 황급히 대장군의 막사로 들어서던 해율은 놀란 얼굴로 멈추어 섰다. 야로국의 침범을 받아 가족과 함께 포로로 끌려갔다던 부렴 장군이 무영의 옆자리에 앉아 있었던 것이다.

"어찌 된 일입니까?"

무영은 해율의 물음에는 대답을 하지 않은 채 단호한 얼굴로 막사 안을 둘러보았다. 새파랗게 젊은 무사들의 눈이 바짝 긴장해 있다. 이들은 아직은 어느 부류에도 속하지 않은 순수한 무장들이다. 오로지 나라와 전하를 위해서만 목숨을 내놓을 궁궐 무사들. 차루벌로의 회군을 반대할 자는 아무도 없다. 궁궐 무사들로 정벌군을 꾸렸던 것은 바로 그 때문이었다. 무영은 약간 격한 음성으로 군령을 내렸다.

"제장들은 들어라! 지금부터 해사랑금 사병들을 한곳으로 집결시켜 무장을 해제시켜라!"

갑작스런 명에 의아한 눈들이 쏟아지자 무영의 얼굴은 더욱 무섭게 굳어졌다. 섬뜩할 지경으로 차갑고 날카로운 눈이 무사들을 살폈다. 이어 그의 입에서 낮은 저음의 음성이 들렸다.

"차루벌에서 반란이 일어났다."

전날 먹은 술로 눈도 제대로 뜨지 못하는 해사랑금의 사병들을 한곳에 집결시켜 무장해제 시키고 나머지 군대의 전열을 가다듬는 일이 순식간에 진행되었다. 이어 무영의 다음 군령이 떨어졌다.

"비연과 우군의 부장들은 지금 곧 나를 따라 차루벌로 회군한다. 군사들은 최소한의 군장으로 몸을 가볍게 하고 쉼없이 행군할 것이니 두 끼 분의 음식을 나누어 주어라. 하루 낮밤 안으로 차루벌에 도착할 것이다. 그리고 해율과 좌군의 부장들은 부렴 장군과 함께 이곳 요나성을 지킨다. 서둘러라! 기란국의 운명이 그대들에게 달렸다는 것을 명심해라!"

명령을 내리고 막사를 빠져나가는 무영의 앞을 해율이 가로막았다. 반란군을 진압하는 데 자신을 데려가지 않는 무영의 처사를 받아들일 수 없었다.

"소장도 가겠습니다."

그러나 무영의 명령은 확고했다.

"이곳 요나성을 지키는 것은 차루벌을 지키는 것만큼 중요하다. 비록 무장해제를 시켜놓았다고는 하나 해사랑금의 사병 절반이 이곳 요나성에 있다는 것을 잊지 마라. 우리가 차루벌에서 반란군을 진압한다 하더라도 이곳에서 저들을 지키지 못하면 차루벌은 다시 위험에 빠질 수 있을 것이다. 차루벌에서 쫓겨온 해사랑금의 잔병들이 반드시 저들을 구하기 위해 이 요나성을 공격할 것이니 그때를 대비해 경계를 철저히 하도록 해라! 이곳이 무너지면 기란국의 운명도 장담하지 못한다. 나는 지금 네게 막중 책임을 맡기는 것이다, 해율!"

거역할 수 없는 대장군의 명이었다. 해율의 눈이 불안하게 일렁거렸다. 아버지와 사비가 그 전장의 한가운데에 있다. 자신의 눈으로 두 사람의 안전을 확인하기 전까진 이 불안이 내내 떨어지지 않을 것이다.

무영은 그의 불안한 눈을 못 본 척하고 막사를 나왔다. 처음 그의 계획은 반란군 진압의 선봉에 해율을 세울 생각이었다. 반란군 진압의 가장 큰 공을 그에게 안겨줄 작정이었다. 그러나 출정 전날 찾아온 유신의 말을 듣고 그 계획을 변경해 버렸다. 걸로 출신의 천한 잠녀라니! 당치도 않을 말이다. 해율의 짝은 반드시 가희 공주여야 한다. 별금 세력을 잡지 못하면 아사금도 왕실도 버텨내기 힘들어진다. 해율이 다시 차루벌로 돌아오기 전에 그 잠녀를 치워야 하는 일 또한 반란군을 진압하는 일만큼 중요하다. 그것이 유신의 뜻이고 자신의 뜻이다. 그렇게 고고하던 유신도 결국은 아들의 미래 앞에서는 속절없이 꺾이고 마는 평범한 아비에 불과했다.

유나성이 군사들과 부렴이 데리고 온 군사들, 그리고 해율과 그 부장들만 남기고 무영은 군사를 돌려 차루벌로 향했다. 건승이 움직이기 전까지는 함부로 움직일 수도 없는 상황이라 촉각을 곤두세우고 있었는데 오늘 새벽 드디어 전령이 당도했다. 지난밤 건승이 반란의 기치를 들고 해사랑금의 사병으로 휘경궁과 연화궁의 공격을 시작했다는 소식이었다.

밤낮없이 달리면 하루 안에 차루벌에 당도할 수 있다. 하루만…… 유신이 하루만 잘 버텨주길 바란다.

저녁 어스름이 내리는 시각부터 대밭과 솔숲에 숨어 있던 아사금과 별금의 사병들이 속속들이 궁으로 스며들었다. 대략 삼천에 가까운 병력, 해사랑금 사병의 절반에도 못 미치는 숫자다. 궁궐 밖 곳곳에 배치해 놓은 도성 수비대가 얼마나 그들을 괴롭혀 주느냐가 관건일 것이다. 우선 군사들의 배를 든든히 채워주어야 한다. 내일은 음식을 입에 넣을 틈도 없이 종일 전쟁을 치러야 할 테니.

시비들의 손길이 바빠졌다. 무슨 일인지도 모른 채 궁 안에 가득 찬 군사들을 위해 밥을 짓고 국을 끓였다. 밤이 깊어 군사 배치를 막 시작하고 있을 무렵, 건승이 반란을 일으켰다는 화급한 소식이 당도했다. 생각보다 훨씬 빠른 움직임이다. 연화와 유신의 눈이 공중에서 부딪쳤다. 순간 두 사람은 설핏 웃었다. 잘할 수 있으리라는 믿음이 그들을 미소 짓게 만들었다.

칠흑같이 어두운 밤, 해사랑금의 사병들이 황매산 자락에서부터 거센 물결처럼 밀려들었다.

"휘경궁을 점령하라! 아사금 연화의 목을 가져오는 자에게는 금은보화와 해사랑금의 성을 내려 귀족의 반열에 올려줄 것이다! 연화궁으로 달려라!"

어둠 속에서 건승의 독려 소리가 들렸다. 반란에 대해 몇몇 반대하는 일족들이 있었지만 그는 주저하지 않았다. 온 마음으로 기다렸던 왕자의 탄생이 수포로 돌아가 버린 지금, 더 이상 때를 기다릴 필요가 없어졌다. 무엇을 망설이겠는가. 궁궐도 차루벌도 텅 비어 있다. 절반이 정벌군에 차출되어 나가고도 해사랑금의 사병은 나머지 4부족의 사병을 모두 합친 숫자보다 많다. 정벌군이 떠난 지도 이미 엿새가 지났으니 그들은 이미 해주성에 다다랐을 것이다. 무영이 소식을 듣고 회군을 해온다고 해도 그때는 이미 늦을 것이다. 게다가 정벌군의 절반이 해사랑금의 사병인데 무슨 걱정을 더할까? 어린아이가 보아도 이 전쟁은 해사랑금의 승리로 끝날 전쟁이다.

아로에게 돌을 던지라는 무사들의 독려에도 서로 눈치만 보며 머뭇거리던 백성들은 점심나절이 지나도록 해사랑금 집안이 아로를 구하려는 움직임이 없자 그제야 간간이 돌을 던지기 시작했다.

"죽여라! 전하를 능멸하고 사통을 한 아로를 죽여라!"
"이놈들! 나는 이 나라의 왕비다! 해사랑금 아로다! 내 아버님께서 너희들을 가만두지 않을 것이다!"

입술이 터져 피를 흘리면서도 아로는 기죽지 않고 악을 쓰듯 소리쳤다. 사통한 자신의 죄는 생각나지 않고 억울하고 분한 마음밖에 들지 않았다. 아버지도 연화궁 마마도 모두들 당신들의 욕심을 위해 자신을 이용하였다.

단우연…… 어디 있느냐, 단우연!

가장 급박한 순간에 가슴에서 터져 나오는 이름이 아버지도, 태무도 아닌 단우연이라는 것이 화가 났다. 자신을 구해줄 것 같은 사람이 그뿐이라는 것이 억울하고 분했다.

밤이 되자 어린 무사들은 저자 한복판에 기둥을 세우고 아로를 묶었다. 아로를 방패 삼아 반란군의 진군을 지연시키기 위한 것이었다. 하루 종일 저자를 끌려 다닌 아로는 정신을 완전히 잃은 채 묶여 있었다. 옷은 찢어져 맨살을 드러내고 있었고, 날 아든 돌멩이에 맞아 군데군데 피멍이 들어 있다. 산발한 머리칼에는 여전히 화려한 머리꽂이가 매달려 덜렁거린다.

칠흑 같은 야밤에 해사랑금의 반란군이 공격을 시작하였다. 불꽃이 피어오르고 피가 튀는 시가전이 벌어졌다. 그 속을 뚫고 아로의 곁으로 다가오는 그림자가 있었다. 그는 가슴에서 단도를 꺼내어 재빠르게 밧줄을 끊고 아로를 들쳐 업었다. 그는 한 손으로 아로를 받쳐 업고, 다른 한 손으로는 칼을 휘두르며 아비규환 같은 그곳을 빠져나왔다.

단우연은 건승의 집을 나와 궁으로 돌아가던 중 어린 무사들에게 묶여 끌려나오는 아로를 발견했다. 순간 그는 피가 거꾸로 쏟아지는 것을 느꼈다. 종일 그들을 따라다니며 기회를 엿보다가 시가전이 벌어지는 사이 무작정 뛰어들어 구해낸 것이다.

그는 눈물을 흘리며 칠흑 같은 골목을 달렸다. 저자거리의 끝자락 즈음에 다다른 그는 잠깐 망설였다. 이대로 해사랑금 집안으로 들어갔다가는 자신은 살아남지 못할 것이다. 그 생각이 들자 그는 재빨리 방향을 바꾸어 차루벌의 남문으로 향했다.

달아나자, 멀리 멀리. 아무도 알아보는 이 없는 곳으로…….

부귀영화도 다 싫다. 가난이 지긋지긋해 충성을 맹세했던 전하도 저버리고 건승의 제의를 받아들였지만 이제는 다 소용없다. 아로만 있으면, 그녀만 무사하면 아무것도 필요없다. 검푸른 새벽을 지나 동이 터올 때까지 그의 걸음은 멈추지 않았다.

물밀듯이 밀려 내려오는 반란군을 향해 뛰어드는 군사들이 있었다. 어린 무사들이 이끄는 도성 수비대다.

철이 들면서부터 그들의 꿈은 무장이 되는 것이었고, 그 꿈의 발판이 되어줄 궁궐 무사대에 들어가는 것을 최고의 영광으로 여겼으며, 궁궐에 들어가서는 왕과 연화궁 마마께 충성의 맹세를 수없이 했던 그들이다. 아사금이든 별금이든 혹은 해사랑금이든, 성씨는 각각 달랐지만 그들이 속한 곳은 궁궐 무사대고 충성의 대상은 오로지 전하와 연화궁 마마뿐이다.

밤새 차루벌 곳곳에서 불길이 치솟았고 백성들의 아우성 소리가 멀리 떨어진 연화궁까지 들려왔다. 물밀 듯이 밀려오던 반란군이 주춤하는 사이 도성 수비대의 반격이 시작되자 그들은 북문 쪽으로 밀려 올라갔다. 이렇게 밤새 진격과 반격이 두어 차례 이어지며 날이 밝아오고 있었다. 푸릇한 새벽빛이 도는 저 자거리에 피비린내가 진동을 했다. 더 이상 반격해 오는 자가 없음을 확인하자 반란군들이 서서히 저잣거리를 뒤덮어왔다. 거리는 온통 피로 물들었고, 진동하는 비린내에 속이 울렁거렸다. 도성 수비대도 어린 무사들도 살아남은 자는 단 한 명도 없었다. 이제 겨우 열일곱, 열여덟의 소년 무사들은 채 피어보지도 못한 채 붉디붉은 피꽃을 흩뿌리며 스러져 갔다.

사비는 시비들을 따라 궁궐 곳곳에 배치되어 있는 사병들에게 주먹밥을 나누어 주고 있었다. 밤새 차루벌에 불길이 치솟았고 반란이 일어났다는 것을 새벽에서야 알았다. 그 소식을 듣자마자 울불은 가희에게 가겠다고 폴짝폴짝 뛰다가 사비의 눈치를 보더니 갑자기 조용해졌다. 왜 자주 저렇게 눈치를 보는지, 아마도 친자식인 자신을 두고 가희에게만 달라붙는 것이 미안해서일 거라고 사비는 생각했다.

새삼스럽게 왜 미안해하실까? 언제는 뭐 그러지 않았나?

울불에게 있는 정 없는 정이 다 떨어져 버린 사비인지라 이젠 섭섭함마서 없다.

시비들이 두겹세겹으로 둘러싼 연화전을 다시 사병들이 두겹세겹으로 에워쌌다. 그 속에 연화와 유신, 그리고 가희 공주가 들어앉아 있었다.

새벽까지 계속되었던 시가전을 보고 받고 연화는 내내 말이 없었다. 도성 수비대를 이끌던 열일곱 열여덟의 소년무사 수십 명이 목숨을 잃었다. 그 어리고 아름답던 청년들이 자신과 태무를 지키기 위해 목숨을 잃었다. 마음이 찢어질 듯 아팠지만 그녀는 입술을 앙다물었다. 그 정도에 눈물을 보인다면 아사금 연화가 아니다.

잠깐 소강 상태였던 반란군의 공격은 날이 밝으면서 다시 저자를 거쳐 물밀듯이 궁으로 향했다.

"연화궁으로 가라! 연화궁만 점령하면 휘경궁은 허수아비에 불과하다! 다시 한 번 말하지만 아사금 연화의 목을 가져오는 자에게는 금은보화와 함께 해사랑금의 성을 내려 귀족의 반열에 올려줄 것이다!"

건승과 그 수하 장수들의 명에 따라 반란군은 휘경궁을 두고 연화궁을 먼저 공격하기 시작했다.

해가 중천에 걸릴 무렵, 드디어 연화궁의 방어선이 무너지기 시작했다. 가장 먼저 시비들이 비명을 지르며 사방으로 흩어졌다. 사비는 그들을 따르지 않고 울불의 옷자락을 잡아끌며 유신이 이끄는 별금의 사병들을 따라 달렸다. 유신의 곁에 있으면 어떻게든 목숨을 부지할 수는 있을 것 같았다. 설사 잘못된다 하더라도 해율이 사신을 찾을 수 있는 곳이어야 한다는 생각이 들었다.

"물러나지 마라! 운우문을 닫고 다시 한 번 방어선을 구축한다!"

유신의 지시에 따라 별금의 사병들이 운우문으로 뛰어들었다. 미처 따라 들어오지 못한 시비들은 비명을 지르며 달아나다가 반란군이 휘두른 칼에 맞아 쓰러져 갔다. 운우문이 뚫리면 연화가 있는 연화전마저 위험해진다. 무슨 일이 있어도 버텨내야 한다. 이 밤만 버텨내면 무영이 도착할 것이다. 가장 선봉에 서서 군사들을 독려하는 유신의 모습은 수많은 전투를 치른 맹장이라는 무영의 모습을 방불케 했다.

한편, 휘경궁에서는 명이 이끄는 아사금의 사병들이 반란군을 맞아 싸우고 있었다. 그러나 그들의 공격은 연화궁만큼 거세지가 않았다. 반란군의 첫 번째 표적이 연화궁 마마라는 뜻이리라. 휘경궁의 군사로 연화궁을 도우겠다는 전갈을 보냈지만 연화는 단 한 명의 군사도 휘경궁을 떠나지 말라는 명령을 보내왔다. 무슨 일이 있어도 태무를 지키겠다는 연화의 의지였다. 애초에 휘경궁과 연화궁으로 군사를 나눈 것도 반란군의 공격을 연화궁으로 집중시키기 위해서였으리란 짐작이 든다. 명은 입술을 질끈 깨물었다.

운우문을 사이에 두고 싸움은 저녁이 될 때까지 계속되었다. 예상치 못한 거센 저항에 반란군도 당황한 듯했다. 잠시 주춤하던 공격은 밤이 되자 다시 거세어졌다. 더 이상 버티기 힘들다고 판단한 유신은 연화궁을 포기하자고 했다.

"마마, 휘경궁으로 옮기셔야겠습니다."

"가지 않겠습니다."

"마마!"

"저들의 첫 번째 목적은 이 연화의 목일 것입니다. 제가 이곳에 있는 한 휘경궁은 안전합니다."

"마마의 안전 없이 전하도 무사하지 못합니다!"

연화는 발발 떨고 있는 가희의 손을 꼭 잡았다. 지금 휘경궁으로 들어갔다가는 정말 저들의 공격은 걷잡을 수 없어지고 말 것이다. 모든 반란군의 공격이 휘경궁 한곳에 집중될 테니 말이다.

조금만 더 버티자. 이 밤이 절반만 깊어질 때까지라도.

"유신님! 운우문이 뚫렸습니다!"

다급한 병사의 전갈에 유신은 연화의 손목을 잡아채어 당겼다. 연화전을 뛰어나오자 이미 전각 앞은 반란군으로 포위되어 있었다. 겹겹이 둘러싼 시비들과 그 바깥을 다시 겹겹이 둘러싼 별금의 사병들이 반란군과 대치하고 있었다.

"아사금 연화가 저기 있다! 공격해라! 목을 가져오는 자는 귀족의 반열에 올려줄 것이다!"

칼들이 공중에서 부딪쳤다. 별금의 사병들은 쉽게 밀려나지 않았다. 죽은 자 위에 다시 산 자의 칼이 앞을 가로막고 그 뒤를 또 다른 사병들이 막고 섰다. 유신은 연화를 끌고 시비들과 사병들의 뒤편으로 돌아 그곳을 빠져나왔다. 어느새 연화를 발견한 반란군이 달려왔.

"아사금 연화가 달아난다! 잡아라! 목을 베어라!"

길게 꼬리를 물며 뒤따르던 시비들이 반란군의 칼에 쓰러지는 것이 보였다. 순식간에 대열이 흩어지며 우왕좌왕 흩어진 시비들이 무리를 지어 곳곳으로 달아났다. 어느새 대열에서 떨어져 나간 가희가 한 무리의 군사들에 둘러싸여 휘경궁 쪽으로 달아나는 것이 보였다. 이런저런 정황으로 보아 휘경궁이 가장 안전하다는 것을 알았으니 마냥 연화궁 마마만 따르다가는 언제 죽을지 모르겠다는 판단이 선 것이다. 달아나는 가희를 발견한 울불은 사비의 손을 뿌리치고 재빠르게 그들을 따라 달렸다. 순식간에 울불의 손을 놓쳐 버린 사비는 잠깐 망설였다. 가희가 달아나는 휘경궁 쪽이 가장 안전하리라는 것은 자신의 짧은 생각으로도 알 수 있었다. 거침없이 밀려드는 모든 반란군의 칼끝은 연화궁 마마에게로 향해있다. 지금 이 순간 가장 위험에 직면해 있는 사람은 연화궁 마마다. 그래서 울불을 따라갈 수 없었다. 왠지는 모른다. 그냥 연화궁 마마를 두고 달아날 수가 없었다.

사비는 연화를 따르는 시비들의 무리에 섞여 뒤를 따랐다. 언뜻 뒤를 살피던 유신은 한순간에 눈에 박혀오는 얼굴을 발견하고 멈칫했다. 횃불의 그림자가 일렁이는 속에서 눈을 반짝이며 따르고 있는 여자는 해율이 마음에 두고 있다던 그 아이다. 연화궁을 드나들 때 아주 간간이 얼굴을 마주친 적이 있던 사비. 처음 보았을 때부터 왠지 한눈에 익어버렸던 얼굴이다. 다시 한번 공격이 거세어지자 뒤따르던 시비들의 행렬이 순식간에 흐트러졌다. 우왕좌왕 달아나는 시비들을 돌아보며 사비는 또다시 달아날까, 따를까를 잠깐 망설였다. 순간 누군가 팔목을 왈칵 잡아 당겼다. 유신이었다. 그는 흔들리는 눈으로 사비를 잠깐 살피더니 손목을 놓으며 연화의 옆으로 슬쩍 밀었다.

"곁에서 연화궁 마마를 지켜라."

퉁명스런 말을 뱉은 그는 다시 연화의 손목을 움켜잡고 달렸다.

 사방으로 흩어지는 시비들을 보며 사비의 손목을 울컥 잡아당긴 것은 정벌을 떠나며 사비를 지켜달라던 해율의 말이 순간적으로 떠올라서였다. 시비들이 달아나는 쪽은 결코 안전하지 못하다. 반드시 아들의 곁에서 떼어내어야 할 아이지만 아들이 마음에 품고 있는 아이를 눈앞에서 죽게 할 수는 없었다. 연화의 곁에 있으면 최소한 자신보다 먼저 죽는 일은 없을 것이다.

 연화가 이끄는 대로 따라 들어간 곳은 연화연(姸花淵) 바로 옆의 숲에 있는 토굴이었다. 이런 곳이 연화궁 안에 있다는 것은 전혀 몰랐었다. 유신과 연화, 사비, 그리고 십여 명의 병사들이 들어오고도 여유가 있을 만큼 꽤 큰 토굴이다.

 "빛이 새나가지 않을까요?"

 벽에 꽂아놓은 횃불이 영 마음에 걸리는 듯 유신이 물었다.

 "괜찮습니다."

 이곳은 궁궐 어디를 가도 따라다니는 무사들과 시비들이 부담스러울 때면 능혜가 연화를 데리고 숨어들어 와 밀회를 즐기곤 하던 곳이다. 세상의 눈도 없고 귀도 없는 곳, 그래서 마음껏 자유로울 수 있던 곳이었다. 주위를 살피던 연화는 조금 떨어진 뒤에 앉아 있는 사비를 발견했다. 그 많던 시비들은 다 죽거나 도망쳐 버리고 내내 자신의 몸을 부축하며 달리던 사람이 사비였다는 것을 그제야 알았다. 팔을 다친 병사 하나가 지혈을 하기 위해 낑낑대는 것을 언제 보았는지 얼른 다가간 사비가 소매

속에서 하얀 수건을 꺼내더니 다친 병사의 팔을 야무지게 매어 주었다. 유신은 멀찍이 떨어져 앉아 그 모습을 유심히 바라보았다. 손끝이 야무진 아이 같다. 울컥 잡아당겨 연화를 지키라는 말은 했지만 마지막까지 떨어지지 않고 따라와 줄 줄은 몰랐다. 반란군의 표적이 연화인 이상 누가 보더라도 연화를 따르는 것이 가장 위험해 보였을 텐데 말이다.

"이제 어쩌지요?"

연화가 걱정스러운 듯 물었다. 자신의 고집 때문에 유신을 곤경에 빠뜨린 것 같아 미안했다. 그러나 어떡하든 반란군의 시선을 조금이라도 더 붙들고 있고 싶었다. 그것이 태무가 있는 휘경궁을 지킬 수 있는 길이기에.

유신은 피 묻은 칼을 닦았다. 횃불에 일렁이는 그의 얼굴은 두려움이나 걱정 따윈 없어 보인다.

"기회를 엿보다가 휘경궁으로 가겠습니다."

말은 그렇게 했지만 이곳은 휘경궁과 너무나 동떨어진 곳이다. 겨우 십여 명의 군사만으로 휘경궁까지는 아무래도 무리 같다. 자신들이 반대편으로 도망치는 동안 살아남은 대부분의 군사들은 이미 휘경궁으로 합류해 버린 상태다. 잠깐 숨을 돌린 유신이 바깥 동정을 살펴보고 오겠다며 서너 명의 군사를 대동하고 바깥으로 나가자 연화는 사비를 가까이 불렀다.

"왜 날 따라왔느냐?"

반란군이 쫓는 사람이 자신이란 걸 알았을 텐데 왜 따라왔는지 의아하다. 그 많던 시비들도 다 달아나 버렸는데 말이다.

"그냥…… 따라왔습니다."

그래, 그냥 무작정 따라왔다. 유신이 팔을 당겨 연화궁 마마를 지키라는 말을 하지 않았었어도 자신은 이쪽으로 따라왔을 것이다. 일렁이는 횃불의 그림자가 사비의 얼굴에 드리우자 이목구비가 더욱 뚜렷하게 드러났다.

"아비를 닮은 모양이로구나?"

"예?"

"네 모습이 말이다. 네 어미와는 닮은 곳이 없으니 아비를 닮은 모양이다. 네 아비가 시원하니 잘난 얼굴이었던 모양이야."

이제는 기억에조차 흐릿해진 모습이지만 아버지 달검은 그리 잘난 얼굴이 아니었다. 게다가 키도 작달막하니 다부진 체구를 가졌다. 사비는 아버지, 어머니 어느 누구도 닮지 않았다. 당신들의 모습을 닮지 않아서 어머니가 더욱 미워했는지도 모른다. 사비는 보일 듯 말 듯 미소를 지었다.

"예, 제 모습이 아비를 닮았습니다."

아, 고개를 끄덕이는 연화의 눈이 사비에게서 떨어지지 않는다. 오늘 보니 참으로 눈에 박혀오는 얼굴이다. 연화는 불안을 떨치려는 듯 짐짓 가벼운 얼굴로 말을 했다.

"가희의 얘기를 좀 해다오. 어릴 때는 어땠는지, 그 아이는 내게 제 어린 날을 얘기하는 걸 몹시도 꺼린단다. 그러나 나는 그 아이의 모든 것이 늘 궁금해."

"공주마마는……."

막상 얘기 하려니 가희에 대한 기억이 그다지 많지 않다. 아버지가 돌아가신 이후 사비는 늘 바다에 있었고, 가희는 울불의 치마폭에 싸여 있었다. 많이 부러웠고 때로는 밉기도 했던 가희. 눈치가 빠르고 욕심도 많아 제 것을 잘 챙겼다. 아무에게나 싹싹하게 달라붙어 마음에 없는 소리도 곧잘 했던 가희다. 떠오르는 기억들은 하나같이 아름답지가 않다. 사비는 해줄 얘기가 없어 아무 말도 못하고 앉아 있었다.

"가희가 그다지 착한 동생이 아니었던 모양이로구나?"

"아, 아니옵니다. 마마."

어쩔 줄 모르는 사비를 보니 연화는 씁쓸하게 웃었다. 자신이 지금껏 보아온 가희도 그다지 고운 모습은 아니다. 사치가 심하고 재물에 욕심도 많다. 사비처럼 마음이 올곧아 보이지도 않는다. 자라온 환경이 힘들어 그러려니 싶다가도 사비를 보면 또 그것도 아닌 것 같다. 그러나 어쩌겠는가. 이러나저러나 제 자식인 걸.

연화는 문득 생각난 듯 소맷자락을 뒤적여 손수건을 내밀었다.

"잘 썼다."

사비는 저도 모르게 보아버린 연화궁 마마의 눈물과 숨기고 싶었을 그 마음을 보아버린 것이 죄스러워 고개도 들지 못한 채 손수건을 받았다. 연화는 사비가 자신의 마음 한자락을 보아버

반란 333

렸다는 것을 알았다. 그녀는 설핏 웃으며 짐짓 엄한 목소리로 말했다.

"내 마음을 훔쳐보았으니 이제 너는 죄인이다. 그러니 어디에도 갈 생각 말고 언제까지나 내 곁에 있어야 할 것이야."

"예? 예…… 예, 마마."

언제까지나 당신의 곁에 있으라는 연화의 명에 사비는 뭉클한 마음을 감추지 못하고 눈시울이 붉어졌다.

"반란이 진압되면 궐 안에 네 자리를 하나 마련해 주마. 이제부터 나의 가장 가까운 곳에서 지내거라."

항상 곁에 두고 싶었지만 마음뿐이었는데 이번엔 정말 곁에 두어야겠다. 그 많던 시비들이 다들 겁을 먹고 도망쳤는데 마지막까지 자신을 따라온 사비의 그 마음이 고맙고 대견해서다.

바깥 동정을 살피러 나간 유신은 오랜 시간이 지나도록 돌아오지 않았다. 초조하게 앉아 있던 연화는 남은 병사들을 다그쳤다.

"나가서 유신님을 찾아보거라."

"아니 되옵니다. 유신님께서 소인들에게 한 발짝도 움직이지 말라는 명을 내리셨습니다."

연화궁은 완전히 저들에게 장악되어 있다. 겨우 서너 명의 군사만 데리고 나간 유신이 지금껏 돌아오지 않고 있다는 것은 그에게 무슨 일이 일어났음을 의미하는 것이다. 연화는 왈칵 두려움이 밀려왔다. 만약 그가 잘못된다면……? 그것은 생각조차 하고 싶지 않은 일이다.

"여긴 안전하니 걱정 말고 나가서 유신님을 찾아오너라. 반드시 찾아야 한다."

연화의 단호한 영에 어쩔 수 없이 팔을 다친 병사 하나만을 남기고 그들은 밖으로 나갔다. 연화의 불안을 달래주기 위해 사비는 바다 속 얘기를 들려주었다. 반짝이는 눈과 삶에 대한 치열한 생각들을 들으며 연화는 신기한 마음으로 사비를 살폈다. 사비에게는 마음을 사로잡고 눈을 사로잡는 묘한 힘이 있는 것 같다.

바다로 떨어지는 눈송이가 마치 죽을 곳을 찾아드는 날벌레처럼 보여서 슬펐다는 사비의 말에 연화는 놀란 눈으로 물었다.

"눈이 오는 날에도 물질을 쉬지 않았단 말이냐?"

"예. 제가 하루를 쉬면 우리 세 식구가 하루를 굶어야 했으니까요."

가희가 얼핏 들려주던 이야기보다 그들은 훨씬 처참한 생활을 영위해 온 것 같다. 문득 의문이 든다. 그 힘든 생활 속에서 가희와 울불은 어찌하여 아무 일도 하지 않았을까? 모든 생계를 친딸인 사비에게만 맡긴 채 가희를 품고 있었다는 울불이 이해되지 않는다. 아무리 마음이 하늘같이 넓은 사람이라 해도 그런 일이 가능할까? 그 추운 겨울에도 사비에게는 물질까지 시키면서 말이다.

"네 어미를 이해할 수 없구나."

반란 335

안타까운 눈으로 바라보는 연화의 눈길에 사비는 자신의 이야기가 꼭 제 어미의 허물을 드러내는 것 같아 부끄러워졌다. 무어라 변명이라도 하고 싶은데 입이 떨어지지 않는다. 다 지난 일이건만 십수 년 쌓여온 설움이 참 많았던 모양이다. 그러나 사비는 얼른 고개를 흔들며 짐짓 밝은 음성으로 말했다.

"소인은 힘들지 않았습니다. 정말로 힘들지 않았습니다."

안타까운 마음으로 바라보던 연화의 얼굴에 웃음이 지어졌다.

아, 참 밝은 아이다. 심성이 고운 아이야.

어린 나이에 겪었을 아픈 그늘들이 그 얼굴에 조금도 드러나지 않는다. 혼자 속으로 다 삭였으리라, 생각하니 마음이 찌르르 아프다. 연화는 사비에게 손을 뻗었다.

"이리 오려무나."

머뭇거리던 사비가 겨우 손을 뻗자 연화는 그 손을 꼭 감싸쥐고 다독여 주었다. 너무나 따뜻한 손이었다. 작은 다독거림이 이렇게 따뜻할 수도 있다는 것이 신기했다.

유신을 찾으러 나간 병사들마저 돌아오지 않자 불안은 점점 짙어졌다. 지친 듯 무릎에 고개를 묻고 있는 연화를 두고 사비는 밖으로 살금살금 나왔다. 나뭇잎을 헤치고 고개를 내밀자 연화궁이 한눈에 보였다. 눈 아래에 펼쳐진 연화궁의 풍경은 온통 불바다다. 수많은 전각들에서 불길이 치솟고 우르르 몰려다니는 횃불들도 보인다. 온 연화궁을 다 불태워서라도 연화궁 마마를 찾아내고 말겠다는 듯 무섭게 타오르는 불길을 내려다보며 사비는 불안이 엄습해 왔다. 토굴이 아무리 안전하다고 하나 저 정도의 기세면 결국은 들키고 말 것이다. 유신과 병사들이 이곳으로 살아 돌아오리란 보장도 없다. 사비는 조심스럽게 토굴로 들어갔다.

연화는 여전히 무릎에 얼굴을 묻은 채 쪼그리고 앉아 있었다. 가까이 다가가 보니 잠이 든 듯하다. 티끌 하나 없는 뽀얀 피부와 고운 손, 불빛에 반짝이는 머릿결. 이렇게 무서운 일들과는 아주아주 거리가 멀게 살아오신 분이겠지?

걸로에서 어머니의 사랑을 받던 때도 부러웠지만 가희가 가장 부러웠던 순간은 연화낭 마마를 어마바마라고 부르던 때였다. 공주라는 신분이 부러웠던 것이 아니라 바로 이 분의 딸이라는 사실이 부러웠다. 난생처음 존경하고 사모하는 마음이 생긴 분이다. 잃어버리고 싶지 않은 분이다.

잠깐 졸았던 잠에서 깨어난 연화는 자신을 빤히 들여다보고 있는 사비와 눈이 마주쳤다. 마음을 꿰뚫을 듯 날카로운 눈이라 섬뜩한 기분마저 들었지만 순간적으로 어디선가 본 듯한 친근함이 느껴져 설핏 미소를 지었다.

"마마……."

"왜 그러느냐?"

"소인이 마마께 몹쓸 부탁을 한 가지 드리겠습니다."

"무슨 말이냐?"

"입고 계신 그 옷을 벗어주십시오."

연화는 무슨 말인지 몰라 잠시 의아했다. 그러나 이내 사비의 뜻을 알아차렸다.

"유신님께 무슨 일이 생긴 것이냐?"

"아닙니다. 아직은 아무것도 모릅니다. 다만 만약을 대비하자는 것입니다."

만약을 대비해 옷을 바꿔 입자는 것이다. 아랫것들이 제 주인을 대신해 목숨을 내어놓는 것은 당연하다. 5부의 귀족으로, 한 나라의 왕비로, 그리고 왕의 모후로 사십 년을 넘게 살아온 연화에게 그것은 조금도 이상할 것이 없는 것이다. 그러나 사비에게는 선뜻 옷을 벗어줄 수가 없다.

"그건 안 된다."

"마마."

"나와 옷을 바꿔 입는다는 것이 무엇을 의미하는지 아느냐?"

죽음이 턱밑까지 다가오는 것이다. 저들의 눈에 띄는 순간 몸은 순식간에 두 동강이 나고 말 것이나. 그러나 사비의 눈에는 조금의 두려움도 없다.

"바다에는 사람을 잡아먹는 물고기도 있고, 비바람이 몰아칠 때면 집채만한 파도가 몰려와 순식간에 황천길로 빨려 들어가 버리기도 합니다. 그곳에서 제가 십 년을 넘게 살았습니다. 무엇이 두렵겠습니까? 달음박질이라면 웬만한 사내들도 저를 따르지 못합니다. 그러니 아무 걱정 마시고 얼른 옷을 주십시오."

담대하고 용감하다. 이제 겨우 스물인 이 아이의 어디에서 이런 용기가 나오는지 모르겠다. 여전히 망설이는 연화를 다그쳐 옷을 바꿔 입었다. 연화는 길게 늘어뜨려진 사비의 머리칼을 감아올리고 자신의 머리채에서 머리꽂이를 뽑아 사비의 머리채에 하나하나 꽂아주었다. 사비의 뒤태는 어느새 화려한 의복을 갖춰 입은 궁중 여인의 모습이 되었다.

"돌아앉아 보려무나."

어색하게 돌아앉는 사비의 모습에 연화는 흠칫 놀랐다. 감아올린 머리칼로 인해 목이 드러나자 사비의 얼굴은 아름다움과 함께 의젓한 기품마저 느껴졌다.

"아름답구나."

의복 하나, 머리 장식 하나에 사람이 이렇게 달라 보이기도 하는 모양이다. 이 모습을 보고 누가 감히 사비를 걸로의 천한 잠녀라 생각할까? 차루벌 어느 곳에선가 만날 듯한 귀족의 여인을 닮았다.

"여느 귀족의 처자들 보다 아름답구나. 헌데…… 이상도 하지? 네 얼굴이 눈에 익다."

머리를 올려 장식을 하고 화려한 옷을 받쳐 입었으니 늘 보아 온 이곳의 귀족 여인네들 중 비슷한 얼굴이 떠오르신 모양이다.

의아한 연화의 눈이 가까이 다가왔다. 갸름한 턱 선과 시원스런 이목구비, 처연해 보이는 눈빛이 어디선가 본 듯한…… 연화의 손가락이 보일 듯 말 듯 떨리며 사비의 얼굴로 향했다.

"너……."

그러나 연화의 말이 나오기도 전에 밖으로 잠깐 나갔던 팔을 다친 병사가 얼굴이 새파랗게 질려서 뛰어들었다.

"마마! 횃불이 무리지어 올라오고 있습니다!"

그녀는 사비의 얼굴로 뻗던 손을 멈추고 되물었다.

"숫자가 얼마나 되더냐?"

"헤, 헤아릴 수가 없습니다. 틈이 보이지 않을 만큼 횃불이 숲을 이루고 있습니다."

이 잡듯이 훑어 올라오고 있는 모양이다. 아주 짧은 순간에 판단을 내려야 했다. 사비는 연화를 토굴의 구석으로 밀어 앉혔다. 그리고 바닥에 깔려 있는 거적을 걷어 그녀의 몸을 덮었다.

"숨소리도 내지 마십시오, 마마. 무슨 일이 벌어지더라도 절대 고개를 내미셔서는 안 됩니다."

"어쩌려고 그러느냐?"

다급하게 잡는 연화의 손을 떼어내고 몸을 돌렸다. 그리고 벽에 걸린 횃불을 땅에 비벼 끄고는 새파랗게 질려 있는 병사를 다그쳤다.

"따라오세요."

그 목소리가 너무나 결의에 차 있어서 거부할 수가 없었다. 토굴 밖으로 나온 사비는 최대한 표가 나지 않도록 토굴의 입구를 가리고 나무 뒤에 쪼그려 앉았다. 아래를 내려다보니 정말 빽빽한 숲처럼 길게 늘어선 횃불들이 밀려오고 있었다.

"기다리고 있다가 저들의 시야에 잡히는 순간 언덕으로 뛰겠습니다. 무사님께서는 잠깐 저들을 대적하는 척하시다가 저와 반대쪽으로 도망치십시오. 되도록이면 이 토굴에서 멀리 멀리 달아나야 합니다."

"알겠네."

사비는 나무 뒤에 앉아 밀려오는 횃불들을 노려보았다. 그 모양이 마치 바다에서 밀려드는 파도 같다. 열두어 살 무렵, 욕심을 내어 깊은 바다까지 나갔다가 사람을 잡아먹는다는 물고기를 만난 적이 있다. 죽을 듯이 도망치면서도 망사리에 든 문어와 조갑지를 놓치지 않았던 기억이 생생하다. 그때는 그것이 생명줄 같았기에 놓을 수가 없었다. 지금은 또 무엇이 생명줄 같을까? 그것은 바로 해율이다. 그가 있어서 이 생명을 놓을 수가 없다. 그러니 무슨 수를 써서든 도망을 쳐 살아남아야 한다. 사비는 작은 주먹을 발끈 쥐었다.

한 손으로는 횃불을 들고 다른 한 손으로는 칼자루를 휘휘 저으며 숲을 수색해 올라오는 반란군의 모습이 시야에 잡혔다.

조금만 더, 조금만…….

되었다 싶은 순간, 사비는 곁에 있는 병사의 어깨를 탁 치며 일어나 언덕을 달려 오르기 시작했다.

"저기 있다! 아사금 연화가 저기 있다!"

거추장스러운 치마를 두 손으로 말아 움켜쥐고 사비는 정신없이 달렸다. 어지간한 사내도 따르지 못할 거라던 그녀의 달음박질은 과연 빨라서 따라오는 반란군들이 쉽게 거리를 좁히지 못했다.

"놓치지 마라!"

조그만 숲을 단숨에 뛰어오르자 제법 높아 보이는 담장이 앞을 가로막았다. 사비는 옆에 있는 소나무를 타고 올라 담장을 훌쩍 뛰어넘었다. 그곳은 해율의 손에 이끌려 올랐던 연화궁 뒤편의 대밭으로 가는 길이다.

사비는 뒤도 돌아보지 않은 채 달리고 또 달렸다. 뒤를 확인할 여유 따위는 없었다. 할퀴고 찢긴 얼굴 어디선가 뜨끈한 피가 흘러내렸다. 온몸은 땀으로 흥건히 젖었고 숨이 턱에 차 올라 가슴이 따가웠다. 걸음이 서서히 느려지고 있었다. 이글거리는 횃불의 열기가 뒤편에서 느껴졌다.

안 돼! 안 돼, 조금만 더!

스스로에게 소리치며 걸음을 내디뎠다. 좁은 대밭을 달리느라 뒤따르던 반란군의 무리가 흐트러진 것이 그나마 다행이었다. 대밭 깊숙이 들어온 사비는 숨을 몰아쉬며 그제야 뒤를 돌아보았다. 대숲 사이사이에 여전히 횃불들이 일렁인다. 도저히 걸음이 떼어질 것 같지 않은 다리를 움직여 다시 달아나기 시작했다. 이 대숲의 끝이 또 어느 곳과 이어져 있는지는 모르지만 도망칠 수 있는 데까진 도망쳐야 한다. 전장에서 돌아오면 함께 우슬라 지방으로 떠나자던 해율의 음성이 사비의 걸음을 재촉했다.

"가리옹 성으로 가면 우선 혼인부터 하자. 혼인하는 그날로 못 견딜 만큼 안아버릴 테니 각오해라. 흠, 흠, 그때는 오늘의 무안을 다 갚아줄 테다. 밤새 잠도 재우지 않을 터이니 그리 알아라. 설마 그때도 울지는 않겠지?"

가슴을 헤집는 뜨거운 입김에 놀라 울어버린 그날, 장난스럽게 중얼거리던 해율의 말들이 사비의 걸음을 재촉했다. 땅을 딛는지 허공을 딛는지 다리는 감각이 없었다. 더 이상 걸음을 뗄 수 없다 싶은 순간 대숲이 끝이 났다. 멀리 보이는 산자락이 짙푸른 색으로 물들어오고 있다. 새벽이 오려는 모양이다.

산자락 어디에선가 불꽃이 피어오르고 있는 것이 보였다. 아니, 피어오르는 것이 아니라 불꽃이 바다처럼 파도치고 있었다. 황매산 자락의 해사랑금 마을이 불바다에 휩싸여 있다. 눈앞이 아찔할 만큼 붉은 바다. 아…… 사비는 조그만 탄식의 소리를 흘리며 고꾸라지듯 쓰러져 아래로 뒹굴었다.

무영의 부대는 하루 낮밤을 쉬지 않고 달려 그날 새벽에 차루벌에 도착했다. 북문을 통과하자마자 해사랑금 마을로 진격한 부대는 순식간에 마을을 장악했다. 멀리 보이는 궁궐에서 치솟아 오르는 불길로 보아 얼마나 치열한 전투가 벌어지고 있는지 짐작이 갔다. 그는 맞불을 피우듯 해사랑금 마을에 불을 질렀다. 이곳에서 불길이 치솟으면 궁궐에서도 훤히 보일 것이다. 반란군의 공격을 조금이라도 늦추고 유신에게 자신이 왔음을 알리기 위해서였다. 그는 곧장 부대를 궁으로 몰아붙였다.

"궁으로 진격하라! 전하와 연화궁 마마를 구출하라!"

밤을 새고 달려왔지만 병사들은 어느 누구 하나 지친 기색 없이 궁으로 진격했다. 반란군을 진압하고 왕권을 수호한다는 뚜렷한 명분이 있기에 그들의 발걸음은 당당하다. 황매산 자락을 타고 검푸른 새벽빛이 쏟아져 내리고 있었다.

무영이 이끌고 온 삼만의 정예병 앞에 반란군의 무리는 순식간에 제압이 되었다. 잿더미처럼 변한 연화궁에 비해 휘경궁은 거짓말처럼 말짱했다. 목숨을 바쳐 태무를 지키려 했던 연하의 마음이 한눈에 보였다.

사비는 하루 만에 궁궐 너머 뒷산에서 발견되었다. 온몸에 할퀴고 찢긴 상처를 입은 채 쓰러져 있었다. 토굴이 있던 숲을 오르면 제법 높은 궁궐의 담장이 있고, 그 담장을 넘어 끝없이 이어지는 대밭을 지나면 차루벌이 한눈에 보이는 가파른 절벽이 있다. 훈련으로 단련된 무사들의 걸음으로도 그곳까지 가자면 한나절은 걸릴 터인데 칠흑 같은 어둠을 뚫고 그 먼 곳까지 어떻게 달릴 수 있었는지, 그녀를 발견해 업고 오는 무사들조차 믿지 못하겠다는 듯 혀를 내둘렀다.

눈을 떠보니 그곳은 아주 낯선 공간이었다. 화려한 비단금침과 아름다운 문양이 그려진 문, 맑은 공기가 흐르는 방이다. 멀리 눈앞에서 파도치던 붉은 바다가 떠오르자 그녀는 순간 화들짝 놀라 몸을 일으켰다. 바꿔 입었던 연화궁 마마의 옷은 어디 가고 5부의 귀족 처자들이나 입을 법한 비단 옷으로 갈아입혀져 있었다.

"깨어났구나!"

낯익은 얼굴이 다가왔다. 연화궁에 있던 나이 지긋한 시비 마염이다.

"어떻게…… 연화궁 마마는 어찌 되셨습니까? 마마는…… 아!"

다그쳐 물으며 일어나 앉던 사비는 짧은 비명을 지르며 얼굴을 찌푸렸다. 허리가 끊어져 나갈 것처럼 아팠다.

"그대로 누워 있어라. 온몸이 상처투성이다."

물수건으로 얼굴을 닦아내는 마염의 손길이 따뜻했다. 천한 걸로의 잠녀라고 말조차 걸어주지 않던 사람이 웬일인가 싶다. 얼굴을 닦아내고 손까지 깨끗하게 닦아낸 그녀는 눈을 마주치며 웃어주었다.

"연화궁 마마는 무사하시다. 네가 아주 큰일을 했더구나."

아…… 무사하셔서 정말 다행이다. 언덕으로, 대밭으로 달아나면서도 제발 무사하시기만을 바랐었는데.

"반란군은 어찌 되었습니까?"

"모두 진압되었다. 정벌을 떠났던 무영님이 급히 돌아오셨어.

이제 해사랑금 집안은 모두 노비로 전락할 거야."

무영이 돌아왔다는 말에 사비의 얼굴이 환해졌다. 그분이 돌아오셨으면 함께 떠났던 해율도 돌아왔을 것이다. 얼른 일어나 해율을 만나고 싶었다. 사비가 몸을 움찔하자 마염이 어깨를 잡았다.

"난 네가 다 나을 때까지 극진히 간호하라는 명을 받았다. 그러니 가만 누워 있어. 곧 연화궁 마마께서 오실 거야."

사비가 몸을 일으켜 앉은 것은 사흘 만이었다. 그동안 연화는 하루에도 두어 번씩 찾아와 손을 만져 주고 어서 일어나라며 따듯이 웃어주었다. 그것은 난생처음 받아보는 어머니의 사랑처럼 따듯했다. 사비는 그것이 너무나 행복했다.

가희는 반란군이 진압되고 휘경궁을 나왔을 때 잿너미로 변한 연화궁을 바라보며 통곡을 했었다. 필시 그 잿더미 속에 연화의 시신이 있으리라 생각했다. 중간에 휘경궁으로 달아나기를 잘했지, 그러지 않았으면 자신도 고스란히 재가 되어 저곳에 묻혀 있었을 것이다. 한참을 울다 보니 저만치 시비들 틈에 울불이 서 있는 것이 보였다.

휘경궁으로 뛰어들고 보니 울불이 어느새 따라왔는지 뒤편에 서 있었다. 사비는 어찌 되었느냐는 말에 모른다며 시치미를 뚝 떼었다. 손을 떨치고 달아났을 게 분명했다. 연화를 두고 달아난 자신이나 사비를 떨쳐 두고 달아난 울불이나 참으로 닮은 모녀다 싶었다. 휘경궁으로 들어온 후 울불은 내내 가희 곁을 맴돌았다. 슬금슬금 눈치를 보며 자꾸만 달라붙는 울불이 성가셨다.

아침이 되어 죽은 줄 알았던 연화가 의연한 모습으로 나타나자 가희는 한달음에 달려가 가슴에 안겼다.

"잘못되신 줄 알았습니다. 흑흑…… 어마마마께서 잘못되셨으면 소녀도 따라가리라 생각했습니다. 으흐흑."

휘경궁으로 달아나던 순간의 자신의 마음을 들키기라도 할까 봐 고개도 들지 못한 채 그 마음을 숨기려 눈물부터 쏟아내었다. 가슴에 매달려 우는 가희를 보니 마음이 찡했다. 태무도 무사하고, 가희도 무사하니 얼마나 다행인가. 연화는 그제야 안심이 된다는 듯 다가와 꼭 안아주었다.

"너희들이 무사하여 정말 다행이다."

순간 가희는 연화궁 마마의 진정한 딸이 되고 싶어졌다. 거짓이 들통날까 봐 불안에 떨지도 않고 사비의 얼굴을 알아보기라도 할까 봐 두려워 할 일도 없었으면 좋겠다. 이 비밀을 알고 있는 울불도 사라져 버리고 얼굴만 보아도 두려운 사비도 사라져 버렸으면 좋겠다.

사로잡힌 해사랑금의 모든 일족은 반역의 죄를 물어 노비로 전락하였고, 그들이 장악하고 있던 기란국의 모든 상권과 바다를 통한 무역권을 국가로 귀속시켰다. 그렇게 함으로써 드디어 아사금이 나라의 재정을 장악하게 되었고, 군부까지 장악하고 있었으니 난생처음 강력한 왕권을 수립하는 순간이었다. 아로를 잃어 넋이 나간 듯 울고 있는 태무만 아니었다면 완벽한 그림이었을 것이다.

"아로를 찾아오너라. 왕손을 잉태하고 있는 사람이다! 너희들이 이러고도 나의 수족이라 할 수 있느냐!"

아로가 어린 무사들에 의해 저자에서 끌려 다닌 일을 다 들었을 터인데도 태무는 아로의 뱃속에 든 아이가 기어코 자신의 아이라고 소리쳤다. 혹시라도 아로가 잘못된다면 너희들 모두의 목을 베겠다고 소리를 쳤다.

아무것도 모르고, 아무것도 하지 못한 채 허수아비처럼 명의 손에 끌려 이리저리 도망 다니며 목숨을 부지한 자신이 혐오스러웠다. 자신을 보호하기 위해 혼자 반란군을 유인하고 숙을 고비를 넘어온 어마마마가 원망스러웠다.

이리 살고 싶지는 않다. 허수아비보다 못한 자신을 위해 초개처럼 목숨을 내던진 어린 무사들도 무섭다. 누가 그 어린아이들을 그렇게 만들었는가? 바로 어마마마다. 아들을 지키기 위해 그 어린 무사들을 화살받이로 내몬 어마마마가 무섭다. 곱고 곱기만 하던 분이 무섭도록 변하는 모습에, 그 모든 것이 자신 탓이란 생각에 태무는 더 이상 살고 싶지 않았다.

예상대로 달아난 반란군의 일부가 요나성을 공격했다는 소식이 들렸다. 그리고 다시 반란군을 막아내고 요나성을 사수했다는 소식도 도착했다. 그러나 무영은 해율에게 돌아오라는 영을 내리지 않았다. 먼저 해결할 일이 있었다.

하필 연화궁 마마의 목숨을 구한 아이가 사비라니…….

무영을 끙, 한숨을 쉬며 자리에서 일어났다. 감상에 젖어 머뭇거릴 일이 아니다. 그는 연화를 만나기 위해 걸음을 재촉했다. 연화궁이 전소된 관계로 연화의 거처는 휘경궁에 마련되어 있었다. 태무를 대신해 실질적인 정사를 보고 있는 연화인지라 대신들의 발길도 왕이 있는 태평전이 아니라 연화가 머무는 운하전으로 드나들기에 바빴다.

연화는 오라버니 무영을 새삼스런 눈으로 바라보았다. 해사랑금에 기울어져 있던 권력을 한순간에 역전시켜 강력한 왕권을 구축해 버린 그의 능력이 놀라웠다. 그러면서도 그는 흥분한 기색조차 없다.

"수고 많으셨습니다, 오라버니."

"마마의 힘으로 이루신 겁니다. 그리고 유신의 힘과 무사대의 힘이 컸습니다."

"예."

"이제 이 일의 마무리를 지어야 할 때입니다."

"마무리라면……?"

"가희 공주와 해율의 혼인 말입니다."

아…… 고개를 끄덕이는 연화의 눈빛이 다시 가뭇해졌다. 그래야지, 그 일을 마무리 지어야한다. 이번 일을 계획하며 유신도 자신도 이미 마음으로 결정을 했던 일이다.

"그전에 먼저 해결하셔야 할 일이 있습니다."

또 무슨 일이 남았을까, 연화는 고개를 갸웃하며 무영을 바라보았다.

"사비라는 아이는 일어났습니까?"

"예, 워낙 건강한 아이라 금세 자리를 털고 일어났습니다. 이젠 그 아이를 내내 곁에 두……"

"그 아이를 멀리 보내십시오."

연화의 말을 끊으며 무영은 그렇게 말했다. 목숨을 구해준 아이를 죽이라고 할 수는 없으니 멀리 보내라는 수밖에 없다.

"무슨 말씀이십니까?"

"해율과 가희 공주를 무사히 혼인시키기 위해섭니다. 실은 해율이…… 그 아이를 마음에 두고 있습니다."

"설마, 해율이?"

그럴 리가 없다. 사비의 신분을 모를 리도 없고 신분 질서를 깨뜨린 사랑이 어떤 결과를 낳는지 뻔히 알고 있을 해율이 그런 어리석은 마음을 먹을 리가 없다. 그냥 호기심이고 장난일 테지. 5부의 귀족 청년들이 종종 그러지를 않는가? 연화는 설핏 미소를 지었다.

"뭘 걱정하십니까? 잠깐 그러는 거겠지요. 그럴 나이지 않습니까?"

"장난이 아닙니다, 마마. 해율의 마음은 진심입니다."

"유신님도 알고 계시는 일인가요?"

"요나성에 해율을 두고 온 것도, 그 아이를 멀리 보내자는 것도 모두 유신의 뜻입니다."

유신이 정말 단단히 결심한 모양이다. 해율이 천민의 여자와 이어지는 것을 막으려는 그 마음을 이해하면서도 한쪽 가슴이 싸하다. 아사금 연화의 존재가 유신의 가슴에서 영원히 밀려나 버린 느낌이다, 지나간 바람처럼.

잘되었다. 바라던 일이 아닌가.

"서두르십시오. 해율이 돌아오기 전에 일을 마무리 지어야 합니다."

"꼭…… 그리해야겠습니까?"

"마마께서 못하시겠다면 소인이 하겠습니다."

무영은 표정 없는 얼굴로 그렇게 말했다. 그는 무슨 일이든 한 번 마음먹은 일은 망설이는 법이 없다. 그 방법도 서슴없을 것이다. 후환이 있겠다, 생각되면 사비에게 무슨 짓을 할지 모르는 무영이다.

"아니, 제가 하지요."

평생 곁에 두고 아껴주리라 생각했었는데 그럴 수 없게 되었다. 마음이 아프지만 어쩔 수 없는 일이다. 사비의 운이 그것밖에 되지 않는 것을 어쩌겠는가. 무영으로부터 목숨을 지켜주는 것이 자신이 할 수 있는 최선이리라. 마음을 흔들던 토굴에서의 모습도 그만 잊어야겠다. 연화는 빠르게 결정을 내렸다.

같이 차나 한 잔 마시자며 부르기에 행복한 마음으로 연화궁 마마를 찾아왔는데 차루벌을 떠나라니, 자신이 무슨 잘못을 저질렀을까? 사비는 아무리 생각해 보아도 모르겠다.

"마마, 무슨 말씀이신지 소인은 모르겠나이다. 언제까지나 곁에 있으라 하지 않으셨습니까? 가장 가까운 곳에 있으라 하지 않으셨습니까?"

금방이라도 눈물을 쏟을 것 같은 사비의 눈을 바라보며 연화는 다시 단호한 음성으로 말했다.

"떠나거라. 너와 나의 연이 여기까지인 모양이다."

"마마……."

"해율을……."

연화는 잠시 말을 멈추고 시비들을 내보냈다. 그리고 아무도 들이지 말라는 명을 내렸다. 눈물이 고일 듯 말 듯 흔들리는 눈으로 바라보는 사비의 모습에 마음이 아팠다. 스물이면 이제 완연히 사랑을 알 나이다. 해율과 사비는 어쩌면 서로 난생처음 가슴에 품은 사랑일지도 모른다. 그것을 떼어놓는다는 것이 얼마나 가혹한 일인지도 안다. 그러나 어쩌겠는가. 기란국은 해율이 필요하고 둘의 사랑은 이루어질 수 없는 것을. 함께하려다 두 사람의 생이 어찌 될지 뻔히 보이는 것을. 떠나보내는 것이 사비를 위해서도 옳은 일이다.

연화는 드디어 결심한 듯 단호한 표정으로 물었다.

"해율을 사랑하느냐?"

사비는 아무 대답을 못한 채 찻잔만 움켜쥐고 있었다. 어떻게 아셨을까? 무어라고 대답을 해야 할지 모르겠다. 그렇다고 말할 용기도, 아니라고 말할 마음도 없다. 입술만 꼭 깨문 채 앉아 있는 사비를 보니 다시 마음이 저릿하다. 그러나 아무리 자신의 목숨을 구해준 사비라 하나 가희의 앞길에 걸림이 된다면 떼어낼 수밖에 없다. 기어이 고집을 부린다면 목숨이 위험하다. 무영이 가만있지 않을 것이다. 자신에게는 사비를 지켜줄 힘이 없다.

"가희와 해율을 혼인시키려고 한다. 그러니 네가 이곳을 떠나주어야겠다."

여화의 입에서 나오는 말이 이명처럼 들렸다. 해율은 자신과 이미 마음을 나눈 사이이며 함께 우슬라로 가서 혼인을 하기로 약조한 사이라는 말을 당당히 하고 싶지만 입이 떨어지지 않는다. 과연 그것이 가당키나 한 소린가.

"너와 해율의 관계를 몰랐다면 모를까, 이미 알아버린 이상 널 더 이상 이곳에 둘 수는 없다. 그러니 해율이 돌아오기 전에 네 어미와 함께 걸로로 떠나거라."

"마마……."

들릴 듯 말 듯 부르는 사비의 목소리가 떨렸다.

"너희 두 모녀, 평생 편히 살 수 있을 만큼의 재물을 내어줄 터이니 당장 떠나거라."

꽉 깨문 사비의 입술이 떨리더니 굵은 눈물방울이 찻잔 속으로 툭 떨어지는 것이 보였다. 그러나 여화는 그것을 외면했다.

궁궐 생활 스물하고도 세 해째, 모질게 끊어내었던 인연이 한둘이던가? 궁중에서의 삶이란 원래 그런 것이다.

더 이상 할 말이 없다는 듯 차갑게 앉아 있는 연화를 바라보다가 사비는 그곳을 나왔다. 발아래가 휘청 흔들렸다.

천한 잠녀 주제에 떠나라면 떠날 것이지 무슨 할 말이 있겠는가? 그러나 해율을 보지 않고는 떠나고 싶지 않았다. 그가 돌아오기만 하면 아무 일이 없었던 듯 자신을 데리고 가리옹성으로 떠나줄 것 같다.

해율님…….

밤새 베개를 적시며 눈물을 흘리다가 새벽녘에야 무슨 일이 있으면 아버지 유신을 찾으라던 해율의 말을 떠올렸다. 사병들을 이끌며 반란군과 맞서던 그분의 모습은 참으로 용맹해 보였다. 그를 보며 전장터에서의 해율의 모습도 저러하리라 짐작했었다. 그분이라면 도움을 줄지도 모른다.

동 트는 새벽에 궁을 빠져나와 유신의 집으로 찾아갔다. 이른 새벽이라 아무도 내다보는 이 없는 대문 앞에서 사비는 불안한 마음으로 서성거렸다.

만나주실까? 뭐라고 얘기해야 하나? 실은 해율님과 이미 마음을 나눈 사이입니다. 해율님은 저와 혼인하기로 했습니다. 해율님의 짝은 가희 공주가 아닙니다. 해율님을 뵐 때까지만 차루벌에 머물게 해주십시오…….

모두가 가당치도 않은 말들이다. 공주를 두고 천하디천한 걸로의 잠녀를 아들의 짝으로 받아들일 리가 없다. 하늘이 웃을 일이지.

새벽 내내 대문 앞을 서성이며 사비의 마음은 점점 절망으로 치닫고 있었다. 비를 들고 대문을 나오던 늙은 노복이 고개를 갸웃하며 사비에게 다가오다가 그들의 작은 주인 해율이 별채에 모셔두고 문턱이 닳도록 들여다보던 그 여자라는 것을 알아보았다.

"해율님은 아직 요나성에서 돌아오지 않으셨네."

"유, 유신님을 뵈러 왔습니다."

"나리를?"

"꼭 뵈어야 할 일이 있습니다. 뵙게 해주십시오."

약간 망설이는 듯하던 그는 이내 흔쾌히 고개를 끄덕였다.

"잠깐 기다려 보게."

잠깐 기다리라며 들어간 노복은 내내 무소식이었다. 해가 중천에 떠오르고서야 다시 대문이 열렸다. 늙은 노복은 미안한 얼굴로 사비에게 들어오라고 했다.

"늙은 것이 정신이 깜빡깜빡하는지 그새 잊었지 뭔가. 방금 말씀 올렸으니 들어가 보게."

유신은 정갈한 모습으로 사비를 맞았다. 해율과 몹시도 닮은 듯, 그러나 어딘가 다른 느낌이다. 방으로 들어서는 사비는 궁에서 만나던 모습과는 또 다른 느낌이다. 이 어린 여자가 그저 천하디천한 걸로의 잠녀로만 보이지 않는 것은 반란이 일어났을 때 연화를 구하기 위해 보여주었던 그 대담한 용기 때문이다. 그러나 이미 결정한 마음이 변할 일은 없을 것이다.

"해율과의 인연이 언제부터였느냐?"

"세 해 전, 걸로에서 처음 만났습니다."

꽤 오래된 인연이다. 말하는 모습이 단정한 것을 보니 막무가내 같은 여자는 아닌 것 같아 다행이다. 왜 그들이 함께할 수 없는지 잘 인식하고 있을 테니 말이다.

"그럼, 해율의 꿈이 무엇인지는 아느냐?"

사비는 움찔했다. 그가 바라는 꿈과 자신의 처지가 얼마나 멀고 먼 거리에 있는지 알기에 쉽게 입이 떨어지지 않았다. 이 말을 뱉어버리고 나면 유신에게는 어떤 부탁도 할 수 없을 것 같다. 해율과 함께하고자 한 것이 자신에게 정말 가당키나 한 꿈이었을까? 사비는 입술을 깨물며 천천히 입을 열었다. 목이 말라서 말이 잘 나오지 않았다.

"그분의 꿈은…… 기란국 최고의 무장이 되어…… 야로국과 단국을 넘고…… 매호국을 넘어 광활한 벌판까지……."

사비는 더 이상 말을 잇지 못했다.

"그럼 그것이 얼마나 이루기 힘든 꿈인지도 알겠구나?"

"……."

"저 혼자의 힘만으로는 결코 이룰 수 없는 꿈이다. 더구나 신분 질서를 어지럽힌 자로서는 감히 꿈조차 꿀 수 없는 허황된 이야기일 뿐이지."

"노력하면……."

"노력해도 안 되는 일이 있다는 걸 모르느냐? 네가 차루벌에 있는 한 무영은 절대 해율을 불러들이지 않을 것이다. 그것이 5부 귀족의 힘이고 무영의 힘이야. 또한 나의 뜻이기도 하다. 평생 차루벌에는 발조차 들여놓을 수 없는 자가 어찌 그 큰 꿈을 이루겠느냐."

사비는 두 손을 꼭 움켜잡은 채 말이 없었다. 일말의 기대를 가지고 찾아온 유신은 그저 절벽 같을 뿐이다.

"너희들이 얼마나 허황된 꿈을 꾸었는지 알겠느냐?"

"해율님이 돌아오시면……."

"아니, 해율이 돌아오기 전에 떠나거라."

그렁하게 고여 있던 눈물이 드디어 후두둑 떨어졌다. 자신이 참으로 몹쓸 짓을 한다 싶으면서도 유신은 말을 멈추지 않았다. 사비가 확실히 마음을 접을 수 있는 말을 해줄 필요가 있었다.

"해율과 가희 공주의 혼인이 무엇을 의미하는지 아느냐?"

"……."

"해율은 승하하신 능혜왕 전하의 부마도위로 차대왕의 자격을 얻을 것이다. 태무왕의 뒤를 이을 기란국의 국왕 말이다. 해율의 꿈은 그것에서 시작될 것이다. 그러니 진심으로 해율을 생각한다면……."

사비의 얼굴이 하얗게 질리는 것이 보였다. 잠깐 고개를 돌렸다가 다시 보았을 때 사비는 이미 그곳에 없었다.

광활한 벌판을 자신의 말발굽 아래에 두고 기란국을 이 땅에서 가장 강대한 나라로 만드는 것이 꿈이라던 해율. 이제 곧 태무왕의 뒤를 이을 차대왕의 자격을 얻게 될 해율. 그의 꿈이 한 발 앞으로 성큼 다가왔다. 감히 무슨 말을 하겠는가! 무슨 욕심을 부리겠는가!

눈앞이 흐려 아무것도 보이지 않았다. 울 수도, 매달릴 수도, 억지조차 부릴 수 없는 상황이 되어버렸다. 어리석은 기다림은 해율에게 족쇄를 채울 뿐이라는 것을 사비는 순식간에 깨달았다.

"내 꿈이 무언지 아느냐? 내 꿈은 이 나라 최고의 무장이 되어 기란국(機瀾國)을 이 땅에서 가장 상성한 나라로 만드는 것이다. 언젠가는 단국도, 야로국도, 그리고 그 북쪽의 매호국까지 모두 내 힘으로 우리 기란국(機瀾國)에 복속시킬 것이다."

거뭇한 턱을 들어 먼 바다를 바라보던 걸로에서의 어린 해율이 떠올랐다. 자신으로서는 감히 쳐다 볼 수도 없는 까마득한 곳에 눈을 두고 있던 외지에서 온 낯선 남자, 난생처음 말을 걸어 주었던 남자였고 난생처음 웃어주었던 남자였다. 사내를 잡아먹을 사나운 운명을 타고나 모든 불운이 제 탓인 듯 절망감에 빠져 있던 그녀의 마음을 위로해 주었던 최초의 남자다.

밤새 잠을 이루지 못하고 문밖에 일렁이는 대 그림자를 바라보며 사비는 설핏 미소를 지었다. 대 그림자 사이로 기란국의 왕, 정복군주 해율의 모습이 일렁거린다. 언제나 그가 크고 큰 사내가 되기를 바랐다. 큰 포부를 품고 가장 높은 곳에 눈을 둔 사내가 되기를 바랐다.

그리 사십시오…… 저는 정말 아무렇지 않습니다.

대 그림자가 두 개로, 세 개로, 수십 겹의 그림자로 흐리게 번졌다.

갑자기 걸로로 돌아가겠다니, 사비의 속을 알다가도 모르겠다. 어쨌거나 돌아가겠다고 하니 울불은 십년 묵은 체증이 다 내려가는 기분이다. 이젠 가희가 좀 마음 편히 지내려나? 그동안 좌불안석 동동거리며 볶아대는 통에 울불도 못 견딜 지경이었다.

가희 저년이 하는 양을 보니 장차 제 어미마저 잡아먹을 년이다. 성미대로라면 머리채라도 잡고 휘두르고 싶었지만 그럴 수도 없고 예전처럼 사비에게 분풀이를 할 수도 없고 이래저래 제 속만 볶아대고 있던 울불인지라 걸로로 돌아가자는 말이 그렇게 반가울 수가 없었다.

그날로 가희를 만난 울불은 나중에 꼭 자신을 다시 불러들이겠다는 약조를 받아내고서야 안심이 된 듯 잠자리에 들 수 있었다.

연화궁 마마가 내리신 진귀한 물품들이 수레 가득 실렸다. 걸로에 가면 당장이라도 큰 집을 마련하고 자신을 멸시하던 그곳 사람들에게 보란 듯이 떵떵거리며 살아볼 생각에 울불은 찢어진 입을 다물지 못했다. 가희가 따로 쥐어준 한 움큼의 금은보화를 옆구리에 차고 어서 사비가 나오기만을 기다리고 있었다.

사비는 건조한 눈으로 연화를 바라보았다. 슬퍼할 일이 아니니 슬퍼하지 않을 것이고 미련도 두지 않을 것이다.

"천한 것이 감히 마마를 존경하고 사모하였나이다."

사비의 마지막 인사는 그것이었다. 그녀의 얼굴에는 눈물도, 아쉬움도 없었다. 내려주신 많은 재물은 필요없나이다, 하였다가 그럼 섭섭할 거라는 연화의 말에 그럼 받겠다고 했다. 떠나는 길을 명이 함께해 줄 것이라는 말에도 싫다, 했다가 연화의 표정을 보고 다시 그러라고 했다. 연희궁 마마기 지신 때문에 마음 아파하지 않기를 바라는 마음도 있었고 걸로의 천한 잠녀가 얼마나 당당하게 떠나는지 보라는 당돌한 오기 같은 것도 있었다. 어떤 위로의 말도 필요없다는 듯 담담한 얼굴로 돌아서는 사비를 보며 연화는 자신이 무슨 잘못을 저지르고 있는가, 잠깐 생각했다.

늘 그리움이 가득한 얼굴로 자신을 바라보던 아이였다. 스쳐 지나치는 한 마디에도 감격하던 아이였다. 자신을 위해 망설임 없이 목숨을 던지던 아이였다. 이리 보내 버리고 나면 다시는 못 볼 아이다. 토굴에서 보았던 눈에 익은 그 얼굴이 떠오르자 연화는 자리에서 벌떡 일어나 밖으로 나갔다.

사비야……!

사비의 행렬은 이미 연화교를 건너고 있었다. 그리고 이내 시야에서 사라졌다. 연화는 흐려지는 눈을 깜빡였다.

날 원망하지 마라. 세상사가 원래 이러한 것인 것을 어찌겠느냐? 부디 편히 살아라.

멀어지는 차루벌을 돌아보며 사비는 아무도 몰래 눈물을 훔쳐 내었다. 이 눈물이 자신의 생에서 흘리는 마지막 눈물이 되기를 바란다. 이곳은 처음부터 자신이 있을 곳이 아니었다. 평생 출렁이는 파도 자락을 보며 자란 사람이 어찌 산으로 둘러싸인 곳에서 살 수 있겠는가? 잠시 바람이 스쳐 간 것이다. 그 바람이 가슴에 남겨놓은 흔적은 걸로의 바다가 다 씻어줄 것이다. 해율이 크고 큰 사내가 되어 자신의 꿈을 펼쳐갈 수만 있다면 그것으로 만족하리라.

열흘을 걸어 걸로에 당도했다. 바다는 어머니의 품처럼 너른 가슴으로 다시 돌아온 사비를 안아주었다. 걸로를 떠난 지 일 년 만이었다.

八 왕이 되소서

해율은 반란이 진압되고 달포가 지나서야 차루벌로 돌아오라는 명을 받았다. 요나성에서 포로로 잡고 있던 해사랑금 사병들을 인솔하고 돌아오느라 더 시간이 많이 걸렸다. 이제 막 복구가 시작된 연화궁의 모습에 그는 한숨을 지었다. 그토록 아름답던 궁이 흔적 없이 사라져 버렸던 것이다. 그날의 전투가 얼마나 치열했던가를 한눈에 알 수 있었다.

요나성에서 아버지 유신의 활약상을 전해 들었다. 편치 않은 몸으로 그 큰일을 치러내신 아버지가 자랑스러웠다. 그리고 또 한 가지 그를 흥분시켰던 것은 사비의 소식이었다. 도대체 무슨 간으로 연화궁 마마와 옷을 바꿔 입고 반란군을 유인할 생각을 다 했는지, 상상만으로도 등골이 오싹해진다. 만나기만 하면 버럭 화를 내주어야겠다 생각하면서도 마음 한구석에서 자랑스러움이 이는 건 어쩔 수 없다. 이 겁 없고 당돌한 여자를 어찌해 버릴까 싶어서 오금이 다 저릴 지경이다.

전하를 뵙고 연화궁 마마를 뵙고 다시 무영 대장군을 뵙고 전황보고를 하는 일들이 지루하게 이어졌다. 아로를 잃은 태무는 몸은 물론 마음까지 한풀 꺾여 버린 모습이어서 해율을 안타깝게 했다. 그에게 있어 반란군의 진압은 아무 의미가 없어 보였다.

"아로의 뱃속에 든 아이면 내 아이이기도 하다. 그 아비가 누구든…… 난 어마마마가 원망스럽다, 해율."

깊은 그늘이 진 태무의 얼굴을 뒤로하고 집으로 향했다. 사비의 소식이 궁금했지만 넋을 놓은 듯 허무에 빠진 태무에게 물을 수는 없었다.

달포 사이 차루벌은 많이 변했다. 해사랑금 집안은 기란국에서 순식간에 자취를 감추어 버렸다. 사로잡힌 해사랑금 집안의 대부분의 사람들은 노비로 전락을 하였고, 일부는 반란군의 잔당들과 함께 남하하여 그들의 옛 근거지인 걸로를 거쳐 화조국으로 건너갔다는 소문이었다. 그 잔당들 속에 건승의 일가족이 있다는 말도 들었다. 이제 명실 공히 기란국을 이끄는 힘은 아사금과 별금이 되었다.

유신은 집으로 돌아온 아들의 얼굴을 묵묵히 바라보았다. 표정으로 보아 해율은 사비의 일을 전혀 모르는 것 같았다. 자신이 평생 가슴에 품고 살았던 응어리를 해율의 가슴에도 지워놓은 것은 아닐까 은근히 걱정했지만 이내 머리를 흔들었다. 사비와 연화는 다르고 자신과 해율도 다르다. 해율은 자신처럼 어리석지 않으니 금세 사비의 그림자를 털어내고 가희 공주를 받아들일 것이라 생각했다. 제왕의 자리가 눈앞에 있지 않은가.

"율아."

어릴 적 불러주던 다정한 이름이 유신의 입에서 나오자 새삼스런 느낌이다. 진지한 이야기를 꺼낼 때면 유신은 늘 해율을 그렇게 불렀다.

"예, 아버님."

아들의 단정한 대답을 들으며 유신은 깊은 숨을 내쉬었다. 사람이 나고 자란다는 것은 저 혼자만의 일이 아니다. 어미의 뱃속에 자리 잡는 순간 그 생은 이미 한 집안의 뿌리에 엮이고 가지로 뻗어나기 시작하는 것이다. 내 뿌리가 병이 들고 가지가 흔들리면 한데 엮인 뿌리들도 온전치 못하게 된다. 그래서 함께 아파할 수밖에 없는 그것이 같은 뿌리를 가진 이들의 숙명이다.

유신은 자신이 평생 함께 엮인 뿌리들에게 상처만 옮기며 살아온 사람이란 생각이 든다. 그래서 해율은 그리 살지 않기를 바란다. 튼실한 뿌리로 별금 집안을 잘 이끌어 나가기를 바란다.

이 결정으로 평생 이루지 못한 사랑 하나에 묶인 채 아무것에도 자유롭지 못했던 자신의 생의 전철을 해율이 밟게 될 것이라는 것도 모른 채 유신은 드디어 입을 열었다. 길게 망설이고 싶지 않았다.

"이번 반란군 토벌에 우리 별금 집안이 깊게 개입한 이유가 무언지 아느냐?"

"그야······."

연화궁 마마와 아버지, 그리고 무영이 건승의 반란을 유도했다는 것은 요나성에 있을 때 부렴 장군에게 들어 이미 알고 있었다. 연화궁 마마의 일이니 아버지께서 개입하시는 것은 당연한 일이라고 생각했다. 그러나 유신의 표정을 보니 그것 외에 자신이 알지 못하는 모종의 이유가 더 있었던 것 같다.

유신의 얼굴은 무거웠고 그래서 평소보다 몇 배의 위엄이 느껴졌다.

"난 이번 거사에 우리 별금의 운명을 걸었다."

"무슨 말씀이신지 소자는 모르겠습니다."

"나의 5대조이신 개신왕께서는 소서왕의 부마로 들어가 왕위를 이어받으셨다. 그 이후 우리 별금에서는 다시는 왕을 내지 못했다. 나는 네가 그 영광을 다시 이어받기를 바란다."

유신은 점점 알아들을 수 없는 말을 했다. 해율이 아는 한 유신은 권력에 사심이 없는 사람이다. 그런 그의 입에서 왕위 계승의 이야기가 나오고 자신과 가희 공주의 이름이 함께 나오자 해율의 얼굴이 흙빛으로 변했다. 유신은 정벌군을 꾸리기 전 이

왕이 되소서 365

미 연화궁 마마와 무영과 약조가 된 일이며 또한 별금 집안의 일족들과도 합의가 끝난 일이라고 했다. 그러니 아무 소리 말고 따르라는 명을 내렸다.

언제나 권력과는 저만치 떨어진 자리에서 고고하고 청정한 눈으로 세상을 바라보던 유신이었다. 그래서 더욱 존경했었다. 그러나 지금 눈앞에 앉아 있는 사람은 자신이 알던 아버지 같지가 않았다.

"사비는 어디 있습니까?"

"그 아이는 이미 떠났다."

사비가 떠났다는 소리에 그의 마음은 정신을 놓을 듯 흔들리고 있었다. 생각은 마비되었다. 순식간에 붉어지는 눈자위를 감추지도 못하겠다. 반란군을 진압하러 회군해 올 때도 해율을 요나성에 남겨두었고, 그 후에도 달포가 넘도록 불러들이지 않았었다. 연화궁 마마와 유신, 그리고 대장군 무영이 자신에게서 사비를 떼어내기 위해 어떤 일을 꾸몄는지 그제야 짐작이 갔다.

"제왕이 되는 거다. 네가 늘 꿈꾸어오던 그 포부들을 마음껏 펼칠 수 있는 제왕 말이다."

유신이 은근한 목소리로 다가왔지만 해율은 아무 소리도 들리지 않았다. 그의 가슴속에서 이미 커질 대로 커져 버린 사비의 존재는 그 어떤 것도 대신할 수 없다.

"소자는…… 사비와 함께할 수 없다면 아무것도 싫습니다."

해율의 입에서 힘겹게 나오는 소리에 유신의 얼굴은 노기가 서렸다.

어리석구나. 어리구나! 너의 포부들이 다 거짓이로구나!

하지만 유신의 어떤 설득과 노기도 해율의 마음을 달래주지 못했다. 다 자란 줄 알았더니 해율은 여전히 덜 자란 소년 같다. 어떤 결론도 내리지 못한 채 유신의 앞을 물러나온 해율은 새벽녘까지 어둠 속에 앉아 있었다. 이런 시련이 있을 줄은 처음부터 예상했었던 일이다. 다만 그 여파가 좀 더 큰 것일 뿐이다.

무얼 망설이는가?

그는 스스로에게 물었다. 그는 반란군과의 전투에서 죽어간 별금의 사병들을 떠올렸다. 자신의 선택에 따라 그들에게 주어지는 혜택도 달라질 것이다. 아버지 유신의 길도 달라질 것이다. 이젠 마음으로도 연화궁 마마를 품을 수 없게 된다. 유신에게 그것보다 더 큰 형벌은 없을 것이다. 연화궁 마마는, 전하는, 이 기란국은……. 그러나 그 모든 것들을 제치고 생각은 올곧게 한줄기로만 흘렀다.

사비, 그 아이. 자신에게 해를 끼칠까 도망만 치려던 그 여자. 가무잡잡한 그 얼굴이 눈앞에서 떠나지 않는다. 해율은 마구간으로 달려가 말을 끌어내었다. 원대한 꿈을 품은 청년, 기란국의 젊은 장수 해율은 이미 없었다. 그저 눈앞에서 사라져 버린 사랑하는 여인을 찾아 내달리는 어린 남자만이 존재했다.

유신은 멀어져 가는 말발굽 소리를 들으며 천천히 문을 열고 나왔다.

"다겸아!"

"예, 나리."

"병사 몇을 데리고 해율을 따라가거라. 가서 기다렸다가 데려와. 가까이 가지 말고 걸로 바깥에서 기다리면 다시 나올 것이다."

유신은 해율이 지금은 넋을 놓은 듯 사비에게로 달려가겠지만 결국은 다시 돌아올 것이라고 믿었다. 아들에게는 이루고자 하는 꿈이 있고, 별금이라는 집안이 발목을 잡고 있고, 단 한 번도 아비의 뜻을 거스르지 않았던 효심이 있고, 그리고 무엇보다 제왕의 자리가 기다리고 있으니 결국은 돌아올 것이다.

당장 새 집을 마련하자는 울불을 달래 옛집으로 들어간 사비는 열흘 만에 다시 바다로 나왔다. 자잘히 부서져 내리는 햇볕을 바라보다가 순식간에 풍덩 뛰어들었다. 온몸에 끼쳐 오는 싸늘한 냉기와 비릿한 바다 내음에 그제야 숨통이 트이며 살 것 같았다.

종일 물질을 해서 소쿠리 가득 조갑지를 담아 들어서는 사비를 보며 울불은 눈을 흘겼다.

"평생 떵떵거리며 먹고 살 재물을 광에다 처박아두고 무슨 짓을 하고 다니는 거냐? 쯧쯧쯧, 네년이 공주마마 얼굴에 먹칠을 하려고 작정을 했구나!"

빽 지르는 고함 소리를 무시하고 부엌으로 갔다. 울불은 끓어

오르는 화를 가누지 못하고 식식거리다가 더 어쩌지를 못하고 문을 쾅 닫았다.

머리채를 잡고 덤벼들지 않으니 다행이다. 사비는 픽 웃음을 흘리며 밥을 지었다.

정말 알다가도 모를 년이다. 걸로로 돌아오자마자 연화궁 마마께서 한 수레 가득 챙겨주신 재물을 광에다 처박아두고 쇠통으로 채워 버리더니 또 물질을 나선다. 저렇게 미련퉁이 같으니 제 자리를 빼앗기고도 알아채지 못하는 것이다. 그나저나 저 재물을 어찌하면 손에 넣을 수 있을까? 가희가 한 움큼 챙겨준 재물은 연화궁 마마가 사비에게 챙겨준 것에 비하면 병아리 눈물 민하니 울불은 욕심이 나서 견딜 수가 없다.

사비는 울불의 말을 무시한 채 다음날도 다시 바다로 나갔다. 지금은 바다만이 유일한 위로가 되어주기 때문이다. 바다에서만 해율을 만날 수 있고, 그의 웃음을 볼 수 있고, 또 그곳에서만 그를 잊을 수 있었다. 차가운 물속으로 풍덩 뛰어든 그녀는 깊이깊이 헤엄쳐 들어갔다.

며칠 골목을 서성이며 주위를 살피던 지마는 사비가 집을 나서는 것을 확인하고 얼른 집안으로 숨어들었다. 인기척을 느끼고 문을 열어보던 울불은 순식간에 방 안으로 뛰어든 지마를 보고 엉덩방아를 찧었다.

"에구머니나!"
"흐흐, 오랜만일세?"

달검이 배를 타고 먼 바다로 가고 난 뒤 눈이 맞아 사통을 해 왔던 사내다. 불러오는 울불의 배를 보고 겁을 먹고는 발길을 끊어버렸던 그 원수 같은 놈. 그동안 한 마을에 살면서도 눈길 한번 주지 않던 모진 인간이 무슨 일인가 싶어 가슴이 벌렁거린다.

"무, 무슨 짓이오? 당장 나가지 못하겠소!"

앙칼지게 쏘아붙이는 울불을 보고도 사내는 아무렇지도 않은 척 빙긋 웃으며 자리에 털썩 앉았다.

"오랜만에 보니 반가울 텐데 너무 그러지 말게."

유들유들한 저놈의 성격은 여전하다. 하긴, 그런 짓을 하고도 멀쩡한 얼굴로 달검을 대하던 사내였으니.

"할말 있으면 얼른 하고 나가소. 사비가 언제 올지도 모르고 차불한이 또 사람을 보낼 시간이니."

사비 모녀와 동행해 온 명은 마차 가득 재물을 싣고 온 모녀를 이런 험한 곳에 두고 가기가 내심 불안했던지 마을의 촌장 격인 대 선주 차불한을 찾아가 사비 모녀에게 무슨 일이 생기면 모든 책임을 그에게 묻겠다며 얼음장을 놓고 갔다. 그래서 차불한은 하루에도 서너 번씩 사람을 보내 이 집을 살펴보고 있다.

"사비는 바다에 나갔으니 저녁은 되어야 올 것이고······."

문을 벌컥 연 그는 댓돌에 벗어놓은 신을 들고 들어와 윗목에 툭 던지고는 아예 벌러덩 누워 버렸다.

"아이고, 낮잠이나 한숨 자고 가야겠네."

커다란 사내의 몸이 좁은 방을 반 이상 차지하고 누워 버리자 울불은 몸을 움찔하며 다시 소리를 질렀다.

"당장 나가지 않으면 차불한님께 일러 잡아가게 하겠소! 차루벌에서 왔던 그 무사님이 부탁을 하고 갔으니 내 말 한마디면……."

"우리가 어디 한두 해 알고 지낸 사인가? 이만하면 보통 인연은 아닐 텐데 그리 박정하게 대하지 마소."

"우리 사이에 인연은 무슨 인연? 내겐 남보다 못한 원수덩어리거늘!"

지마는 슬쩍 돌아누우며 커다란 손을 울불의 치마 속으로 불쑥 넣었다. 화들짝 놀라 물러나 보지만 어느새 엉덩이를 당겨 꼼짝 못하게 붙잡고 다른 한 손으로 허벅지살을 쓰다듬었다.

"자네와 내가 살과 피를 나눠준 자식이 있는데 그럼, 이게 어디 보통 인연인가?"

혼자 끙끙거리며 자식을 낳을 때도 코빼기조차 비치지 않던 놈이 이제 와서 새삼스럽게 웬 자식 타령이란 말인가? 그때 사비가 없었다면 아마도 달검의 쇳덩이 같은 주먹에 머리통이 깨져 죽었을 것이다. 울불은 은밀한 숲으로 슬금슬금 기어들어 오는 지마의 손을 잡아 홱 뿌리쳤다.

"우리가 언제 살과 피를 나눠 자식을 낳았소? 혼자 배부르고 혼자 애를 낳은 적은 있지만 그쪽과는 상관없는 일이오!"

"허허, 그리 말하면 섭섭하지. 입은 삐뚤어져도 말은 바로 하랬다고, 아비 없는 자식이 어디 있던가. 그때는 내가 좀 모질게 했네. 그래도 그게 다 자네 살고 나 살자는 뜻이었지 나 혼자 살고자 그랬던 건 아닐세. 달검이 우리 사이를 알았어봐? 가만뒀겠는가? 그나마 누구 씨인지 몰랐으니 그냥저냥 넘어간 거지."

"그러니 이제 와서 뭘 어쩌자는 것이오! 듣기 싫으니 당장 나가소!"

다시 한 번 매몰차게 밀어내는 울불의 손목이 지마에게 꼭 잡혀 버렸다. 그는 능글능글한 눈을 코앞으로 가져왔다.

"혼자만 영화를 누릴 생각 말라 이거지."

영화? 무슨 영화? 이놈이 뭘 아는 것일까 싶어 심장이 덜컥 내려앉는다. 탐욕스럽고 능글한 그의 눈이 다시 한 번 울불의 얼굴을 훑고 내려가더니 입을 귀 가까이로 가져와서는 들릴 듯 말 듯 속삭였다.

"하늘은 속여도 내 눈은 못 속이지. 내 딸은 사비가 아니야."

징그러운 뱀처럼 혀끝이 살짝 귓불을 훑고 지나갔다. 울불은 온 살이 오그라드는 것을 느끼며 미친 듯이 지마에게 덤비기 시작했다. 혹여 소리가 밖으로 새어나갈까 봐 고함을 지르지도 못한 채 주먹으로 때리고 손톱으로 할퀴다가 목침을 던지고 소쿠리를 집어 던지고 이불을 집어 던졌다.

죽어라! 죽어라, 이 짐승 같은 놈! 그 비밀은 하늘과 우리 모녀만 알아야 하는 비밀이다! 네놈이 뭔데, 네놈이 뭔데!

이리저리 몸을 피하던 지마가 다시 울불의 손목을 잡아 꼼짝 못하게 벽으로 밀어붙였다.

"가희 그것이 내 자식이란 건 아주 꼬맹이 적부터 알아보았지. 말을 할 수는 없었지만 오며 가며 얼굴을 대할 때마다 내가 고것을 얼마나 예뻐했는지 자넨 모를 걸세. 뽀얗고 예쁘장한 모양이 내 피가 흐른다는 걸 단박에 알아보았어. 걱정 말게. 설마 내가 내 새끼를 해코지 하겠는가? 자네가 무슨 수를 썼는지 모르지만 고것을 공주 자리에 앉혀놓았으니 이젠 우리 둘이 잘 좀 해보자는 거지. 함께 영화를 누려보자 이 말일세. 무슨 말인지 알겠는가?"

빈들빈들 웃으며 몸을 내려 누른 그는 재빨리 웃통을 벗어젖히고 징그러운 뱀처럼 울불의 몸에 올라탔다. 십구 년이 지났지만 여전히 청년 같은 힘으로 밀어붙이는 지마의 힘에 울불은 꼼짝 못하고 당할 수밖에 없었다.

잠녀라는 사실이 한 번도 부끄러웠던 적이 없었다. 궁에서도 모두들 천대하고 말조차 걸어주지 않았지만 마음은 언제나 당당했다. 누구에게 빌붙어 살아본 적도 없고, 가만히 몸을 놀리며 구걸을 해본 적도 없다. 그러니 조금도 못났다 생각하지 말라고 사비는 스스로에게 되뇌었다. 그러나 원망이 좀처럼 사그라지지 않는다. 그렇게 떠나올 수밖에 없었던 자신의 처지가 원망스럽고 난생처음 세상이 원망스러웠다.

미련퉁이같이 왜 그렇게 서둘러 도망쳐 왔을까? 해율을 위해 떠나는 것이 최선이었다는 생각은 지금도 여전하지만 숨어서라도 한 번만 보고 올 걸 그랬다. 사비는 화끈하게 치받아 오르는 그리움을 삭이려 다시 물속으로 잠겨들었다. 그럭저럭 견딜 만하던 것이 드디어 한계에 이른 듯 숨을 쉴 때조차도 해율이 그립다. 처음부터 꿈조차 꾸지 말았어야 할 남자였는데 무슨 용기로 마음에 담았을까?

바다는 입이 없지만 많은 말을 한다. 사비는 바다가 건네는 소리들을 들으며 자신을 질책하고 다독였다. 생각을 저 깊은 바다에 던져 두고 종일 바위에 앉아 있기도 했다.

하루하루 날벌레처럼 바다로 뛰어드는 잠녀로만 생을 마감하고 싶지는 않다. 연화궁 마마가 주신 재물을 야금야금 빼먹으며 하릴없이 멍하니 지내는 것은 더더욱 싫다. 무얼 하며 이렇게 살 것인가, 아무런 감정도 느껴지지 않는 어머니와는 어떻게 살아갈 것인가, 무엇이 가슴속에 가득한 해율의 그림자를 지워줄 것인가…… 생각이 많다.

밖으로 치솟아 오르며 참고 있던 숨을 토하던 사비는 저 만치 바위 위에 우뚝 서 있는 사내를 발견했다. 뚫어질 듯한 눈으로 바다를 응시하고 있는 그는 해율이다. 불쑥 튀어 오르는 사비와 눈이 마주치자 그의 몸은 금방이라도 바다로 뛰어들 듯 기울어졌다.

두 사람의 눈은 먼 거리를 두고 서로를 알아보았다. 사비는 머리 속이 하얘지고 말문이 막혀 버렸다. 턱에 차 오른 숨조차 삼켜지지 않았다. 열일곱 살에 처음 보고 가슴이 떨렸던 바로 그 모습 그대로다. 내리쬐는 볕 아래에서 그늘조차 찾아들지 못한 채 자신이 오기만을 미련하게 기다리고 앉아 있던 그때 그 모습.

바다로 쏟아져 내리는 햇살 탓에 사비의 얼굴이 잘 보이지 않았다. 그것이 속상한 듯 해율은 눈을 잔뜩 찌푸리고 있었다.

사비는 차 오르는 눈물을 견딜 수가 없어 바다 속으로 숨어들었다.

한마디 말도 건네지 못했는데 사비가 사라져 버렸다. 자맥질을 못하는 자신을 놀리며 까르륵 웃던 사비가 떠올랐다. 해율은 얼른 바위 위에 엎드렸다. 물결이 찰랑칠랑 흔들리며 비위를 쳤다. 이렇게 기다리고 있으면 그때처럼 사비가 나타날 것이다. 한 호흡 숨을 고르며 기다리지만 사비는 나타나지 않는다. 시리도록 푸른 저 깊은 곳에서 검은 물결이 일렁일렁 일어야 나타나는데 그것마저 보이지 않는다. 두려움이 울컥 밀려올 즈음 조금 떨어진 앞에서 사비가 솟아올랐다.

"하아! 하아!"

얼마나 오래도록 참고 있었는지 그녀는 숨조차 제대로 토해내지 못하는 것 같다.

도망치려고 했었다. 그의 눈에 띄지 않는 곳으로 멀리멀리 헤엄쳐 달아나 버릴 작정이었다. 그러나 바다 속으로 들어간 몸은 그저 제자리를 맴맴 돌기만 하다가 다시 해율의 눈앞으로 솟아

오르고 말았다. 해율은 닿지 않는 손을 뻗어 그녀를 불렀다.
"이리 와."
그의 눈은 눈물이 고여 일렁이는 바다 같았다.
"어서 이리 와."
얼굴에 닿을 듯 다가오는 손을 움찔 피하며 물러나자 해율의 눈이 견딜 수 없는 슬픔으로 가득 찼다. 보고 싶어 밤을 도와 달려왔노라 말하고 싶은데 입이 떨어지지 않는다. 사비는 얼굴 가득한 절망감과 거부감으로 그를 밀어내는 듯하다. 파도가 울컥 밀려오자 사비의 얼굴이 뻗어 있는 해율의 손에 살짝 닿았다 떨어졌다.
"사비야……."
안타까운 부름에 사비의 눈이 흔들리더니 눈물이 주룩 흘러내렸다. 다가가지도 못하고 도망치지도 못한 채 사비는 울고 있었다.
"도망치지 마라."
그 말을 들으며 사비는 다시 바다 속으로 숨어버렸다.
"사비야! 사비야!"
해율은 물속에 비치는 사비의 그림자를 따라 바위를 풀쩍풀쩍 뛰어 달렸다. 저 만치 앞에서 다시 물 밖으로 얼굴을 드러낸 사비가 잠깐 돌아보고는 깎아지른 벼랑이 있는 바위 쪽으로 헤엄을 쳐가는 것이 보였다. 풀쩍풀쩍 바위를 뛰어넘고 언덕을 미끄러져 구르고 다시 바위들을 건너 뛰어 깎아지른 절벽 아래에

도착하자 물속에서 사비가 불쑥 올라왔다. 얼른 손을 잡아 끌어올린 해율은 사비가 또다시 바다 속으로 도망가 버릴까 봐 재빨리 당겨 안았다. 그리고 짭짤한 내음이 느껴지는 그녀의 목에 얼굴을 묻었다.

"도망치지 마라."

목덜미를 따듯하게 적셔오는 것은 해율의 눈물이었다.

사비는 깎아지른 벼랑 아래의 바위 동굴로 해율을 이끌었다. 그곳은 물질을 하다가 갑작스런 폭풍우를 만나거나 쉬고 싶을 때 가끔 들어와 쉬는 사비만이 아는 비밀의 장소였다. 동굴 속에서는 산에서 내려온 물이 조그만 폭포처럼 떨어져 내려 바닷물과 합쳐지고 있었다. 위쪽에 나 있는 조그만 구멍으로 빛이 새어 들어오고 한쪽으로는 바다로 통하는 길도 열려 있었기 때문에 동굴 안은 그다지 어둡지 않았다. 두 사람은 커다랗고 널찍한 바위 위에 자리를 잡고 앉았다. 이렇게 손을 잡고 마주 앉아 있으니 그들의 앞에 가로놓인 현실이 다 꿈만 같았다. 아무 일도 없었던 듯 다시 함께할 미래를 꿈꾸던 그때처럼 마음이 부풀어 올랐다.

"요나성에서 너의 소식을 들었다. 연화궁 마마와 의복을 바꿔 입고 나섰던 일 말이다. 어쩌자고 그런 일을 자처했느냐?"

"그땐 방법이 그것밖에 없었습니다. 그리고 잡히지 않을 자신도 있었습니다."

담담하게 말하는 그녀의 얼굴은 한층 나이가 들어버린 듯 성숙해 보였다.

"닷새 전에 차루벌로 돌아와……."

해율은 뒷말을 잇지 못한 채 사비를 바라보았다. 여리고 나약한 여자였다면 차라리 마음이 덜 아플 것 같다. 슬픔도 분노도 다 제 속으로 삭여 버린 사비의 모습이 너무나 담담해서 해율은 속이 상하고 마음이 아팠다. 자신은 아무것도 이해할 수 없고 받아들일 수 없는데 사비는 이미 모든 사실을 이해하고 받아들여 버린 모습이다. 그는 새삼 화가 나는 듯 입술을 깨물었다.

"아버님의 말씀은 못 들은 걸로 해라."

"……."

"함께 우슬라로 가자. 가리옹성에 도착하면 우선 혼인부터 하고……."

"저는…… 저는 정말 괜찮습니다. 그러니 그만 돌아가십시오."

단호한 사비의 말에 해율은 화가 났다. 자신의 마음은 확인도 않은 채 혼자 결정을 내려 버린 사비의 마음이 야속했다.

"무슨 말을 그렇게 하느냐! 이게 뭐 어느 한쪽이 괜찮고 괜찮지 않고의 문제냐! 내 마음은 조금도 변함이 없다. 아무 말 말고 내가 하자는 대로 해. 이 길로 곧장 가리옹성으로 가는 거다."

사비는 그의 말들이 어리석고 철없게 느껴졌다. 함께 가리옹성으로 간들 무슨 수가 있단 말인가? 지엄하신 연화궁 마마의 명이 떨어지면 그는 결국 차루벌로 돌아가고 말 것이다. 반기를 들지 않는 이상 자신들의 힘으로는 결코 거부할 수 없는 일이다. 그리고 무엇보다 사비 자신이 그것을 원치 않는다. 자신으로 인해 해율의 삶이 굴곡지는 것을 결코 바라지 않는다. 그는 장차 왕이 되어야 할 사람이다. 사비는 울컥 당기는 해율의 손을 뿌리쳤다.

"싫습니다. 아버님을 저버리고 집안을 저버리고 연화궁 마마까지 저버리고…… 저는 해율님이 그렇게 사시는 걸 원치 않습니다."

"내 생은 내 것이지 그분들의 것이 아니다!"

"평생 변방을 떠돌며 살아갈 것입니다."

"그렇게 되지 않을 거다. 노력한다고 하지 않았느냐!"

막무가내 같은 그의 말들이 답답하다. 사비는 차분한 목소리로 그를 달랬다.

"공주님과 혼인하시면 차대왕의 자격을 얻으신다고 했습니다. 왕이 되시는 겁니다. 해율님의 꿈을 마음껏 펼칠 수 있는 제왕 말입니다."

"싫다! 싫다고 하지 않았느냐!"

울컥 당기는 해율의 힘에 머리 수건이 떨어지며 흑단 같은 머리카락이 출렁 쏟아져 내렸다. 그것이 사비의 얼굴을 가려 버리자 해율은 상한 마음을 감추지 못한 채 머리칼 사이로 드러난 사비의 얼굴을 쓰다듬었다.

"싫다, 싫어…… 너 없인 다 싫단 말이다."

왕이 되소서

울먹이는 모습이 떼를 쓰는 아이 같았다. 지금은 아무리 해도 그를 달랠 길이 없다는 것을 깨달았다.

 그렁한 눈으로 다가온 그는 사비의 얼굴을 아프게 움켜잡았다. 사비를 잃는다는 것이 세상의 끝처럼 느껴졌다. 꿈은 크지만 그 꿈을 어떻게 펼쳐 나가야 할지 아직은 다 모르는 스물네 살의 청년에게 그 꿈보다 더 가까이에 앉아서 자신을 거부하는, 그러나 사실은 죽을 만큼 갈망하고 있는 여인의 눈을 바라보아야 한다는 것은 참을 수 없는 고통이다.

 꿈을 좇을까, 여인을 택할까?

 그는 조금도 망설이지 않았다. 자신의 눈이 갈망하는 것, 지금 이 순간 가슴 뜨겁게 원하는 것은 사비다. 그는 떨리는 마음으로 입술을 포갰다. 차갑던 사비의 입술도 망설임없이 벌어졌다. 아무것도 생각하고 싶지 않았다. 지금은 오직 해율의 마음만 보고 싶었다. 무슨 일이 있어도 그의 마음만은 영원히 자신의 것이라는 것을 확인하고 싶었다. 터질 듯 동여매고 있던 가슴 끈이 풀리고 물에 젖은 옷들을 걷어내었다. 사비는 순식간에 드러나 버린 가슴이 부끄러워 양손으로 감싸고 웅크렸다. 해율은 대밭에서의 일이 떠오른 듯 그녀의 눈을 가만 들여다보며 물었다.

 "두려우냐?"

 사비는 가만 고개를 끄덕였다. 그러다 다시 흔들었다. 그리고 그의 목을 끌어안았다. 두려웠지만 해율을 원하는 마음이 더 컸다. 마치 이것이 마지막인 듯, 이번이 아니면 다시는 그를 볼 수조차 없을 것처럼 마음이 절박했다. 맨가슴에 닿은 그의 가슴이 사납게 펄떡였다. 사비는 안은 목을 더욱 당겨 안으며 귓가에 속삭였다.

"안아주십시오."

해율은 무너지듯 사비를 누이며 그녀의 가슴에 얼굴을 묻었다.

가파른 벼랑 위에서 자신을 놀래키던 반짝이는 그 빛이 사비였다는 것이 새삼스럽고 놀랍다. 그것이 아니었다면 자신이 신분 질서를 깨뜨릴 사랑을 감히 상상이나 하였겠는가? 꽃놀이에서 5부 귀족의 처자들을 만났을 것이고 그녀들이 어느 집안의 처자인지 알아보며 그 집안의 힘을 저울질해 보기도 했겠지? 그리고 다들 그렇듯 가장 무거운 저울에 눈을 주고 마음을 주며 어쩌면 짙은 화장수 냄새에 찌푸려지는 얼굴을 숨겨야만 했을지도 모른다. 그렇게 사는 것은 자신의 삶이 아닐 것이다.

상상도 못한 곳에서 진정한 자신을 발견하는 것, 운명이란 그런 것이다.

손으로는 부드럽게 가슴을 쓸며 입술은 목덜미를 더듬어 내려갔다. 낮은 숨소리와 가슴의 팔딱거림이 생생하게 들려와서 해율의 마음을 더욱 조급하게 만들었다. 가슴을 매만지던 손을 허리로 더듬어 내리며 봉긋한 가슴을 입으로 살짝 물었다. 그녀에게서는 짭짤한 바다 맛이 났다. 그의 손은 허리를 더듬어 내려가 엉덩이를 쓰다듬고 허벅지를 스쳐 올라와 짙은 숲으로 향했다. 움찔 물러나는 그녀의 허리를 당겨 안으며 물고 있던 가슴을 힘껏 빨았다. 찌릿한 통증을 이기지 못한 사비의 입에서 신음 소리가 흘러나왔다.

"아⋯⋯."

물고 있던 가슴을 놓아주며 다시 깊고 진하게 입을 맞추었다.

"아파?"

그는 찡그려진 사비의 이마를 가만 쓸었다. 그녀는 눈을 꼭 감은 채 고개를 흔들었다. 팔을 뻗어 그의 목을 안았다.

"아니⋯⋯ 아닙니다."

가슴에 닿아오는 매끈한 피부의 따뜻한 감촉에 눈물이 날 것 같다. 저도 모르게 새어나오는 흐느낌에 해율이 몸을 일으키려 했지만 사비는 놓지 않았다. 아프도록 안아달라고 매달리고 싶었다. 영원히 잊혀지지 않을 황홀한 통증이 자신을 삼켜주었으면 좋겠다. 사비의 뜻을 알아차린 듯 해율은 엉덩이를 약간 들어 불덩이 같은 남성을 그녀 속으로 깊숙이 밀고 들어갔다. 몇 번의 고통 끝에 겨우 안착한 그곳은 촉촉하고 따뜻한 그녀의 바다였다.

잔잔하게 일렁이는 바다에 바람이 불고 비가 오고 흥분이 몰아쳐 파도가 된다.

쉴 새 없이 몰려와 부서지고 다시 몰려오는 파도는 어느 순간 주체 못할 거대한 몸뚱이를 부딪쳐 하얀 포말이 되어 사라져 간다.

해율은 거친 호흡을 뿜으며 터질 것 같은 심정으로 부끄러움과 놀람에 웅크리고 있는 사비를 살짝 당겨 꼭 안았다. 깔고 누웠던 옷자락에 붉은 꽃이 선연히 피어 있었다.

동굴 천장에 뚫린 조그만 구멍으로 새어 들어오던 빛이 어느덧 사라졌다. 그때까지 두 사람은 서로를 꼭 안은 채 말없이 누워 있었다. 섣부른 말을 꺼내어 행복한 기분을 깨뜨리고 싶지 않았다. 지금 이 순간 그들의 세상인 이 동굴 속에는 5부의 귀족도 천한 잠녀도 존재하지 않았다. 오로지 서로를 사랑하는 남자와 여자만이 누워 있었다. 해율은 허리를 꼭 안고 있던 손을 풀고 사비의 가슴을 움켜잡았다. 한 움큼 잡혀 들어오는 느낌이 너무 좋아 옅은 신음 소리를 흘렸다.

"흠……."

몇 번 움찔하던 사비도 더 이상 거부하지 않은 채 오히려 그의 얼굴을 당겨 안으며 머리를 쓰다듬었다. 해율은 코끝에 닿은 가슴을 아이처럼 베어 물었다. 도드라진 유두를 입 안에서 살살 굴리다가 힘차게 빨아 당기는 그 힘에 오금이 저렸다. 이대로 시간이 멈추어 버렸으면 좋겠고 세상도 이것이 다였으면 좋겠다. 가슴을 타고 들어오는 저릿한 통증에 눈물이 날 것 같다. 그에게 눈물을 보이고 싶지 않았다.

사비는 해율을 안고 몸을 빙글 돌리며 널찍한 바위 옆을 흐르는 물속으로 굴러들어 갔다. 갑작스런 행동에 놀라 허우적대던 해율은 까르륵 넘어가는 웃음소리를 듣고서야 물이 가슴까지 밖에 차지 않는다는 것을 깨달았다. 자신을 한껏 놀리며 웃고 있는 사비가 귀여웠다. 성큼 다가간 해율은 웃고 있는 사비를 번쩍 안아 들었다.

"나를 놀렸으렷다?"

번쩍 안아 든 사비를 짐짝처럼 어깨에 메고 빙글 돌리자 그녀는 자지러지는 비명 소리를 내며 바동거렸다.

"내, 내려주십시오, 해율님! 엄마!"

폭포 아래로 걸어간 해율은 사비를 내려안으며 그 속으로 들어갔다. 산에서 흘러내리는 물이지만 그다지 차갑지도 않았고 물줄기가 세지도 않았다. 그는 긴 머리칼을 뒤로 넘겨주며 사비의 몸을 씻기기 시작했다. 자신의 거친 입술 흔적들이 꽃처럼 피어 있는 가슴을 쓰다듬어 씻어 내리며 장난스럽게 매만지기도 했다. 사비는 부끄러움 없이 해율의 손에 몸을 맡겼다. 커다란 그의 손이 가슴을 스치고 등을 스치고 엉덩이를 쓸고 허벅지를 쓸어내리자 첫 경험의 기억처럼 흥분이 일었다. 사비는 그것을 감추려 해율의 가슴에 이마를 기댔다. 허벅지를 지난 해율의 손이 비밀스런 덤불로 향하자 그녀는 매달리듯 그의 목을 안으며 나직한 한숨을 내쉬었다. 해율은 다시 사비를 번쩍 안아 너럭바위 위로 올라왔다. 바다 위의 붉은 노을이 쏟아져 들어오는 바위 위에서 두 사람은 다시 하나가 되었다.

어둠이 내리자 밖으로 나갔던 해율이 나뭇가지를 한 아름 안고 들어와 불을 지폈다. 그리고 바다 속으로 들어갔던 사비는 이름 모를 물고기와 조갑지들을 망사리 속에 가득 담아 올라왔다. 두 사람은 커다란 돌멩이를 주워와 아궁이를 만들고 그 위에 얇고 넙적한 돌을 걸쳤다. 그리고 조갑지와 물고기들을 달아오른 돌 위에 가지런히 놓았다. 사비는 파닥 튀어 달아나는 물고기를 다시 잡아 올리고 돌멩이로 꼭 눌렀다.

"어릴 적에 아버지가 이렇게 고기를 구워주셨어요."

파닥이던 물고기가 어느새 힘없이 늘어지고 조갑지들은 입을 탁탁 벌리며 자글자글 익어갔다. 해율은 배가 고픈지 킁킁 냄새를 맡으며 안달을 내었다. 사비는 나뭇가지를 꺾어 젓가락을 만들고 조개껍질로 그릇을 만들어 다 익은 조갯살과 생선살을 담아 해율에게 내밀었다. 빙긋 웃으며 받아 든 해율은 그것을 맛나게 먹었다. 바다에는 이미 어둠이 내려 아무것도 보이지 않았고 파도 소리만 요란하게 들려왔다.

오싹한 추위를 느끼며 사비는 눈을 떴다. 검푸른 새벽빛이 동굴 안으로 스며들고 있었다. 어제의 일들이 한 시절이 흐른 것처럼 아득하게 느껴졌다. 느닷없이 해율을 만나고 바다 속으로 숨어들어 눈물을 쏟고 두려움 없이 사랑을 나누며 하나가 되었던 꿈같은 하루의 낮과 밤. 어제 저녁 피워두었던 모닥불의 온기가 완전히 식지 않은 걸 보니 그것이 정녕 꿈만은 아닌 모양이다. 그녀는 용기를 내어 옆으로 고개를 돌렸다. 푸릇한 어둠 속에 해율의 우뚝한 콧날이 보인다.

꿈이 아니었던 모양이야……

떨리는 손이 미세한 틈을 사이에 두고 콧날 위를 스친다. 손끝에 느껴지는 미세한 온기와 가느다란 숨결이 통증처럼 스며든다. 닿으면 깨져 버릴 것 같은 꿈, 조금만 더 꿈을 꾸고 싶어졌다.

해율은 해가 발갛게 달아오를 즈음 눈을 떴다. 반짝이는 사비의 눈이 이마에 닿을 듯 다가와 있다. 고개를 갸웃하며 무슨 일인지 묻자 사비는 그저 웃었다. 푸릇한 새벽빛이 옅어지고 밝아지고 다시 붉은빛으로 물들어올 때까지 들여다보았던 얼굴이건만 여전히 그녀의 눈에는 해율의 얼굴이 다 박혀오지 않는다. 하나도 남김없이 모두 담아두고 싶은데 그러기엔 지금의 이 꿈이 너무나 짧다.

"그냥…… 이렇게 바라보니까 좋습니다."

그리고 제 말이 수줍은 듯 사비의 얼굴이 붉어졌다. 지난밤 대담하게 안겨오던 그 당돌한 여자는 어디 갔을까? 지치도록 목을 안고 놓아주지도 않더니? 지난밤의 흥분을 떠올리며 빙긋 웃던 그는 다시 눈을 감았다. 그리고 팔을 옆으로 뻗어 사비를 불렀다.

"이리 와. 조금만 더 누워 있자."

"그만 일어나시지요. 해가 중천에 떴습니다."

"급할 게 뭐 있다고……"

사비의 손을 당겨 옆에 누이고 팔베개를 했다. 먼빛으로 찬란하게 물들어오는 바다도 보기 좋고 파도 소리도 듣기 좋고 무엇보다 사비가 옆에 누워 있으니 더 이상 바랄 것이 없다. 해율은 며칠 이곳에 머물면서 사비를 설득해 우슬라로 갈 생각이다. 가리옹성의 성주는 어릴 적부터 잘 아는 자이니 걱정할 것이 없다. 별금 집안의 반발과 아버지의 반대가 걱정되긴 하지만 두렵지는 않다. 아버지는 결국 이해해 주실 것이다. 연화궁 마마를 설득시키는 것도 크게 걱정하지는 않는다. 가장 걱정스러운 사람은 무영 대장군이다. 가희 공주와 자신의 혼사를 가장 먼저 추진한 사람이 그라고 들었다. 그는 자신의 뜻을 관철시키는 데 수단과 방법을 가리지 않는 사람이다. 건승을 반란으로 이끌어내어 순식간에 해사랑금의 씨를 말려 버린 것만 보아도 그가 얼마나 무서운 사람인지 알 수 있다. 해율은 사비의 손을 잡아 자신의 가슴에 올렸다.

왕좌에 대한 욕심이 조금도 없다면 거짓말일 것이다.

'강력한 군대를 가진 정복군주.'

너무나도 탐나는 이름이다. 그러나 사비의 손을 잡고 있는 지금은 그 느낌이 그저 희미할 뿐이다. 스스로도 이해할 수 없는 이런 편안함이라니?

"나도 이러고 있으니 좋다."

해율은 나른한 행복에 젖어 중얼거렸다.

바다에서 맞는 사흘째 밤이다. 눈앞에 닥쳐 있는 현실은 먼 세상의 이야기처럼 느껴졌다. 꿈처럼 흘러갔던 사흘, 꿈처럼 행복했고 꿈처럼 아득했다.

 낮에 마을에 잠깐 들렀다가 오는 길에 바닷가를 배회하는 낯선 사내들을 만났었다. 그들은 사비를 몰라보았지만 사비는 그들을 한눈에 알아보았다. 전하와 연화궁 마마의 충성스런 청년들, 두 분을 위해서라면 초개같이 목숨을 던져 버릴 궁궐 무사들이었다. 사비는 이제 그만 꿈에서 깨어나야 할 때라는 것을 알았다.

 만월의 달이 파도에 부서져 조각난 달빛이 바위에 부대꼈다. 넓은 바위에 옷을 깔고 누인 사비의 나신 위로 은빛 달빛이 안개처럼 스며든다. 해율은 떨리는 마음으로 그녀의 나신을 내려다보고 있었다. 봉긋한 가슴은 달빛을 받아 더욱 뽀얗게 부풀어 있었다. 목젖까지 차 오르는 흥분을 이기지 못한 채 그는 마른침을 꿀꺽 삼켰다. 사비는 부끄러운 듯 양팔로 어깨를 감싸며 가슴을 가렸다. 달빛을 등진 해율의 몸은 검고 단단하다. 달은 왜 이리도 밝을까? 두근대는 마음을 들키기라도 할까 봐 눈을 마주칠 수가 없다. 해율은 가슴을 가린 사비의 팔을 잡았다.

 "가리지 마라."

 네 모든 걸 보고 싶다.

 "달빛이 너무……."

 "세상에서 저 달이 사라지지 않는 한 널 잊지도 않을 거고 놓아버리지도 않을 거야."

 그러니 다 보여다오.

해율은 사비의 팔을 가슴에서 거두어내었다. 여전히 부끄러운 듯 비틀어지는 허리를 잡아 가만히 쓸자 한점 티끌 없는 나신이 은은한 빛을 뿜으며 눈앞에 드러났다. 한껏 들이킨 호흡이 내쉬어지지 않았다. 숨소리조차 내지 않은 채 뜨겁게 내리꽂히는 해율의 눈빛을 받으며 사비의 몸은 순식간에 달아올라 버렸다. 그의 몸이 어서 다가와 저 달빛을 가려주었으면 좋겠는데 뜨거운 눈빛만 한없이 떨어지고 있다.

"그만……."

사비는 난감함을 이기지 못한 채 팔을 뻗어 해율의 어깨를 당겼다. 해율은 깊은 숨을 삼키며 입술을 포개었다. 지난밤처럼 다급하게 파고들던 입맞춤이 아니라 깊고 다정하고 조심스럽게 입을 맞추었다.

"우슬라로 가자, 사비야."

달빛이 쏟아져 내린 봉긋한 가슴을 한입 가득 물며 속삭였다. 혀끝으로 살살 달래다가 살짝 빨아 당기자 사비의 허리가 순식간에 휘청 꺾여 올라왔다. 부풀어 오른 가슴을 커다란 손으로 어루만지며 그의 혀는 다시 입술을 파고들었다.

"내일이든 모레든……."

사비는 아무런 대답도 못한 채 그의 목을 감싸고 머리를 안았다. 뜨겁게 파고드는 그의 혀를 맞으며 달콤한 타액을 마셨다.

"함께 가자."

살짝 떨어진 입술 사이로 들리는 그 말을 삼키며 사비는 해율을 당겨 안았다. 탄탄한 등을 쓸어내리고 오목하게 패인 등줄기를 타고 굴곡진 허리를 지나 엉덩이를 쓸고 다시 탄탄한 등을 쓸다가 격한 마음을 이기지 못하고 강하게 끌어안았다.

아, 해율님······.

할 수만 있다면 어디로든 도망쳐 버리고 싶다. 깊은 산골로 들어가 사냥을 하고 나물을 캐며 밤이면 부푼 가슴으로 당신을 안고, 안기며, 이렇게······ 영원히······.

핑그르르 돌아 나온 눈물이 귓전으로 떨어졌다. 해율의 손이 눈가를 스쳤다.

"왜 우느냐?"

"가슴이 너무······."

아파서 견딜 수가 없다.

"가슴이 너무?"

"너무 벅차서요."

그 말이 함께할 미래에 가슴이 벅차다는 소리로 들려 그를 흥분시켰다. 달빛을 등진 그의 눈동자가 어둠 속에서 흔들리는 것이 느껴졌다. 사비는 그 얼굴을 감싸며 제 가슴으로 끌어당겼다. 해율은 아이처럼 가슴에 매달리다가 주체 못할 뜨거움으로 그녀 속을 파고들었다. 정신이 아득해졌다. 이것이 세상이 주는 안락을 다 포기해야만 가질 수 있는 것이라 해도 좋았다. 그럴 수 있을 것 같다.

"어디로도 도망치지 않겠다고 약조해라."

"어디로도 도망치지 않겠습니다."

그는 단정한 사비의 입술에 입을 맞추었다.

"평생 나만 사랑하겠다고도 약조해라."

"평생…… 해율님만 사랑하겠습니다."

반짝이는 그 눈에도 입을 맞추었다.

"나도 약조하마. 널 두고는 어디로도 가지 않겠다. 평생 너만 사랑할 거야."

사비는 그의 가슴에 얼굴을 기댔다. 약조란 것이 때로는 허무하기 그지없는 것일 수도 있다는 것을 잘 안다. 배를 타고 먼 바다로 떠나며 금방 돌아오마던 아버지의 약조가 그랬고 당신의 가장 가까운 곳에 있으라던 연화궁 마마의 약조가 그랬다. 그럼에도 사비는 약조를 했다. 그에게 해 줄 수 있는 것은 약조뿐이었기에.

그녀는 검푸른 어둠 속에서 해율의 얼굴을 손으로 가만 쓸었다. 그는 기분 좋은 듯 나직하게 웃었다. 손바닥으로 전해오는 체온이 너무나 따듯해서 눈물이 날 것 같았다. 천하디천한 잠녀가 무슨 복으로 이런 분을 만났을까? 하늘이 자신에게 유일하게 복을 준 것이 있다면 그것은 바로 해율을 만난 것일 것이다. 그러나 이제는 그 복을 영원히 마음으로만 가지려 한다. 그것이 자신이 그에게 해줄 수 있는 유일한 것이다. 그는 좀 더 큰일을 해야 할 사람이고 사랑 같은 것쯤 거뜬히 버릴 줄 알아야 큰 사내가 될 수 있다. 지금 당장은 견딜 수 없다 생각하겠지만 해율이라면 이런 하찮은 이별쯤 충분히 이겨낼 수 있을 것이라고 생각했다.

사비는 그의 손을 꼭 잡았다. 그리고 지금부터 입을 떼는 순간 한 번에 끝내리라고 다짐했다. 짧고 단호하게, 그리고 완벽하게.

"어디로도 도망치지 않겠습니다. 그리고 평생 해율님만 사모하겠습니다."

행복에 겨운 듯 그의 입꼬리가 지그시 올라갔다. 그 웃음이 순식간에 사라질 것이라는 것을 알았지만 사비는 말을 멈추지 않았다. 이것이 옳은 선택이니까.

"그런 마음으로 이곳에서 언제까지나 해율님을 기다리겠습니다. 그러니 그만 돌아가십시오."

해율은 화들짝 놀라며 일어나 앉았다. 사비의 눈은 바다 위를 떠다니는 어둠의 빛처럼 차갑고 검푸르다.

"오시고 싶을 때 오시고 가시고 싶을 때 가십시오."

"무슨 소리냐? 알아들을 수가 없다."

"차루벌로 돌아가십시오. 가셔서 가희 공주와 혼인을 하시고 차대왕의 지위를 얻으십시오."

"싫다고 하지 않았느냐!"

버럭 지르는 고함 소리가 동굴을 울렸다. 그는 사비의 손목을 거칠게 움켜잡았다. 여태껏 자신이 한 말을 조금도 귀담아듣지 않은 모양이다. 사랑한다는 말도 목을 안고 매달리던 것도 다 거짓이었을까? 가까이 다가온 그의 눈이 어둠 속에서 번득였다.

"차대왕 따위에는 욕심 없다. 조금이라도 미련이 있었다면 이렇게 찾아오지도 않았을 거다."

"저는 욕심이 납니다."

"뭐?"

"왕좌에 오르시면 해율님의 꿈을 이루실 수 있습니다. 매호국 너머에 있다는 광활한 벌판까지 해율님의 말발굽 아래에 두실 수 있는 기회를 가지시는 겁니다."

"그것은 내가 무장으로서 이루고 싶은 꿈일 뿐이다."

"왕이 되시면 더 쉽게 이루실 수 있습니다. 모든 것이 해율님의 것이 되는 겁니다."

반짝이는 사비의 눈을 향해 해율의 눈이 으르렁거리듯 다가왔다.

"설사 이루지 못한다 해도 상관없다."

피도 눈물도 없이 제 꿈을 향해 내달리는 사내는 되고 싶지 않다. 사비를 두고서는 더더구나. 그러나 사비는 고개를 흔들며 잡고 있던 손마저 놓아버렸다.

"삼 년 전, 어린 나이에 제가 왜 해율님을 가슴에 담았는지 아십니까?"

묻는 사비의 음성이 몹시도 건조하다. 글쎄? 생전 처음 본 낯선 남자를 왜 가슴에 담았을까? 자신처럼 한눈에 끌려 버렸던 것이 아니었던가?

"전 해율님이 품고 있던 가슴속의 그 포부가 좋았습니다. 평생 바다밖에 보지 못한 걸로의 천한 잠녀에게 해율님의 모습이 얼마나 크고 큰 사내로 보였는지 아십니까? 전 해율님의 그 큰 포부를 가슴에 담았던 겁니다."

해율은 자신의 귀를 의심했다. 사비가 가슴에 담았던 것이 자신이 아니라 자신의 큰 포부였다는 말을 이해해 보려고 애를 썼다.

"만약 그때 해율님이 한낱 여자에게나 매달리는 그런 남자로 비쳤다면 눈곱만큼도 마음에 담지 않았을 것입니다. 그때 제 눈에 비친 해율님은 저로서는 감히 꿈도 꿀 수 없는 까마득한 곳에 눈을 두고 계신 분이셨습니다. 너무나 높고 거대하고 강인한 남자…… 그 남자이 꿈이 저를 깨운 겁니다. 그 큰 꿈을 보지 못했다면 사내를 잡아먹는 모진 운명을 타고난 제가 감히 남자를 가슴에 품는 일은 평생 없었을 겁니다."

사비가 진정 하려는 말은 무엇일까? 그냥 '떠나라'가 아니라 지금 이 순간 그의 모습을 질책하는 소리로 들린다. 못났다, 실망했다, 보기 싫다, 그런 소리로도 들린다. 그래서 해율은 서운하고 화가 났다. 흘러나오는 목소리에도 부아가 실렸다.

"나는 그리 대단하고 큰 사내가 못 된다."

"못 되면 되도록 하십시오. 제가 원하는 남자는 그런 남자입니다."

이렇게 모든 것을 버린 채 하염없이 자신만 바라보는 해율의 모습은 마음을 아프게 한다. 그것은 그와 함께하는 평생 동안 사비의 가슴에 짐이 되고 상처가 될 것이다. 조금은 이기를 가지고 욕심을 부려도 괜찮으니 당당히 떠나주었으면 좋겠다.

"나더러 널 버리란 말이냐?"

"저는 이미 해율님의 여자입니다. 어디 계시든 마음에 품고 계시면 저를 버리는 것이 아닙니다. 제왕이 되시면 세상 모든 것이 해율님의 것이 될 터이니 그때 저를 데려가셔도 늦지 않을 것입니다."

사비의 말은 군왕이 된 다음에 자신을 후궁으로 들이란 뜻이었다. 왕자를 얻기 위해 마음에도 없는 혼인을 하고 그 여인을 안고 침상에서 뒹굴라는 뜻이 아니고 뭔가!

해율은 실소를 터뜨렸다. 겨우 이러려고 몸을 주고 마음을 주고 혼을 빼놓듯 안겼던가. 보지 않고는 살 수 없도록 만들어놓은 건가.

번득이는 눈이 다가왔다. 움켜쥔 손목이 부서져 버릴 것만 같다.

"너라면 그럴 수 있겠느냐? 무언가를 얻기 위해 날 가슴에 품은 채 다른 사내와 혼인을 하고 알길 수 있느냔 말이다!"

울컥 밀린 사비의 몸이 바위 벽에 부딪혔다. 어깨를 움켜쥔 해율의 손이 분노에 떨렸다.

"따르지 않겠다면 널 끌고서라도 가리옹성으로 가겠다."

그는 정말 칼이라도 겨눌 듯 보였다. 그러나 사비의 눈은 조금도 흔들리지 않았다. 자신을 향한 해율의 마음이 다 보이니 아무것도 두렵지가 않았다. 오히려 그것이 그를 보내야 한다는 사명감 같은 것이 되어 마음을 더욱 고집스럽게 만들었다. 그녀는 조금의 흔들림도 없는 음성으로 또렷하게 말했다.

"전 제 의지대로 삽니다. 스스로 원하지 않는 일은 결코 하지 않습니다. 지금까지 그랬고 앞으로도 그럴 것입니다. 제가 살 땅은 이곳 걸로이지 우슬라에 있는 가리옹성이 아닙니다."

"네 의지는 없다! 내가 원하는 대로 할 거야, 널 끌고 갈 테다!"

목을 잡고 밀어붙이는 해율의 힘에 사비는 숨이 막힐 것 같았다. 분노와 원망으로 이글대는 눈동자가 아프게 박혀왔다. 어른도 아니고 아이도 아닌, 원대한 세상을 가슴에 품은 청년과 오로지 사랑만을 가슴에 담고 있는 소년의 감정이 얽힌 그의 눈동자는 혼란스럽게 흔들렸다. 그러나 사비는 알고 있다. 시간이 흐르고 나면 언젠가는 저 눈 속에도 혼탁한 세상이 들어차고 결국은 지금의 선택이 그의 행, 불행을 결정지을 것이라는 것을. 그 결정 속에 자신은 없었다. 오로지 해율만이 존재했다. 사비는 목을 조여오는 그의 손을 밀어내었다.

"전 기껏 변방의 작은 성주의 아내로 살고 싶지는 않습니다."

순간 해율은 사비의 눈 속에 탐욕이 흐른다고 생각했다. 그래, 애초부터 무엇이든 마음에 드는 것이 눈에 보이면 스스로 헤쳐 나가 움켜쥘 여자였지 구경만 하며 곱게 살아갈 여자로는 보이지 않았었다.

"이 나라 최고의 무장이 되겠다고 하지 않았느냐. 대장군이 되어 주마. 어떠냐? 무영 대장군 정도의 지위면 만족하겠느냐?"

"대장군님도 결국은 전하의 신하일 뿐입니다."

해율은 다시 사비를 바위벽으로 밀어붙였다. 자신이 원하는 것은 오로지 사비뿐인데 사비가 원하는 것은 자신 외에 또 다른 것이 있다는 것이 부아가 났다. 사비가 정말 원하는 것이 처음부터 자신이 아니었을지도 모른다는 생각에, 그녀가 원하는 또 다른 무엇에 미치도록 질투가 났다.

"네가 정말 원하는 것이 무어냐? 나 해율이냐, 아니면 내가 가질 왕좌냐?"

짧은 말을 내뱉은 그는 어찌나 이를 앙다물고 있는지 빠득 이 가는 소리가 들릴 지경이다. 사비는 망설임없이 대답했다.

"둘 다입니다."

"둘 다를 가질 순 없다. 아니, 내가 떠나는 순간 넌 어느 한 가지도 가질 수가 없을 것이다."

울컥 가슴을 조이며 해율은 겁을 주듯 속삭였다.

"돌아오시지 않으셔도……."

살아갈 수 있을까? 평생 보지 않고 온전한 정신으로 살아갈 수 있을까?

가슴이 터질 것 같다. 사비는 밀려 올라오는 울컥한 덩어리를 밀어 내렸다.

"……상관 않겠습니다."

바다로부터 조금씩 빛이 새어들고 있었다. 바위 벽에 밀린 채 해율에게 꼼짝없이 잡혀 있는 사비의 얼굴에도 빛이 스며든다. 그녀의 얼굴은 푸른빛이 감돌아 몹시도 차가워 보인다. 눈동자는 흔들림이 없다. 그러나 자신이 생각했던 탐욕의 빛은 보이지 않는다. 해율은 아프도록 움켜잡고 있던 목을 놓으며 그녀의 푸른 얼굴을 쓸었다. 얼굴빛만큼이나 싸늘한 냉기가 손바닥에 전해온다.

"쓸데없는 고집으로 날 아프게 하지 마라."

찌릿한 통증이 얼굴을 스친다. 여린 손끝으로 전해오는 그의 마음은 바다 먼 끝에서 밀려오는 파도 자락 같다. 그것이 일순간 달려와 부서져 버릴 것 같은 불안함에 사비는 아주 잠깐 마음이 흔들렸다. 상처 입은 짐승처럼 그렁해진 그의 눈을 바로 볼 수가 없었다. 그녀는 얼른 바다로 눈을 돌리며 외면했다. 그저 조금 아프고 말, 그리고 곧 아물 아주 작은 상처일 뿐이다.

그녀는 모진 마음으로 말을 이었다.

"해율님을 떠나는 조건으로…… 연화궁 마마께 많은 재물을 하사 받았습니다. 저희 모녀 평생 떵떵거리며 먹고 살고도 남을 만큼 많은 재물……."

머리가 찡했다. 거칠게 밀어붙인 해율의 힘에 밀려 바위 벽에 머리를 부딪친 모양이다. 그러나 아픔을 느낄 겨를도 없이 커다란 손이 다시 목을 조여왔다.

"왜 마음에도 없는 소리를 하느냐! 거짓말이란 걸 내 다 안다. 거짓이라고 해라! 거짓말이라고 하란 말이다!"

"그 재물들이 창고에 가득……."

거칠게 다가온 해율의 입술이 사비의 입을 막아버렸다. 아프도록 밀어붙이며 입술을 깨물었다. 비릿한 피 맛이 입 안으로 번졌다. 사비의 몸이 바닥으로 미끄러져 누웠다. 그는 더욱 거칠게 밀어붙이며 꼼짝도 못하도록 내리눌렀다. 짐승처럼 번들거리는 눈이 무섭게 내려다보며 물었다.

"왜 내게 안겼느냐?"

"……."

"왜 나를 이리 미치도록 만들었느냐?"

꿈도 버리고 포부도 버리고 세상조차 다 버리고 너 하나만을 품은 채 살고 싶도록…… 왜 그리도 아프게 안겼느냐 말이다!

가슴에 징을 박는 듯 견딜 수 없는 통증이 온몸으로 번져 나갔다. 그렇하게 번져 올라온 진물이 눈시울을 적셨다. 보이지 않는 물방울이 사비의 얼굴 위로 툭 떨어졌다. 그의 눈물은 사비의 몸으로 스며들어 와 그녀를 잠식하고 있었다. 말이 나오지 않았고, 더 이상 생각도 할 수 없었다. 아프게 짓누르고 있는 해율의 몸을 밀쳐 낼 수조차 없다. 그럼에도 그녀가 하고 싶은 말은 한 가지뿐이었다.

"돌아가십시오. 세상을 다 가지신 연후에…… 저도 가지십시오."

왕이 되소서

짐승처럼 무너져 내리는 해율의 모습을 본 듯하다. 해율의 흔적이 스쳐 간 모든 곳이 뜨겁게 아팠다. 세차게 밀려와 부서지는 파도처럼 해율도 그렇게 달려와 부딪쳐 부서졌다. 그리고 미련없이 쓸려가 버렸다.

오싹한 기운이 그녀의 나신을 덮었다. 온몸이 불에 덴 듯 쓰라리고 아프다. 그것은 뼛속까지 무섭고 뜨겁게 박혀 버린 치유할 수 없는 해율의 흔적들이다.

바다 속이 그리웠다. 눈물처럼 짠 바닷물이 이 상처들을 다 치유해 줄 것이다. 이 눈물도 숨겨줄 것이다. 양손으로 어깨를 감싸고 몸을 웅크린 사비는 바위 위를 한 바퀴 굴러 물속으로 풍덩 떨어졌다.

『연緣』 제2권으로…